어장을 나온 물고기 1

신새미
장편소설

어장을 나온 물고기

1

위즈덤하우스

차 례

1장. 내가 어장 속 물고기라고? …7

2장. 깨뜨릴 수 없는 계약… 101

3장. 황태자와의 첫 데이트… 198

4장. 나는 변하지 않았어… 263

내가 어장 속의 물고기라고?

꿈도 희망도 미래도 아무것도 없는 만년 고시생에서 로맨스 소설의 여주인공으로 다시 태어난 것까지는 좋았다. 여주인공인 엘레나 페이트가 남자 주인공의 어장 속 물고기 중 하나가 아니라면 말이다.

"엘레나, 무슨 생각해?"

"그냥……."

어떻게 하면 너한테서 벗어날 수 있을까 하는 그런 생각?

지금 자신의 앞에서 열심히 아양을 떨고 있는 칼리드는 이 책 속의 남자 주인공이었다. 요즘 엘레나가 쌀쌀맞아진 게 당황스러운지, 연신 자신에게 매달리는 모습이 우스웠다.

그럴 수밖에 없는 게 자신은 여자 주인공인 엘레나 페이트가 아니라, 대한민국의 만년 고시생 한수진이었으니까.

"요즘 엘레나가 이상해진 것 같아."

"칼리드……."

칼리드라고 부르자, 일그러지는 보라색 눈동자에 엘레나는 웃음이 나왔다. 이 남자는 그런 남자였다. 황제와 칼리드 자작가의 영애 사이에서 태어난 사생아. 황제의 애첩이 될 정도로 수려한 외모였던 어머니를 닮아, 조각을 빚어놓은 듯 잘생긴 외모로 수많은 귀족 영애들의 마음을 사로잡은 남자, 안톤 칼리드.

"또, 칼리드. 왜 그래, 우리 사이에. 이름으로 불러줘."

"그래…… 안톤."

황가의 핏줄을 이은 증거인 보라색 눈동자에는 미처 숨기지 못한 기대감이 가득 서려 있었다. 엘레나는 그 기대감을 모조리 없애버릴 생각이었다. 저렇듯 순진하고 잘생긴 얼굴로 얼마나 많은 여자의 마음을 유혹했을지, 엘레나는 감히 헤아릴 수조차 없었다.

"안톤……."

"엘레나, 나는 너밖에 없어."

거짓말. 또다시 거짓을 입에 담는 칼리드의 행동에 엘레나는 입꼬리를 올려, 환하게 웃어 보이는 것으로 대신했다. 자신도 안톤밖에 없다는 듯이 답해주는 것처럼 말이다. 그러자 같이 마주 웃는 칼리드의 표정에 구역질이 나려는 것을 엘레나는 속으로 몇 번이나 참았는지 모른다.

"그럼 넌 내 소중한 친구니까, 나도 안톤 너밖에 없어."

"엘레나, 나는……."

자신의 대답에 항변하려는지 고개를 내젓는 칼리드의 행동에 그의 결 좋은 은발이 허공에 흔들렸다. 고귀한 핏줄, 어떤 곳에 있어도 환히 빛나는 은발 머리, 보석을 박아넣은 듯 반짝이는 황가만의 보라색 눈동자까지 누구라도 칼리드를 보면 끌릴 수밖에 없었다. 그렇기에 여자 주인공인 엘레나도 칼리드의 사랑의 포로가 된 것이었다.

이 남자가 얼마나 쓰레기 같은 남자인지도 모르고 말이다.

다른 남자들과는 다른 순수한 칼리드에게 홀라당 넘어가 버리고 말았다. 칼리드는 황실의 핏줄을 이었지만, 오만하지 않았고 누구에게나 다정하고 친절했다. 사람들은 그게 다 능력이 없어서 그냥 그럴싸한 외모로 헤실거리는 거라는 걸 아무도 몰랐다. 그냥 칼리드는 억수로 운이 좋은 남자 주인공이었다. 왜 소설 속의 주인공인지도 모르는 그런 남자 주인공 말이다.

"좋아하는 사람이 생겼어."

"그게 무슨 소리야."

칼리드는 제가 좋아한다는 상대가 혹시나 본인일지도 모른다는 생각을 했는지, 씰룩거림을 참지 못하는 그의 입가에 비웃음이 나오려는 것을 그녀는 필사적으로 참았다. 자신이 엘레나인 이상, 원작대로 칼리드의 여자가 될 생각은 전혀 없었다.

그도 그럴 게 칼리드는 희대의 어장관리남이었다! 그것도 끝까지 어장을 열심히 관리하는 어장관리계의 넘버원. 마지막에는 결국 여자 주인공인 엘레나와 결혼했지만, 사실은 그가 진실로 사랑하는 여자는 다른 여자였다는 역대급 망언까지 내뱉는 그런 쓰레기였다는 말이다.

"나, 황태자 전하를 좋아하게 됐어."

소설 속 여주인공 엘레나 페이트라면 모르나, 적어도 자신만큼은 칼리드의 어장 속 물고기가 될 생각이 전혀 없었다.

그날도 엉덩이가 무거운 사람이 승리한다는 유명 강사님의 명언을 본받아서, 엉덩이를 의자에 붙이고 책을 펼쳤다. 비록 펼친 책이 고시 공부 책이 아니라, 로맨스 소설이라는 문제였지만 아무렴 어떤가. 엉덩이가 무거운 건 무거운 거였다.

"와…… 남자 주인공 진짜 쓰레기네."

인터넷에서 한창 유행하던 로맨스 판타지 웹소설 〈칼리드의 여자〉는 선풍적인 인기에 종이책으로도 출간되었다. 가난한 고시생인 신분으로는 밥 한 끼도 제대로 먹을 돈은 없었지만, 굶고 또 굶어서 취미 활동을 활발히 했다. 사람이 꼭 하고 싶은 일이 있으면, 무엇이든 할 수 있는 거였다. 신나게 한 손으로는 젤리를 집어가면서 다른 한 손으로는 책을 넘기며 열심히 독서를 했다.

"이거 완전히 미친놈 아니야?"

열심히 남자 주인공을 욕하면서 젤리를 질겅거리던 게, 바로 어젯밤이었는데…… 분명히 그랬었는데…….

왜 거울에 비친 자신의 모습이 말괄량이 삐삐처럼 빨간 머리에 주근깨 소녀인 걸까?

"이거 뭐, 뭐야…… 왜 내가 빨간 머리야?"

거울에 비치는 모습으로는 칙칙할 것 같은 빨간색 머리는 직접 손으로 만져보니까, 의외로 부드럽게 손가락 사이를 스르륵 하고 빠져나갔다. 양 볼에 콕콕 박혀 있는 주근깨들도 벅벅 문질러보자, 화장으로 그린 것이 아니라 진짜로 주근깨가 있는 거였다.

"세상에…… 빛도 안 보고 독서실에서만 살아서 피부 하나만큼은 뽀얀 꿀피부였는데! 주근깨라니 이게 무슨 일이야!"

거울 앞에 서서 얼굴을 떡 반죽하듯이 열심히 주무르고 있는데, 뒤에서 문이 열리는 소리가 나더니 중년의 여성으로 보이는 여자와 자신과 또래로 보이는 여자가 들어오고 있었다.

"아가씨?"

"누, 누구세요?"

갑자기 나타난 여자들은 천 리 밖에서 보더라도 도저히 한국인이라고 볼 수 없는 외모였다. 아무리 눈을 비벼보아도 서양인들로만 보이는 그녀들의 모습에 이게 꿈인지 생시인지 알 수가 없었다.

"엘레나 아가씨, 오늘 클로비스 도련님과 피크닉을 가신다고 서둘러야 한다고 하셨잖아요."

"에, 엘레나 아가씨……?"

엘레나, 클로비스, 빨간 머리에 주근깨. 어제 열심히 읽었던 〈칼리드의 여자〉에서 나오는 여자 주인공의 이름과 남동생의 이름이었다. 그리고 여자 주인공의 외모 묘사는 빨간 머리에 주근깨가 있는 건강하고 활발한 소녀였다.

"엘레나 페이트?"

"아가씨, 어디 불편하신가요?"

엘레나 페이트라는 자신의 물음에도 전혀 동요가 없는, 두 사람의 반응에 제 예상이 맞았다는 것을 깨달았다.

"내가…… 어장 속 물고기라고?"

어장 속 물고기라며 소리를 지르는 자신의 반응에 놀란 두 명이 저를 제지할 때까지 미친 듯이 싫다고 말도 안 된다고 날뛰었던 것 같다. 결국은 둘의 노력에 겨우 흥분을 가라앉히고서야, 멍한 얼굴로 의자에 앉을 수 있었다.

"말도 안 돼……."

엘레나 페이트는 소설 〈칼리드의 여자〉에서 비운의 여자 주인공이었다. 도대체 작가가 어떻게 이런 식으로 글을 썼는가 싶을 정도로 마지막에 독자들의 뒤통수를 거하게 후려친 작품이었다. 남자 주인공인 칼리드와 결혼을 하게 되어서 모두 다 행복한 결말인 줄로만 알았었다.

그런데 외전에서 그런 내용이 있을 것이라고는 아무도 상상하지 못했었다. 사랑과 권력, 자신의 능력까지 모든 것을 남자 주인공인 칼리드에게 바친 엘레나를 그렇게 배신할 줄이라고는 그 어떤 누구도 생각 못 한 결말이었다.

"이대로…… 창문에서 뛰어내린다면, 다시 돌아갈 수도 있지 않을까?"

창문에서 뛰어내리겠다는 그런 시답잖은 생각이나 하고 있을 때쯤, 문이 벌컥 열리더니 금발의 잘생긴 소년이 뛰어 들어오고 있었다.

"누님……!"

누님?

"누구……."

"누님! 저 클로비스입니다. 저도 알아보시지 못하는 겁니까? 소피아가 이상하다고 말……."

"조용히 좀 해."

클로비스는 조용히 좀 하라면서 말을 가로막는 엘레나의 차가운 모습에 놀라서 꿀 먹은 벙어리처럼 입을 다물고 그녀를 쳐다보았다. 평소의 엘레나라면, 절대로 하지 않을 말에 클로비스는 적잖이 상처를 받았다.

"클로비스."

"네! 누님."

"내가 잠시 나쁜 꿈을 꾸느라, 정신이 없었어."

다시 환하게 웃으면서 다정하게 제 이름을 부르는 엘레나의 모습에 클로비스는 따라 웃으면서 그녀의 손등에 존경의 의미를 담아서 입술을 맞췄다. 그런데 평소라면 자신의 머리를 쓰다듬어줄 엘레나가 가만히 있자, 의아한 얼굴로 그녀를 바라보았다.

"누님?"

"아…… 아니, 잠깐…… 네가 너무 잘생겨서 잠시 넋이 나갔나봐."

클로비스라면 여주인공인 엘레나의 남동생이었다. 칙칙한 빨간 머리인 엘레나와는 다르게, 화려하게 빛나는 금발은 시선을 사로잡기에 충분했다. 거기에 짙은 갈색의 눈동자는 굉장히 부드러운 빛을 띠고 있어서, 자신도 모르게 넋이나 간 채로 바라보고만 있었다.

"누님도 아름다우십니다."

살살 눈웃음을 치면서 자신의 무릎에 머리를 비비는 행동에 엘레나는 놀라서 숨을 들이켜야 했다.

　방금 천사가 눈앞에 왔다 간 것 같았어……

　잘생긴 소년이 웃으면서 누님도 아름다우시다고 하는데 넘어가지 않을 여자는 아무도 없을 것이다. 간이고 쓸개고 모두 다 빼서 주고 싶은 그런 마음이 들었다.

　"누님, 몸은 정말 괜찮으신 겁니까?"

　"으응…… 그래……."

　아니, 클로비스 너 때문에 정신건강이 해롭단다.

　커다란 강아지처럼 반짝반짝 빛나는 눈으로 저를 올려다보는 클로비스의 모습에 엘레나는 애써 시선을 돌려야만 했다.

　"아직 몸이 많이 안 좋으신 것 같습니다."

　"아니, 아니야!"

　몸이 많이 안 좋은 것 같다며, 제 이마를 만지면서 온도를 확인하는 클로비스의 행동에 엘레나는 황급히 뒤로 몸을 물렸다. 자신보다 한참이나 어린 클로비스에게 설레다니! 이건 제 인생에서 잘생긴 남자를 한 번도 보지 못해서 생긴 일이었다. 칙칙한 고시 생활에서 어찌 이렇게 보기만 해도 배부른 미남을 볼 수 있나. 그저 매일 보는 것이라고는 모두 공부에 지쳐, 피곤함에 절은 얼굴들뿐이었다.

　"아버지도 많이 걱정하고 계십니다."

　"아버지도……?"

그러고 보니 여주인공인 엘레나는 부유한 귀족 집안의 사랑받는 딸이었다. 유서 깊은 페이트 백작가의 장녀이자, 엄청난 능력을 갖고 있는 능력녀이기도 했다. 그런데 그런 엘레나한테 남자 주인공인 칼리드는 정말이지 엄청난 '빅엿'을 주었다.

"누님이 아프시면, 저랑 아버지는 가슴이 아파서 어찌할 바를 모르겠습니다. 누님 제발 아프지 마세요."

정말로 슬픈지, 눈물이 그렁그렁한 클로비스의 얼굴에 엘레나는 괜찮다는 의미로 클로비스의 손을 마주 잡아주었다. 그제야 환하게 웃어 보이는 그의 얼굴에 안도의 한숨을 내쉬었다. 여주인공인 엘레나는 활달하고 건강했지만, 자주 앓았다. 말의 어폐가 안 맞는다고 생각하겠지만, 그럴 수밖에 없었다. 그녀의 능력은 본인의 체력을 깎아가면서 사용해야 했기 때문이다. 한번 대규모의 능력을 발휘하는 날이면, 엘레나는 몇 날 며칠이고 침대에 앓아누워 있어야만 했다.

"난 괜찮아. 아버지에게도 괜찮다고 말해줄래?"

"네, 누님 오늘 피크닉은……."

아플지도 모르는 누나가 걱정은 되면서도 피크닉은 가고 싶었는지, 망설이는 클로비스의 모습에 엘레나는 그가 아직 어린 애라는 걸 깨달았다. 하지만 지금처럼 아무것도 정리되지 않은 혼란스러운 상황에서 피크닉을 갈 수는 없었다. 괜히 자신이 진짜 엘레나가 아니라는 것을 들키게 된다면, 이쪽이야말로 어찌할 바를 모르게 되기 때문이다.

"클로비스, 오늘은 내가 좀 피곤한데 내일 가도록 하자."

"하지만…… 누님은 내일 안톤 칼리드, 그자와 만나기로 했잖아요."

클로비스의 입에서 나오는 안톤 칼리드라는 말에 그녀는 이곳이 정말 제가 읽고 잠들었던 책 속의 세계라는 것을 깨달았다.

"……칼리드에게 내일 만나지 않겠다고 전해줘."

"정말입니까?"

만약 클로비스가 사람이 아닌 강아지라면, 지금 꼬리에 모터가 달린 듯이 흔들리고 있을 거라는 데에 얼마 있지도 않은 자신의 전 재산을 걸 수도 있었다. 신이 나서 반짝거리는 눈과 제 손을 강하게 잡아 오는 두 손에 그렇게도 좋을까 하는 생각이 들었다.

"그래."

"당장 그자에게 전하라고 하겠습니다!"

뭐가 그리도 좋은지 달려나가는 클로비스의 뒷모습에 엘레나는 흐뭇한 미소를 숨길 수가 없었다. 이토록 훈훈한 남동생이라니! 보기만 해도 절로 웃음이 지어지는구나.

"하…… 그러니까 앞으로 이걸 어떻게 해야 한다."

클로비스가 나가는 것을 확인하고, 앞으로 어떻게 해야 할지 고민하려는 찰나에 다시 열리는 문에 놀라서 고개를 들었다.

"클로비스 왜……."

"인사를 잊었습니다. 누님, 오늘도 즐거운 하루 보내세요."

무엇을 잊었냐고 묻기도 전에 볼에 스쳐 지나가는 클로비스의 입술에 엘레나는 놀라서 뻣뻣하게 몸이 굳어 있었다. 그런 자신의 마음은 아는지 모르는지, 클로비스는 행복하다는 듯이 웃으면서 방을 빠져나갔다.

"아…… 정말 미쳤다…… 엘레나 페이트는 제정신이 아닌 게 분명해."

지금 자신이 빙의한 것 같은 엘레나에 대해 정리를 해보자면, 엘레나 페이트는 유서 깊은 페이트 백작가의 장녀였다. 페이트 백작부인이 클로비스를 낳고 얼마 지나지 않아 별세했기 때문에 클로비스는 엘레나의 손에서 자라다시피 했다. 그래서 그런지 클로비스는 누나인 엘레나에 대한 애정이 엄청났다.

"그래도 그렇지…… 볼 키스를 아무렇지 않게 할 정도일 줄은 몰랐어."

소설 속에서는 그저 엘레나가 가족들의 사랑을 듬뿍 받는 백작 영애라고만 나와 있었다. 소설은 칼리드와 엘레나의 사랑 이야기를 중심으로 서술했지. 엘레나의 가족에 관해서는 자세히 언급하지 않았었다. 오히려 엘레나의 가족보다도 칼리드의 어장 속 물고기 중 하나인, 록사나 힐다에 대해 더욱 자세히 얘기했다.

"정보가 너무 없어……."

제가 아는 것이라고는 그냥 엘레나는 부잣집 귀족가의 사랑받는 딸이라는 것. 제대로 금수저 물고 태어난 여자라는 것뿐이었다. 다만 남자를 잘못 만나서 인생이 기구하게 흘러가고 마는 그런 인물이었다.

"그런데 엘레나의 능력이라면, 칼리드 따위는 쳐다보지도 않았을 텐데 왜 그랬지?"

어제 열심히 읽었던 줄거리를 떠올려보면, 칼리드와 엘레나의 첫 만남은 그녀의 데뷔탕트에서였다. 하필이면 그날, 같이 데뷔한 영애 중 하나가 빅토리아 베로니카 공녀였다. 황태자비로 내정되어 있다고 소문이 자자한 여자. 차기 황후의 자리는 그녀가 차지할 것이라고 모두 의심치 않았다. 실제로도 베로니카 공녀는 황태자와 결혼을 하게 된다.

그런 엄청난 소문의 주인공과 같이 사교계 데뷔를 한, 엘레나는 상대적으로 많은 이들의 관심을 받지 못했다. 그렇다고 그녀가 베로니카 공녀처럼, 모두의 시선을 끌 만한 화려한 외모를 가지고 있는 것은 아니었다. 객관적으로 보아도 칙칙한 빨간 머리에 주근깨가 가득한 엘레나보다 꿀처럼 빛나는 허니 블론드의 금발을 가진, 화려한 외모의 빅토리아가 눈길을 끌었다.

"원래의 내 얼굴보다는 훨씬 예쁜데 말이야……."

동생인 클로비스와 같은 색의 눈을 가지고 있는 갈색의 눈동자는 부드러우면서도 깊어 보였고, 그림자가 질 정도로 풍성한 속눈썹은 눈을 뜨고 감을 때마다 나비의 날갯짓처럼 팔랑거렸다. 거기에 장난기가 가득해 보이는 살짝 올라간 입가와 눈매, 그리고 양 볼에 박혀 있는 주근깨가 그녀를 더욱 건강하고 귀엽게 보이도록 만들었다.

"문제는 이 머리인데…… 실제로는 그렇게 칙칙하지 않은데, 보기에는 너무 빗자루 같단 말이지……."

그래도 부유한 백작가의 딸인 엘레나의 머리는 아무렇게나 방치되지 않았다. 실제로 만져보면 손가락 사이를 부드럽게 빠져나가면서 휘감기는 감촉이 평소에도 그녀가 머리에 엄청난 관리를 쏟아붓고 있었다는 걸 알 수 있었다. 하지만 사람들의 눈은 요목조목 살펴보면 아름다운 엘레나보다, 차기 황태자비 내정자인 빅토리아에게 쏠릴 수밖에 없었다. 굳이 차기 황태자비라는 자리가 아니어도, 그녀에게는 충분히 모두의 관심을 가질 만한 것들이 가득했기 때문이다.

그날의 파티에는 무려 직접 황태자가 행차했다. 사람들은 빅토리아와 황태자의 사이에 열을 올리느라, 또 다른 주인공인 엘레나에게는 무심했다.

문제는 바로 그거였다. 애석하게도 여주인공인 엘레나는 어머니를 일찍 여의고 아버지와 동생에게 엄청난 사랑을 받아왔다. 그리고 그녀의 능력 덕분에 페이트 백작가를 비롯하여 영지의 사람들까지도 모두 엘레나를 사랑해왔다는 거다.

엘레나는 처음 겪는 일에 당황해서 어쩔 줄을 몰랐고, 종국에는 그녀를 험담하는 얘기들까지 듣게 되자 정신을 차릴 수가 없었다. 아무도 보지 않는 테라스에서 눈물을 흘리고 있는, 엘레나의 앞에 나타난 게 바로 남자 주인공인 칼리드였다.

"그냥 억수로 운이 좋은 놈. 그게 아니라면, 모든 걸 예상하고 철저히 움직였거나."

녹록지 않은 현실에 상처를 받고 울고 있는, 엘레나에게 위로의 손길을 건네는 칼리드에게 그녀는 말 그대로 첫눈에 반해버리고 말았다. 그도 그럴 것이 칼리드는 무려 남자 주인공이었다. 누구라도 뒤돌아볼 만한 훤칠하고 잘생긴 외모로 그녀를 달래주는 그의 모습에 엘레나는 그야말로 폴 인 러브.

거기에 칼리드는 그녀의 아픈 곳을 건드렸다. 그게 그의 의도된 행동인지 아니면 그녀의 그런 모습을 보고서 떠올린 행동인지는 모르지만, 칼리드의 그런 말들은 엘레나의 공감을 이끌어내었고 엘레나는 걷잡을 수 없을 정도로 칼리드에게 빠져들었다.

"태어나서 보고 자란 남자라고는 동생인 클로비스와 아버지인 클라우스밖에 없다고 그랬었지. 그래서 그렇게 손쉽게 칼리드에게 빠져버린 건가."

남자 주인공인 칼리드는 독자들이 느끼기에는 굉장히 멍청했고, 그와 동시에 굉장히 영악한 인물 중 하나였다. 칼리드의 어장 속 물고기들은 칼리드의 행동 말 한마디 하나하나에 속절없이 빠져들어서 스스로 그의 물고기를 자처했다. 자신도 넘어가는 인물들을 볼 때마다, 이해가 안 간다고 생각하면서도 사람의 가장 약한 심리를 파고드는 칼리드의 혀를 내두를 발언들에 감탄했던 적이 한두 번이 아니었다.

"무슨 짓을 벌여서라도 칼리드의 어장 속에서 벗어난다!"

다시 원래의 세계로 돌아갈지 아니면 계속 이곳에 있을지, 그 무엇도 예상할 수 없었지만, 이대로라면 엘레나의 운명은 칼리드의 어장 속에서 어장관리나 당하다가 불행한 결혼생활을 할 뿐이었다. 그에게 실컷 이용당하고 또 이용당하다가, 자신을 사랑한다고 생각했었던 그에게 배신당하면서 엘레나는 서서히 죽어가고 말 것이다.

그게 엘레나의 마지막 결말이었다. 절대로 그럴 일은 생기게 두고 보지 않을 생각이었다. 적어도 제가 엘레나인 이상은 말이다.

어장 속에서 벗어나겠다던 어제의 단호한 결심과는 다르게, 지금 눈앞에 나타나 있는 칼리드의 모습에 엘레나는 아무 말도 하질 못했다.

"엘레나."

책 속에서 그렇게나 희대의 어장관리남에 마지막에는 쓰레기 짓까지 한 사람으로 표현된 사람치고는, 실제로 만난 칼리드는 너무나도 순수해 보였다. 도저히 저 얼굴로는 그런 짓들을 하지 못할 것 같았다. 클로비스의 빛나는 금발보다도 더욱 환한 채도의 은발과 신비로운 보라색 눈동자에는 엘레나를 향한 사랑이 가득 담겨 있었다. 이미 모든 것을 알고 있는 자신조차도 속을 정도로 칼리드의 눈빛은 무엇보다도 따스했고, 사랑스러운 대상을 보는 눈빛이었다.

"칼리드……."

"클로비스에게 네가 아프다는 말을 들었어. 또다시 능력을 쓴 거야?"

또다시 능력을 쓴 것은 아니냐며, 조심스러운 손길로 엘레나의 볼을 쓰다듬는 행위는 매우 친밀하고 애틋했다. 잠시라도 긴장을 놓으면, 이게 칼리드의 진심이 아니라는 것을 알고 있는 자신도 넘어가 버릴 정도였다.

"……오늘은 만나고 싶지 않다고, 클로비스에게 말했는데."

정신을 차리기 위해서 자신의 볼을 매만지고 있는, 칼리드의 손길에서 벗어나 한걸음 뒤로 물러났다. 소중한 것을 만지고 있는 듯한 애정이 뚝뚝 떨어지는 눈빛과 손길에 그만 넘어갈 것 같았기 때문이다. 저게 모두 다 연기라면, 칼리드는 남우주연상 감이었다. 하지만 모두 다 연기는 아니기에 이루어질 수 있는 일이겠지…….

칼리드는 엘레나를 조금도 사랑하지 않는 것은 아니었다. 그저 엘레나는 언제나 록사나 힐다보다 뒷순위였을 뿐이다. 너를 사랑하지 않는 것은 아니나, 자신의 진실한 사랑은 록사나라는 그의 말은 모두를 분개시켰다. 차라리 모두 다 거짓이었다, 너를 사랑한 척한 것이라는 말을 했었더라면, 그렇게까지 엘레나를 무너뜨리지 않았을 것이다. 그녀를 사랑하지 않는 것은 아니나, 진실한 사랑은 따로 있다는 칼리드의 말은 너무나도 비참했다. 모든 것을 그에게 바친 엘레나에게는 매우 가혹한 엔딩이었다.

"엘레나, 너는 아프면, 항상 나를 찾았잖아."

"그랬었나……."

그랬었던 것 같기도 하고…… 기껏 해봐야 이틀 전에 읽은 내용이었지만, 세세한 것들까지는 기억이 나질 않았다. 〈칼리드의 여자〉라는 책의 이름에 걸맞게 소설 내용은 칼리드를 중심으로 전개되었다. 당연히 여자 주인공인 엘레나의 시점도 많이 나왔지만, 칼리드에 비교하면 턱없이 부족한 분량이었다.

"우린 서로 둘밖에 없으니까."

엘레나가 한걸음 물러난 만큼 한 걸음 더 앞으로 다가오는 칼리드의 행동에 그녀는 미간을 찡그렸다. 서로 둘밖에 없다는 그의 말에 어이가 없어서 속으로 코웃음을 쳤다.

입에 침이나 바르고서 그런 거짓말이나 하시지!

"……"

엘레나는 진짜로 코웃음을 칠까 봐 입술을 꾹 깨물고 아무 말도 하지 않고 있었다. 그러자 칼리드는 불안했는지, 다시 한번 웃어 보이면서 그녀의 두 손을 부드럽게 마주 잡았다.

"나도 엘레나도 둘 다 어머니를 잃어서 혼자가 되었으니까."

"나는…… 아버지와 동생이 있어."

제 손을 붙잡으며 얘기하고 있는 칼리드의 행동에 엘레나는 소름이 쫙 끼치는 것 같았다. 엘레나에게 부족한 것, 그건 바로 어머니의 사랑이었다. 엘레나가 기억도 제대로 못 하는 어린 나이에 돌아가신 어머니의 존재는 엘레나에게 유일한 결핍이었다. 희미한 기억 속의 어머니에게 집착하는 엘레나의 마음을 칼리드는 교묘히 파고들었다.

"난 혼자가 아니야."

칼리드는 황제의 애첩으로 본인을 낳고, 황후의 모략으로 독살당한 어머니 얘기로 엘레나가 그에게 동질감을 느끼게 했다. 그와 동시에 황실에 대한 반감을 엘레나에게 무의식중에 계속해서 심어 주었다.

"칼리드도 정말로 혼자는 아니잖아?"

"엘레나…… 오늘따라……."

그러면서 그가 얻는 것은 칼리드를 향한 엘레나의 호의와 황실에 대한 그녀의 반감이었다. 그래서 엘레나는 황태자와 대적하여 칼리드의 편에 서게 되고 만다.

이미 칼리드는 훨씬 전부터 모든 것을 계획하고 있었을지도 모른다는 생각이 들었다. 아무것도 모르는 엘레나는 칼리드의 손바닥 위에서 그저 놀아난 것뿐이었다.

"칼리드."

"……."

엘레나가 이렇게 나올 것이라고는 생각도 못 했는지, 당황해서 입술을 깨물고 있는 그의 모습에 조소가 흘러나왔다. 드디어 서서히 본색을 드러내는 칼리드의 얼굴에 짜릿함까지 느낄 정도였다.

"엘레나, 나는 네가 무슨 말을 하는지 모르겠어. 게다가 왜 안톤이 아니라, 나를 칼리드라고 부르는 거야?"

처음 만난 순간부터 그를 칼리드라 불러왔는데, 그걸 이제야 지적하는 칼리드의 멍청함이 한심했다. 고작 이 정도의 남자에게 속아 넘어가고 만 엘레나가 더욱 안쓰러워졌다.

"그 이유는 나중에 말해줄게."

"엘레나……."

"칼리드, 정말로 혼자인 것은 아니잖아. 칼리드에게는 아버지이신 황제 폐하와 형님이신 황태자 전하가 있잖아?"

엘레나는 왜 바보같이 자신은 이 책 속의 또 다른 주인공인 그를 떠올리지 못했는지 통탄했다.

칼리드가 열등감을 갖고 있는 유일한 존재. 그리고 의도치 않았지만, 엘레나의 복수를 해주었던 아론 클로드의 존재를 말이다.

"엘레나……."

엘레나는 잔뜩 상처받은 표정인 칼리드의 얼굴을 대수롭지 않게 무시했다. 고작 이 정도 일로 상처받은 표정을 지으면, 앞으로는 어떻게 하려고 그러니?

"내가 틀린 말을 한 거야……?"

칼리드, 연기는 너만 할 줄 아는 게 아니야. 방금 아주 기막힌 계획이 머릿속에 떠올라서 말이야. 칼리드가 의도했는지는 모르지만, 그는 엘레나를 가장 기막힌 방법으로 무너뜨렸다. 자신은 그가 엘레나를 어떤 식으로 뒤통수 쳤는지는 가장 잘 알고 있었다. 칼리드는 제일 효과적이고 그리고 절대로 실패할 수 없는 방법으로 그녀를 배반했다.

눈에는 눈, 이에는 이였다.

칼리드가 엘레나의 가장 약한 부분을 건드렸다면, 자신도 그가 가장 약한 부분을 건드리면 되었다. 가장 효과적으로, 또한 완벽하게 그의 뒤통수를 칠 생각이었다. 그리고 더불어서 칼리드의, 아니 칼리드와 힐다 둘의 숙원까지도 완벽히 저지할 수 있는 계획이었다. 그러기 위해서는 칼리드가 열등감을 가지고 있고, 물리치고 싶어 하는 아론 클로드의 존재가 필요했다. 그가 가장 배신감을 느끼고, 그를 처절하게 만들 수 있는 사람은 바로 아론 클로드밖에는 없었다.

"칼리드는 혼자가 아니야. 황제 폐하께서도 칼리드를 인정하고 계시잖아."

"……그, 그래."

자신의 발언에 많이 화가 났는지, 양손을 불끈 쥐고 부들거리는 칼리드의 두 주먹에 엘레나는 그 모르게 살짝 미소를 지었다. 같은 아비 밑에서 태어났지만, 칼리드와 아론의 운명은 천지 차이였다. 한 명은 황후의 배를 통해 태어나 혈통을 인정받고 황태자가 되었지만, 칼리드는 황제의 정부에게서 태어나 핏줄을 인정받지 못해 버려졌다. 칼리드는 어머니의 손에서 매일 원망을 받으며, 자작가에서 방치되면서 자라났다. 황태자인 아론을 향한 그의 자격지심은 어마어마해서 어느 정도인지 쉬이 가늠할 수조차 없었다.

아론에게 엄청난 패배의식을 가진 칼리드에게 그를 통해서 뒤통수를 친다면, 가장 완벽한 방법이 될 것 같다는 걸 지금 흔들리고 있는 칼리드의 눈을 보고서 깨달았다.

사람의 눈이 이렇게나 떨릴 수 있다는 걸, 그녀는 칼리드 덕분에 처음 알게 되었다.

"곧 칼리드의 후작 작위 수여식이 열리잖아. 이제는 아무도 칼리드에게 뭐라고 할 사람은 없어."

"그래, 그렇지."

엘레나가 칼리드의 후작 작위 수여식을 언급하자, 그제야 환해지는 그의 얼굴에 그녀는 살며시 미소 지었다. 최대한 행복하다는 듯이 환하게 웃어주었다. 그래야만 칼리드가 자신도 그의 수여식에 기뻐하고 있다고 착각하기 때문이다.

황제는 생각보다 칼리드를 외면하지 않았다. 다만, 황후의 눈치를 보아 칼리드를 황궁에서 키우지 않은 것뿐이었다. 진정으로 황제마저 완전히 외면했더라면, 엘레나와 칼리드는 만나지도 못했을 것이다. 황제는 황후가 사망하자마자, 칼리드를 품으려 했었다. 아론이 없었다면 말이다.

"칼리드의 후작 작위 수여식이 자꾸 미뤄져서 큰일이야. 형님이신 황태자 전하께서 반대하시느라 그런 거지?"

"그럴 리가…… 이건 아버지께서 나를 아들로 인정하시는 일인데, 형님이 막을 수 있는 게 아니야."

"하지만…… 칼리드는 황제 폐하를 아버지라 부를 수 없잖아. 더불어 황태자 전하도 형님이라고 부를 수 없고……."

엘레나는 아무것도 모른다는 얼굴로 살며시 웃어 보였다. 자신의 말을 듣고 얼굴이 붉으락푸르락 변하는 그의 얼굴에 속으로는 조소를 날렸다. 클로드 황실은 이상하게도 손이 무척이나 귀했다. 황태자인 아론을 빼고는 황제에게는 정식 자식이 없었다. 그래서 황제는 더욱더 칼리드를 황자로 올리고 싶어 했다. 하지만 정식 황태자인 아론의 반대로 번번이 부딪힐 수밖에 없었다. 그도 그럴 것이 아론은 칼리드와는 전혀 다른 인물이었다. 명문 귀족가인 황후의 뒷배와 그의 천재적인 검술 능력과 마법 능력을 황제는 결코 무시할 수 없었다. 지금 사실상 황실의 실세는 아론이었다. 다만 아론이 황제를 존중해서 몸을 수그리고 있는 것뿐이었다.

"공식적인…… 공식적인 자리에서만 그래."

잔뜩 일그러진 얼굴로 애써 웃으면서 공식적인 자리에서만 아버지라 부르지 못한다고 말하는 칼리드의 모습에 엘레나는 킥킥대며 웃고 싶은 걸 참아내었다. 공식적인 자리가 아닌 곳에서 황제가 아버지라 부르라고 하는 것은 모르겠지만, 아론은 절대 그렇지 않을 거라는 걸 자신은 이미 알고 있었다. 칼리드의 뒤통수를 치는 데 아론이 가장 적절한 인물이라고 하는 이유는 하나 더 있었다.

　아론도 칼리드를 미친 듯이 증오했다.

　그걸 증오라고 해야 하나? 그건 그냥 완벽한 무시였다. 아론은 칼리드를 길가의 돌멩이보다 못한 취급을 했다. 그래서 칼리드는 더욱더 아론에 대한 자격지심이 강했다.

　"으응, 역시 그렇구나. 칼리드는 폐하의 확실한 자식인걸? 칼리드에게는 황실에서만 내려오는 보라색 눈동자가 있으니까."

　황태자인 아론도 끝까지 칼리드를 반대할 수 없는 이유가 바로 저것이었다. 황가에게서만 이어지는 보라색의 눈. 바로 저 눈 때문에 아론은 칼리드를 완벽히 짓밟지 못했다. 그러나 그가 황실에 오는 것만큼은 막아내었다. 황제의 피를 이은 것은 명백히 본인 혼자라는 뜻이었다. 그래서 황제는 어쩔 수 없이, 칼리드에게 후작위를 내려주기로 했다.

　하지만 그마저도 아론의 심기를 거슬렀는지, 칼리드의 후작 작위 수여식은 매번 미뤄지고 있었다. 종국에는 칼리드가 후작위를 받기는 하지만, 그는 수여식을 늦춘 장본인이 아론이라는 걸 알고 있었다. 그래서 그랬었던가? 수여식에서 칼리드가 추한 질투심을 엘레나에게 한번 터뜨린 적이 있었다. 착한 엘레나는 바보같이 그걸 받아주었고 말이다. 그때부터 엘레나는 칼리드가 원하는 대로 체스 말처럼 움직였다. 오직 사랑하는 남자를 위해서, 자신을 희생하는 것도 개의치 않았다.

"나는 칼리드의 보라색 눈동자가 제일 좋아."

실제로 칼리드의 보라색 눈동자는 매우 신비로워서 계속 눈길이 갔다. 그리고 그의 눈을 보면서, 아직 보지 못한 아론의 눈동자도 이렇게 생겼을지 궁금증이 일었다. 얼른 아론을 만나고만 싶었다. 칼리드가 남자주인공이었지만, 그런 칼리드보다도 월등히 수려하다는 그의 외모가 궁금했다. 어쩌면 작가는 진짜 주인공을 칼리드가 아닌, 아론이라고 생각했을 수도 있었다. 모든 면에서 아론은 칼리드보다 뛰어났다. 그리고 마지막의 마지막까지도 칼리드는 영영 아론을 뛰어넘을 수 없었다.

"고마워. 나도 엘레나의 빨간 머리가 좋아."

일부러 엘레나가 가장 콤플렉스를 가지고 있는, 빨간 머리를 언급하는 칼리드의 마음을 알 것 같았다. 빨간 머리에 대한 차별은 많이 사라졌지만, 고위 귀족들일수록 아직 많이 남아 있었다. 그래서 그런지 엘레나는 항상 환한 금발 머리에 대한 동경이 강했다. 매번 동생과 아버지의 금발을 부러워했고, 본인의 머리카락색을 싫어했다.

"나는 싫은걸…… 난 칼리드의 은발 머리가 더 좋아."

"엘레나의 머리는 이렇게나 탐스러운걸."

항상 엘레나는 칼리드에게 그의 은발 머리가 좋다고 말했고, 그럴 때마다 칼리드는 그녀의 빨간 머리를 칭찬하며 그녀를 위로했다. 지금도 실제로 자신의 머리를 붙잡고, 코를 박는 행위에 엘레나는 얼굴이 일순간 구겨졌다. 칼리드가 고개를 숙이느라, 자신의 표정을 보지 못한 게 무척 다행이었다.

"엘레나, 후작 작위 수여식에서 내 파트너가 되어주겠어?"

"아……."

칼리드가 엘레나에게 파트너 신청을 하는 것은 이미 알고 있는 사실이었지만, 막상 자신의 앞에 닥치게 되자 말이 나오질 않았다. 칼리드는 수여식 날에 엘레나를 본격적으로 이용하며, 어장관리를 시작한다. 황제가 인정하는 사생아라는 그의 신분은 수많은 여자를 꼬여내기에 충분했다. 원래의 엘레나였더라면, 칼리드에게 감동을 받고 파트너 자리를 수락하고 만다. 그리고 막상 그를 좋아하는 여자들이 많아지자 큰 불안에 빠진다. 칼리드가 그녀를 특별하지 않게 여긴다고 생각했기 때문이다. 실제로 칼리드는 엘레나를 옆에 두고, 그녀를 철저히 무시했다.

애가 닳은 엘레나가 먼저 칼리드에게 손을 내밀 수 있도록 말이다.

"음…… 좋아."

원래라면 칼리드가 원하는 대로 움직여주고 싶지 않았지만, 이번만큼은 예외였다. 무엇보다도 후작 작위 수여식에는 아론 클로드, 그자가 나타난다. 그에게 쉽게 접근하기 위해서는 엘레나 페이트라는 백작 영애보다도, 칼리드의 파트너라는 점이 좀 더 손쉬울 것이다.

"엘레나, 역시……."

앞에서 칼리드가 무어라 말하고 있었지만, 엘레나의 귀에는 전혀 들리지 않았다. 그저 아론 클로드를 만날지도 모른다는 기대감에 그녀의 눈은 빛나고 있었다.

무척 오랜만에 평화로운 티타임을 가지며, 여유롭게 책을 읽고 있었다. 고시생 시절에는 놀면서도 항상 죄책감에 괴로워했지만, 이곳에서는 그럴 필요가 전혀 없었다. 갑자기 나타난 방해꾼이 아니라면 말이다.

"누님……!"

시끄러운 목소리의 주인공은 클로비스였다. 굳이 고개를 들지 않아도 되는 일이었기에, 엘레나는 계속해서 책장을 넘겼다.

"클로비스, 아무리 누나 방이더라도 노크는 하고 들어와야지."

"누님, 안톤 칼리드와 파트너를 하신다면서요?"

그건 또 어떻게 알게 된 것인지, 저렇게 물기가 가득한 눈망울로 자신을 올려다보는 클로비스의 모습에 엘레나는 얕게 한숨을 내쉬었다. 외동딸로 자라서 클로비스의 조건 없는 사랑이 부담스러웠다. 싫다는 게 아니라, 어떻게 행동해야 할지 전혀 모르겠다는 뜻이었다.

"그래."

"누님! 항상 누님의 파트너는 저였잖아요⋯⋯."

요컨대 본인이 파트너가 아니라서 서운하다는 의미였다. 지금도 자신의 무릎에 매달려 있는 클로비스를 한번 쓰다듬어주고는 읽고 있던 책을 덮었다.

"칼리드가 먼저 제안해서 그랬어. 칼리드는 아는 여자가 없다고 해서 어쩔 수 없었어."

여자가 없기는 개뿔이 지금도 칼리드의 어장 속에서 헤엄치고 있는 여자들만 해도 몇 명인지 헤아릴 수조차 없었다. 자신은 그중에서도 그냥 특별히 신경 쓰는 물고기여서 그런 혜택을 받을 수 있던 거였다. 이게 혜택이라면 혜택이겠지만⋯⋯.

"거짓⋯⋯ 아닙니다⋯⋯."

"다음번에는 클로비스랑 참석할게."

"정말입니까?"

거짓말이라고 말하려다가 자신이 상처받을까 봐, 바로 아니라고 하는 클로비스가 기특했다. 클로비스는 나중에 엘레나의 복수를 해주는 인물 중 한 명이었다. 그렇게도 누나가 좋은지 연신 웃고 있는 클로비스가 귀여웠다.

"아버지께서도 서운해하셨습니다……."

"아버지는…… 많이 바쁘시니?"

자신이 엘레나가 된 지 아직 이틀밖에 흐르지 않았지만, 클라우스를 보질 못했다. 그렇게나 딸을 아낀다는 남자치고는 한 번도 딸의 얼굴을 보러오지 않는 게 이상했다.

"지금 한창 황실에서 가뭄에 관련해서 논의하고 있느라, 성에 오시지 못하는 거예요…… 우리는 누님을 지켜야만 하니까요."

"그렇구나."

"아버지는 아직도 누님이 화가 나 있는 건가 걱정하고 계십니다."

엘레나가 클라우스에게 화가 나 있다고?

"내가 화가 났다고?"

"누님? 모르시는 겁니까?"

진짜의 엘레나라면 몰라도, 지금의 자신은 전혀 모르는 일이었다. 어쩌면 이렇게 빨리 정체를 들켜버릴지도 모른다는 생각에 엘레나는 식은땀을 흘리고 있었다.

"그, 그게 무슨 소리야. 내가 아버지에게 화가 나 있을 리가 없잖아."

칼리드와 엘레나의 이야기를 중심으로 소설에서 엘레나가 클라우스에게 화난 이유 같은 게 나올 리가 없잖아! 아무것도 모를 때는 그냥 모르는 척하는 게 최상의 방법이었다.

"하지만 누님께서는……."

"클로비스, 난 화나지 않았어."

커다란 대형견 같은 클로비스의 머리를 한번 흘뜨려주고는, 애써 모르는 척 책으로 고개를 돌리려 했다. 여기서 들키게 된다면, 자신은 죽도 밥도 안 되는 상황이었다. 다시 원래의 세계로 돌아갈지, 영영 엘레나로 살게 될지 아무것도 모르는데……!

"그래도 누님이 능력을 쓰는 것만큼은, 전 무조건 반대입니다!"

"클로비스."

결사적으로 외치는 클로비스의 행동에 엘레나는 살며시 웃고는 그의 볼을 쓰다듬었다. 클로비스를 보면, 커다란 강아지가 생각나서 자꾸만 이곳저곳을 쓰다듬어주고 싶은 욕구가 들었다. 지금도 자신의 손길이 닿자마자, 한없이 풀어지며 애교를 부리는 모습은 영상으로 남기고 싶을 정도였다. 동생인 클로비스가 이런다면, 아버지인 클라우스도 이에 못지않게 만만치 않다는 얘기인데…….

왜 엘레나는 자신밖에 모르는 이런 멋진 두 남자를 두고, 어장관리남인 칼리드를 택했을까?

"내가 능력을 쓰는 것이 싫으니?"

"네. 누님은 체력이 너무 약하니까요. 분명 또 쓰러지시고 말 거예요."

아무리 생각해도 클로비스의 엘레나에 대한 이미지는 가녀리고 연약하기만 해서 지켜줘야 하는 대상으로 생각하는 것 같았다. 겨우 이틀뿐이었지만, 엘레나의 몸으로 생활하면서 느낀 것은 생각보다 엘레나는 픽픽 쓰러지는 것에 비해, 굉장히 튼튼한 몸을 가지고 있었다.

원래 저혈압에 빈혈을 갖고 있어서, 일어날 때마다 머리가 어지러웠던 자신과 비교하면 엘레나의 몸은 벌떡벌떡 일어나도 하나도 어지럽지 않고 쌩쌩했다. 그뿐만이 아니었다. 조금만 움직여도 골골대면서 많은 시간을 숙면해야 하는 자신과는 달리, 엘레나의 몸은 조금만 자더라도 상쾌한 느낌이었다.

"클로비스, 나는 네 생각보다 튼튼해."

"누님은 항상 누워만 계셨잖아요…… 페이트 백작가를 위해서……."

금방이라도 울 것 같은 얼굴의 클로비스를 본 엘레나는 나지막이 한숨을 내쉬고 그의 얼굴을 쓰다듬어주었다. 엘레나의 능력은 매우 특별했다. 그녀의 능력만 있다면, 온 제국을 전부 가질 수도 있었다. 문제는 그 능력을 광범위에 사용하게 되면, 그녀의 신체가 버티지 못한다는 게 문제였다.

"가뭄이 계속돼서……."

"클로비스…… 울지 마."

어느새 누구보다 서러운 얼굴로 눈물을 뚝뚝 흘리고 있는 클로비스의 모습에 엘레나는 안쓰러움을 느꼈다. 거의 다 큰 소년이 저렇게나 서러운 얼굴로 울기도 쉽지 않을 텐데, 울고 있는 모습에서 클로비스가 얼마나 누나인 엘레나를 좋아하고 있는지 깨달았다. 더불어 그런 엘레나의 몸을 의도치 않게 차지해서 더욱 미안함이 들었다.

"저는 누님이 능력을 쓰는 것이 싫어요……."

"가뭄이 계속되잖아…… 내가 능력을 쓰지 않으면, 페이트 영지 내의 사람들은 모두 굶어 죽을 거야. 물이 없어서 전염병이 생기기도 할 거고……."

클로비스도 제 말이 다 맞는 말이라 대답할 말이 없었는지, 분해서 입술을 꽉 다무는 게 보였다. 실제로 엘레나의 능력이 아니었다면, 페이트 영지도 대대적인 가뭄에서 벗어나지 못해서 모두 괴로워했을 것이다.

"하지만 누님이 아픈 건…… 왜 그 능력은 제가 아니라, 누님에게만 있는 거죠?"

정말로 괴로워하는 클로비스에게 무어라 대답을 할 수가 없어서, 그저 조용히 눈물로 젖은 그의 눈가를 훔쳐주었다. 어린애처럼 우는 클로비스를 차마 외면할 수가 없었다.

소설 속에서는 그냥 엘레나가 크게 앓았다고만 나와 있었다. 자신은 그녀가 얼마나 앓는지 알 수가 없었다. 그래서 클로비스가 이토록 우는 것도 이해하질 못했다.

"나라도…… 있어서 우리가 평화로울 수 있는 거잖아."

"그래요, 그런 거죠……."

금세 눈물을 그치고 고개를 끄덕이는 클로비스의 행동에 웃음이 나왔다. 마저 그를 토닥인 뒤에 진정하라는 의미로 차를 내밀었다.

"누님…… 저도 티타임에 껴도 되나요?"

"싫다고 하면, 끼지 않을 생각이었니?"

다행히 금방 회복해서 환하게 웃는 클로비스를 쓰다듬어준 뒤에 종을 울려서, 하녀에게 클로비스의 것까지 차를 내오라 명했다.

"누님, 누님……."

엘레나는 아까 클로비스를 달래주었던 것을 지금 무척이나 후회하고 있었다. 아니, 그냥 그에게 같이 티타임을 권유한 것을 후회하고 있었다. 무엇이 그렇게 신이 나는지, 계속해서 제 이름을 부르며 말을 하는 클로비스 때문에 여간 곤란한 게 아니었다.

"아버지께 수정구슬로 연락하시지 않을 건가요? 누님이 그러실 생각이면, 강요하지 않을 거예요!"

수정구슬……?

"그런데 아버지도 누님을 많이 보고 싶어 하세요……."

생뚱맞게 수정구슬을 말하는 클로비스의 말에 의문이 들었다. 연락하지 않을 거냐고 말하는 것을 보면, 수정구슬이 이곳에서의 연락수단인 것 같은데……

친절하지 않은 작가는 그런 것까지는 제대로 알려주지 않았단 말이야!

"그, 그게……."

엘레나는 뭐라고 대답을 해야, 최대한 자연스럽게 이 상황을 모면할 수 있을지 알 수가 없었다. 그리고 어린 클로비스까지는 어떻게 속일 수 있었지만, 자신보다 훨씬 오래 산 클라우스를 속일 수 있을지 장담할 수 없었다.

"거기에 아버지는 사실…… 누님이 수여식에 참여하는 것도 마음에 들어 하지 않으십니다."

"왜?"

"누님이 저희보다…… 그자를 더 좋아하잖아요!"

정말로 진심인지 한껏 씩씩대는 클로비스의 모습에 엘레나는 놀라서 아무 말도 할 수가 없었다. 이 부자의 엘레나를 향한 애정이 이 정도일 거라고는 예상하지 못해서 더욱 말을 하지 못한 것도 있었다.

"누님…… 저희와 평생 이곳에서 살아요? 네?"

"아……."

엘레나는 차마 간절하게 매달리는 클로비스를 쳐내지도 못하고, 어정쩡한 자세로 가만히 그를 바라보았다.

"클로비스."

"네!"

앞으로 나타날 클라우스까지 포함해서 이들에게 자신의 계획을 말한다면, 어떻게 될지 벌써 머리가 아파졌다. 도대체가 엘레나는 어떻게 이런 환경에서 칼리드에게 그토록 이용당한 것인지 이해가 가질 않았다.

"나는 칼리드를 좋아하지 않아."

"……정말, 정말입니까?"

엘레나는 눈에 띄게 밝아지는 얼굴의 클로비스에게 미안했지만, 지금은 맞는 말이기에 그렇노라고 고개를 끄덕였다. 칼리드를 좋아하지 않는 것은 사실이었다. 다만, 나중에 칼리드가 아닌 황태자를 좋아한다고 말하는 게 문제지.

"그래, 그는 그냥 친구야."

"역시 그럴 줄 알았어요! 누님이 뭐가 아쉬워서 그런 사생아 놈이랑 어울린단 말입니까? 후작위를 받는다고 해도, 그자가 사생아라는 건 변하지 않아요."

기다렸다는 듯이 칼리드에 대한 나쁜 말을 열변을 토하는 클로비스를 엘레나는 턱을 괴고 가만히 듣고 있었다. 그동안 누나인 엘레나가 칼리드를 좋아하는 것 같아서, 클로비스가 엄청나게 참고 있었다는 것만은 알 수 있었다.

"그럼…… 누구보다도 완벽한 클로드 황태자 전하는?"

황태자를 말하자, 한순간에 정적으로 변하는 방의 분위기에 엘레나는 개의치 않은 듯 아무렇지 않게 차를 마저 마셨다.

"……그래도 안 됩니다. 황태자 전하는 소문에 의하면, 무척이나 차갑다고…… 분명 누님은 큰 상처를 받을 거예요!"

이래저래 핑계가 많은 것이 그냥 엘레나를 누군가와도 엮고 싶지 않은 거였다. 엄청난 시스터콤플렉스구나…… 그렇지만 이것도 마냥 나쁘지만은 않았다.

"엘레나……!"

어쩌면 클로비스의 열성적인 모습을 보고서 진즉에 눈치챘어야 했었다. 클로비스는 그저 약과라는 것을…… 진짜 끝판왕은 따로 있다는 것을 말이다.

"아버지……."

클로비스의 도움을 받아서 수정구슬을 통해, 클라우스와 연락하느라 미리 익힌 얼굴이었지만 실제로 보는 것과는 달랐다. 수정구슬에 비친 모습도 아이가 둘인 중년의 나이치고는 매우 잘생긴 얼굴이어서 속으로 얼마나 놀랐는지 몰랐다.

"내 딸, 얼마나 보고 싶었는지 모른다."

클로비스도 그토록 제게 달려들더니, 클라우스도 오자마자 자신을 세게 끌어안는 탓에 엘레나는 무게중심을 잃고 휘청거렸다. 사람에게 치대는 것은 이 부자의 내력 같았다.

"오셨어요?"

"너와 싸우고 나간 것이 걸려, 대책회의고 뭐고 모두 뒤엎고 얼른 돌아오고 싶었단다."

현실적으로 딸과 싸우고 나갔다고 다시 돌아오고 싶은 아버지가 있다니 믿기지 않았다. 클라우스 자체가 워낙에 믿기지 않는 외모를 가지고 있기도 했지만.

왜 엘레나가 그들의 금발 머리에 그토록 집착했는지, 클라우스를 직접 보자 알 것도 같았다. 클로비스도 아름다웠지만, 클라우스의 금발은 더욱 빛나는 금발이었다. 거기에 푸르른 녹음의 눈동자는 딸을 향한 사랑으로 가득 차 있었다.

"클로비스가 조금 이상한 소리를 하더구나."

"무, 무슨 소리요?"

요 며칠 느낀 것은 클로비스는 자신에 대한 대부분을 아니 모든 것을 클라우스에게 보고했다. 그리고 지금 클라우스가 꺼내려는 얘기는 아론에 관한 얘기일 것 같았다.

"황태자 전하 말이다. 내가 알기로 우리 딸은 전하를 직접 뵌 적이 없을 텐데."

"아…… 데뷔탕트 날, 먼발치에서 지켜본 게 다예요."

사랑으로 가득 차 있었던 녹음의 눈동자는 어느새 날카로운 빛을 띠고, 엘레나를 압박하고 있었다. 정말로 엘레나가 어떻게 칼리드와 결혼까지 골인할 수 있었는지, 아니 그냥 어떻게 그의 반역을 도왔었는지 클라우스를 보자 더욱이 이해가 가질 않았다.

"거기에…… 안톤 칼리드의 후작 작위 수여식에 파트너로 참가

한다고……."

"네……."

꼭 자신의 모든 것을 꿰뚫어 보는듯한, 클라우스의 날카로운 눈에 엘레나는 몸을 흠칫 떨었다. 클로비스는 커다란 대형견 같았더라면 클라우스는 예리한 맹수를 보는 것 같았다. 모든 것을 낱낱이 꿰뚫어 보는 것 같은 눈빛에 절로 기가 죽을 수밖에 없었다. 이러다가 자신이 진짜 엘레나가 아니라는 것을 들키는 것은 아닌지, 불안함에 자꾸만 혀로 입술을 축였다.

"이 아비도 수여식에 참여할까?"

가문의 수장 정도 되는 본인이 싫다면, 굳이 황실의 파티가 아닌 이상은 꼭 참여하지 않아도 되었다. 그 밑의 자식들이나, 수하를 보내어 성의 표시만 하면 아무런 문제가 없었다. 거기에 극심한 가뭄으로 나라는 좋지 않은 상황이라 귀족들도 힘들어할 정도였다.

"아니, 아니에요! 제가 가는데 굳이 아버지까지 가실 필요는 없죠……."

그곳에서 아론에게 접근할 계획이었는데, 클라우스가 오게 된다면 자신의 계획이 쉽게 이루어지지 않을 것이다.

클라우스에게는 최대한 아무렇지 않은 척하며 말을 했지만, 오랫동안 아무 말 없이 자신을 바라보는 예리한 눈빛에 불안감이 목까지 차올랐다. 조금만 긴장을 놓으면, 말실수를 할 것 같은 마음에 초조한 감정으로 엘레나는 클라우스의 이어지는 말을 기다렸다.

"딸아……."

"……."

"전하는 네가 감당할 수 있는 사람이 아니다."

아론을 감당할 수 없다는 클라우스의 말에 엘레나는 잠시 멈칫하고는 애써 화제를 돌리려 했다. 무슨 근거로 클라우스가 아론에 대한 말을 자신에게 한 것인지 알 수가 없었다.

"황태자 전하는…… 아니다. 내가 없는 사이 즐겁게 지냈니?"

"……네, 네!"

아론에 대해 좀 더 무어라 말을 하려다가, 멈추고 다시 화제를 돌리는 클라우스 덕분에 엘레나는 겨우 말을 내뱉을 수 있었다. 여기서 그가 조금만 더 아론에 대해 물고 늘어졌다면, 자신의 계획을 들킬 수도 있는 상황이었다.

"내가 없는 사이 즐겁게 지냈다니, 조금 서운하구나."

"그런 게 아니라……."

"아버지!"

잘 지냈다는 말에 서운함을 가득 드러내는 클라우스의 말에 어떻게 반응해야 할지 모를 때, 뒤편에서 큰소리로 다가오는 클로비스가 보였다.

"이런, 방해꾼이 왔구나."

"아버지……?"

방해꾼이 왔다는 말과 동시에 자신을 번쩍 들어 안고 옆으로 이동하는 클라우스에 엘레나는 놀라서 눈만 동그랗게 뜨고 있었다. 뒤에서 무소의 뿔처럼 엄청난 속도 달려오는 클로비스와 그걸 여유롭게 피하는 클라우스의 행동에 엘레나는 그저 눈만 끔뻑거리고 있었다.

"아버지! 또 누님을 혼자 독차지하시려고 그러는 겁니까?"

"내가 없는 사이에 너는 실컷 엘레나를 독점했지 않니."

이제 하다 하다 자신을 가운데 두고 유치하게 말싸움을 시작하는 두 부자의 모습에 엘레나는 머리가 아파져서 잠시 이마를 짚었다. 자신을 붙잡으려는 클로비스를 따돌리면서 이리저리 뛰어다니는 클라우스는 클로비스 못지않게 애 같았다.

"못해, 못했단 말이에요! 누님이 피크닉도 취소하시고……."

"그건 클로비스 네가 바보같이 안톤 칼리드를 막지 못한 게 아니니?"

"하지만……! 누님은 아플 때마다 칼리드 그자를 찾잖아요. 그래서…… 누님이 아픈 것 같아서 어쩔 수 없었단 말입니다."

어쩐지 클로비스에게 칼리드와 만나지 않게 해달라고 부탁했는데, 칼리드가 갑자기 찾아와서 매우 놀랐었다. 그 이유가 바로 자신이 아픈 것 같아서 일부러 데려온 것이었다니, 전혀 모르고 있었다. 그렇게나 칼리드를 싫어하면서도 엘레나가 아픈 것으로 보이자, 바로 데려오는 것을 보면 그녀가 어떻게 칼리드에게 휘둘릴 수 있었는지 조금 알 것도 같았다.

"엘레나, 또 아팠던 거니?"

"아니……."

"누님이 갑자기 이상한 행동을 하셨단 말이에요!"

엘레나가 아프다는 말에 나름 둘만의 긴박했던 싸움을 멈추고, 진지하게 물어오는 클라우스에게 아니라고 대답하려 했는데 클로비스가 먼저 선수를 치는 바람에 그러질 못했다. 서둘러 클로비스에게 그만하라는 시선을 보내었지만, 클로비스는 심각한 얼굴로 그날을 떠올리느라 자신을 보질 않았다.

"무슨 행동을 말이냐?"

"소피아 말로는…… 어장에 들어가지 않을 거라고, 탈출할 거라고 소리를 질렀다고 합니다."

클로비스는 정말이지 다 좋은데 저게 문제였다. 바로 엘레나의 모든 것을 클라우스에게 샅샅이 보고하고 공유한다는 게 단점이었다. 어떻게 된 게 엘레나의 모든 행동 하나하나에 예민하게 반응해서, 호들갑을 떠는 둘을 보면 가슴 깊은 곳에서부터 한숨이 나온 게 요 며칠 한두 번이 아니었다.

"아버지."

또다시 둘만의 진지한 대화에 빠진 둘을 현실 세계로 꺼내줄 존재는 엘레나밖에는 없었다. 여기서 둘을 내버려 둔다면, 밤이 될 때까지도 심각하게 토론을 할 것이라는 걸 알고 있었다. 실제로 클로비스는 별것 아닌 문제로 자신을 지칠 때까지 몰아붙인 전적이 있었다.

"왜 그러니?"

"왜 그러시나요? 누님."

그렇게나 진지하게 열변을 토하던 두 사람이 자신이 말을 하자마자, 동시에 고개를 돌리고 쳐다보는 모습에 결국 엘레나는 참지 못하고 웃음을 터뜨렸다. 도플갱어처럼 똑같이 잘생긴 두 남자가 그녀에게 절절매는 게 신기했다.

"엘레나?"

"누님?"

"저 배고파요. 여기에 계속 서 있을 거예요?"

자신이 배고프다는 말에 그제야 일사불란하게 움직이는 클라우스와 클로비스의 행동에 엘레나는 또다시 웃음이 터져 나왔다.

"하아……."

도대체가 이게 식사를 하는 것인지, 아니면 전쟁터의 한가운데에서 서 있는 것인지 분간도 못 할 정도로 식사시간은 난장판이었다. 엘레나가 툭하면 픽픽 쓰러지고, 약하다고 생각하는 두 사람이 끊임없이 음식을 건네는 통에 제대로 식사를 할 수가 없었다. 그것도 서로 경쟁이 붙어서 계속해서 으르렁거리는 탓에 음식이 위에서 엎힐 것만 같았다.

거기에 서로 엘레나의 시선을 받으려고 난리를 치는 바람에 도저히 그 자리에 계속 있을 수가 없어서, 식사가 끝나는 대로 둘의 손길을 뿌리치고 방으로 피신하듯이 올라올 수밖에 없었다.

"엘레나로 계속 있을수록, 엘레나는 정말 대단한 사람이라는 걸 매번 느낀다."

어떻게 저 둘을 아무렇지 않게 감당한 거지? 거기에 칼리드까지 엘레나는 모두 받아주었다. 생각하면 생각할수록 엘레나는 자애로움의 그 자체가 아니었을까 하는 생각이 들었다.

그래도 자신은 절대로 엘레나처럼 칼리드에게 휘둘릴 생각은 전혀 없었다. 무엇보다도 그의 추잡한 패배의식이 싫었다. 본인의 부족함을 엘레나를 통해서 채우려는 칼리드의 못된 심보가 제일 마음에 들지 않았다.

"파트너로 참석한다 했으니, 당분간은 오지 않겠지?"

지금 시기는 칼리드가 후작위를 받기 전에 한창 어장을 넓히느라 열을 올리고 있는 시기였다. 칼리드는 약아 빠진 게, 어장을 넓힐 때의 규칙이 있었다.

그건 바로 본인보다 작위가 절대 높지 않을 것.

"엘레나가 백작위라서 아슬아슬했지. 그래서 그중에서 제일 이용당한 것일지도 모르고…… 거기에 그런 능력까지 있으니, 칼리드에게는 일거양득이었겠지."

생각할수록 정말로 나쁜 놈이었다. 책으로 읽을 때보다 그를 직접 만나면서 느끼는 분노는 상상 이상이었다. 칼리드만 없었더라면, 엘레나의 인생은 순탄하게 흘러갔을 것이다.

"자고 일어나면, 모든 것이 원래대로 돌아왔으면 좋겠다."

자신이 엘레나의 몸에 들어온 순간부터, 신은 자신을 버린 것이 틀림없었다. 그렇지 않고서야 전날 밤 그토록 원래대로 돌아가고 싶다고 빌었는데도 여전히 제 눈앞에 보이는 게 빨간 머리일 리가 없었다. 이제는 하도 보다 보니, 빨간 머리도 어느새 익숙해져 버렸다. 비록 머릿결은 좋지 않아 보였지만, 구불거리는 빨간 머리는 꽤 마음에 들었다.

원래의 저는 항상 칙칙한 검은 생머리를 질끈 묶고 다녔었지만, 엘레나가 된 지금은 매번 자기 전에 하녀들이 머리에 오일을 발라주고, 목욕할 때도 수많은 제품을 머리에 사용했다. 머리카락에 대한 그녀의 관리가 얼마나 철저했는지, 매일매일 체감하고 있을 정도였다.

짤랑……

엘레나의 아침은 침실에 있는 종을 치면서부터 시작된다. 종을 치면 문 앞에 대기하고 있는 하녀들이 나타나서, 옷과 머리를 정돈해주었고 그렇게 모든 정돈을 마치면 아침을 먹으러 갔다.

특별할 것 없는 일상이었지만, 언제나 간절히 꿈꿔왔던 여유가 넘치는 삶이었다.

"아가씨."

"좋은 아침이야. 소피아, 실비아."

원래 세계로 돌려보내 달라고 애원하느라, 잠을 뒤척였던 탓인지 평소보다 기상 시간이 늦어진 것 같았다. 창밖으로 보이는 태양이 유독 쨍쨍한 것이 밖은 엄청나게 더워 보였다.

"좋은 아침입니다. 아침 식사는 바로 드시겠어요? 클로비스 도련님과 백작 각하께서도 기다리고 계십니다."

"아직도 먹지 않고 기다리고 있다고?"

꼭 저와 같이 식사를 하려는 클로비스의 행동에 이해할 수가 없었지만, 그가 그렇게 하고 싶다면 말릴 수 없어서 그냥 내버려 두었다. 그런데 아버지인 클라우스까지도 엘레나를 기다리고 있다는 말에 놀라서 소피아를 바라보았다.

"아버지도?"

"오랜만에 아가씨와 함께 식사할 거라고 고집을 부리십니다."

오랜만은 무슨! 어제저녁에 셋이서 같이 한 식사는 식사가 아니었나? 이런 게 평소에도 잘 있는 일인지, 프로로서의 표정을 잃지 않는 소피아의 얼굴에 엘레나는 그저 감탄만 했다. 실비아도 아무런 반응 없이, 제 머리를 땋아 내리고 있었다.

"페이트 백작가는 아가씨가 없으면, 돌아가지를 않으니까요."

"······그럼 안 되는데······."

자신은 곧 아론을 꾀어내서 칼리드의 뒤통수를 쳐야 했다. 그러기 위해서는 아론과의 결혼까지도 각오하고 있었다. 실제로 칼리드의 아내가 될 바에는 차라리 아론과 결혼해서 황후가 되는 것이 나았다. 그때는 엘레나가 다시 돌아오더라도 칼리드와 이루어지질 못할 것이다. 칼리드를 좋아하는 엘레나에게는 미안한 일이었지만, 이 방법이 자신에게도 엘레나에게도 좋은 일이었다. 어떻게 해서든지 그녀가 돌아오기 전에 칼리드와 붙을 수 있는 여지를 모두 끊어놔야 했다. 어쩌면 그 과정에서 황태자가 더 좋은 사람이라는 걸, 엘레나도 깨달을지도 몰랐다.

"거기에 오늘은 아가씨와 의상실에 갈 거라고 벌써 두 분이 난리이십니다."

"의상실?"

"조만간 파티에 참여하신다고 들었습니다만, 새로 드레스를 맞추셔야죠."

지금도 드레스룸에 넘쳐나는 드레스가 이렇게나 많은데, 새로운 드레스를 맞춘다는 말에 의아해서 소피아를 봤지만, 그녀는 열심히 일하고 있었다.

"베로니카 공녀도 참석한다고 들었습니다."

"아······."

베로니카 공녀라면 얘기가 또 달라졌다. 엘레나는 이상하게도 베로니카에 대한 열등감이 강했다. 데뷔탕트의 악몽 때문일까. 그녀가 나타난다는 파티가 있으면, 엘레나는 치장에 열을 올렸다. 어쩌면 베로니카에게 눈이 팔린 칼리드 때문에 더욱 그런 것일지도 몰랐다. 베로니카는 칼리드보다 높은 공작위의 영애였고, 차기 황태자비로 말이 나오는 여자였다. 그렇기에 칼리드는 베로니카를 그저 바라보기만 했다. 애초에 베로니카는 칼리드가 감당할 수 있는 사람이 아니었다.

"기분 나쁘네…… 엘레나는 완전 자기보다 아래라고 생각한 거 아니야?"

"아가씨?"

한창 툴툴거리고 있을 때쯤, 준비가 다 되었는지 자신을 부르는 소피아의 부름에 고개를 들었다. 그런데 어쩐지 그녀의 얼굴이 매우 어색하게 웃고 있는 게 보였다. 꼭 무언가를 숨기느라 표정이 경직되어 있는 것처럼 말이다.

"원래라면 백작 각하께서 내일 돌아오실 예정이었지만, 갑자기 오늘 돌아오셔서……."

"응, 그게 왜?"

클라우스가 하루 일찍 더 돌아온 것이 무슨 문제라도 되는 것처럼 행동하는 소피아가 이해가 가질 않았다. 애당초 클라우스는 가뭄으로 인해, 황궁에 긴급 차출된 것이었다.

"백작 각하께서…… 이번에 돌아오시고 나서 아가씨가 능력을 쓰면 절대로 안 된다고……."

"아가씨, 그런데 한 달에 한 번씩 내리는 비라도 내리지 않으면 영지 사람들은 혼란에 빠질 거예요."

한 달에 한 번 내리는 비? 이건 또 무슨 소리야.

"그게 안 된다면, 땅만이라도 좀……."

땅을 어떻게 하고 비를 또 어떻게 한다는 말인지, 당최 알 수가 없는 말만 하는 그녀들 때문에 엘레나는 혼란스러움에 아무 말도 하질 못했다.

"물론…… 영지 모든 곳에 비를 내리게 하면, 아가씨는 크게 앓으셔야 하지만……."

그러니까 그녀들의 말을 종합해보자면, 오늘이 한 달에 한 번씩 엘레나가 페이트 영지에 비를 내리는 날인 것 같았다. 무려 클로드 제국에 20년간이나 지속되어온 가뭄은 모두를 굶주리게 했고, 땅을 황폐하게 했다. 다른 나라를 통해서 농작물을 수입하는 것도 한계에 다다랐고, 속국들을 통해 식수를 공급받는 것도 이제는 기대할 수 없었다. 깨끗한 물은 마법을 사용할 수 있는 특권층들에게만 누리는 것이었고, 국민들은 점점 한계에 다다랐다.

"각하께서도 한 달에 한 번쯤은 눈감아주셨지만…… 어째서인지 이번에는 그것마저도 불허하셔서……."

물론 페이트 영지도 당연히 가뭄을 피해갈 수는 없었다. 제국 대대적으로 앓고 있는 가뭄이었기에 페이트 영지라고 비가 내리지는 않았다. 하지만 페이트 영지만큼은 한 달에 단 한 번 엄청나게 심한 폭우가 내렸다고 한다. 그건 바로 엘레나가 인위적으로 능력을 사용해서 영지에 비를 내리는 것이었다.

처음에 그녀가 능력을 각성하게 된 이유도 영지 사람들의 고통을 보게 되고 나서라고 알고 있었다. 무의식중에 첫 번째 능력을 사용하고 엘레나는 일주일을 내리 앓았다고 한다. 그리고 그 일주일 내내 영지에는 비가 내려 온통 축제 분위기였다고 알고 있었다.

"식수도 거의 떨어져 가고 있습니다."

"클로비스 도련님께서 최대한 마법으로 물을 공급하고 있지만……."

애초에 마법으로 이 넓은 영지에 비를 내리는 것은 불가능했다. 그랬기에 고위 귀족들 정도나 마법을 통해서 생활할 수 있는 물을 얻을 수 있던 거였다. 그러다 보니 당연히 사람이 쓸 물도 부족한데 작물을 키울 물이 부족한 건 당연한 얘기였다. 계속되는 가뭄은 농작물을 시들게 했고, 가축들과 사람들은 굶주리게 했다. 깨끗한 식수가 부족하니, 제국 전역에 전염병이 돌기도 했었다. 그 정도로 지금 클로드 제국의 가뭄은 심각한 수준이었다. 하지만 클로드 제국 중 단 한 곳, 페이트 영지만은 한 달에 한 번씩 비가 내리고 있었다.

"약간의 비라도 내린다면, 영지민들은 모두 행복할 거예요."

이 이상 현상에 클라우스는 몇 번이나 황실에 불려가서 조사를 받았지만, 클라우스는 끝까지 엘레나의 존재를 숨겼다. 그도 그럴 것이 엘레나의 능력은 매우 특별하나, 그만큼 위험하기도 했다. 그녀의 능력은 그녀를 스스로 해치면서 능력을 펼치는 것이었다. 어쩌면 칼리드가 엘레나에게 접근한 것도 페이트 영지의 비밀을 파헤치기 위해서일 수도 있었다.

"농작물이 많이 시들었어?"

"그렇게 많이 시들지는 않았습니다. 비를 내리는 것이 불편하시다면, 영지 내 사찰이라도 부탁드리겠습니다."

페이트 영지 내 사람들은 엘레나를 축복이라 여기며 떠받들고 있었다. 그녀가 행운의 여신, 축복의 여신이라고 불리는 이유 중 하나는 아버지인 클라우스 동생인 클로비스와 함께 가뭄으로 힘든 영지 사찰을 열심히 하는 모습에서 나온 말이었다. 거기에 그녀가 다녀간 땅은 비옥해지고 농작물이 잘 자란다고 해서 영지민들은 미신처럼 그녀를 숭배했다.

실제로 그녀의 능력으로 땅들이 활기를 되찾고, 작물들이 살아나는 것이었지만 영지민들은 그것까지는 알 수 없었다. 클라우스가 그녀의 능력이 악용될 것을 생각해서 필사적으로 숨겨왔기 때문이다. 하지만 엘레나는 칼리드를 위해서 클라우스가 꼭꼭 숨겨왔던 그녀의 능력을 그에게 스스로 실토하고, 그를 돕기 위해서 무엇이든 서슴지 않았다.

"왜 아버지가 갑자기 능력을 사용하지 말라고 하신 거지?"

"그건……."

그녀들의 안내를 받으며 식당에 가는 길, 층계를 내려가면서 클라우스가 왜 엘레나의 능력을 막았는지 물었다. 제가 알기로는 엘레나는 영지에 끊임없이 비와 축복을 내렸다. 그리고 그걸 직접 칼리드에게 보여주기까지 했다. 엘레나가 칼리드에게 능력을 밝히는 것은 칼리드의 후작 작위 수여식이 끝난 뒤니까, 아직 칼리드는 엘레나의 능력을 완벽히 알지는 못하고 있었다. 그저 그 끝내주는 운으로 엘레나에게 무언가가 있다고 짐작하면서, 그녀의 곁을 맴돌고 있는 거였다.

"그건 내가 명했단다. 소피아, 나이가 들더니 입이 가벼워졌구나."

"아버지."

층계를 마저 내려가지도 않았는데 앞에서 자신을 마중 나온 클라우스의 모습에 엘레나는 놀라서 눈이 커졌다. 물론 그의 뒤에는 클로비스가 본인도 알아달라는 듯이, 쉴 새 없이 빛나는 눈으로 이쪽을 주시하고 있었다.

"내가 하루 일찍 온 건, 물론 너를 하루라도 빨리 보고 싶은 것도 있었지만. 네가 능력을 사용하는 걸 막기 위해서였단다."

클라우스는 매우 자연스럽게 엘레나의 손을 붙잡고 에스코트했다. 클로비스는 그런 클라우스의 행동에 서둘러 제 나머지 손을 붙잡고 따라오기 시작했다. 겨우 식당에 가는 데 이렇게 과도한 에스코트라니. 엘레나는 진땀이 날 것 같았다.

"제 능력을 막으신다고요?"

"식사하면서 얘기하자꾸나. 그러니까 오늘은 영지 사찰이나 비를 내리지 않고, 아버지랑 의상실에 방문하도록 하자."

엘레나는 클라우스가 무슨 중요한 걸 숨기고 있다는 걸 깨달았지만, 단호한 그의 태도에 아무 말도 못 하고 고개를 끄덕여야만 했다.

"앞으로 당분간은 영지 사찰이나, 비를 내리는 걸 그만두도록 해라."

"왜죠?"

자신이 알기로는 엘레나는 계속해서 비를 내려왔다. 그런데 이렇게 클라우스가 그 일을 막는다는 얘기는 읽은 기억이 없었다. 작가가 군이 중요하지 않아서 설명하지 않았을 수도 있었지만, 어찌됐든 엘레나는 비를 내리는 일을 멈추지 않았다는 것만은 사실이었다.

"누님……!"

"소피아말로는 한 달에 한 번 내리던 비가 내리지 않으면, 영지민들이 불안에 떨 거라고 했어요."

엘레나의 페이트 백작가에서 보낸 시간은 짧았지만, 그들이 얼마나 엘레나를 사랑하고 있는지는 충분히 느낄 수 있었다. 그렇기에 수도에 나가면서 왜 엘레나가 칼리드에게 매달렸는지도 알 것 같았다. 페이트 백작가에서의 엘레나는 사랑받는다는 말로는 부족할 정도로 모두에게 사랑받는 존재였다. 누구보다도 딸과 누나를 위하는 클라우스와 클로비스부터 시작해서 집안의 가신들도 엘레나라면 모두 만사를 제치고 달려왔다.

"가끔은…… 네 몸 생각도 하렴."

클라우스는 더는 얘기하고 싶지 않다는 듯이, 대화를 차단해버렸고 그 사이에서 클로비스만이 전전긍긍하며 엘레나를 쳐다보고 있었다. 클라우스가 함구하라 했는데도 소피아가 엘레나에게 영지민들에 대해 말한 이유는 그만큼 가뭄이 심각하다는 얘기였다. 나라 전체가 심각한 가뭄에 시달리는데 겨우 한 달에 한 번씩 내리는 비로 모두가 살 수는 없었다. 거기에 비가 내리는 페이트 영지로 이주를 희망하는 영지민들은 점점 늘어났고, 또한 황실에서 페이트 백작가에 요구하는 작물도 많아졌다.

"누님, 제가 마법으로 식수를 만들 테니까 걱정하지 마세요."

"……."

싸늘해지는 식사 분위기에 오로지 클로비스만이 엘레나를 위로하며 말을 건네고 있었다. 클라우스가 숨기는 무언가가 틀림없이 있었다. 그렇지 않고서야, 한 달에 한 번씩 비를 내리는 엘레나의 일이 바뀔 리가 없었다. 어쩌면 자신이 책 속에 들어오는 순간부터 조금씩 바뀌기 시작한 것일지도 모른다는 생각이 들었다.

"아가씨, 외출준비는 하시지 않을 예정인가요?"

그렇게 저녁과는 상반된 분위기의 늦은 아침 식사 후, 의상실에 가자는 클라우스의 제안에 엘레나는 망설이고 있었다. 이건 마치 하기 싫은 일을 하는 어린아이에게 장난감을 사주면서 살살 달래는 방법 같았다.

"수여식은 이틀도 채 남지 않았잖아요."

"벌써 그렇게 되었어?"

"원래는 한 달 전이던 게 벌써 다섯 번이나 미뤄졌으니까요."

원래는 한 달 전에 예정되어 있는 수여식이 다섯 번이나 미뤄졌다는 소피아의 말에 엘레나는 살짝 놀랐다. 아무리 아론이 칼리드를 싫어한다 하더라도, 다섯 번이나 미뤘으리라고는 생각지도 못했기 때문이다. 그래서 그토록 칼리드가 독이 바짝 올라와 있던 것이라면, 이제야 조금은 이해가 갈 법도 했다.

자신에게 온갖 아양을 떨면서, 파트너를 제안하는 칼리드의 모습은 그야말로 정말이지 애가 닳아 있었었다.

"소피아."

"네."

아침에 제게 그런 말을 했다는 사람이라고는 믿기지 않을 만큼, 아무런 언급이 없는 소피아의 모습을 보니, 클라우스가 그녀에게 단단히 주의를 시켰으리라고 생각되었다. 클라우스는 절대로 착한 사람이 아니었다. 마지막에 클라우스와 클로비스가 저지른 일을 생각한다면, 클라우스는 가족을 지키기 위해서라면 손에 피를 묻

히더라도 아무렇지 않을 사람이었다. 사실 두 부자의 엘레나를 향한 애정은 살짝 비정상적이었다. 맹목적인 애정은 엘레나가 있기에 조절되고 있는 거였다. 붙잡고 있었던 제어장치가 사라진, 짐승들은 이성을 잃고 복수를 위해 날뛰었다.

"아버지께서 왜 영지 사찰을 막은 거야?"

"……."

"소피아."

자신의 질문에도 대답도 없이, 자리를 지키고 있기만 한 그녀의 모습에 무슨 일이 있다는 확신을 얻었다. 이제까지 클로비스도 그랬고, 소피아도 실비아도 엘레나에게 무언가를 속인 적이 없었다. 그런데 엘레나에게 무엇을 숨긴다는 얘기는 그녀의 신변을 위협할 만한 게 있다는 것이었다.

"아가씨, 아까는 제가 그만 실언을 했습니다. 오늘 안에는 의상실에 가셔야 수여식 파티 준비를 마칠 수 있습니다."

"실비아, 너는 알고 있니?"

"아가씨……."

무언가가 있다는 게 드러난 상황에서도 끝까지 숨기려 하는 소피아의 태도에 화가 났다. 원래의 엘레나라면 그냥 넘어갔을 수도 있었지만, 아쉽게도 자신은 제게 무언가를 숨기려는 것을 가장 싫어한다. 그래서 모든 걸 숨기고 엘레나를 속인 칼리드에게 크게 분노했던 이유도 그것이었다.

"저도 자세한 것은 모릅니다. 하지만 황실에서 페이트 영지를 주시하고 있다는 것만 알고 있습니다."

"그건…… 전부터 그런 일이었잖아."

황실은 바보가 아니었다. 온 제국에 영향을 미치고 있는 가뭄이 페이트 영지만 해당하지 않았다. 황실은 그 비밀을 파헤치기 위해서, 페이트 영지를 계속 주시하고 있었다. 그래서 클라우스가 그토록 필사적으로 엘레나를 지킨 것이었다. 결국은 클라우스의 노력을 수포로 만든 것은 엘레나의 선택이었다. 그녀는 스스로 가시밭길로 뛰어들었다. 사랑하는 남자가 있다면, 본인이 다치는 것도 개의치 않았기에 그런 거였다.

"겨우 그런 일로 매달 내리던 비를 멈출 수는 없어."

무엇보다도 원작대로 흘러가지 않는 상황에 불안감을 느끼는 것은 자신이었다. 아무리 칼리드가 아닌, 아론을 선택하겠다고 결심하자마자 변하는 주변 상황에 불안해지는 것은 어쩔 수 없었다.

"황태자 전하라고 합니다."

"무슨…….."

"이번에 페이트 영지를 주시하고 있는 사람이 바로 황태자 전하라고 합니다."

페이트 영지를 주시하고 있는 사람이 아론이라는 말에 엘레나는 아무 말도 하지 못했다. 자신의 계획을 털어놓기 전에 그에게 먼저 능력을 들키게 된다면, 일이 크게 틀어질 수도 있는 일이었다.

"……황태자 전하가……?"

"네."

아론이 왜 지금……?

자신이 알기로는 아론은 페이트 영지에 그렇게 열을 올리지 않았다. 그는 나중에 엘레나의 가치를 알고 그녀를 구해주기는 하되, 큰 관심을 가지질 않았다. 엘레나를 구해주고서도 마찬가지였다. 아론은 엘레나의 능력을 인정했지만, 칼리드처럼 이용하려 하지 않았다. 마지막 외전에서도 아론은 그냥 예의 무관심한 표정으로 엘레나를 구해주었다고만 적혀 있었다. 엘레나의 능력을 알게 된 이상, 관심이 생길 법도 한데 아론은 끝까지 그녀를 이용하지 않았다.

"……내가 먼저 접근해도 싫다고 하는 거 아니야?"

"아가씨?"

생각해보니 엘레나의 능력만 있다면, 아론이 자신의 제안을 받아들일 거라고 안일하게 생각했었다. 아론이 그녀의 능력에 그렇게까지 관심이 없었다는 걸 잠시 잊고 있었다.

"아가씨."

"으, 응?"

잠시 아론에 대해 떠올리다가 그만 소피아의 말을 듣질 못했다. 문 앞을 가리키는 그녀의 손짓에 고개를 돌리자, 문 앞에 클로비스가 기다리고 있다는 말을 들었다.

"아까부터 안절부절못하시면서 기다리고 계신 것 같습니다."

갑자기 변한 아론의 행동에 어떻게 해야 할지 갈피도 잡지 못하겠는데, 클라우스와 의상실까지 가야 했다. 아마 클로비스도 그것 때문에 문 앞에 와서 기다리고 있는 것 같았다.

"클로비스, 안에 들어오지 않고 여기서 뭐 하니."

"누님이 저번에 제게 노크하고 들어오라고 하셨잖아요."

겨우 자신의 한마디로 방에 들어오지 않고 기다리는 클로비스의 행동에 엘레나는 잠시 말을 잃었다. 정말로 엘레나의 말이라면, 하늘처럼 따르는구나. 클로비스에게 엘레나는 누이이자, 어머니 같은 존재라더니, 제가 보기에는 그보다도 더한 존재 같았다.

"누님, 아침 식사 때 화가 아직 풀리시지 않으셨나요?"

"아니 괜찮⋯⋯."

"누님은 항상 비를 내리는 일로 아버지와 부딪히셨으니까요⋯⋯ 저는 누님이 아프지 않으니 다행이라고 생각하면서도⋯⋯ 누님이 기분이 안 좋은 건 싫어요."

침실에 들어서면서부터 자신의 눈치를 보는 것 같더니, 본인 나름대로 열심히 위로하는 클로비스의 말에 엘레나는 웃음이 나왔다. 그리고 그제야 제가 웃는 모습을 보자, 마주 보며 웃으면서 다가오는 모습이 기특해서 머리를 쓰다듬어주었다.

"제가 더 열심히 할게요. 누님이 아프지도 않아도 되고, 아버지가 걱정하지 않아도 되도록⋯⋯."

"클로비스, 너는 아직 17살이잖아."

성인의 나이가 18세인 클로드 제국에서는 클로비스는 마냥 어린 나이는 아니었지만, 이십 대 후반인 자신의 원래 나이에 비교하면 한참이나 어린 나이였다. 저는 이 나이 때에 그저 놀 생각밖에는 머리에 없었는데, 벌써부터 가문과 누나의 도움이 되려 하는 클로비스가 무척 대견했다.

"저도 내년이면 성인이에요."

어린애 취급을 하는 게 싫은지, 입술을 툭 내밀고 볼을 부풀리는 모습이 꼭 심통이 난 어린애 같았다. 아이 취급을 싫어하면서도 제 손길을 피하지 않는 클로비스 때문에 절로 미소가 지어졌다. 엘레나는 손에 와 닿는 부드러운 금발의 머리카락과 자신을 바라보는 부드러운 갈색 눈동자에 초조했던 불안감이 날아가는 걸 느꼈다.

"얼른 커서 누님을 제가 지켜줄 거예요."

"고마워."

클로비스의 발언 하나하나가 어찌나 기특한지, 엘레나의 미소가 끊이질 않았다. 그런 사이좋은 남매를 바라보는 소피아와 실비아의 입가에도 웃음이 그칠 줄을 몰랐다.

결국은 엘레나는 비를 내리질 못했다. 대신해서 클로비스의 마법으로 영지에 식수를 공급하는 것으로 타협을 봤다. 클라우스의 완강한 반대도 있었지만, 아론이 페이트 영지 근처에 있다는 소리에 함부로 행동할 수가 없었다. 아론은 완벽한 군주는 아니었다. 그는 황제가 되기 위해서 태어난 사람이었지, 약자의 아픔에 공감할 줄 아는 성군은 되지 못했다. 외려 약자의 아픔을 잘 알고 있는 쪽은 칼리드였다. 문제라면, 칼리드는 약자의 아픔을 알아도 외면한다는 것이었고 아론은 아픔을 공감하지 못하는 사람이었다.

그런 그가 가뭄 때문에 페이트 영지를 조사하러 직접 행차한다? 아론의 성격을 생각했을 때 이해가 안 되는 행동들뿐이었다. 아론이 추구하는 것은 절대적인 강함이었다. 그의 길에 방해가 되는 칼리드는 그저 제거해야 할 장기 말에 지나지 않았다. 그렇기에 아론은 엘레나를 욕심내지 않았다.

"엘레나!"

그에 비해 지금 제 눈앞에서 좋은 사람처럼 싱글싱글 웃고 있는 칼리드는 달랐다. 칼리드는 그가 받은 차별과 억압을 보상받길 원했다. 칼리드는 그걸 황제의 자리에 오르면 가질 수 있다고 생각했다. 원래라면 그는 절대 가질 수 없는, 항상 우러러보고 탐내왔던 아론의 자리를 빼앗으면 달라질 거라고 생각했다.

"칼리드."

화려한 은발 머리와 보라색 눈동자를 뽐내며, 하얀색의 파티용 연미복을 입은 칼리드는 멀리서도 빛이 났다. 파티 안의 모든 여자가 그를 돌아볼 것 같았다. 수컷 공작새가 암컷들에게 구애하기 위해서 화려한 깃을 뽐내는 것처럼, 얼마나 그가 신경을 썼을지를 생각하면 엘레나는 웃음이 나왔다.

오늘은 칼리드의 후작 작위 수여식이 있는 날이었다. 아론이 페이트 영지 근처에 있다는 말에 드레스를 사러 의상실을 방문한 것을 제외하면, 엘레나는 백작저의 성안에서 두문불출해 있었다.

"미처 백작저까지 마중을 나가지 못해서 미안해."

"괜찮아. 칼리드는 파티의 주인공이니까, 누구보다 바쁘잖아."

정말 미안하다는 얼굴로 사과를 해오는 칼리드가 가식적이었지만, 엘레나는 애써 고개를 흔들며 그가 주인공임을 군이 언급했다. 그러자, 눈에 띄게 환해지며 웃어 보이는 그의 얼굴에 속으로 코웃음을 쳤다. 또 아론과 칼리드가 다른 점이 있다면, 칼리드는 주인공이 되고 싶어 하는 욕구가 굉장히 강했다. 아론은 아무런 노력 없이도 존재 자체만으로도 주인공이 되었고, 칼리드는 그러질 못했다. 하지만 오늘의 파티는 칼리드의 후작 작위 수여식이었다. 명백히 그가 주인공이라는 얘기였다. 그래서 그런 것인지, 칼리드의 입꼬리가 귀에 닿을 것처럼 하늘 높은 줄 모르고 치솟아 있는 상태였다.

"황궁은 굉장히 화려하네."

"황제 폐하께서 특별히……."

화려하다는 말에 그저 좋아서 헤벌쭉한 얼굴로 자랑을 떠벌리는 칼리드의 말을 엘레나는 한 귀로 흘리고 황궁을 구경했다. 20년간 지속된 가뭄으로 괴로워하는 사람은 생각 않고 호의호식하는 고위층들의 이기심에 그녀는 연신 혀를 찼다. 드물게 황궁에서 이루어지는 작위 수여식이었다. 칼리드가 전쟁터에 나가서 커다란 공을 세워온 것도 아닌데도, 황실에서 수여식이 이뤄진다는 것은 황제가 암묵적으로 칼리드를 인정한다는 말이었다.

그리고 아론은 그걸 가만히 두고 볼 사람이 절대 아니었다. 그런 아론을 알고 있으면서도, 끝끝내 칼리드에게 후작위를 건네주는 황제가 존경스러울 정도였다. 뭐, 아버지로서의 마지막 도리는 한다는 얘기인 건가…….

"엘레나."

"……."

"엘레나, 엘레나!"

잠시 생각에 빠져서 칼리드가 어깨를 잡을 때까지 그가 자신을 부르고 있는지도 몰랐다. 파티용 드레스를 입느라 드러난 맨살에 와 닿는 그의 손길에 역겨움이 치밀어 표정이 구겨질 것 같았지만, 엘레나는 애써 아무렇지 않은 척 표정을 관리했다.

"오늘 너무 아름다워."

"고마워. 칼리드도 너무 멋져."

겨우 그런 얘기나 하자고 사람 어깨를 붙잡았다는 것에 짜증이 나서 최대한 티가 나지 않도록 자연스럽게 그의 손을 뿌리쳤다. 물론 그의 외모에 대한 칭찬도 아끼지 않았다. 칼리드는 엘레나가 그의 외모를 우러러보는 것을 즐겼으니까.

"오늘 파티에서 엘레나만큼 아름다운 여자는 없을 거야."

개소리에는 무시가 답이었다. 엘레나는 아무 대답 없이 그저 가만히 미소만 지어 보였다. 속으로는 열심히 칼리드를 씹어대면서 말이다.

아론이 파티에 언제부터 나타났었지? 후작 작위 수여식 파티 부분은 엘레나의 절망에 관해 서술하기만 해서 아론이 처음부터 나타났었는지, 아니면 나중에 등장했는지 잘 기억이 나질 않았다. 따라오려는 클로비스와 클라우스를 겨우 뿌리치고 왔는데, 정작 아론이 나타나질 않는다면 실패였다.

"칼리드 후작."

"후작 각하……."

주변에서 지금이라도 칼리드에게 어떻게 연줄이라도 대보려는 사람들이 한가득했다. 생각보다 수여식은 별것 아니었다. 그냥 황제가 근엄한 얼굴로 칼리드에게 작위와 영지를 수여하는 게 끝이었다. 사실은 시시할 정도였다. 드디어 자작이라는 신분에서 후작으로 신분 상승이 되어서 기쁜지, 옆에서 연신 실실 웃고 있는 칼리드의 모습에 짜증이 날 정도였다.

"유니스 영애, 참석해주셔서 감사합니다."

언제부터 칼리드가 후작이었다고 저렇게 손등 뒤집듯이 한순간에 바로 후작 각하라는 말을 하는 사람들의 모습에 기가 질렸다.

거기에 엘레나를 파트너로 데려와 놓고서 다른 영애들이랑 대화를 나누느라, 그녀를 방치하는 칼리드의 행동에도 질린 것은 마찬가지였다.

원래의 엘레나였더라면, 그런 모습에 초조해서 칼리드의 시선을 끌기 위해서 노력할 테지만, 자신은 그냥 가만히 칼리드가 하는 행동들을 두고 보고만 있었다.

"엘레나, 유니스 백작 영애가 파트너가 없어서……."

"……."

"내가 같이 춤을 춰야 할 것 같아. 괜찮아?"

흥분으로 얼룩진 보라색의 눈동자와 상기된 표정, 주목받는 것에 한없이도 기뻐하는 칼리드의 모습에 엘레나는 조소가 흘러나왔다. 칼리드는 엘레나가 그 모습에 얼마나 상처를 받을지 생각하지 못했다. 그저 본인의 행복에 가득 취해서 눈앞의 엘레나는 보이지 않는 상태였다.

파티에서 파트너와 첫 번째 춤을 추는 것은 암묵적인 약속이었다. 그런데 그걸 깨고 다른 여자와 춤을 추겠다고 칼리드는 엘레나에게 말하고 있는 것이었다.

"파트너가 없으시다고? 그럼 칼리드가 같이 춤을 춰야겠네……."

"역시 그렇지? 엘레나는 착하니까 이해해 줄 거라고 생각했어."

파트너가 없기는 뭐가 없다는 말인지. 딱 봐도 저쪽에 유니스 백작 영애와 칼리드 사이를 노려보고 있는 남자가 뒤쪽에 있었다. 눈에 훤히 보이는 거짓말에 속아 넘어가 주니, 역시 엘레나는 착하다느니 입에 발린 말을 하는 것이다.

엘레나는 그냥 웃어 보였다. 자신의 목표는 애당초 칼리드가 아니라, 아론이었다. 아직도 나타나지 않는 아론에 초조함이 극에 달하고 있는 상태였다.

황제가 와 있는데, 왜 아론은 아직까지도 오지 않고 있는 거야?

"엘레……."

"칼리드, 난 잠시 답답해서 바람 좀 쐬야겠어."

앞에서 칼리드가 미안해서인지 그것도 아니면 어장관리 때문인지, 제게 이것저것 말을 하고 있었지만 엘레나는 아무런 관심도 들지 않았다. 지금 엘레나의 관심사는 오로지 나타나지 않고 있는 아론이었다.

엘레나는 착하다느니 어쩌다느니 시답잖은 변명이나 하고 있는 칼리드를 버려두고 파티장을 빠져나갔다. 어찌 됐든 여기도 황궁은 황궁이니, 아론이 있을 것이라는 생각에 직접 찾아 나서기로 마음을 먹었다. 운이 좋다면, 파티장에 오고 있는 아론과 중간에 마주칠 수도 있었다.

"하아…… 구두 신고 달리려니까 미치겠네."

드레스는 쓸데없이 무겁고 구두는 익숙지 않아서 발이 아파서 짜증이 났다. 얼마나 돌아다녔는지도 모를 때쯤에는 아무 데나 걸터앉아서, 구두라도 벗어야 하나 생각이 들었다.

"짜증 나! 아론 클로드는 대체 어디에 있는 거야?"

엘레나는 미로 같은 황궁도 짜증이 났고, 아론은커녕 머리카락 한 올도 보이지 않는 주변에 화가 나서 소리를 질렀다. 대체 어디서 나타난 용기였는지, 눈앞에 보이는 커튼이 쳐진 테라스를 확 제치고 안으로 들어가면서 계속해서 아론의 욕을 구시렁대고 있었다.

지푸라기라도 잡는 심정으로 아무렇게나 열은 테라스에 바로 주인공인 아론 클로드가 있을 줄 전혀 모르고 말이다.

"그 잘난 인간이 나타나지 않을 리가 없는……."

"……."

황태자 아론이다.

밤하늘과 잘 어울리는 칠흑 같은 검은 머리와 빛나는 보라색 눈동자를 가진 아론은 아름다웠다. 아름답다는 말로는 부족할 정도로 그는 빛이 나고 있었다. 칼리드가 왜 그에게 추한 질투심을 가졌는지 엘레나는 그를 보는 순간 알 것만 같았다.

아론의 앞에서는 세상의 모든 것들이 빛을 잃어버렸다. 멋지다, 잘생겼다는 말만으로는 그의 외모를 표현하기에는 부족했다. 아무런 표정 없는 그의 그늘진 얼굴은 그를 다소 음울하게 보이게 했지만, 그마저도 눈길을 끌었다.

"넌 누구지?"

"아…… 황태자 전하."

호랑이도 제 말만 하면 나타난다더니, 정말로 눈앞에 나타난 아

72

론의 존재에 엘레나는 미처 말을 잇질 못했다. 방금 자신이 무슨 말을 했었지? 아론이 여기 있는지도 모르고 짜증이 난다느니, 잘난 인간이 여기 오지 않을 리가 없다고 성질내지 않았었나……?

엘레나는 차가운 공기에도 긴장감에 식은땀이 삐질삐질 새어 나오는 것을 느꼈다.

"대체 누구기에 내 이름을 부르고 있었던 거지?"

"그, 그게……."

높낮이가 없는 평온한 고조의 목소리는 오히려 더욱 사람을 떨게 했다. 클라우스의 날카로운 눈빛에 두려웠을 때하고는 비교도 되질 않았다. 클라우스의 눈빛이 사람의 마음을 꿰뚫어 보는 것이었다면, 아론의 날카로움은 마치 날이 잘 벼려진 무엇이든 벨 수 있는 칼 같았다. 그대로 사람을 갈기갈기 찢어버릴 것 같은 야수의 눈빛 같았다.

여기서 자신이 조금만 이상한 말을 한다면, 엘레나는 이대로 제 목이 댕강 날아갈 것 같은 느낌을 받았다.

"넌, 누구지?"

냉기가 가득 서린 차가운 목소리에 엘레나는 몸을 흠칫 떨었다. 겨우 누구냐고 묻는 말이었는데도, 마치 자신의 숨통을 죄고 있는 듯한 기분이었다.

세상에, 황태자가 이런 미친놈이라고는 아무도 말해주지 않았잖아! 그냥 조금 차갑고 냉소적인 성격인 줄로만 알았는데, 이렇게나 무서운 사람인 줄 알았더라면 아론을 이용하려는 생각조차 하지도 않았을 것이다.

"저는……."

엘레나는 대체 아론에게 자신을 어떻게 소개해야 할지 몰랐다. 어떻게 효율적으로 설명을 해야 그에게서 호감을 얻게 되는지 도무지 저 무표정한 얼굴을 보면 알 수가 없었다.

지금 그가 화가 나 있는지, 아닌지도 알 수가 없을 정도로 무감정한 표정 때문에 당최 그의 기분을 읽을 수 없었다. 차라리 눈에 훤히 보이듯이 가식을 떠는 칼리드 쪽을 상대하는 편이 훨씬 쉬웠다. 엘레나는 왠지 칼리드라는 빈대를 잡으려다가, 초가삼간을 다 태우게 되는 것은 아닌가 하는 생각이 들었다.

"전, 엘레나 페이트입니다. 황태자 전하."

이제 와서 아론에게 거짓말을 할 수도 없었다. 엘레나는 만약 자신이 그에게 거짓을 고한다면, 아론은 가만있지 않을 것 같았다. 엘레나는 제발 그가 자신을 알고 있기만을 빌었다. 클라우스와 클로비스의 과보호는 엘레나를 페이트 영지에서 두문불출하게 했다. 엘레나는 이제까지 데뷔탕트와 페이트 백작가에서 열리는 파티를 제외하면, 파티를 나간 적이 없었다. 그마저도 가뭄으로 인해, 파티를 많이 열지 않아서 참석한 것도 손에 꼽을 정도였다. 오히려 그녀를 잘 알고 있는 사람들은 페이트 영지민들이었다.

그래서 칼리드가 엘레나가 처음 나간 파티에서 그녀를 꾀어낸

게 대단하다고 생각했던 것이었다.

"페이트? 그 능글거리는 너구리의 딸인가?"

"너, 너구리요?"

갑자기 너구리라는 아론의 말에 엘레나는 이해할 수가 없어서 되물었다. 딸이라면, 클라우스의 얘기인데 클라우스가 너구리라는 말은 이해가 가질 않았다. 아무리 생각해도 클라우스는 엘레나가 생각하기에는 너구리와는 너무나도 거리가 먼 사람이었다. 그런 클라우스에게 너구리라 말하는 아론의 말에 엘레나의 머리 위에는 알 수 없는 물음표가 가득했다.

"페이트 영애가 왜 날 찾았지?"

"그게 말입니다……."

엘레나는 이제 자신의 신분도 알게 되어서 조금 누그러질 줄 알았던 그의 태도가 여전히 차가워서 당황스러웠다. 왜 많은 여자들이 황태자인 아론이 아닌, 대체품으로 칼리드를 택했는지 알 것 같았다.

아론은 말투 하나하나가 다 서늘했고, 강자 특유의 오만함이 느껴졌다. 도저히 그와 대화를 더는 이어나갈 수 없을 정도로 말이다. 칼리드는 아론과 같은 황제의 피를 이었다는 증거인 보라색 눈동자도 있었고, 거기에 황제의 암묵적인 인정을 받고 있다. 그리고 그는 아론에 비교하면 오만하지 않았고, 싱글싱글 잘 웃으며 누구에게나 다 친절했으니 그럴 만도 했다.

하지만 그렇다고 겨우 이런 것에 엘레나는 자신의 계획을 포기할 생각은 전혀 없었다. 아무리 아론이라 해도 공공의 적인 칼리드가 있다면, 뭉칠 수 있었다. 원래 인간은 공공이 적이 있으면, 원수지간의 관계라 해도 힘을 합치는 그런 존재였으니까.

"그러고 보니……"

"……."

분명 아무렇지 않게 내뱉은 말일 텐데도 그의 한마디 한마디에 엘레나는 긴장이 되어서 침을 꼴깍 삼켰다. 그도 그럴 것이 아론의 말은 무시할 수 없는 힘이 있었다. 느리지도 빠르지도 않은 서늘한 목소리는 먹잇감의 목을 눌러오는 포식자의 여유로움과도 같았다. 그의 그런 태도는 피식자를 절로 겁먹게 했다.

"엘레나 페이트, 기억이 났군. 제 주제도 모르고 오만방자하게 날뛰는 내 이복동생의 여자였지."

"네? 그게……."

엘레나는 자신이 언제부터 칼리드의 여자였는지 억울했다. 어떻게 그런 놈이랑 엮을 수가 있지? 자신은 그냥 칼리드의 수많은 어장 속 물고기 중의 하나일 뿐이다. 절대로 칼리드의 여자가 아니었다. 칼리드의 여자는 오로지 록사나 힐다 그녀뿐이었다.

물론 당연히 시켜준다고 해도 절대로 그놈의 여자가 될 마음은 전혀 눈곱만큼도 없었다.

이게 바로 오리지널과 가품의 차이라고 해야 하나? 아론을 본 이상은 그 어떤 남자도 아니, 그 어떤 인간도 눈에 들어오지 않을 것 같았다. 장인이 정성을 다해서 빚은 도자기처럼 완벽한 얼굴은 뱃사람들을 홀린다는 세이렌보다도 더 아름다울 것 같았다. 그리고 그에게서 풍겨 나오는 여유로움과 특유의 오만함은 아론을 더욱 기품있게 만들었다.

"방종한 그놈의 여자가 왜 나를 찾고 있었던 거지?"

"전 칼리드의 여자가 아니거든요!"

이 사람이 말이라고 함부로 내뱉으면 다인 줄 아나! 자꾸 누구보고 칼리드의 여자래, 기분 나쁘게······

"그래, 그렇다고 치지. 왜 날 찾고 있었냐고 물었다. 그것도 파티에 몰래 빠져나와서 머리카락이 휘날리도록 뛰어다니면서 말이야."

"······."

머리카락이 휘날리도록 뛰어다닌다는 말을 하는 부분에서 돌연 갑자기 제게 가까이 다가와서 머리카락을 붙잡는 그의 행동에 엘레나는 놀라서 숨을 들이켜야 했다. 가까이 다가온 아론은 너무나 아름다워서 정신을 잃을 것 같았다. 냉소적인 얼굴도 차가운 말투도 모두 그의 얼굴을 보게 되면, 목숨을 위협하는 두려움도 잊고서 불길에 뛰어드는 불나방처럼 달려들 것만 같았다.

"······웃기는군."

온몸이 얼어붙을 것 같은 서늘한 얼굴로 비릿한 미소를 짓는 아론의 표정에 엘레나는 자신도 모르게 몸이 덜덜 떨려오는 것을 느꼈다. 자신이 무슨 잘못을 했는지는 모르겠지만, 이대로 그에게 잘못했다고 빌어야 할 것 같았다.

"나, 난…… 칼리드가 싫어요. 그의 계획대로 움직이는 것은 더욱 싫어요."

"……."

어디 한 번 더 말해보라는 듯이 한쪽 눈썹을 위로 올리고, 자신을 응시하는 아론의 모습에 엘레나는 떨리는 목소리를 가다듬고 얘기를 이어나갔다.

"저는 전하가 골머리를 앓는 걸 해결할 수 있는 능력이 있어요. 더불어 전하의 눈엣가시인 칼리드를 해치울 수도 있죠."

엘레나는 자신의 모든 말이 끝났는데도 아무런 말이 없는 아론의 반응에 망했구나 싶어서 두 눈을 질끈 감았다. 이대로 아론이라는 야수의 입안에 먹혀들어 가서 머리부터 발끝까지 갈기갈기 찢기는 일만 남은 느낌이었다. 칼리드와 눈동자 색은 같았지만, 그 안에 담겨 있는 것은 전혀 달랐다.

"네가 무엇을 해줄 수 있다는 거지? 나는 누군가의 도움을 받을 만큼 약하지 않다."

아론은 제 손길에 갇혀서 덜덜 떨면서도, 꾸역꾸역 말을 이어나가는 엘레나의 모습에 흥미가 일었다. 무엇보다도 아비와 같은 줄 알았는데 전혀 다른 그녀의 성향도 제법 재미있었다. 페이트 백작이 늙은 너구리 같았다면, 지금 자신의 앞에 있는 이 여자는 겁도 없이 날뛰는 작은 새끼 여우 같았다. 제 손안에 잡힌 붉은 머리카락 처럼이나 붉은 여우 말이다.

"저는 전하가 폐위되는 걸 막을 수 있어요."

엘레나는 마지막 카드를 내보였는데도 답이 없는 상대방의 반응에 질끈 감고 있었던, 눈꺼풀을 살며시 들어 올렸다. 그러자 코앞까지 바로 와 있는 형형한 눈빛의 보라색 눈동자에 뒷걸음질 치려 했다.

"저, 전하……."

"무슨 말도 안 되는 소릴 하는 거지?"

문제는 도망치려고 해도 도망칠 곳이 없다는 거였다. 등 뒤에 바로 와 닿는 것은 발코니의 끝자락 조금만 뒤로 가면, 뒤는 바로 허공이었다.

"아!"

어둠 속에서 빛나는 그의 냉혹한 보랏빛 눈동자에 깊이 빠져든 탓일까. 엘레나는 뒤는 더는 도망칠 곳이 없다는 것을 알고 있는데도 계속해서 그에게 도망치려 하다 그만 중심을 잃고 휘청거렸다. 몸이 뒤로 넘어가는 것을 느끼며, 이대로 죽는 것은 아닐까 생각했다. 엘레나는 본능적으로 눈을 질끈 감고 손을 앞으로 뻗었다. 하지만 저 남자는 절대로 자신을 잡아주지 않겠지.

탁……

"생각보다 손이 많이 가는군."

"허억!⋯⋯."

아론은 보이는 모습보다는 차갑지 않은 사람인 것 같았다. 엘레나는 이대로 죽는 줄로만 알았다. 생리적인 무서움에 눈물이 샘솟는 것을 느꼈다. 공포심에 덜덜 떨면서 그의 앞섶을 세게 그러쥐고 있었다. 만약 그가 붙잡아주지 않았더라면, 자신은 그대로 떨어져서 죽었을지도 몰랐다.

"자, 이제 네가 어떻게 내 폐위를 막을 수 있다는 말이지?"

"으⋯⋯ 저 방금 죽을 뻔했는데요!"

"죽지 않고 멀쩡히 살아 있지 않나?"

죽지 않고 살아 있다는 얄미운 말을 하는 아론을 엘레나는 잠시 노려보고는, 미친 듯이 맥동하는 심장을 진정시키기 위해서 숨을 내쉬었다. 그리고는 숨을 고른 뒤에 무심한 표정의 그의 보랏빛 눈을 정면으로 마주치며 마지막 말을 내뱉었다.

"말 그대로 저는 전하가 황제 폐하의 자리에서 폐위되는 미래를 알고 있으니까요."

엘레나의 말에 일순 멈칫했던 아론은 어느 순간, 어이가 없다는 듯 헛웃음을 쳤다. 그 모습에 이번에는 엘레나가 몸을 흠칫 굳혔다. 아론은 엘레나를 향해 한 걸음 다가섰고, 엘레나는 저도 모르게 뒷걸음질 쳤다. 하지만 뒷걸음질 쳐봐도 그의 앞섶을 쥐고 있느라, 더욱 그와의 거리가 가까워질 뿐이었다. 숨이 맞닿을 것 같은 가까운

거리에 엘레나는 긴장감에 숨을 쉬는 법까지 잊어버릴 것 같았다.

흉포한 야수의 낯이었다.

"물론 당연히 믿지 못하시겠지만 저는 전하가…… 칼리드에게 폐위당하는 미래를 알고 있어요."

아론은 지금 몸을 덜덜 떨면서도, 자신의 앞섶을 꽉 그러쥐고 있는 엘레나를 바라보았다.

갈색의 눈동자에는 눈물이 맺혀 있었고, 볼에는 눈물 자국이 가득한데도 지지 않고 자신의 눈을 바라보며 당당하게 말하고 있는 그녀가 신기했다. 아버지인 황제 폐하조차도 쉽게 마주치지 않는 자신의 눈을 똑바로 바라보고 있는 여자에게 더욱 흥미가 일었다.

방금도 자신이 구해주지 않았더라면, 그녀는 크게 다쳤을 것이다. 한 손에 쥐면 부서질 것만 같은 연약한 몸을 하고서 지지 않고 끝까지 바락바락하는 게 꼭 작은 동물이 포식자에게 몸을 부풀려서 위협을 하는 것 같기도 했다. 그 위협이 본인은 무서울 것으로 생각하겠지만, 보는 입장에서는 전혀 위협조차도 되지 않는 그런 몸짓말이다.

"미래를 알고 있다…… 언제부터 페이트 백작가의 영애가 신녀가 되었는지 모르겠군. 황태자인 나도 모르게 신이라도 받은 건가?"

그녀의 촉촉이 젖은 갈색 눈망울이 거세게 흔들리는 것을 보며, 아론은 왠지 모르게 기분이 나빠지는 것을 느꼈다. 겨우 이 정도의 말에 힘이 풀리는 저의 앞섶을 쥔 손과 흔들리는 엘레나의 눈동자에 이상하게 기분이 나빠지며 짜증이 났다. 무엇보다도 이제는 자신의 눈을 피해버리고 마는 엘레나의 눈동자에 제일 기분이 좋지 않았다.

아론의 싸늘하고 냉정한 말투에 엘레나는 그를 바라보고 있던 고개를 돌리고, 입술을 잘근잘근 깨물었다. 물론 당연히 그가 한 번에 믿지 않을 것이라고는 생각했었지만, 이토록 냉소적으로 반응할 줄 예상도 못 했기 때문이다. 하지만 이미 말을 내뱉은 이상은 아론을 제 편으로 만들어야만 했다. 자신의 계획에는 꼭 아론이 필요했다. 그가 아니라면, 그녀의 계획은 성공할 수가 없었다.

"믿지 못하시겠다면, 황제 폐하의 병을 알아보세요."

"그게 무슨 소리지?"

칼리드가 본격적으로 움직이는 시기가 선왕의 폐위 후였다. 본인을 돌봐주던 황제가 서거하자, 칼리드는 아론에게 제거당할 것을 알고 있었다. 그래서 엘레나에게 눈물로 호소하며 매달렸고, 마음씨 착한 엘레나는 그를 위해 움직이게 된다. 그때부터 칼리드는 본격적으로 반역을 꿈꾸게 되었다. 엘레나의 능력과 그가 이제껏 준비해온, 어장을 이용하면 충분히 승산이 있는 싸움이었다. 무엇보다도 근 20년간 지속되어온 가뭄은 국민들의 마음을 칼리드 쪽으로 돌리기에 충분했다. 아론은 절대로 칼리드에게 패배하지 않았다. 아론은 그저 국민들을 위해서 물러났을 뿐이었다. 하지만 칼리드는 황제의 그릇이 아니었다. 그가 바로 황제의 일을 제대로 수행하지 못하자, 아론은 곧바로 칼리드를 자리에서 끌어내리려 나타났다.

겨우 30일간의 천하였다. 고작 그 30일간의 천하를 위해서 칼리드는 엘레나를 사지까지 몰아넣었다.

"앞으로 황제 폐하는 채 일 년도 살지 못하세요. 불치병에 걸리셔서, 반년 안에 돌아가실 겁니다."

어쩌면 황제가 아론의 반대를 부득부득 이겨내고서 칼리드에게 후작위를 준 것은 마지막 가는 길에 칼리드에게 하는 사죄 같은 것이었을 것이다. 문제는 그게 칼리드 반역의 도화선에 불을 붙인 것이나 다름없었다. 칼리드는 후작위라는 신분을 이용해서 더욱더 인맥을 넓혀서, 그의 편을 만들었다. 그중에서도 엘레나는 제일 말 잘 듣는 물고기였다.

"처음에는 내가 폐위당한다더니, 이제는 황제 폐하께서 돌아가신 다라…… 정말 재미있군."

"정말이에요. 제 말이 맞을 겁니다. 현재 황제 폐하께서는 불치병에 걸리셨거든요."

현 황제인 에드워드 클로드는 마법으로도 치유할 수 없는 불치병에 걸려 있는 상태였다. 그래서 그 사실을 모두에게 숨기고 있다. 그걸 알고 있는 건, 황제 본인과 그의 주치의뿐. 황제가 죽는 그 순간까지도 아들인 아론도 그가 불치병에 걸려 있다는 사실을 알지 못했다. 설령 알았다 한들, 그건 나을 수 없는 병이었기에 황제는 투병 사실을 숨긴 거였다.

"제 말이 맞는다는 걸 확인 하시고 나서는, 제 얘기를 들어주러 오세요. 저는 황태자 전하가 필요해요."

"……."

엘레나는 말이 다 끝났음에도 아무 말이 없는 그의 서늘한 얼굴에 자신의 도박이 망했다는 것을 깨달았다. 그도 그럴 게 지금 자신의 눈앞에 있는 남자는 절대로 이런 것에 흔들리지 않을 것 같았다. 이제는 다 끝났다는 생각에 긴장을 하느라, 곧추세웠던 온몸에 힘이 빠져나가는 것을 느꼈다.

"정말로……."

그대로 온몸의 힘을 푼 상태라서 아론이 조금만 팔에 힘을 푼다면, 엘레나는 바닥에 형편없이 넘어질 것 같았다. 예리하게 날이 서 있는 그의 보라색 눈동자를 마주하는 것이 이렇게나 힘들 줄은 생각도 못 했다. 사실은 아까부터 드레스 안쪽에 감춰져 보이지 않는, 두 다리가 바들바들 떨리고 있었다. 무려 발코니에서 떨어져 죽을 뻔한 일을 겪었다. 거기에 그냥 멀리서 바라보기만 해도 무서운 아론을 제대로 마주 봐야만 했다. 엘레나는 지금 정신적으로 매우 힘이 든 상태였다.

"정말로 그대의 말이 맞는다면, 그대가 원하는 대로 움직여주지."

엘레나는 마지막으로 아론의 서늘한 미소를 보면서, 그대로 기억을 잃었다. 다소 음울해 보이던 그늘진 얼굴에 빛나는 하얀 이가 마치 사나운 야수의 송곳니 같다고 느끼면서.

엘레나는 시야가 흐릿해져 가는 그 순간에도 온몸을 싸늘하게 만드는 미소마저도 매우 아름답다고 생각했다.

"……님. 누님."

엘레나는 시끄러운 목소리에 허공에 손을 마구 휘저으며, 조용히 하라는 의사를 내비쳤다. 시끄러워서 잠을 도통 이룰 수가 없었다. 온몸이 뻐근한 게, 물먹은 솜처럼 무거운 기분이었다. 팔다리며 온 전신이 비명을 지르고 있었다. 모든 근육이 파업을 선언한 것 같은 느낌이었다.

"누님!"

"……시끄러워."

조용히 하라는 몸짓에도 줄어들지 않은 목소리에 엘레나는 결국 무거운 눈꺼풀을 들어 올리고, 목소리의 주인공에게 시끄럽다며 일갈했다.

"누님…… 많이 시끄러우셨나요?"

이제 막 일어나서 흐릿한 시야에 엘레나는 몇 번 눈을 깜박이고, 초점을 맞추자 시무룩한 표정의 클로비스가 눈앞에 있었다. 침대

맡에 무릎을 꿇고 엎드리고 있는 모양새가 꽤나 오랫동안 자신이 깨어나기를 기다리고 있던 것 같았다.

"클로비스…… 아침부터 이게 무슨 일이니? 한 번도 자고 있을 때, 들어온 적은 없었잖아."

"누, 누님……."

예전처럼 아침에 일어나게 되면 빈혈이나 기립성 저혈압이 없었지만, 일어날 때마다 기분이 별로 좋지 않은 것은 똑같았다. 그래서 자신도 모르게 클로비스에게 쌀쌀한 말투로 말을 건넬 수밖에 없었다. 그러자, 갑자기 눈물을 왈칵 흘리는 클로비스 때문에 엘레나는 당황해서 손을 허공에 마구 휘저으며 그를 달래려 했다.

"크, 클로비스! 왜, 왜 우는 거야!"

"누님……!"

무엇이 그리도 서러운지 갈색 눈망울에 가득한 눈물과 뚝뚝 흘러내리는 눈물방울에 엘레나는 놀라서 몸을 벌떡 일으켜서 그의 얼굴을 닦아주었다. 하지만 닦아도 닦아도 계속해서 흘러나오는 눈물을 당해낼 수가 없었다. 부모를 잃은 어린아이처럼 서럽게 우는 클로비스의 모습에 안쓰러움이 들어, 그의 어깨를 끌어안고 어린아이를 달래듯 토닥여야 했다.

"클로비스, 울지 마. 왜 그러는 거야? 응?"

"누, 누님…… 흑, 누님……."

왜 우는지도 얘기하지도 못하고 계속해서 엘레나를 부르며, 서럽게 눈물을 뚝뚝 흘리는 클로비스가 애처로워서 엘레나는 발을 동동 굴렀다. 저번의 울음과는 확연히 다른 눈물이었다. 아무리 등을 토닥여보아도 훌쩍임이 심해지는 탓에 엘레나의 어깨는 벌써 축축해져 있었다.

"클로비스 울지 말고 얘기를 해야 누나가 알 수 있지. 자, 뚝 하자!"

"누님……!"

하지만 어째서인지 엘레나의 말에 더욱 서럽게 그녀를 울부짖으며 우는 클로비스 탓에 엘레나는 무척이나 난감했다. 왜 자신이 방에 있는지도 제대로 기억이 나지도 않는 상태인데, 일어나자마자 클로비스가 서럽게 울어대는 바람에 정신을 차릴 수가 없는 상황이었다.

"제발 울지 마……."

엘레나는 이대로 그녀도 같이 울어버리고 싶은 마음이었다. 혼란스러운 상황에 클로비스가 이토록 눈물을 흘리니, 그녀도 눈물이 날 것 같은 기분이었다.

"……누님……."

이제야 진정이 되었는지, 눈물을 멈추고 진지하게 저를 올려다보는 클로비스의 눈빛에 엘레나는 최대한 자애롭게 눈을 마주치고 고개를 끄덕여 보였다. 혹시나 어린 클로비스가 아까 쌀쌀한 자신의 말투에 상처받은 것은 아닌가 하는 죄책감이 들었기 때문이다.

"주무시는데 시끄럽게 해서 죄송해요⋯⋯."

"아니, 아니야! 괜찮아! 내가 너무 차갑게 말해서 미안해."

엘레나는 혹여나 클로비스가 다시 울음을 터뜨릴까 겁이 나서 빠르게 손사래를 치고 괜찮다며 그를 위로했다. 다행히 다시는 울지 않을 생각인지, 눈에 바짝 힘을 주고 있는 모습이 제법 귀여워서 그의 복슬복슬한 금발 머리를 한번 휘저어주었다.

"그래서 그렇게 서럽게 운 거야?"

"아뇨⋯⋯."

뭐가 그리 말하기 힘든지, 눈을 피하는 클로비스의 행동에 의문이 들었다. 평소의 클로비스라면 이렇게나 망설이지 않았는데 무언가 이상했다.

"누님⋯⋯ 저희를 버리고 가는 건 아니시겠죠?"

"클로비스 내가 누구를 버리고, 어디를 간다는 얘기니? 도통 이해할 수가 없구나."

클로비스는 제 어깨에 고개를 묻고 손을 꽉 붙잡고 매달려왔다. 마치 어린아이가 무작정 떼를 쓰는 모양새라서 엘레나는 이해할 수가 없었다. 평소의 클로비스가 워낙에 제게 하루에 한 번씩 볼 키스를 한다거나, 손을 잡는 등 스킨십이 잦았지만, 이런 적은 처음이었다. 이렇게 간절하게 매달리는 모습은 처음이라 엘레나는 어떻게 해야 할지 몰랐다.

"누님이 저와 아버지를 버리고⋯⋯."

클로비스는 말을 하면서도 다시 설움이 복받치는지, 목소리에는 물기가 어려 있었다. 엘레나는 잠시 속으로 한숨을 푹 내쉬고는 고개를 묻고 있는 클로비스의 얼굴을 붙잡았다.

"왜 갑자기 이런 말도 안 되는 소릴 하는 거니?"

"오늘 아침, 안톤 칼리드 그자가 찾아왔어요."

엘레나는 칼리드가 찾아왔다는 말에 이해가 가질 않아서 고개를 갸웃거렸다. 칼리드가 페이트 백작가에 찾아와? 원래라면, 후작 작위 수여식이 끝나고 그를 찾아가는 쪽은 엘레나였다. 이렇게 칼리드가 찾아오는 건 있어서는 안 된다는 얘기였다. 게다가 그는 이제막 받은 후작위에 취해서 엘레나를 찾아올 생각도 하지 않는 상태여야만 했다.

"칼리드가 왜 여길 찾아와?"

"간밤에 누님이 고생하셔서 괜찮으냐고…….."

이건 또 무슨 생뚱맞은 말이지? 꼭 칼리드의 말이 자신과 밤을 보냈었다는 말 같아서 엘레나는 기분이 더러워졌다. 울상인 클로비스의 얼굴만 보아도 알 수 있었다. 칼리드가 어떤 의미로 그런 말을 꺼냈는지, 굳이 다 듣지 않아도 알 것 같았다.

"클로비스…… 칼리드 어디에 있어?"

이게 감히 하다 하다 안 되니까, 무리수를 둬? 아무래도 어제 칼리드를 떠나서 파티장을 빠져나간 것에 칼리드는 불안에 떨고 있는 것 같았다. 엘레나는 아직은 그에게 가장 중요한 물고기였다. 그런 엘레나가 어장을 빠져나가려 하니까, 애가 닳아서 이런 행동을 하는 듯했다. 그렇지 않고서야 이렇게 말도 안 되는 말을 할 리가 없었다.

칼리드의 뒤통수를 치기 위해서, 아론을 택한 이유는 여러 가지가 있었지만, 제일 큰 이유는 이것이었다. 너도 한번 당해보라는 생각. 칼리드를 사랑하는 엘레나의 마음을 무참히 짓밟고 그녀에게 절망을 준 칼리드에게 복수하고 싶었다. 칼리드는 엘레나에게 완전히 마음이 없는 것은 아니었다. 그래서 그 점을 이용해서 그를 농락하고 싶었다. 그를 버리고 그가 가장 질투하는 대상인 아론을 택함으로써, 칼리드에게서 절망을 느끼게 하고 싶었다. 또한, 그의 어장을 탈출하는 순간 칼리드에게 초조함과 질투심까지 느끼게 할 수 있었다.

"그런데 아직 시작도 하지 않았는데, 벌써부터 이런 거지 같은 일을 벌일 줄 몰랐지."

그리고 무엇보다도 아론을 택한 이유는 원래의 엘레나에게는 잔인한 일이었지만, 나중에 그녀가 원래 세계로 돌아가더라도 아론과 이루어진 상태라면 칼리드에게 돌아갈 수가 없다는 게 가장 큰 이유였다.

"그렇다고 감히 있지도 않은 일까지 지어내?"

엘레나는 분노에 차서 콧김을 씩씩대며, 칼리드가 있을 접견실을 향해 걸어 나갔다. 어제 자신은 틀림없이 파티장을 빠져나와서 아론을 만났다. 그건 틀림없는 사실이었다. 어째서인지 일어나니까 페이트 백작성의 방이기는 했지만, 아론을 만난 것만은 분명했다.

왜냐하면, 엘레나는 태어나서 한 번도 그렇게 아름다운 사람을 본 적이 없었다. 보기만 해도 정신을 잃고, 홀릴 것 같은 아론의 미모는 절대로 직접 보지 않고서는 지어낼 수가 없었다.

그의 비현실적인 외모는 어젯밤 자신이 아론을 만났다는 가장 확실한 증거였다.

"엘레나……!"

엘레나는 접견실의 문을 열자마자 보이는 칼리드의 가증스러운 미소와 목소리에 인상을 찌푸렸다. 예전에는 꽤 잘생긴 얼굴이라고 생각했던 얼굴도 아론을 보고 나서는 무미건조한 느낌이었다. 화려하게 빛나는 은발이라고 생각했던 은발 머리도 가벼운 칼리드의 성미처럼 좋아 보이지 않았고, 아론과 같은 보라색 눈동자도 분명 같았으나 매우 달랐다. 이미 진짜를 알아버리고 나서는 가짜는 눈에 보이지 않는 이치였다.

대체 어떻게 엘레나는 아론을 두고, 이런 자를 사랑하게 된 거지? 누가 봐도 아론이 더욱 아름답고 고결해서 눈길을 끄는데 말이야. 아론은 그 어떤 배우를 데려다 놔도 꿀리지 않을 특유의 아우라와 외모가 있었다. 그에 반해 칼리드는 전혀 아니었다. 한없이 가벼워만 보이는 그의 행동들에 엘레나는 짜증이 치밀었다.

"칼리드."

클라우스가 영지 사찰로 성을 비운 게 다행이었다. 만약 이 사실을 클라우스가 알게 되었다면 어떻게 될지 엘레나는 상상도 하고 싶지 않았다. 클로비스가 울 정도다. 평소의 클라우스가 딸을 얼마나 아끼는지 몸소 겪어봤기에, 클라우스가 어떤 식으로 나올지 생각만 해도 두려웠다.

"엘레나, 어제 파티에 빠져나가서 어디를 간 거야."

"잠시 바람을 좀 쐬느라 그랬어."

칼리드의 보라색 눈동자에 떠오른, 거짓으로 점철된 걱정스러움에 엘레나는 속으로 콧방귀를 뀌었다. 아마 테이블 밑으로는 연신두 다리를 떨고 있을 것이다. 지금도 초조한지 테이블 위에 올려 있는 두 손을 꼼지락대는 게 여간 불안한 게 아닌 것으로 보였다. 여기서 조금만 더 그를 자극하면, 칼리드는 한계까지 부푼 풍선처럼 빵하고 터져버릴 것 같았다. 지금도 억지로 미소를 짓고 있는 것인지, 그의 입가는 파르르 떨리고 있었다.

"아무런 인사도 없이 사라져버려서 얼마나 찾았는지 몰라."

아무래도 칼리드는 자신이 아무것도 모르고 왔다고 생각하는 것 같았다. 가식적으로 걱정의 말을 늘어놓는 모습이 엘레나는 어이가 없었다. 말도 안 되는 거짓말에 클로비스가 눈물을 쏟았던 것을 생각하면, 이 자리에서 칼리드를 발로 차버리고 싶었지만, 엘레나는 애써 웃음을 지으며 그의 손길을 피했다.

"유니스 백작 영애와 있어서, 따로 말하지 않았어."

"아……! 내가 유니스 영애랑 있느라, 화가 난 거야? 미안해, 나는…….."

칼리드는 자신의 태도가 이렇게 변한 것이 유니스 백작 영애 때문이라고 생각한 것 같았다. 안도의 한숨을 내쉬며, 그제야 웃어 보이는 가증스러운 그의 얼굴에 엘레나는 코웃음이 흘러나왔다. 어쩜 그렇게 사람이 단순하고 바보스러운지, 칼리드를 보면 항상 느끼는 감정이었다. 겨우 이 정도의 인간에게 휘둘린 페이트 백작가의 사람들도 안쓰러웠다. 아마 클로비스의 눈에도 클라우스의 눈에도 엘레나가 너무나 소중해서 진실을 제대로 보지 못했겠지. 설령 보더라도 애써 무시하고 지나쳤을 것이다.

"클로비스에게 말한 것은 무슨 의미야, 칼리드?"

"그, 그게 무슨 소리야?"

끝까지 모른 척하려는지 잡아떼는 칼리드의 태도에 엘레나는 한숨을 내쉬고는 다시 입을 열었다. 클로비스가 그렇게 우는 것을 본 이상은 이대로 모른 척 넘어갈 생각은 전혀 없었다.

"내가…… 칼리드와 어젯밤에 고생했다는 것 말이야."

차마 칼리드는 엘레나가 그 말을 꺼낼 거라고 생각하지 못했던 것인지, 당황해서 동공이 흔들리는 게 여간 한심한 게 아니었다. 그동안 칼리드라면 그의 말에 아무런 제재를 가하지 않았던 엘레나였으니 당연한 일이었다. 엘레나에게 칼리드는 종교 같은 존재였다. 그녀에게는 신과 같은 존재였었다는 말이다. 그녀의 가족도 목숨도 모든 것을 버릴 만큼 그를 사랑했다. 그래서 그에게 모든 것을 내주었다.

"그건 당연히…… 파티를 하느라…… 우리가…….."

"클로비스에게 사과해줘. 칼리드의 말실수 때문에 내 동생은 놀라서 눈물까지 흘렸어. 클로비스는 아직 어린애야."

본인이 무슨 말을 하는지도 모르는 변명을 하고 있는 칼리드에게 엘레나는 차갑고 단호하게 클로비스에게 사과하라고 말했다. 자신이 그를 좋아한다는 이유만으로 칼리드가 그간 클로비스에게 어떤 짓을 해왔는지는 이번 일을 통해서 알게 되었다. 그래서 클로비스가 그토록 칼리드를 싫어한 것이겠지…… 클로비스는 사람을 아무 이유 없이 싫어할 아이가 아니었다.

"엘레나!"

"칼리드가 실수한 것이 맞아. 어제 우린 아무런 일도 없었어. 난 칼리드와 춤 한번 춘 적도 없어. 안 그래?"

칼리드가 짜증이 나는 것이 바로 저것이었다. 아무것도 없는 주제에 자존심은 무척 세서 절대로 본인의 잘못을 웬만해서는 인정하지 않는다는 것이었다. 지금도 절대로 사과한다는 말은 꺼내지 않고, 서운하다는 티를 내면서 자신을 바라보는 그의 얼굴에 역겨움이 치밀었다.

"내 동생에게 사과해줘."

"하지만 엘레나, 그 자식이 먼저……."

"칼리드."

분명 본인이 잘못한 것이 맞는데도 끝까지 말도 안 되는 변명을 하더니, 이제는 클로비스에게 책임을 전가하려는 칼리드의 태도에 엘레나는 질려버렸다. 잘못을 인정하지 않는 그의 추한 행동에 절로 혀가 차졌다.

"알았어…… 꼭, 사과, 사과할게."

칼리드는 클로비스에게 사과한다는 것이 보통 자존심 상하는 게 아니었는지, 이를 꽉 깨무는 게 보였다. 겨우 사과하라는 말 한마디에 이렇게 옹졸하게 반응하는 그의 행동에 엘레나는 넌더리가 났지만, 이 정도에서 물러나는 게 맞았다. 쥐를 잡을 때는 한 번에 몰아넣어서는 안 된다. 궁지에 몰린 쥐는 고양이라도 무는 법이었다.

"잘 생각했어! 지금이라도 클로비스를 불러올까?"

"아, 아니! 괜찮아…… 내가 따로 사과할게."

따로 사과는 무슨. 분명, 이 자리에서 제게는 사과한다고 말을 하고 그냥 넘어갈 것이 눈에 훤했다. 엘레나는 아무것도 모르는 척 밝게 웃으면서 테이블에 올려 있는 종을 울려 실비아를 불렀다.

"오랜만에 같이 식사라도 하고 가."

"엘레나!"

"실비아, 클로비스에게 여기로 오라고 해줘."

적어도 클로비스가 그렇게 서럽게 눈물을 뚝뚝 흘린 것을 보지 않았더라면, 엘레나도 이렇게 끝까지 칼리드를 몰아붙일 생각은 없었다. 하지만 그렇게 착한 아이가 구슬프게 우는 것을 본 이상은 가볍게 넘어갈 일이 아니었다.

감히 건드릴 사람을 건드려야지. 아무것도 모르는 어린애를 건드려?

"······."

"······."

엘레나는 대치 상태에 있는 두 사람을 턱을 괴고 바라보며 지켜보고 있었다. 자신의 앞에서는 클로비스에게 사과한다고 말한 사람치고는 칼리드는 클로비스가 방에 들어오고 나서 단 한마디도 하지 않고 있었다.

네가 어디까지 말을 하지 않고 있나 보자.

"클로비스, 칼리드가 너에게 사과하고 싶다고 말해서 불렀어."

어때? 이래도 말하지 않을 거야? 엘레나는 말을 내뱉으면서도 부들거릴 칼리드의 반응이 예상되어서 속으로 웃음을 삼켰다. 굳이 확인하려 하지 않아도, 그의 입가와 두 주먹이 떨리고 있을 것이다.

"크, 클로비스…… 내가……."

"클로비스, 칼리드가 사과하는데 받아줘야지."

클로비스는 방에 들어오자마자, 자신에게 찰싹 붙어서 칼리드를 힘껏 노려보고 있는 탓에 칼리드가 지금 더욱 자존심 상해하고 있다는 걸 알고 있었다. 본인이 사과하는데도 쳐다보지도 않는 클로비스의 행동에 울화가 치밀겠지.

"내가…… 오해하게 말한 것 같아서 미, 미안하구나."

어찌나 이를 악물고 말을 하는지 듣는 사람이 무서워서 들을 수가 없을 정도였다. 그래도 결국은 칼리드에게서 사과를 받아냈다는 기쁨에 엘레나는 웃으며, 그에게 당근을 건네주기로 했다. 계속해서 몰아친다면, 칼리드의 자존심 강한 성격상 견딜 수 없을 것이다.

"나는 내가 좋아하는 두 사람이 사이가 좋았으면 좋겠어."

"누님이 원하신다면……."

클로비스 아니야, 사실은 그럴 필요 없어! 칼리드의 사과를 받아주고 싶지 않은데, 클로비스는 자신을 생각해서라도 사과를 받아들이려 하는 것 같았다. 하지만 아직 어린아이라 그런지 감정을 숨기지 못하고, 입가가 부루퉁하게 내민 것이 무척 귀여웠다. 삐져서 뚱한 모습도 귀엽네. 물론 클로비스의 외모에 뭐든 귀엽지 않겠지마는 입술을 내밀고 있는 것도 귀여워서 그의 머리를 매만져줬다.

"이번은 넘어가겠습니다. 다음번에는 말조심해주시길 바랍니다."

엘레나는 자신을 대하는 귀엽고 따뜻한 태도와는 다르게 냉담한 클로비스의 말투에 놀라서 그를 바라보았다. 무언가 딱딱하게 굳어 있는 얼굴과 가라앉은 갈색의 눈동자에 잠시 자신이 헛것을 보는 것은 아닌가 하는 착각이 들기도 했다. 제게 클로비스는 언제나 귀여운 남동생, 커다란 대형견 같은 이미지였다. 이런 모습도 할 줄 알리라고는 엘레나는 생각도 못 했었기에 더욱 놀란 것도 있었다.

"그, 그래……."

칼리드가 분노에 못 이겨서 주먹을 부들대는 것을 보고, 엘레나는 피식 웃고는 분위기를 환기하기 위해 실비아에게 다과를 내오라 했다. 제 분에 못 이겨서 바들거리는 칼리드를 보는 것은 즐거웠지만, 혹여나 그가 클로비스에게 해코지를 한다면 곤란했다.

"엘레나……."

"응?"

대체 무슨 말을 하려고 저렇게 아련한 얼굴로 저를 바라보는 칼리드의 모습에 엘레나는 미간이 찌푸려지는 것을 참고 대답을 했다. 무슨 얘기를 하려고 저렇게 분위기를 잡는 거야. 마치 예전에 본인이 바람을 피워서 차여놓고서는 혼자 불쌍한 척은 다 했었던,

이름도 기억 안 나는 구남친의 얼굴 같아서 기분이 더러웠다.

"그러니까 어제 말이야……."

"누님, 이것도 드셔보세요."

칼리드가 수줍다면 수줍은 태도로 말을 이어 나가려 하자, 클로비스가 자신의 그릇에 케이크 조각을 덜어 놓으며 칼리드의 말을 가로막았다. 왜 클로비스가 이런 행동을 하는지 엘레나는 알 것만 같아서 웃음이 나왔다. 아무리 칼리드가 그에게 사과했어도, 이미 밉보인 대상이었다. 거기에 누나를 엄청 따르는 클로비스에게는 칼리드는 숙적 같은 존재일 것이다.

"고마워, 클로비스."

그런 클로비스의 마음을 알기에 그에게 웃어 보이고는 마저 칼리드를 쳐다보았다. 할 말이 있으면 어서 해보란 듯이 말이다. 굳이 수여식이 끝나자마자, 자신을 부득부득 찾아온 이유가 있을 것이다. 그런 거짓말까지 해가면서 왜 자신을 찾아온 것인지 궁금했다.

"엘레나, 어제 누굴 만나지는 않았어?"

"내가 누굴……."

칼리드의 물음에 그게 무슨 소리냐고 대답하려는 찰나에 접견실 문이 열리고 초조한 얼굴의 실비아가 안으로 들어왔다. 무슨 일이 있지 않고서는 항상 차분한 그녀가 얼굴이 새파래진 채로 나타나다니. 덜덜 떠는 모습에 엘레나는 의아함이 들었다.

"실비아? 이게 무슨 일이야?"

"아, 아가씨……."

실비아는 초조함에 발을 동동 구르고 입술을 짓씹고 있으면서도 연신 칼리드의 눈치를 보며, 대답을 하지 못하고 있는 상태였다.

"무엇 때문에 그렇게 초조한 거야?"

"저……."

여전히 아무 말도 하지 못하고 있는 그녀의 행동에 답답한 엘레나는 결국 일어나서 실비아의 곁으로 다가갔다.

"아버지께서 벌써 돌아오셨어?"

"그, 그게 아니라…… 아가씨…… 황태자 전하께서 찾아오셨습니다."

깨뜨릴 수 없는 계약

엘레나는 아론이 왔다는 말에 놀라서 실비아를 바라보았다. 새 파랗게 질린 얼굴과 바들바들 떨고 있는 그녀의 입술이 그가 이곳에 온 게 진짜라고 말해주고 있었다. 아무리 어젯밤 그와 자신이 만났었지만…… 그에게 모든 사실을 알게 된다면 제게 찾아와 달라고 말했었지만, 이건 빨라도 너무 빠른 일이었다.

황제가 그토록 숨기려 했던 불치병을 하루도 아니, 반나절도 안 돼서 모두 알아내었다고? 엘레나는 가공할 만한 그의 힘에 놀라서, 어안이 벙벙했다. 현재 황실의 실세는 아론이라는 명확한 증거와도 다름없었다.

엘레나는 조용히 식사 자리로 돌아와 칼리드에게 말했다.

"칼리드, 이만 돌아가야 할 것 같아."

"엘레나, 그게 무슨 소리야? 갑자기 돌아가라니……."

아직은 시기가 일렀다. 아론이 무슨 생각을 가지고 자신을 찾아왔는지 몰랐다. 칼리드와 아론은 마주치게 할 수는 없었다. 그리고 아론은 어제 제게 칼리드의 여자라고 말했었다. 지금 칼리드와 같이 있다는 사실을 그가 알게 된다면, 그 말에 수긍하는 것밖에는 되지 않았다.

무슨 일이 있어도 칼리드와 아론이 마주치는 것만은 막아야 했다!

"아버지가 돌아오셨나 봐, 어서 돌아가야 할 것 같아."

"그래? 나도 인사드릴게. 이번에 후작위 수여 축하 편지에 대한 감사 인사도 건넬 겸."

칼리드는 후작위라는 말만 해도 기분이 좋은 것인지, 그의 흥분으로 팽창하는 보라색 동공에 엘레나는 고개를 내저었다. 지금은 좋지 않은 상황이었다. 눈치도 없게 자꾸만 떠나지 않겠다고 하는 칼리드의 행동에 짜증이 치밀었다.

"굳이 그러지 않아도 돼. 다음번에 보면 되지 않을까?"

"그래도 인사드리고 싶어."

아니, 인사 못 해서 죽은 귀신이 들렸나. 사람이 이렇게까지 말하면, 눈치채고 재깍재깍 집으로 돌아가야 하는 것 아닌가?

"형식적인 감사 인사였어. 특별히 인사할 것까지는 없어."

"엘레나의 아버지잖아……."

아무래도 곱게 말해서는 도저히 돌아갈 것 같지 않은 칼리드의 눈치가 없는 행동에 엘레나는 숨을 들이쉬고 그에게 다시 돌아가 달라고 단호히 말하려는 찰나, 클로비스가 그녀의 앞을 가로막았다.

"칼리드 후작 각하, 저희 아버지께서 많이 바쁘셔서 안 될 것 같습니다. 각하께서도 이제 막 작위를 받았으니, 영지를 돌보셔야 할 것 아닙니까?"

엘레나는 클로비스에게 앞이 가로막혀서 칼리드의 모습이 보이질 않았다. 그녀는 새삼스럽게 어린아이라고만 생각했었던 클로비스의 키가 매우 크다는 것을 느꼈다. 더불어 그의 체격도 건장한 성인 남성에 견주어보아도 밀리지 않는다는 걸 깨달았다.

클로비스의 생각보다 단단한 등과 날카로운 말투에 엘레나는 적응이 되질 않았다. 제가 아는 클로비스는 항상 품에 안기고, 애교를 부리는 귀여운 남동생이었다. 이렇게 자신의 앞을 지켜줄 수 있으리라고는 생각하지 못했었다. 계속해서 클로비스의 새로운 모습들을 보게 되자, 엘레나는 놀라면서도 신기했다.

"난…… 이만 가볼게."

"칼리드, 다음에 다시 봐."

그제야 돌아가겠다는 말을 하는 칼리드의 행동에 엘레나는 자신이 돌아가라 할 때는 들은 척도 안 했었던 그의 태도에 살짝 화가 났다. 하지만 꽁지가 빠진 것처럼 뒤도 돌아보지 않고 방을 나가는 그의 뒷모습은 매우 우스워서 비웃음이 나왔다.

"누님! 저 잘했나요?"

금세 제가 아는 클로비스로 돌아온 그의 모습에 엘레나는 실없이 웃어 보였다. 누나가 곤란해 보이는 것 같아 보이자, 앞을 지킬 줄도 아는 클로비스가 매우 대견했다.

"응, 잘했어!"

"누님이 곤란해 보이시는 것 같아서 그랬어요. 그자에게 친절하게 대하지 않았다고, 미워하시지는 마세요…….'

"괜찮아. 아주 많이 잘했어, 클로비스."

혹여나 엘레나가 본인을 미워할까 두려워서 시무룩해지는 클로비스의 표정에 그녀는 웃음이 새어 나오려는 것을 꾹 참고, 장한 그를 칭찬해주었다. 그러자 대번에 밝아지는 얼굴에 결국 엘레나도 그만 참지 못하고 같이 미소 지어버렸다.

"저…… 저기…… 아가씨…….'

그런 엘레나와 클로비스를 바라보는 실비아의 속은 타들어 가는 것만 같았다. 가만히 내버려 두면, 또다시 둘만의 세계에 빠져버릴 남매를 알았기에 그녀는 염치 불고하고 목소리를 내기로 했다. 페이트 백작가의 가족들은 가족애가 엄청나서 이렇게 중간에 누군가 멈추지 않는다면, 그들끼리 몇 시간이고 서로 대화를 하느라 정신이 없었다.

평소라면 무엇이 그리도 좋은지, 우애 좋은 남매를 보며 같이 미소 지을 테지만, 지금은 마음 편히 웃고 있을 그럴 만한 상황이 아니었다.

"황태자 전하께서 기다리고 계시다고요⋯⋯."

실비아는 정말이지 눈물이 날 것만 같았다.

황태자가 찾아왔다는 실비아의 말에 대경실색한 클로비스를 안정시키느라 엘레나는 아론에게 찾아가기도 전에 이미 녹초가 되어버렸다. 절대로 혼자서는 보내지 않겠다는 클로비스에게 몇 번이나 괜찮다고 말을 해준 뒤에야, 엘레나는 그에게서 겨우 풀려날 수가 있었다.

"하⋯⋯."

어찌나 달라 붙어오는 클로비스를 뿌리치느라, 엘레나의 체력은 이미 바닥이 난 것 같았다. 그래도 아론을 더는 기다리게 할 수 없어서 그녀는 걸음을 빨리했다. 거의 뛰다시피 걸음을 빨리해 아론이 있는 접견실 문을 열자, 어젯밤 보았던 강렬했던 외모가 꿈이 아니라는 듯이 그는 조각같이 아름다운 외모 그대로 그곳에 앉아 있었다.

"황태자 전하."

"꽤 늦었군."

어두운 밤 속에서도 빛나는 외모였지만, 환한 실내에서 보는 아론의 얼굴은 또 다른 느낌이었다. 차분한 색의 검은 머리는 아론은 더욱 진중하게 보이게 했고, 그의 낮게 가라앉아 있는 보라색 눈동자와 아무 표정 없는 음산한 얼굴은 그를 더욱 냉혹하게 보이게 했다. 하지만 서늘하고 음산한 분위기에도 그에게는 사람의 시선을 끌어당기는 어쩔 수 없는 무언가가 있었다. 설령 그 길이 바로 두려움 가득한 지옥이라도 뛰어들 수 있을 만한 무언가가 말이다.

"이렇게나 빨리…… 오실 줄이라고 전혀 생각하지 못했습니다."

무려 어젯밤 그에게 황제의 불치병에 관해 알려준 지, 채 하루도 지나지 않았다. 그런데 이토록 빠르게 아론이 찾아올 것이라고는 엘레나도 예상치 못 한 일이라 당황스러웠다. 칼리드도 그렇고 왜 이 두 형제는 자신의 예상대로 움직이지 않는 걸까 불안했다. 만약 자신이 알고 있는 모든 것들이 전부 아니라면?

"처음에는 그저 말도 안 되는 소리라고 생각했었지. 미래를 알고 있다니…… 나는 영애가 신녀가 되고 싶은 것이라고 생각했어."

"……"

엘레나는 뒤이어서 나올 아론의 말에 집중한 채로, 긴장감에 침을 꿀꺽 삼켰다. 그의 입에서 무슨 말이 나올지 긴장이 되었다. 정말 만에 하나, 백만분의 일의 확률로 황제가 불치병에 걸리지 않았다면? 그렇다면 자신의 말은 모두 거짓이 되는 것이었다. 그리고 지금 제 앞의 사내는 거짓을 절대 용납하지 않을 사람이었다.

"하지만 정말로 황제 폐하께서, 불치병에 걸려 있더군. 이 사실은 폐하와 주치의 말고는 아무도 모르고 있는 사실이었지."

"제 말이 맞다는 걸, 이제는 아시겠죠?"

황제가 불치병에 걸린 게 맞다는 아론의 말에 엘레나는 안도의 숨을 내쉬고 긴장감으로 굳어 있었던 몸을 풀었다. 하지만 그녀는 온몸의 긴장감을 다 풀기도 전에, 이어지는 그의 말에 다시 몸을 곧추세워야 했다.

"그런데 영애는 어떻게 폐하가 불치병에 걸렸다는 걸 알고 있는 거지? 혹시나 조사를 해봤지만, 두 사람을 제외하고는 절대로 이 사실을 아는 사람은 없었어."

"저는 미래를 알고 있다고 말씀드렸잖아요."

엘레나는 자신에게 쏟아지는 불신의 눈빛을 애써 무시하고서 말을 했다. 솔직히 저 같아도 미래를 알고 있다며, 의문스럽게 접근하는 사람을 절대로 믿지 못할 것 같았다. 그리고 본인의 아버지가 불치병에 걸렸다는 사실을 알고서도 태연함을 유지하고 있는, 그의 냉정함이 존경스러우면서도 한편으로는 섬뜩했다. 보통의 인간으로서는 도저히 이해할 수가 없는 차가움에 엘레나는 살짝 두려운 감정이 들었다.

"그래, 네가 내게서 원하는 건 뭐지? 내게 미래를 알려주면서라도, 얻고 싶은 것이 있을 것 아닌가?"

얻고 싶은 것이 있냐는 아론의 질문에 엘레나는 한번 숨을 크게 내쉬고는 그의 시선을 똑바로 응시했다. 사람의 간담을 서늘하게 하는 음산한 보라색 눈동자는 겁이 났지만, 이상하게도 그렇게 무섭지 않았다.

"제가 원하는 건…… 칼리드에게 복수하는 것이에요."

"복수라…… 어떻게 말이지?"

아론은 지금 자신의 눈앞에 있는 이 여자가 매우 흥미로웠다. 어젯밤 첫 만남에서부터 느낀 거였지만, 엘레나 페이트라는 여자는 자신의 흥미를 마구 유발했다. 겁도 없이 자신의 눈을 당당히 마주치는 것도 그랬다. 미래를 알고 있다는 말도 안 되는 그녀의 말에 실제로 황제 폐하의 병을 알아본 것도 전부 그녀에 대한 호기심 때문이었다. 처음에는 무료하던 일상에 나타난 유흥이라고 생각했다.

"절 도와주신다면, 전하께서 폐위당하는 걸 막아드리겠습니다."

또한, 오만방자한 제 동생을 싫어한다는 점도 같았다. 자신의 폐위를 막아주겠다고 당당하게 말하는 그녀가 재미있었다.

"재미있군. 그대가 어떻게? 미래를 알고 있다는 이유만으로 내 폐위를 막을 만한 힘이 영애에게 있나?"

생각보다 아론의 반응이 나쁘지 않았다. 당연히 그에게 흥미를 이끌어내지 못할 것이라고 했는데, 턱을 괴고 나른하게 바라보면서도 흥미로 빛나는 그의 보라색 눈동자에 엘레나는 승리의 미소를 지어 보였다.

"저는 전하가 아니, 이 제국이 가장 골머리를 앓고 있는 것을 해결할 능력이 있거든요."

"그래서 그 능력을 내게 빌려주겠다는 건가?"

엘레나는 그가 거의 넘어왔다는 사실에 기분이 짜릿했다. 거래의 시작은 뭐든지, 호기심과 흥미였다. 흥미를 유발하게 하는 자가 모든 사업과 게임에서 이기게 되었다. 그리고 지금 자신은 무려 아론 클로드를 유혹하는 것까지는 성공한 것 같았다.

"아뇨. 저와 전하 사이에 거래를 하자고 말하고 있는 겁니다."

얼마나 리스크가 큰 능력인데 공짜로 빌려줄 생각은 절대로 없었다. 그리고 자신의 최종 목표를 달성하기 위해서는 아론과 동등한 관계여야만 했다.

"무슨 거래를 말하는 거지?"

"어차피 베로니카 공녀와의 결혼 또한 상호협의 하에 계약으로 이루어질 거잖아요? 저랑 합시다. 그 계약 결혼 말이에요."

엘레나는 말을 모두 끝냈는데도 아무런 반응이 없는 아론의 태도에 가슴이 두근거리는 걸 느꼈다. 도무지 무슨 생각을 하고 있는지 알 수가 없는 그의 냉담하기만 한 표정 때문에 더욱 불안했다.

"전하……?"

아무 말 없이 돌연 씩 웃어 보이는 그의 표정에 엘레나는 불안감에 그를 바라보고만 있었다. 그리고 어제 정신을 잃으면서도 저 미소를 보았던 기억이 떠올랐다. 사납고 난폭한 야수가 송곳니를 드러내는 것 같은 웃음을 말이다.

"어디 한번 마음껏 나를 손안에 넣고, 휘둘러보도록 해."

그를 손안에 넣고 마음껏 휘두르라는 아론의 발언에 엘레나는 놀라서 눈만 깜빡이고 있었다. 그가 이런 반응으로 나올 것이라고는 그녀로서는 예상치 못 한 일이라 무어라 말을 해야 할지 몰라서, 멍하니 아론의 아름다운 외모만 넋 놓아 바라보고만 있었다.

"……."

"나와 거래를 하자고 하지 않았나?"

다시금 웃어 보이는 아론의 얼굴에 엘레나는 도저히 정신을 차릴 수가 없었다. 가만히 있어도 눈길을 사로잡는 고고한 외모는 미소를 지을 때마다, 더욱 빛이 나서 저도 모르게 홀리는 것만 같았다. 말 그대로 사람을 홀리는 미소였다. 하지만 미소를 짓고 있는 입가와는 전혀 웃고 있지 않은 서늘한 보라색의 눈동자는 그대로였다. 그래서 더욱더 위험함이 풍겨 나오는 분위기에 걷잡을 수 없을 정도로 빠져드는 기분이었다.

"네……."

"나와 동등한 관계를 원한다라…… 황태자비가 되고 싶다는 말을 이렇게 재미있게 하는 사람은 영애가 처음이야."

높낮이가 없는 차갑고 스산한 그의 목소리에 엘레나는 간담이 서늘해지는 것을 느꼈다. 손안에 넣고 휘둘러보라는 사람치고는 너무나도 부정적인 반응에 그녀는 일이 잘못된 것은 아닐까 불안했다.

"내가 그대와 결혼해서 얻는 것은, 그리고 그대가 최종적으로 원하는 것은? 거래는 제대로 해야지."

엘레나는 눈앞에 가득 찬 일렁이는 보라색 눈동자에 숨을 들이켰다. 코앞까지 다가온 그의 수려한 얼굴에 금방이라도 숨이 맞닿을 것만 같았다. 무엇보다도 그의 눈동자에 시선을 빼앗겨서 제대로 정신을 차릴 수가 없는 상태였다. 모든 것을 술술 불어야 할 것 같은 분위기에 엘레나는 입술을 달싹였다.

"가뭄, 저는 가뭄을 해결할 수 있어요. 전하마저도 해결책이 없어서 골머리를 앓고 있는 그것, 이 나라의 가뭄을 해결할 능력이 제게는 있어요."

"……페이트 영지의 비밀이 바로 그대였군."

엘레나는 아론의 기다랗고 저보다 두 배는 커 보이는 손이 제 턱 근처를 매만지는 게 느껴졌다. 그저 아름다운 그의 외모에 손가락도 가늘고 기다랄 것이라고 생각했었는데, 생각보다 피부에 와닿는 감촉은 굳은살이 잔뜩 박여서 거친 느낌이 들었다.

"그래서 아무리 페이트 백작을 조사해도 알 수 없는 거였어."

피부에 와닿는 거친 손가락의 감촉에 그의 손길 또한 거칠 것으로 생각했는데 예상외로 부드러웠다. 아무렇게나 턱을 붙잡고 이리저리 휘둘러도 이상하지 않을 것 같지 않은 남자가 조심스럽게 턱을 간질이는 듯한 행위에 엘레나의 기분이 이상해졌다.

"……."

그리고 바로 눈앞에 있는 그의 낮게 가라앉아 빛나고 있는 보라색의 눈동자를 정면으로 마주할 수가 없었다. 이렇게나 가까운 거리에서 아론에게 얼굴을 내준 채로 그의 눈을 마주 보는 것은 기분이 이상했기 때문이다.

"가뭄을 일으킨 건, 그대인가?"

엘레나는 귓가에 들려오는 차디찬 아론의 말에 질끈 감고 있었던 두 눈을 뜨고, 그의 보라색 눈동자를 쳐다보았다. 칼날같이 날카로운 눈동자는 자신의 모든 것을 탐색하듯이 살피고 있었다.

"……아니요, 그건 아니에요. 저는 그저 페이트 영지에 비가 내리게 했어요. 하지만 그 능력을 사용하면 체력적 소모가 너무 커서 제국 전체에는 쓰지 못하고 있어요."

바들바들 떨며 질끈 감고 있었던 두 눈을 뜨고, 제 눈을 또렷이 바라보고 있는 갈색 눈동자에 아론은 구미가 당겼다. 엘레나 페이트라는 이 여자에게서 그 누구에게도 느끼지 못했던 감흥이 일었다. 겁을 내면서도 끝까지 눈을 마주치는 것을 거두지 않는 그녀에게 말이다.

"그렇게 몸에 무리가 이는 능력을 감수하면서라도 나에게 얻고 싶은 것은?"

"전, 칼리드가 절망에 빠지게 하고 싶어요. 그는 결국에는 저를 배신하고 말거든요. 그에 대한 복수는 제가 전하를 택함으로써 모든 것들이 가능하니까요."

지금도 당당하게 자신의 눈을 마주치면서 말을 이어나가는 그녀의 모습에 아론은 더욱 흥미를 느꼈다. 지금껏 그 누구도 황태자인 자신에게 이토록 당당한 요구를 한 적은 없었다. 설령 황제 폐하인 아버지조차도, 저의 차기 약혼녀로 거론되고 있는 베로니카 공녀도 제 앞에서는 고개를 수그리기만 할 뿐이었다.

힘을 주면 그대로 바스러질 것 같은 몸을 하고서도 고개를 당당히 들고 제 눈을 마주치는 엘레나가 아론은 그저 신기하고 재밌을 따름이었다.

"그러니까…… 영애의 말은 내가 아니라, 영애가 나를 선택한 거란 말이군?"

"네, 맞아요. 제가 전하를 제 복수의 파트너로 택했어요. 전하도 절대 손해를 보는 거래가 아닐 거라고 생각해요."

얘기하면 얘기할수록 제 주제를 모르고 오만방자하게 행동하는 모습이 자신의 이복동생과 같은데도, 희한하게도 이 여자가 이렇게 구는 것은 한없이 재미있었다. 오히려 더욱 부추기고 싶은 이상한 마음이 들었다.

"좋아. 그대의 거래를 받아들이겠어. 내일 당장 계약서를 작성하지. 영애도 생각한 조건들이 있다면, 미리 생각해두는 게 좋을 거야."

"계약서요?"

계약서라는 말에 눈이 동그래져서 되묻는 엘레나의 모습이 제법 웃겨서 아론은 다시 한번 웃을 수밖에 없었다. 자신을 거래 파트너로 택했다고 말하는 것을 보아, 계약서를 미리 준비한 줄 알았는데, 전혀 처음 듣는다는 말처럼 행동하는 모양새가 그런 것까지는 생각하지 못한 모양이었다.

아무리 능글거리는 너구리의 딸이라 하여도 아직은 작은 새끼 여우라는 것인가…… 순진한 그녀의 반응에 조금 골려주고 싶은 심술궂은 생각이 들었다.

"그래, 거래를 한다더니 구두로 진행할 생각이었나? 내가 그대의 능력만 이용하고, 그대를 저버리면 어쩌려고?"

"그…… 하지만 전하께서는 안 그러실 거잖아요……."

아론은 자신의 무엇을 믿고 믿음이 가득한 눈동자로 저를 올려다보는 엘레나의 모습에 쓰게 웃었다. 아무것도 모르고 순진한 눈망울로 바라다보고 있는 그녀의 믿음에 그 믿음을 저버리고 싶지 않은 마음이 들었다.

"제가 원하는 것들만 들어주신다면, 전하가 원하는 다른 조건들은 상관없어요!"

지금도 제가 무엇을 원할 줄 알고서 당당하게 무엇이든 상관없다는 말을 하는, 연신 빛나는 그녀의 갈색 눈동자에 아론은 그 시선을 피해버렸다. 기분이 이상했다. 엘레나 페이트라는 이 여자는 항상 냉정하던 제 머릿속을 혼란스럽게 만들었다. 아무것도 흥미가 없었던, 저에게 흥미를 이끈 데다가, 이렇게나 순진하게 덥석덥석 사람을 믿었다.

"……그래, 그러지."

아론은 그 말을 끝으로 사라졌다. 말 그대로 마법처럼 눈앞에서 사라졌다는 말이다. 엘레나는 그제야 자신이 들어온 세상이 책 속의 세상이라는 걸 깨달았다. 아론의 얼굴을 보게 되면 이곳이 책 속의 세상이라는 것도 자신이 엘레나라는 것도 전부 잊었다. 전부 잊고 멍하니 그의 얼굴만을 쳐다보게 되었다. 현실성이 없는 아름다운 외모에 홀려버린 게 분명했다.

"아…… 나 무슨 말들을 했었지?"

엘레나는 지금도 아론이 붙잡고 있는 것 같은 턱 근처를 쓸었다. 아직도 그가 자신의 턱을 그 강하고 긴 손가락으로 어루만지고 있는 듯한 느낌이 들었다.

"무슨 말들을 했었는지, 제대로 기억이 나질 않아."

기억을 돌이켜보면, 자신이 그에게 무어라 말을 많이 한 것 같은데 기억나는 것이라고는 본인을 손안에 넣고 휘둘러보라는 그의 말뿐이었다. 엘레나는 이제야 얼굴이 화끈거리는 것을 느끼고 두 손안에 고개를 푹 묻고서, 얼굴의 열이 식을 때까지 기다리고 있었다.

"누님!"

"클로······."

얼마나 그 상태로 있었을까. 도저히 식지 않는 열기에 엘레나는 그 자리에 앉아서 고개를 묻고 있었다. 그런데 갑자기 들이닥친 클로비스에 당황해서 이도 저도 못 하고, 고개를 들지 못했다. 동생인 클로비스에게는 붉어진 얼굴을 보여주기가 민망했기 때문이다.

"역시 누님이 말리셔도 제가 같이 있었어야 했습니다!"

"클로비스······?"

엘레나는 왜 클로비스가 이토록 화를 내며, 분개하고 있는지 이해할 수가 없었다. 테이블을 주먹으로 내리치며 이를 가는 모습에 어안이 벙벙한 얼굴로 그를 바라보았다.

"대체 그자가 무슨 짓을 했길래, 누님이 울고 있는 겁니까?"

"내가 울어······?"

갑자기 자신이 울고 있다는 말에 엘레나는 어이가 없어서 되물었지만, 이미 클로비스의 눈에는 제 얼굴이 보이지 않고 있는 것 같았다. 아무리 생각해도 클로비스는 제가 고개를 묻고 있는 것을 보고 울고 있는 것이라고 오해를 하고 있는 것 같았다.

"자기가 황태자면 다입니까? 여자 혼자······."

"클로비스, 나 안 울었는데······."

"아무리 황태자라 해도 용서할 수가······ 울지 않으셨다고요?"

아무래도 단단히 오해를 하고 있는 클로비스의 오해를 풀기 위해서라도 엘레나는 서둘러서 자신이 울지 않았음을 피력했다. 대체 클로비스의 머리에서는 자신이 어떻게 보이는지 궁금할 정도였다.

"응, 울지 않았어. 내가 왜 울겠어."

"하지만…… 분명 고개를 묻고 계셨잖아요…… 그 자리에서 미동도 없이, 귓가가 붉어진 걸 보았는데요?"

대체 언제부터 자신을 보고 있었던 건지, 엘레나는 클로비스의 말에 낮게 혀를 찼다. 귓가가 붉어진 것을 울어서 붉어진 것으로 해석해버린 클로비스의 순수함에도 경의를 표했다. 누구라도 잘생긴 아론의 얼굴에 붉어진 것이라고 생각할 것이다. 이 상황은 그의 엄청난 엘레나에 대한 콩깍지로 생긴 오해나 다름없었다.

"내가 울 리가 없잖아……."

"황태자 전하의 난폭한 성정은 유명하잖아요. 저는 황태자가 누님을 찾아왔다는 말에 얼마나 마음을 졸였는지 몰라요!"

그 말이 정말인지 클로비스의 손가락은 살짝 떨리고 있었다. 엘레나는 잠시 한숨을 내쉬고는 그의 손을 살며시 잡아 토닥여주었다.

"황태자니까…… 그래서 저로서는 어떻게 할 수가 없어서……."

"클로비스, 네가 생각하는 그런 일은 일어나지 않았어. 전하는 그런 사람이 아닌걸."

"그런데 황태자가 왜 누님을 찾아온 거죠?"

클로비스의 허를 찌르는 질문에 엘레나는 애써 그의 시선을 피하고 딴청을 부리려 했다. 그냥 흐지부지 넘어가려 했지만, 놓치지 않고 정곡을 파고드는 클로비스의 질문에 무어라 답할지 고민이었다.

"그냥…… 찾아오신 거야. 아버지가 없으신 상황이니까, 내가 보게 된 거고."

"누님."

그의 시선을 피하고 거짓을 말하자, 제 손을 강하게 잡아 오는 클로비스의 행동에 엘레나는 어떻게 해야 할지 몰랐다. 누가 보아도 자신이 거짓말을 하고 있다는 것을 아홉 살 난 어린아이도 알 것 같았다. 하물며 상대는 클로비스였다. 클로비스는 자신의 모든 행동 하나하나에 예민하게 구는 아이였다. 그런 아이가 제 거짓말을 간파하지 못할 리가 없었다.

"누님, 무엇이든 간에 제게 숨기지만은 말아주세요."

"클로비스.

"요즘의 누님은 불안해요. 이대로 영영 저희 곁을 떠나서 나라에 가버리실 것만 같아서 조마조마해요."

엘레나는 클로비스의 대답에 아무런 말도 못 하고 지그시 입술을 깨물고 있었다. 한없이 간절하고 불안해 보이는 그의 얼굴에 거짓을 고할 수가 없었기 때문이다. 자신이 거짓을 말한다면, 클로비스가 알지 못할 리가 없었다.

"요즘의 누님은…… 항상 멍하니 어딘가를 바라보고만 계시잖
아요. 금방이라도 이곳을 떠날 사람처럼요."

"아니, 클로비스 난……."

클로비스의 말에 엘레나는 자신이 멍하니 어딘가를 바라보고만
있었다는 것을 처음 알았다. 아무리 갑자기 떨어진 이 세상에서 엘
레나로서 적응을 잘하고 있었다고 생각했었는데, 클로비스가 보기
에는 그렇지 않았나 보다. 그저 잘 적응한 척, 아무렇지 않은 척하
고 있던 거였다.

"거기에 누님과는 일면식도 없는 황태자가 찾아오고…… 늦게
말해주셔도 좋아요."

"클로비스."

"하지만 저와 아버지를 속이지만은 말아주세요. 누님이 원하는
것이라면, 저희는 그 어떤 것이라도 할 수 있어요."

무릎을 꿇고 제 손등에 고결하다는 듯이 입을 맞추는 클로비스
의 행위에 엘레나는 착잡한 마음을 애써 숨겼다. 그냥 아무렇지 않
은 척 웃어주며, 그의 밝은 금발 머리를 쓰다듬어 주는 것밖에는 자
신이 할 수 있는 것이 없었다.

"미안해."

"아니에요. 다만, 무슨 일이 있었는지 나중에라도 꼭 말해주
세요."

"응, 알겠어."

엘레나는 클로비스에게 그러겠노라고 고개를 끄덕여 보였다. 그
러자 대번에 밝아지는 그의 얼굴에 그녀는 불편했던 마음을 아주
조금은 해소할 수 있었다.

"누님이 울지 않으셨다니, 저는 다행이에요!"

"클로비스, 네가 생각하는 것만큼 황태자 전하는 나쁘지 않은 사
람이야."

엘레나는 다시 뚱해지는 클로비스의 얼굴에 살며시 웃어 보이고
는 마저 클로비스의 머리를 이리저리 매만졌다. 그러고 보니 아론
의 흑발 머리도 굉장히 부드러워 보였었다. 그의 머리도 클로비스
처럼 이렇게 부드럽게 손 사이를 빠져나갈지 궁금했다. 어쩌면 그
렇게 나쁜 사람은 아니니까, 머리 한 번쯤은 만질 기회가 있지는 않
을까 하고 엘레나는 그런 시답지 않은 생각이나 하고 있었다.

"그래도 저는…… 누님이 황태자랑 어울리는 것은 싫어요."

클로비스의 모습이 꼭, 어린아이가 장난감을 뺏기기 싫다고 투
정을 부리는 것 같아서 엘레나는 피식 웃고는 마저 그의 볼을 쓰다
듬었다. 볼을 쓰다듬으면, 더욱 만져달라는 듯이 얼굴을 비벼오는
그의 행동이 마치 강아지 같아서 귀여웠다. 고시 생활을 하면서 항
상 강아지를 기르고 싶어 했었는데, 엘레나가 되고 나서는 애교를
가득 부리는 클로비스 덕분에 그런 생각이 전혀 들지 않았다.

"음…… 그래도 앞으로는 많이 봐야 할 텐데……."

내일도 아론이 찾아온다고 말했다. 아무리 그와 저 사이에서 상호 동의를 하고 결혼을 하고 싶다고 해도, 무려 황태자인 아론의 결혼이었다. 일주일 만에 속전속결로 치러질 수 있는 결혼이 아니라는 얘기였다. 그럼 그동안 아론과의 교류는 당연한 얘기였다. 매번 그가 페이트 백작 성으로 오지는 않겠지만, 클로비스와도 얼굴을 볼 것이라는 건 어쩔 수 없는 일이었다.

"네? 누님 뭐라고 하셨나요?"

"아냐, 별거 아니야. 클로비스 우리 오늘 피크닉 갈까?"

"네, 좋아요!"

엘레나는 금방이라도 총알처럼 달려나갈 것 같은 클로비스의 모습에 한 번 웃어 보이고는 그에게 가도 좋다고 손짓했다. 그러자 빠른 속도로 소피아를 부르며, 방을 뛰쳐나가는 그의 모습에 웃음을 터뜨렸다.

피크닉을 간다는 소리에 그렇게 신이 나서 뛰어간 클로비스를 그냥 훈훈한 눈길로 보는 것이 아니었다. 그토록 신이 난 모습에서 무언가 이상함을 느꼈어야 했었다.

"저, 정말 피크닉이네."

"누님은 정원에서 티타임을 가지시는 거랑 영지 사찰을 하면서,

피크닉을 하는 것을 좋아하시니까요. 오늘은 특별히 소피아에게
도시락을 싸달라고 했어요."

엘레나는 귀족들의 피크닉이라길래 무슨 문화일지 궁금했었는
데, 생각해보니 피크닉은 서양의 문화였었다. 그냥 별다른 피크닉
과 다를 바 없는 놀이에 살짝 실망했다. 하지만 누구보다도 신이
나서 옆에서 싱글싱글 웃고 있는 클로비스를 보면, 도저히 티를 낼
수도 없었다. 그가 얼마나 신이 났는지는 도시락의 크기를 보면 알
수 있었다. 피크닉 가방에 미처 다 들어가지 못한 도시락들은 뒤에
서 실비아와 소피아가 마저 들고 오고 있었다.

"클로비스, 겨우 우리 둘이 먹는데 이렇게 많은 양의 도시락은 필
요하지 않지 않을까?"

피크닉 가방에 다 들어가지 못해서 삐져나온 것들과 실비아와
소피아가 들고 있는 것들까지 보면, 그 어떤 대식가들이 오더라도
도저히 먹을 수 없는 양이었다. 클로비스도 한창 성장기의 소년이
었지만, 그렇게까지 잘 먹는 편에 속하지는 않았다.

"누님? 항상 피크닉 때 영지의 아이들에게 음식을 나눠주셨잖
아요?"

"아…… 맞다 그랬었지! 잠시 잊고 있었어……."

엘레나는 클로비스의 대답에 애써 알고 있는 것처럼 하면서 대
충 대답을 얼버무렸다. 당연히 친절하지 않은 작가가 동생인 클로
비스와의 피크닉까지 쓰질 않았으니, 자신은 알 도리가 없었다. 혹

여나 이 사건으로 자신의 정체를 들키게 되는 것은 아닌가. 엘레나의 심장이 두근거렸다.

"아무래도 황태자 때문에 누님이 이상해진 것 같아요. 아까도 계속해서 멍하니 있으시고……."

다행히 클로비스는 자신의 실수가 아론 때문이라고 생각하는 것 같았다. 엘레나는 속으로 안도의 한숨을 내쉬며, 가슴을 쓸어내렸다. 이제 와서 자신이 진짜 엘레나가 아니라는 것을 들키면 모든 게 물거품이 되었다. 무한한 애정을 보여주는 클로비스와 클라우스에게는 미안한 일이었지만, 자신은 이들을 속여야만 했다. 그래서 항상 그들의 애정은 진짜 자신의 것이 아니라고 몇 번이나 되뇌었지만, 매번 애정이 가득한 둘의 눈빛에 휘말리고 말았다. 그만큼 엘레나는 무척이나 사랑받고 있었다.

"누님, 오늘도 주변의 땅과 식물들에 축복을 내리실 건가요?"

축복? 축복을 내릴 거냐는 클로비스의 말에 엘레나는 무슨 말인지 이해할 수가 없어서 고개를 한번 갸웃거렸다.

"아버지께서는 능력을 사용하는 걸 막으셨지만, 누님의 몸이 직접 닿은 땅들까지 아버지께서도 어쩌지 못하시니까요. 누님이 원하신다면 아버지께 절대 고하지 않겠습니다."

아, 능력을 잊고 있었다. 하도 칼리드와 아론에게 신경을 쓰고 있느라, 엘레나의 특별한 능력에 관해서는 인지는 하고 있었지만, 크게 신경을 쓰지 않고 있었다. 원래의 엘레나라면 그 능력을 숨 쉬듯이 자연스럽게 사용할 테지만, 자신은 아니었다. 한 번도 능력을 써 본 적이 없었다. 사실은 아론에게 공수표를 날린 것도 없지 않아 있었다. 엘레나가 되었으니, 자신도 그녀처럼 능력을 쓸 수 있을 거라는 믿음에서 말이다.

그런데 이렇게 갑자기 준비도 하지 않은 상태에서 능력을 사용할 거냐는 클로비스의 질문에 엘레나는 진땀을 흘렸다. 원래의 그녀는 어떻게 능력을 썼었지? 이제는 조금씩 희미해져 가는 책 속의 내용을 떠올리기 위해, 열심히 머리를 굴렸다.

"누님?"

엘레나의 능력은 특별했다. 작중 최강의 능력을 가진 것이 아론이라 했지만, 제 생각은 조금 달랐다. 사실은 모든 이를 막론하고 진짜 최강은 엘레나가 아닐까 하는 생각을 했었다. 엘레나의 능력은 모든 인간의 근원이었다. 그녀의 능력은 사용하기에 따라 엄청난 살상능력의 무기가 될 수 있었고, 사람들의 숭배를 받는 자애로운 능력일 수도 있었다.

엘레나의 능력은 자연을 조절할 수 있었으니까. 그녀의 능력은 땅을 비옥하게 만들 수도 있었고, 순식간에 황폐하게 만들 수도 있었다. 마른하늘에 비도 내릴 수도 있었고, 비 한점 내리지 않는 가뭄이 들게 할 수도 있었다. 죽어가는 식물들도 그녀의 손길이 닿으면, 모두 생생하게 살아났다. 아론처럼 전투적으로 강한 능력은 아니었지만, 사실은 그녀의 능력이 가장 무서운 것이었다.

"아니, 아냐…… 잠깐 다른 생각을 하느라……."

엘레나는 아무리 책 속의 내용을 떠올려보아도 그녀가 어떻게 능력을 사용했었는지 기억이 나질 않았다. 어쩌면 그녀가 능력을 사용하는 방법을 다루지 않았을지도 몰랐다. 왜 로맨스 부분이 나오지 않는 부분은 흐린 눈으로 대충대충 책장을 넘겼었는지 후회가 되었다.

"비록 정식적인 영지 사찰은 아니지만, 누님이 가면 모두 기뻐할 거예요."

"응…… 그러겠지."

옆에서 클로비스가 들뜬 기분으로 무어라 말을 하고 있었지만, 엘레나의 귀에는 들리질 않았다. 혹시나 능력을 제대로 사용하지 못해서 그에게 정체를 들키기라도 할까 봐 초조한 상태였다.

"소피아, 고아원에는 우리가 간다고 미리 연락해놨겠지?"

"네, 도련님. 이미 말을 해놨습니다. 아이들 모두 잔뜩 기대하고 있다고 합니다."

피크닉을 간다더니 고아원 얘기를 하는 클로비스가 이상했다. 그리고 당연하다는 듯이 고개를 끄덕이며 얘기를 하도 소피아도 이해가 가질 않았다. 이렇게 한가득 피크닉 준비물을 싸 들고서 고아원을 간다는 말이 도통 무슨 말인지 이해할 수가 없었다.

"고아원?"

엘레나는 왜 클로비스와 소피아가 고아원에 대해 이야기를 했는

지, 마차를 타고 기숙사와 같이 생긴 건물의 앞에 도착하고 나서야
알았다.

"공주님하고 왕자님이다……!"

"오셨습니까. 엘레나 아가씨, 클로비스 도련님."

엘레나는 마차에서 내리자마자, 자신에게 달려드는 아이들에 놀
라서 어찌할 줄을 모르며 얼떨떨한 표정으로 애들을 받아주고 있
었다. 그리고 인자하게 웃는 얼굴로 저와 클로비스를 반겨주는 여
자의 반응에도 뭐라 답할지 몰라서 연신 두 눈만 깜빡이고 있었다.

"레티샤. 요즘 고아원은 어때?"

"페이트 백작가에서 신경 써주시는 만큼, 아이들 모두 잘 생활하
고 있습니다."

클로비스와 레티샤라고 불리는 여인의 대화로 미루어보아, 이
고아원은 페이트 백작가의 지원을 받고 있는 것 같았다. 애초에 페
이트 영지 내의 고아원이기 때문에 그럴 수밖에 없는 일이었지만,
모든 귀족이 고아원에 후원하는 것은 아니었다. 특히나 지금 같은
가뭄이 계속되는 시기에는 본인들의 배를 불리기에도 부족했다.

"레티샤가 있어서 안심이야."

"저도 아가씨와 도련님 덕분에 항상 안심입니다. 백작 각하께서
도 평안하시지요?"

"응. 나와 누님은 고목나무 아래에서 피크닉을 즐길 테니, 아이들
과는 간식을 즐기고 있도록 해. 아이들에게는 나중에 놀아주겠다

고 잘 타이르고."

레티샤에게는 어른스럽게 명령을 하고, 자신에게 수줍게 손을 내밀고 안내하려 하는 클로비스의 모습에 엘레나는 새삼 클로비스가 어리지만은 않다는 것을 또 한 번 느꼈다.

"실비아와 소피아는?"

"레티샤와 못다 나눈 대화를 나누겠죠. 소피아와 레티샤는 오랜 친구 사이니까요. 저희는 저희끼리 피크닉을 즐기면 됩니다."

클로비스의 손을 붙잡고 도착한 곳은 거대한 고목나무가 있는 곳이었다. 20년간 지속되어 왔다는 가뭄에도 고목나무는 엄청난 거대함을 자랑했고, 지지 않는 강인한 푸르름을 간직하고 있었다. 그 거대한 크기에 엘레나는 압도당하는 것만 같았다.

"누님?"

고목나무 아래에 돗자리를 깔고서, 앉지 않고 멍하니 서 있는 자신을 부르는 클로비스의 물음에도 엘레나는 멍하니 홀린 것처럼 나무 앞으로 다가갔다. 가까이서 보니 더욱더 웅장한 크기의 거목이었다. 적어도 몇백 년간은 이 자리를 굳건히 지키고 있었을 것 같은, 그런 오래된 나무였다.

"누님……!"

엘레나는 마치 무언가에 홀린 사람처럼, 나무에 손을 가져다 대었다. 그러자, 눈앞이 핑 돌면서 세상이 빙그르르 돌아가는 것을 느꼈다. 뒤에서는 클로비스가 자신을 애타게 부르는 것이 느껴졌지만, 도무지 정신을 차릴 수가 없었다.

정말 충동적이었다. 그냥 거대하고 푸르른 나무를 보는 순간, 저도 모르게 다가가서 그 위에 손을 올리게 되었다. 무언가에 홀린 듯이 나무에 위에 손을 대는 순간에 눈앞이 빙그르르 돌기 시작하고, 몸 안에 있는 힘이 모두 빠져나가는 것을 느꼈다.

그건 정말로 이상한 느낌이었다. 나무 위에 손을 대는 그 순간에 나무가 살아 있는 것처럼 제게 말을 거는 느낌이었다. 머리 위로 잎사귀들이 어지러이 춤을 췄고, 살랑거리는 바람이 머리카락을 간지럽혔다. 그리고는 온몸에 있는 힘이 쫙 빠져나가는 것을 느꼈고, 그때 나무가 고맙다고 인사하는 것을 들은 것도 같았다. 더불어 온 주변의 식물들도 저에게 감사하다며 춤을 추고 있었다. 믿기지 않겠지만, 모든 게 사실이었다.

"누님!"

부드럽게 볼을 간질이는 것 같은 살랑이는 바람에 엘레나는 살며시 미소를 지었다. 주변의 모든 것들이 춤을 추고 노래하며 저를 반기고 있었다. 바람을 타고 흘러들어오는 까르륵거리는 웃음소리와 말소리들에 기분이 평안해짐을 느꼈다.

"누님!"

그런 평안한 상황에서 누군가가 시끄럽게 고함을 지르고 있었다. 이대로 계속해서 즐거운 소리만 듣고 싶은데, 주위를 어지럽게 하는 목소리에 엘레나는 얼굴을 찌푸렸다. 거기에 몸까지 같이 흔들리고 있는 느낌이었다.

"······님, 누님!"

"으······."

엘레나는 눈을 뜨자마자, 애절한 얼굴과 목소리로 자신을 부르 짖고 있는 클로비스의 모습에 이게 무슨 일인가 싶어서 주위를 둘러보았다.

"클로비스, 이게 무슨 일이야?"

"누님이 갑자기 나무에 손을 올리시더니······ 갑자기 쓰러지셔서······!"

그의 말에 주위를 둘러보자, 아까는 분명 말라 있었던 풀들이 활기를 되찾고 싱싱하게 살아나 있었다. 어떤 것들은 활짝 만개하여 꽃을 피우고 있는 것들도 있었다. 엘레나는 자신이 누워 있는 온 주변이 화사하게 살아난 모습에 놀라서 주위를 두리번거렸다.

"이게 무슨······."

"돌연 누님의 힘이 폭주해서 주변에 광풍과 함께 모든 식물이 갑자기 살아났어요."

클로비스의 말처럼 모든 풀이 생기가 살아난 모습이었다. 거기에 땅들까지도 모두 촉촉하고 비옥한 상태로 변해 있었다. 그중에서도 오직 거대한 고목나무만은 처음 본 모습 그대로였다.

"클로비스······."

"아무 걱정하지 마세요. 저 말고는 주위에 아무도 없다는 걸 확인했습니다. 레티샤는 원래 페이트 백작가의 사람이니, 뒷일은 알아서 잘 해결할 겁니다."

제가 겁을 먹은 얼굴을 하고 있었는지, 필사적으로 저를 안심시키는 클로비스의 행동에 엘레나는 고개를 끄덕였다. 불가항력적으로 일어난 일이었다. 저도 모르게 나무에 이끌렸고, 온몸의 모든 힘이 빠져나가 버렸다. 말을 하는 것은 상관없었지만, 손가락 하나도 까딱이지 못할 정도로 전신에 힘이 들어가지 않는 상태였다.

"다행히 이 주변에서 끝나서 이 정도였지. 페이트 영지 전부였다면, 또 누님은 며칠간 침상 위에서 일어나지도 못하셨을 겁니다. 저와 약속하시지 않으셨습니까?"

"……."

그의 말이 틀린 것이 아니라는 것을 엘레나는 방금 자신이 직접 느꼈기 때문에 아무 말 없이, 클로비스의 말을 듣고만 있었다. 그리고 떨리고 있는 클로비스의 손이 그가 얼마나 놀랐는지 보여주고 있어서 더욱 할 말이 없었다. 클로비스의 경고를 무시하고, 나무에 가까이 다가간 것은 모두 자신이었다.

"누님이 위험해질 만한 일은 하지 않으시겠다고……."

"조절할 수가 없었어."

클로비스의 만류에도 홀린 듯이 나무에 다가간 것은 제 잘못이 맞았다. 하지만 나무에 손을 대는 그 순간, 아무것도 할 수가 없었다. 몸에 힘이 빠져나가고 있다는 것은 알고 있었는데 자신은 그 무엇도 할 수가 없었다. 그냥 힘이 빠져나가는 것을 멍하니 지켜보고 만 있어야만 했다. 원래의 엘레나라면 능력을 자유자재로 조절할 수 있었을 테지만, 자신은 아니었다.

"나무에 손을 가져가는 순간, 아무것도 조절할 수가 없었어."

자신의 조절할 수 없다는 말에 클로비스의 얼굴은 거기서 더 굳 어질 수도 없을 만큼 굳어져 버렸고, 그렇게 피크닉 아닌 피크닉은 끝이 나버렸다. 백작 성으로 오는 내내 딱딱하게 굳어 있는 클로비 스에게 엘레나는 아무 말도 걸 수가 없었다.

"클로……."

"누님, 방에서 편히 쉬십시오."

평소였더라면 자신의 볼에 키스를 남기고 환하게 웃으면서 침실 까지 따라 들어올 클로비스였지만, 딱딱하게 굳은 얼굴을 한 채로 단호한 말을 남기고 떠나는 모습에 엘레나는 적응할 수가 없었다. 처음으로 자신에게 등을 돌려 보이는 뒷모습에 그저 입술을 깨물 며 그 자리에 서 있을 수밖에.

"들키지 않을 리가 없었어……."

엘레나는 갑자기 변한 클로비스의 태도에 무척이나 불안했다. 원래의 클로비스라면, 자신에게 이렇게 행동할 리가 없었다. 아무래도 클로비스는 아까 전 능력을 조절할 수 없었다는 제 말에 뭔가 이상함을 느낀 것 같았다. 변한 클로비스의 태도가 바로 그 증거였다. 그렇지 않고서야 클로비스가 이렇게 행동할 리가 없었다.

"처음부터 속이려고 한 것은 아니었지만……."

정말로 처음부터 속일 생각은 전혀 없었다. 처음에는 나쁜 꿈을 꾸고 있는 것이라고 생각했었다. 그저 자고 일어나면, 다시 원래대로 돌아가 있을 그런 꿈 말이다. 그래서 클로비스를 속였다. 하지만 아무리 밤을 지새워도 며칠이 지나도 원래대로 돌아가질 않았다. 그러다 보니 클라우스도 소피아도 실비아도 모두를 속일 수밖에는 없었다. 아무도 제 말을 믿어주지 않을 것이 분명했으니까.

"내가 엘레나가 아니라는 것을 알게 된다면……."

엘레나가 아니라는 것을 알게 된다면, 제게 친절했던 클로비스와 클라우스의 태도는 바뀔 것이다. 애초에 그들이 제게 친절했었던 이유는 자신이 엘레나라서 받을 수 있는 친절이었으므로, 엘레나가 아니라는 것이 밝혀진다면 사라져버릴 것이 당연했다. 너무도 당연한 일임에도 이상하게도 그러지 않았으면 했다.

"하……."

그렇게 클로비스가 가고 나서 저녁도 거른 채로 뜬눈으로 밤을 지새우다시피 침대 위에서 이불을 뒤집어쓰고 가만히 누워만 있었다. 엘레나가 있다면, 왜 나타나질 않는지. 왜 제가 엘레나로 변해버린 것인지 그런 생각을 하며 누워 있었다. 그리고 앞으로 내일부터는 클로비스를 어떻게 대해야 할지 걱정이 되어서 도무지 잠이 오질 않았다.

"아가씨, 일어나셨습니까?"

"응⋯⋯."

"밤에 전혀 주무시지 못한 거예요?"

일어나자마자 소피아와 실비아를 불러, 그들에게 머리를 맡기고 병든 닭처럼 꾸벅꾸벅 졸았다. 졸리기만 한 줄 알았는데 몸에 힘이 하나도 없는 것이 어제의 여파가 아직 남아 있는 것 같았다.

"조금 피곤했나 봐."

갖은 고민에 빠져서 잠든 시간이라고는 한 시간가량도 안 되는 것 같았다. 그마저도 불안감에 눈이 번쩍 떠졌다. 다시 잠들기에도 모호한 시간이라서, 겨우겨우 침대 위에서 몸을 일으킨 것이었다.

"아침을 드시고, 다시 주무시는 건 어떨까요? 얼굴색이 안 좋아 보이세요."

"⋯⋯괜찮아."

오늘은 아론이 계약서를 가지고 오기로 한 날이었다. 그가 언제 방문할지는 몰랐지만, 잠이 들어 있어서는 안 되었다. 시험공부를 하느라, 밤을 새우는 것은 익숙한 일이었다. 최장 3일을 한숨도 자지 않고 버텼던 적도 있었다. 겨우 하루를 자지 않은 것 가지고 쓰러질 정도로 약하지는 않았다.

"도련님께서 기다리고 계세요."

"클로비스가?"

"네."

어제의 일 이후로 클로비스와 멀어지는 것이 당연하다고 생각했었는데, 평소처럼 아침 식사를 먼저 먹지 않고 기다리고 있다는 소리에 엘레나는 놀라서 실비아에게 되물었다. 어제의 클로비스 행동으로 미루어보아, 절대로 자신을 기다리고 있지 않을 것 같았는데 기다리고 있다는 소리에 졸음에 반쯤 감긴 눈이 크게 떠졌다.

"아까도 방문 앞에서 안절부절못하신 채로 서 계셨는걸요."

"아……."

"아! 아가씨, 움직이시면 안 돼요! 아직 머리 손질이 끝나지 않았어요."

클로비스가 문 앞에서 기다리고 있었다는 실비아의 말에 그대로 엘레나가 일어나서 움직이려는 걸 소피아가 막아내었다. 자애로운 미소를 지으며, 아직 머리 손질이 끝나지 않았다고 엘레나를 안심시켰다.

"실비아, 빨리!"

"아가씨 머리는 굉장히 가늘어서 오랜 시간을 공들여야 한다고요."

엘레나가 초조함에 손톱을 깨물며, 실비아를 재촉하자 소피아가 웃으면서 진정하라고 그녀를 타일렀다. 무엇이 그리 보고 싶은지 어제도 보았는데도 남동생을 보고 싶어 하는 엘레나의 모습은 동생을 무척이나 아끼는 누나 같았다.

"클로비스!"

"누님, 그렇게 뛰지 마세요. 그러다 넘어지십니다."

마치 어제 일은 모두 잊어버렸다는 듯이 평상시와 같이 식당에 가기도 전부터 계단에서 웃으며 자신을 기다리고 있는 클로비스의 모습에 엘레나는 놀라서 그만 발을 헛디딜 뻔했다. 다행히도 앞에서 클로비스가 잡아주어서 민망한 상황만은 어떻게 피할 수 있었다.

"클로비스?"

분명 어제의 일 이후로는 더는 자신을 보지 않을 것으로 생각했는데, 여전히 다정한 눈빛으로 웃어주고 있는 클로비스의 모습에 엘레나는 당황스러웠다. 아무렇지 않게 자신의 손을 잡고 이끄는 행동에 아무 말도 못 하고 따라가고 있었다.

"누님, 얼굴색이 좋지 않으세요."

"응?"

조금 전 실비아와 소피아도 제게 얼굴색이 좋지 않다고 하더니, 정말로 얼굴색이 좋지 않은 것 같았다. 그리고 정말로 너무 졸려서 그런 것인지 몸에 힘이 하나도 없었다. 클로비스가 손을 잡고 부축해주지 않았더라면, 제대로 걷지도 못할 정도였다.

"잠을 제대로 자지 못했더니, 그런 것 같아."

"왜 주무시지……."

"클로비스 때문은 아니야."

금세 시무룩해지는 클로비스의 얼굴에 엘레나는 살짝 웃어 보이며 고개를 내저었다. 클로비스의 말에 잠을 이루지 못한 것은 맞았지만, 모든 이유는 자신에게 있었다. 애써 외면했었던 불안감들이 쌓이고 쌓여서 한 번에 터져버린 것이었다.

"누님, 제가 어제……."

"괜찮으니까 그 얘기는 하지 말도록 하자."

사실은 무서움에 어제의 얘기를 꺼내려는 클로비스의 말을 막아버렸다. 이 자리에 다행히도 클라우스가 없어서 다행이었다. 클라우스는 생각보다 굉장히 바빴다. 제국의 가뭄 중에서 유일하게 비가 내리는 영지를 갖고 있으니 당연한 얘기겠지만, 클라우스는 황실에 하루에 한 번씩은 불려 나가는 것 같았다. 거기에 영지 관리까지도 몸이 두 개라도 바쁠 것 같은 스케줄을 영위하고 있었다.

당연히 그 바쁜 와중에서도 엘레나를 세심하게 챙기는 모습은 완벽한 딸 바보 아버지의 그 자체였다. 지금은 황궁이 페이트 영지에 집중하고 있는 시기라서 어쩔 수 없는 것이었다. 하지만 그마저도 저와 아론이 결혼을 하게 된다면, 없어질 예정이었다.

"누님……."

옆에서 클로비스가 자신을 애타게 부르고 있는 것을 알았지만, 엘레나는 애써 고개를 들지 않고 그릇에 시선을 고정하고 있었다. 처음으로 불편했던 아침 식사를 마치고 방으로 들어가기 위해, 뒤도 돌아보지 않고 그대로 도망가려 했었다. 고개를 들어서 클로비스의 침울한 얼굴을 본다면, 그대로 자신이 엘레나가 아님을 실토할 것만 같았기 때문이다.

"오늘은 방에서 좀 쉴게."

뒤에서 자신을 바라보고 있는 클로비스의 뜨거운 시선이 느껴졌지만, 애써 모른 척하고는 걸음을 빨리했다. 한 발 한 발 내디딜 때마다, 식은땀이 비 오듯이 쏟아졌지만 상관없었다. 이 계단이 끝나면 곧 자신의 방이었다.

"읏!"

마지막 계단에 와서 긴장이 풀린 탓일까, 다리에 힘이 풀리면서 힘없이 몸이 뒤로 넘어가는 것을 느꼈다. 엘레나는 다가올 고통에 눈을 질끈 감고 몸을 웅크리고 있었다. 이상하게도 뒤로 넘어가야 할 몸을 단단한 무언가가 받치고 있는 느낌이었다.

"영애는 매번 픽픽 쓰러지는군."

"전하?"

"전하가 여기는 왜……?"

엘레나는 귓가에 들려오는 익숙한 목소리에 감았던 눈을 뜨자, 서늘한 얼굴로 자신을 내려다보고 있는 아론이 눈에 보였다. 그는 넘어지려는 자신의 허리를 붙잡고 있었다.

"오늘 온다고 말하지 않았나?"

"그, 그러니까…… 왜 여기에?"

태연한 얼굴로 오늘 온다고 말하지 않았냐고 말하는 아론의 반응에 엘레나는 정신을 차릴 수가 없었다. 그가 오늘 온다는 것은 알고 있었으나, 이렇게 계단에서 넘어지려는 자신을 붙잡아 준다는 생각은 전혀 하지 못한 것이었다.

"영애는 원래 아침 식사를 이렇게 늦게 하나? 하녀들에게 물으니, 아침 식사를 하고 있다고 하기에 그쪽으로 가는 길이었지."

"왜 접견실에서 기다리시지 않고……."

"접견실에 가지 않았으니, 여기에 와서 넘어지는 그대를 잡아줄 수 있지 않았나?"

아론의 말대로 그가 아니었더라면, 자신은 그대로 계단 위를 구르고 있었을 것이 사실이라 엘레나는 조용히 입을 다물었다. 무겁지도 않은지 계속해서 제 몸을 받치고 있는 그의 팔에 민망해서 몸을 일으키려 했다.

"아앗!"

"정말로 손이 많이 가는군."

하지만 몸을 일으키려는 엘레나의 시도는 다시 한번 발을 헛디뎌서, 그에게 더욱 폐를 끼치게만 했을 뿐이었다. 몸을 일으키려고 하느라, 버둥거린 탓에 그녀를 붙잡고 있는 아론에게 더 밀착하기만 했다.

"죄, 죄송……."

"어디가 아픈 건가?"

"아뇨! 그냥 잠을 제대로 자지 못해서……."

잠을 제대로 자지 못했다는 엘레나의 말과는 달리 그녀의 안색은 아픈 사람처럼 창백했다. 이마 위에 송골송골 맺힌 식은땀 하며 그늘이 진 눈 밑까지, 누가 보아도 그녀가 정상적인 상태가 아니라는 것을 말해주고 있었다. 거기에 열이 나는 것인지 상기된 두 볼과 거칠게 몰아쉬는 숨소리에 정상적인 컨디션이 아닌 것 같았다.

"……계약 얘기는 나중에 하는 것으로 하지."

"아니, 안돼요!"

엘레나는 떠나려는 아론의 옷자락을 부여잡았다. 막상 그의 서늘한 보라색 눈동자를 마주하자, 겁이 나서 금방 쥐고 있었던 옷자락을 놓았다. 왜 자신도 그를 붙잡았는지 알 수가 없었다. 그냥 온몸에 열이 나고, 어지러워서 머리가 혼란스러웠다.

눈을 마주치면 간담이 서늘할 것 같은 차가운 눈동자도, 그를 한층 더 음울하게 보이는 검은 머리도 이상하게 처음보다는 무섭지 않았다. 보라색 눈동자에 담긴 약간의 걱정을 읽어서 그런 것일까. 엘레나는 자신도 모르게 그를 붙잡고 말았다.

"침실까지는 데려다주지. 아까처럼 쓰러지면, 나도 곤란하니까."

"네……."

엘레나는 차마 침실까지 데려다주겠다는 아론의 제안을 거절할 수 없어서 고개를 끄덕였다. 지금 자신이 괜찮다고 고집을 부리면, 가뜩이나 서늘한 아론의 눈동자에 깃든 작은 걱정도 사라지고 엄동설한처럼 싸늘해질 것 같았다.

거의 아론의 품에 안기다시피 한 채로 옮겨지는 상태에 엘레나는 얼굴을 붉혔다. 조금만 더 가까우면 이대로 그의 얼굴에 입술이 닿을 것 같았다. 맞닿은 몸에서 느껴지는 그의 따뜻한 체온과 대조되는 서늘한 숨소리에 제대로 정신을 차릴 수가 없었다. 엘레나는 아론이 마냥 차갑기만 한 사람은 아니라고 생각되면서도, 온몸이 얼어붙을 것 같은, 아무것도 담겨 있지 않은 차가운 보라색 눈동자를 마주하게 되면 싸늘함을 느꼈다.

"……."

그런데 이렇게 지금 맞닿아 있는 몸이나, 저를 구해주는 손길들은 매우 따스했다. 도저히 같은 사람이라고는 믿기지 않을 정도로…….

"여긴가?"

"아…… 네, 네!"

지금 아론이 자신을 품에 안아 들고, 제 방문 앞에 서 있는 것이 엘레나는 낯설었다. 어제까지만 해도, 아니 그를 처음 본 순간만 해도 그와 이런 상황이 생길 거라고는 상상도 하지 못했었다. 아론은 지나치게 날카로웠고, 엘레나는 입 밖으로 말을 내뱉지는 않았지만, 그가 어렵고 불편했다. 그런데 지금, 절대 누군가의 부탁에도 하지 않을 것 같은 일을 아론이 직접하고 있었다. 대체 어느 모습이 아론의 진짜 모습인지 엘레나는 혼란스러웠다.

"취향이……."

"아! 자, 잠깐만요!"

엘레나는 아론의 행동에 혼란스러워서, 잠시 자신의 방이 다른 사람들이 보기에는 이상하다는 걸 새까맣게 잊고 있었다. 엘레나의 취향은 정말로 한결같았다. 사랑받는 공주님. 그 말밖에는 그녀를 설명할 수 있는 단어가 없었다. 엘레나의 취향은 지나치게 소녀스러웠고, 그녀의 취향은 성인이 된 스무 살의 여자라기에는 무척 아기자기했다.

온통 분홍색과 노란색으로 꾸며진 방 안은 마치 인형의 나라에 온 듯 착각에 들게 했다. 자신도 처음에는 이 방에 적응을 제대로 하질 못했었다. 하지만 평소 제 취향과 같은 인테리어에 오히려 신이 나서 이것저것을 더 채워 넣기도 했다. 이제까지는 자신의 방을 볼 사람들이 모두 클라우스와 클로비스, 그리고 그런 그녀의 취향을 이미 알고 있는 하녀들과 칼리드였기에 전혀 거리낌이 없었었다.

"황궁도 이렇게 꾸며놓을 생각인가?"

"그러니까 이건, 오해가……."

"부디 같이 쓰는 침대만은 분홍색 이불과 저 화려한 캐노피는 참아주지."

게다가 칼리드는 자신에게 잘 보여야 하는 상대였기 때문에, 그녀의 취향에 대해서 무어라 말을 하지 않았었다. 그래서 엘레나는 이제껏 전혀 이상하다는 생각을 하지 못했었다. 찬바람이 쌩쌩 부는 서늘한 외모의 아론과 보기만 해도 사랑스러움이 가득한 분홍색 프릴이 가득 달린 침대는 어울리지 않았다. 오직 엘레나만을 위해서 주문 제작한 반짝반짝 빛이 나는 화려한 캐노피는 더더욱이나 그와 어울리지 않았다. 마치 일부러 어울리지 않은 것들을 그에게 붙여놓은 것처럼 우스꽝스러웠다.

"영애가 원한다면, 상관없지만……."

"아, 아니에요! 필요 없어요!"

분홍색 공주풍 침대 위의 아론이라니, 생각만으로도 기괴했다. 아마 본인을 우스운 모습으로 만들었다고 무시무시한 보복이 기다릴지도 몰랐다. 엘레나는 겁에 질려서 계속해서 고개를 내저었다. 그럴 수는 없었다. 지금도 온통 분홍색으로 소녀스러운 방 안에 서 있는 아론의 모습은 물과 기름처럼이나 어울리지 않았다.

"그대가 생각하는 것만큼, 속이 좁지는 않아."

아까보다 더 딱딱하게 굳어 있는 아론의 얼굴에 엘레나는 자신이 실수했다는 걸 깨달았다. 하지만 이 방과 그가 어울리지 않는 건 사실이었다. 고고한 아론과 제가 어울리지 않는 것처럼 말이다. 처음부터 자신이 억지로 접근하지 않았더라면, 엘레나와 아론은 만날 일이 없었다.

"죄송해요. 일부러 여기까지 와주셨는데……."

"……"

이 여자는 애초에 자각이라는 게 없는 것 같았다. 그게 아니라면, 자신을 전혀 신경 쓰지 않고 있거나. 그러지 않고서야, 열이 올라 붉어진 얼굴로 침대 위에 누워서 얌전히 쌕쌕거릴 수가 없었다. 그리고 그가 생각하기에는 이 작은 붉은 여우는 두 가지 전부에 해당하는 것 같았다. 아론은 이상하게 기분이 나빠지는 것을 느꼈다. 아까까지만 해도 아무 생각이 없었던, 분홍색의 침구도 붉은 머리카락과 어울려 이상한 느낌이 들었다. 황궁의 침실까지도 이렇게 분홍색으로 꾸민다면 좋지 않을 것 같았는데, 이상하게 이 여자와 어울리는 모습을 보니까 나쁘지 않을 것 같다는 생각이 들었다.

"원래부터 붉은 머리였나? 페이트 백작은 붉은 머리가 아닌 거로 알고 있는데."

"돌아가신 어머니를 닮아서 그래요……."

페이트 제국에서 붉은 머리는 흔하지 않았다. 특히나 귀족 집안일수록 더더욱 찾기 힘들었다. 붉은 머리는 예로부터 불길함의 상징이었다. 기묘한 힘을 가지고 있다는 붉은 머리는 천대받기에 십상이었다.

"그런가."

엘레나는 왜 이 남자가 가지 않고, 이상한 질문을 하고 있는지 이해가 가질 않았다. 침대에 눕혀주는 것만으로도 놀라웠는데, 손수 이불까지 덮어주는 그의 행동에 엘레나는 놀라서 숨을 삼켜야 했다. 얼굴은 세상에 더 없을 차가운 표정이지만, 다정하고 따뜻한 손길은 그가 어떤 사람인지 헷갈리게 했다. 마치 아름다운 야수가 겉모습으로 먹잇감을 현혹하는 것 같았다. 입안에는 흉포한 송곳니를 숨기고서, 수려한 외모로 피식자를 속이는 포식자처럼 말이다.

"신비로운 머리카락 색이군."

"저, 저도……."

고개를 숙이고 머리카락을 매만지는 그의 모습에 엘레나는 놀라서 숨을 들이켰다. 가뜩이나 머리가 어지러운데, 눈앞에 있는 그의 보라색 눈동자에 더욱 머리가 어지러워지는 것 같았다. 깊이를 알 수 없는 보랏빛의 눈동자는 사람을 홀리게 했다. 어둠을 삼키고 있는 것 같은 눈동자는 자세히 들여다보면, 그 안에 사람을 움직이지 못하게 하는 힘이 들어 있었다.

"결, 결혼 계약서를 보여주세요!"

엘레나는 더는 저 눈동자를 마주하게 되면, 정신을 잃을 것 같은 느낌에 눈을 질끈 감고 계약서를 보여달라고 말했다. 자꾸만 사람을 현혹하는 빼어난 그의 외모는 정신건강에 좋지 않았다. 특히나 지금처럼 몸이 좋지 않은 상태에서는, 도저히 감당할 수 있는 자신이 없었다. 지금도 뚝뚝 흘러내리는 고고함과 반듯한 외모에 정신을 잃고, 달려들 것만 같은 느낌이었다. 만약 그런 짓을 한다면, 아론은 절대로 자신을 용서하지 않을 사람이었다.

"계약서는……."

"……."

천천히 그의 입술이 열리고 야수의 송곳니 같은 하얀 이가 반짝이는 것을 보았다. 그리고 이제는 조금은 익숙해질 만도 한데 여전히 익숙해지지 않는, 간담이 서늘해짐과 동시에 아름다운 미소에 엘레나는 시선을 빼앗겼다.

"계약서는 고쳐서 다시 가져오도록 하지."

"고쳐요……?"

"그래, 생각해보니까 고쳐야 할 조항이 많은 것 같다는 생각이 들어서."

계약서를 고치겠다며, 자신의 머리카락을 매만지는 그의 손길에 엘레나는 정신을 차릴 수가 없었다. 그의 기다란 손가락 사이로 죽 미끄러지는 붉은 머리카락과 함께, 제 눈을 응시하는 보라색 눈동자에 엘레나는 긴장감에 침을 꼴깍 삼켰다.

"그러니, 영애는……."

여유로움이 가득 느껴지는 느릿한 목소리와 느리지만, 힘이 있는 손길에 엘레나는 가만히 그를 바라보기만 했다. 이 세상의 아름다움이 아닌 것 같은 아론의 외모에 열이 올라서 어지러운 머리가 더 혼란스러워서 몽롱할 정도였다.

"영애는 열심히 몸 관리를 하고 있어. 그날도 아프면 안 되니까, 일주일 뒤에 다시 오도록 하지."

엘레나는 이대로 그를 보내면 안 될 것 같다는 느낌에 아론을 붙잡아버렸다. 이게 그의 빼어난 외모에 홀려서 그런 것인지, 그게 아니라면 얼굴이 후끈거릴 정도의 열 때문에 제대로 된 판단을 못 해서 그런 것인지, 저 자신도 알 수가 없었다.

"왜…… 왜, 제 제안을 수락하신 거예요?"

"그걸 이제야 물어보나?"

"왜…… 제 부탁을 들어주신 거예요? 제 부탁을 수락하실 만큼, 칼리드가 그렇게 싫은 건가요?"

엘레나는 왜 자신이 이런 말을 아론에게 하고 있는지 이해가 가질 않았다. 그가 자신의 제안을 수락한 것도, 필요 이상으로 친절하게 대해주는 이유도 전부 알 수가 없었다. 그리고 의외의 다정한 아론의 모습에 자신도 모르게 그를 붙잡아버리고 말았다. 이유를 물어본다면, 그가 제안을 거절해버릴지도 몰라서 묻지 못했었다.

"그러는 영애는 왜 나를 선택한 거지?"

"저는……."

당신이 유일하게 엘레나에게 잘해준 인물이라서 선택했다고? 그녀를 구해준 사람이라서 선택했다고 말하기에는 망설여졌다. 이 얘기를 아론은 모르고 있었다. 이건 어디까지나 자신이 책으로 읽었던 미래였다.

아론은 무너진 엘레나를 구해줄 수 있는 유일한 희망이었다. 그가 아닌, 누구도 그녀를 구할 수 없었다. 완전히 무너져버린 엘레나에게 다가온 빛이 바로 아론이었다. 엘레나는 그를 보고 후회를 한다. 아론이 아닌, 칼리드를 선택해버린 자신의 어리석음을 후회

했다.

"칼리드와 내가 어떤 관계인지는 알고 있겠지."

"네."

그와 칼리드는 이복형제였다. 그걸 모르는 귀족들은 아무도 없었다. 황제는 대놓고 칼리드를 인정했고, 아론이 그걸 못마땅해한다는 걸 누구나 다 알고 있었다.

"내 어머니와 아버지는 애초에 사랑이 없는 결혼이셨지. 그건 누구나 그런 것이니, 딱히 상관은 없었다. 비록 사랑 없는 결혼이었으나, 두 분은 언제나 서로에게 예의를 지키셨으니까. 나는 문제가 없는 거라고만 생각했었지."

이건 책 속에서 읽지 못했던 이야기였다. 책의 내용은 어디까지나, 칼리드를 중심으로 서술되어 있었다. 책에서는 그저 칼리드의 어머니와 황제는 서로 사랑하는 사이라고 쓰여 있었다. 그리고 그런 그 둘을 방해한 것은 아론의 어머니인 황후였다. 하지만 생각해본다면, 아론의 입장에서는 칼리드는 가정을 방해한 살아 있는 증거 같은 존재였다.

"페이트 백작 부부는 사이가 아주 좋았다지? 그래서 백작도 다시 결혼하지 않고 있는 것이고."

"……네, 맞아요."

사실 클라우스와 본 적도 없는 백작부인이 사이가 좋았다는 것은 자신은 알지 못했다. 그저 사이가 좋았겠거니 예상하는 것밖에는…… 이상하게도 엘레나는 책의 여주인공과 같은 존재였는데도 정보가 너무나 적었다. 마치 저보고 스스로 엘레나를 그려가라고 말하는 것처럼 말이다. 그냥 클라우스와 죽은 엘레나의 어머니가 사이가 매우 좋았다고 생각할 수밖에 없었다.

"내 아버지는 황제라는 자리에 위치해 있지. 생각보다 황제라는 자리는 하고 싶은 것을 마음대로 할 수 있는 자리가 아니더군."

"전하?"

어쩐지 씁쓸해 보이는 아론의 얼굴에 엘레나는 그를 불렀지만, 언제 그랬냐는 듯이 다시 차가운 표정으로 돌아와 그에게 뻗으려 했던 손이 허공에 멈추었다.

"일개 국민도 할 수 있는걸, 정작 최고의 자리에 오른 황제는 할 수 없다니 웃기지 않나? 그렇게 사랑했더라면, 무슨 수를 쓰더라도 가졌어야지."

분명 평소와 같은 냉정하고 서늘한 얼굴일 텐데, 이상하게 상처 받은 야수의 모습이 겹쳐 보였다. 그 모습에 엘레나는 저도 모르게 그의 얼굴로 손을 뻗어버렸다. 깊이를 알 수 없는 보라색 눈동자에 너무나 많은 슬픔이 들어 있어서, 자신도 모르게 저지른 일이었다. 상처를 입은 눈빛에 홀려서 그런 것일지도 몰랐다.

"어느 날은 어떻게 자작가의 여자와 아이를 낳을 수 있냐고, 어머니가 울면서 소리를 지르더군. 나와 어머니는 아버지에게 새로운 자식이 있다는 걸, 칼리드가 5살이 되고 나서야 알 수 있었다. 그 긴

시간을 아버지는 숨기고 계셨던 거야."

이런 사정이 있었을 것이라고는 생각하지 못했었다.

"연인 사이였다더군. 10살의 아들에게 사랑하는 여자가 있다고 무릎을 꿇고, 고백하는 아버지의 모습을 보았어. 나와 어머니에게 제발 칼리드를 아들로 인정해달라더군."

자세한 것은 몰랐지만 평범한 자작가의 딸에게 태어난 칼리드와는 다르게, 아론은 고귀한 명문가의 여식에게 태어난 정통한 후계자였다. 그 증거로 아론에게는 칼리드와는 다른 고고한 기품이 흘러넘쳤다. 가만히 있어도 모든 것을 지배하는 제왕의 혈통이 그에게는 느껴졌다. 같은 보라색의 눈동자라 해도 탁한 느낌이 가득한 칼리드에 비교해, 아론은 정결한 느낌의 보랏빛 눈동자였다.

"당연히 어머니는 반대하셨지. 하지만 손이 귀한 황실의 특성상, 칼리드를 아예 제거할 수는 없어서 그의 존재를 묵인하셨어. 하지만…… 그럴 일이 일어날 줄 알았더라면, 나는 끝까지 그놈을 제거했을 거야."

상처받은 야수의 눈빛이었던 보라색 눈동자에 차오르는 살의와 분노의 빛에 엘레나는 잠시 놀라 숨을 들이켰다. 그를 처음 보았을 때, 잘 벼려진 칼날 같다고 생각했었던 느낌은 틀리지 않았다. 이 분노가 자신에게 향한 것이 아니라는 것을 알고 있는데도, 온몸이 갈가리 찢길 것 같은 느낌에 엘레나는 온몸에 힘이 빠져나가는 아득함을 느꼈다.

"나는 칼리드 때문에 어머니를 잃었다. 정확히는 칼리드를 황태자의 자리에 올리려는, 그놈 어머니의 손에 말이지……."

분노와 슬픔을 참지 못하는 한 마리의 야수 같은 그의 눈빛에 엘레나는 몸을 흠칫 떨 수밖에 없었다. 마주 닿아 있는 그의 얼굴도 이보다도 더는 서늘해질 수 없을 것 같은 싸늘한 얼굴이었다. 아론이 얼마나 칼리드를 싫어하는지, 더 듣지 않아도 알 것 같았다.

하지만 제가 읽었던 내용과는 조금 달랐다. 분명, 칼리드의 어머니는 황후의 손에 독살되었다고 그랬다고 칼리드는 엘레나에게 말했었다. 그를 통해서 칼리드는 아론에 대한 반감을 엘레나에게 무의식적으로 심을 수 있었다.

"칼리드의 어머니는…… 황후 마마의 손에 독살당한 것이 아닌가요?"

"아…… 그놈이 그러나? 내 어머니의 손에 제 어미가 죽었다고?"

"……."

"칼리드의 어머니를 죽인 것은, 내 어머니가 아니라 바로 나다."

칼리드의 어머니를 죽인 사람이 아론이라는 말에 엘레나는 아무 말도 못 하고 숨을 죽였다. 맞닿은 손끝으로 느껴지는 그의 분노와 시선을 마주하고 있는 보라색 눈동자에서 알 수 있는 증오심에 어떤 말도 할 수가 없었다. 자기 생각보다도 훨씬 더 큰 감정에 엘레나는 할 말을 잃었다. 어떻게 이런 감정을 가지고서도 그렇게 아무일도 없는 것처럼 행동할 수 있었던 거지?

"정확히는 내 외숙부님이셨지만…… 나는 막을 힘이 있었지만, 일부러 막지 않았다. 내 어머니를 죽게 만든 그 가증스러운 여자가 죽길 바랐어."

아론의 집안에서 한 일이라면, 칼리드가 왜 아론을 원망하는지 이해가 갔다. 같은 아버지의 밑에서 태어났지만, 너무나도 다른 두 사람에 엘레나는 조심히 그의 볼에 가져다 댄 손을 내리려 했다.

"외곽에 전쟁이 나서 아버지도 황궁의 군대도 모두 나가 있을 당시에 황실을 교묘히 습격한, 그 모자를 나는 잊지 않아. 나는 그래서 그대의 손을 잡은 거야."

아론의 얼굴에서 손을 내리려는 엘레나의 손을 강하게 붙잡으며, 얘기하는 그의 행동에 엘레나는 당황해서 눈만 깜빡였다. 눈을 깜빡일 때마다, 자신을 뚫어지라 바라보고 있는 아론의 날카로운 보라색 눈동자에 가만히 숨만 내쉬었다.

"하지만 영애는 무엇 때문에 나를 선택한 거지?"

"저는……."

자신은 아론만큼 칼리드에 대한 분노를 가지고 있지 않았다. 그저 제게 나중에 일어날 일을 미연에 방지하고 싶어서 그랬다. 그녀가 행복하기를 원했다. 엘레나의 마지막 후회를 자신이 이뤄주고 싶어 그를 선택했다. 제가 제대로 된 선택을 한다면, 그녀의 미래가 행복해질 거라고 생각해서 그런 것이었다.

"이번에도 칼리드에게 놀아나고 싶지 않았어요. 그가 원하는 걸 이루지 못하게, 꿈도 꿀 수 없도록…… 제가 아파했던 것만큼 그에게 복수하고 싶어요."

이상하게 분명히 책으로 활자를 통해서만 경험한 일일 텐데, 엘레나의 마음이 그 경험들이 눈앞에 그려지듯 생생했다. 마치 제가 직접 겪을 일 마냥, 너무나 생생해서 눈물이 차오를 정도였다. 그녀가 느꼈던 배신감, 허탈함, 박탈감 등의 감정들이 물밀 듯이 밀려와서 저를 덮쳐왔다. 갑작스러운 감정의 파도에 엘레나는 눈물을 멈출 틈도 없었다.

"그러니까…… 영애는 칼리드가 원하는 걸 이루지 못하게 하기 위해서는, 내가 필요하다는 말이군."

"네, 맞아요."

원래 있었던 열 때문인지 눈물을 흘리자, 더욱 열이 올라서 정신이 혼미해지는 기분이었다. 엘레나는 더운 숨을 거칠게 내뱉으면서도 고개를 끄덕여 대답했다.

"영애의 마음이 뭔지는 잘 알겠어. 하지만 중요한 계획도, 아프면 아무것도 하지 못하지. 일주일 뒤에 다시 올 테니, 그때는 아프지 않았으면 좋겠군."

열이 올라서 흐릿해진 그녀의 시야에는 그의 보라색 눈동자만

희미하게 보였다. 그의 표정만큼이나 차가운 손길이 자신의 볼 부근을 어루만지는 것이 느껴졌다. 차가운 손길에 엘레나는 시원함을 느껴, 긴 한숨을 토해냈다.

"그때까지…… 무슨 계약서를 작성할지 잘 생각해봐."

"아……."

뜨거운 열기에 유일하게 차가운 아론의 손이 볼에서 떨어지자, 엘레나는 아쉬움의 탄성을 내뱉었다. 그런 그녀의 이마를 아론이 한 번 더 쓸어주고는 그 자리에서 사라지는 것을 느꼈다.

그렇게 아론이 폭풍처럼 지나간 뒤에, 엘레나는 그의 말대로 장장 일주일을 내리 앓았다. 내리지 않는 열병처럼 일주일 동안을 끙끙 앓는 기간에 페이트 영지는 일주일 내내 유례없는 많은 비가 내렸다. 영지민들 모두 엘레나의 축복이라며 찬양했지만, 유일하게 페이트 백작성만은 침울했다.

그 비가 누군가의 희생으로 내리고 있는 거라는 걸, 모두 알고 있었기 때문이다.

"누님."

"아…… 클로비스."

일주일이 지난 뒤에 엘레나는 거짓말처럼 씻은 듯이 열이 내렸다. 하지만 긴 시간을 앓았기 때문에 수척해진 얼굴까지는 숨길 수 없었다. 그녀가 침상에서 일어나자마자, 마법처럼 내리던 비가 뚝 멈추었다.

"이번에도 억지로 비를 내리신 겁니까?"

"음…… 그런 건 아니니까 걱정하지 말렴."

엘레나는 시무룩한 얼굴로 투정을 부리는 귀여운 클로비스의 머리를 쓰다듬어주고는, 마저 종이에 글을 작성했다. 엘레나가 침대에서 일어나자마자 한 것은 바로 아론과의 계약조항 작성이었다.

"오늘도 황태자가 온다고 합니다."

"그러니?"

왜 클로비스가 여기까지 와서 이런 말을 하는지, 엘레나는 이미 알고 있었다. 하지만 짐짓 모르는 척 그에게 물었다. 잔뜩 심통이 난 어린아이 같은 클로비스를 달랠 여유가 지금은 없었다.

"아버지가 아닌, 누님을 찾아오는 거라고 하더군요."

"그렇구나."

이 정도면 물러날 법도 한데, 평소와는 다르게 끝까지 물고 늘어지는 클로비스 때문에 엘레나는 당황스러웠다. 이대로 아론과 클로비스가 직접 마주친다면…… 그리고 계약에 관해 알게 된다면 큰일이었다.

엘레나는 애써 초조함을 숨기고서 아무렇지 않은 척하고 있었지만, 그녀는 계속해서 문에 시선을 두고 있었다. 이대로 계속 클로비스와 같이 있다가는 아론이 오게 되면, 클로비스와 같이 그를 만나야만 할 것 같았다.

"……."

어서 클로비스가 나가주기를 바랐으나, 클로비스는 아무 말도 없이 의자에 앉아서 저를 보고 있었다. 애써 그 시선을 피하고 종이를 보고 있었지만, 머리 위로 느껴지는 뜨거운 시선을 전부 외면할 수는 없었다.

"클로비스?"

"네, 누님."

엘레나는 제 앞에서 책을 읽는 척하면서, 계속해서 저를 보고 있는 클로비스에게 싱글싱글 웃으면서 말을 걸었다. 무언의 압박으로 눈치가 있다면 방에서 나가 달라는 표현이었다.

"책을 읽으려면 방으로 가는 게 낫지 않겠니?"

"괜찮습니다. 누님이 아프셔서 오랜만에 같이 시간을 보내는 거잖아요."

또 저렇게 환하게 웃으면서 말을 하면, 뭐라 더 말을 할 수가 없었다. 일부러 자신이 웃고 있으면, 혼을 못 낸다는 걸 알고 있는 것 같았다. 그도 그럴 것이 클로비스의 웃음은 주위를 환기할 정도로 사랑스러웠다. 지금도 빛나는 금발 머리와 부드러운 갈색의 눈동자는 주변을 몽글몽글한 분위기로 만들었다. 특히 따뜻한 갈색 눈동자를 마주할 때면, 화가 났던 마음도 금방 흐물흐물 풀려버리고 말았다.

"누님이 아프셔서 얼마나 걱정이 되었는지 몰라요. 거기에 영지에 계속해서 비는 내리고, 누님은 정신도 못 차릴 정도로 열이 나고……."

그리고 저를 향한 애정이 가득 담긴 갈색 눈을 보게 되면, 더욱더 힘을 잃어버리고야 말았다. 한수진으로 생활했을 때도 항상 형제에 대한 열망이 강했었다. 아버지 혼자서 자신을 기르느라, 저는 매일 혼자였었다.

"많이 걱정했니?"

"제발 아프지 마세요."

열이 높이 올라서 흐릿한 정신에서도 클로비스와 클라우스의 금발을 보았던 기억이 있다. 열 때문에도 있었지만 다른 이유로 정신이 없는 상태였었다. 일주일 내내 고열로 헛소리를 계속해서 했다는 기억밖에는 없었다. 그리고 중간중간 제 이마를 만져주는 차가운 손길이 있었다. 높은 고열에 숨이 넘어갈 것 같았지만, 이마를 만져주는 시원한 손길이 있으면 거짓말처럼 온몸에서 들끓는 열이 내려가고 숨을 쉬는 것이 편해졌다.

"특히…… 저와 같이 피크닉을 다녀온 뒤에, 아픈 거라 제가 얼마나……."

"클로비스, 그건 전혀 상관없어."

금세 울상이 된 얼굴로 말을 이어가는 클로비스의 모습에 엘레나는 마음이 약해져, 그에게 두 팔을 벌렸다. 그러자, 클로비스가 익숙한 듯이 다가와 안겼다. 복슬복슬하고 부드러운 금발 머리를 헝클어뜨리며, 클로비스를 품에 안고 살살 토닥였다. 어른스러워 보여도 아직은 애였다. 하나밖에 없는 누나가 잘못될까 봐, 전전긍긍하는 어린아이였다. 지금도 자신이 걱정되어서 제 앞을 떠나지 못하고 있다는 걸 알고 있었다.

"하지만…… 누님이……."

"클로비스. 네 잘못은 하나도 없어. 이건 그냥…… 한 번은 짚고 넘어가야 할 일이었을 뿐이야."

책 속의 엘레나는 처음 능력을 각성하고 일주일을 내리 앓았다고 적혀 있었다. 그녀가 고열에 시달리며, 앓는 동안은 계속되는 가뭄 속에서 유일하게 페이트 영지만이 비가 내렸다. 자신은 그날 처음으로 능력을 사용했다. 원래의 엘레나였더라면 진즉에 지나간 사건이었지만, 자신에게는 처음 능력을 쓴 날이었다. 이건 일종의 성장통 같은 과정이었다. 아주 길고, 고통을 수반하는 성장통이었다.

"이제는 걱정하지 않아도 된단다."

"누님."

"그러니까 누나 걱정은 하지 말고, 할 일을 해도 돼."

차마 클로비스에게 이제는 그만 나가라고 말을 할 수는 없어서, 엘레나는 최대한 돌려가며 말을 했다. 지금도 풀이 죽은 아이를 또 풀 죽게 만들 수는 없었다. 그래도 누나를 걱정하는 마음씨가 기특해서, 클로비스의 어리광을 받아주고 있었다.

"오늘은 마땅히 할 일이 없는걸요. 누님과 같이 보내고 싶습니다."

……누나를 걱정하는 마음이 기특하다는 건 취소다.

아론이 올 걸 알고 있으면서도, 일부러 같이 시간을 보내고 싶다는 말은 뻔했다. 절대로 저 혼자서는 아론을 만나지 않겠다는 다짐과도 같았다.

"오늘 황태자 전하께서 찾아오신다는 말을 들었잖니?"

"제가 있으면 안 되는 일입니까?"

엘레나는 한숨이 나오려는 것을 꾹 참고, 잠시 손을 들어 이마를 짚었다. 클로비스는 웬만해서는 고집을 부리는 아이가 아니었다. 하지만 최근에 자신이 일주일 내내 앓은 것도 그랬고, 아론이 찾아온다는 것에 불안해하는 것 같았다. 그 마음을 이해하지 못하는 게 아니었다. 문제는 클로비스가 들어서는 안 될 얘기라는 거였다.

"이건 황태자 전하와 둘만 얘기해야 하는 거야."

엘레나는 상처받은 눈빛의 클로비스의 모습에 한숨을 내쉴 수밖에 없었다. 페이트 가문은 기본적으로 엘레나를 통해서 모든 것이 돌아간다고 해도 과언이 아니었다. 사랑받는 딸, 누나, 아가씨. 모두 엘레나를 지칭하는 말이었다. 두 남자는 엘레나를 위해서라면, 뭐든지 다 해주었다. 그리고 엘레나도 그들의 말을 거절하지 않고, 항상 사랑받는 것에 익숙해서 거절을 하는 법도 잘 몰랐다. 굳이 거절해야 할 상황이 일어나지 않았기 때문이다.

그런데 지금 자신이 클로비스를 거절한 것이나 마찬가지였다.

대체 이런 환경에서 잘도 칼리드를 따라나섰다는 생각이 들었다. 칼리드를 따라나섰을 때 페이트 백작가에 어떤 일이 벌어졌을지 눈에 훤했다. 지금 겨우 아론을 단둘이서 만난다는 얘기에도 온 세상의 상처를 다 받은 것 같은 클로비스의 표정에 엘레나는 어떻게 할지 몰랐다.

"……혹시…… 협박을 받고 계신 겁니까?"

"뭐라고?"

"그러지 않고서야, 누님이 황태자와 만날 리가 없지 않습니까? 역시 황태자가 누님의 능력을 알게 되어서……."

어떻게 하면 저렇게 생각할 수 있는 걸까? 엘레나는 저를 향한 맹목적인 클로비스의 믿음에 잠시 할 말을 잃었다. 클로비스는 진심으로 보였다. 저건 진심으로 믿고 있는 사람의 얼굴이었다.

"그런 건 절대 아니야. 어쩌다 보니, 황태자 전하와 얘기가 잘 통해서 만나게 된 거야."

얘기가 잘 통하니, 계약도 좋은 방향으로 이끌 수 있었지. 보기만 해도 답답하고 짜증이 나는 칼리드와는 다르게 아론은 대화가 잘 통하는 상대였다. 물론 대화의 주제가 아론의 마음에 들었을 때만 그렇다는 단점이 있었지만.

"클로비스, 네가 걱정하는 일들은 전혀 없을 거야."

"제가 걱정하는 것이 무엇인지, 누님은 알고 계십니까?"

갑자기 진지하게 본인이 걱정하고 있는 것이 무엇인지 알고 있냐는 클로비스의 물음에 엘레나는 당황해서 아무 말도 못 하고 가만히 그를 바라보고만 있었다. 상처받은 눈빛에서 금세 진지하게 굳어버린 클로비스의 눈빛에 적응이 되질 않았다.

"클로비스……."

"아무것도 아닙니다. 누님이 그렇다면, 저는 방에서 기다리고 있겠습니다."

클로비스의 처음 보는 새로운 모습에 놀라서 어찌할 줄을 몰라 하고 있는 엘레나의 손에 클로비스가 살며시 입을 맞추고, 다시 평소처럼 환하게 웃으면서 방 안에서 나갔다.

"무슨 일이 생기면, 꼭 제게 말해주세요."

엘레나는 클로비스의 마지막 말에 아무 대답도 못 하고, 그저 바보같이 고개만 주억거릴 뿐이었다. 배턴 터치도 아니고, 클로비스가 나가자 소피아가 아론의 방문을 알렸다.

"아가씨?"

"아, 아니야…… 전하는 접견실에서 기다리고 계시니?"

"네, 백작 각하께서 미리 만나시느라 조금 늦었습니다."

클라우스가 먼저 아론을 만났다는 말에 엘레나는 놀라서, 자리에서 벌떡 일어나 달리려 했다.

"아버지께서 먼저 만나셨다고?"

"그게……."

"페이트 백작이랑은 할 이야기가 있어서 먼저 만났어."

소피아의 등 뒤 너머로 아론이 문 앞에 서 있는 것이 보였다. 일주일 만에 본 아론의 모습은 그대로였다. 지나치게 차가워 보이는 얼굴과 그늘이 져 음울해 보이는 모습, 베이면 다칠 것 같은 날카로운 눈빛까지도.

"전하?"

"대화는 이곳에서 나누고 싶군."

"서둘러 다과를 준비해 올리겠습니다!"

엘레나는 아론이 자신의 침실로 걸어 들어오는 것이 믿기지 않았다. 너무 놀란 나머지, 소피아가 안절부절못하는 모습도 보이질 않았다.

"접견실에는 쓸모없는 장치들이 많더군."

"장치들이요?"

쓸모없는 장치라는 아론의 말을 엘레나는 이해할 수가 없었다. 그리고 자연스럽게 자신의 앞에 착석하는 아론의 행동에 엘레나는 놀라서 같이 앉아버렸다.

"누구를 노리고 만들었는지는 모르겠지만."

"그게 무슨……."

"적어도 여기에는…… 골치 아픈 장치는 없는 것 같아서."

엘레나는 자꾸만 쓸모없는 장치니, 골치 아픈 장치니 하는 말을 하는 아론이 이해가 가질 않았다. 접견실에 무슨 장치가 있다는 말인지 도통 이해가 가지 않는 말투성이였다.

"표정을 보아하니, 하나도 모르고 있는 눈치군."

"접견실에 무슨 장치가 있다는 말씀이세요?"

"몸은 좀 괜찮아졌나?"

전혀 그런 말은 할 것같이 안 생긴 사람이 몸은 괜찮아졌냐는 그의 말에 엘레나는 이상하게 이 상황이 부끄러워졌다. 안부를 묻는 사람치고는 너무나 서늘하기만 한 아론의 표정에 지금 상황이 어색했다는 말이었다.

"거, 걱정 덕분에 괜찮아졌어요!"

"그래, 그래 보이는군."

몸에 열이 나서 얼굴이 붉게 달아오른 일주일 전과는 달리, 보기 좋게 분홍색으로 혈색이 도는 엘레나의 얼굴에 아론은 안심했다. 적어도 오늘은 그날처럼 쓰러지지는 않을 것 같았다.

"정말 일주일 뒤에 오셨네요."

"계약에서 가장 중요한 것은 약속이니까."

장난기가 가득한 살짝 올라간 갈색 눈과 콧잔등을 찡그리고 웃을 때마다, 움직이는 주근깨들이 더욱 엘레나를 생기 있어 보이게 만들었다. 왜 페이트 백작이 그녀를 싸고도는지, 이해가 갔다. 엘레나에게는 누구에게도 느낄 수 없는 밝고 싱그러운 활기가 느껴졌다.

"꼭, 제가 일주일 만에 몸이 나을 거라는 걸 알고 계신 것 같았어요."

"몸이 낫지 않았더라면, 오지 않았을 테지."

"그러시구나……."

뭐 마려운 강아지처럼 무엇이 불안한지, 연신 제 눈치를 보는 엘레나의 행동에 아론은 기분이 나빠지는 것을 느꼈다. 그녀의 갈색 눈이 갈 곳을 잃고, 눈을 마주치지 못하고 있었다.

"하고 싶은 말이 있다면, 말하도록 해."

"아버지와는 무슨 말을 하셨나요?"

겨우 페이트 백작과의 대화 때문에 엘레나가 이리도 불안해했다는 게 믿기지 않았다. 자신에게 당당히 눈을 마주치고, 계약 결혼을 요구한 그녀답지 않은 행동이었다. 세상 누구에게도 당당할 것 같았던 엘레나가 불안해하는 모습에 아론은 기분이 이상해지는 것을 느꼈다.

"그대가 신경 쓸 만한 얘기는 하지 않았어."

"아…… 다행이네요! 사실은 저희의 계약 전에 미리 전하께 말하고 싶은 것이 한 가지 있어요."

엘레나는 차가운 얼굴을 하고 있는 아론을 가만히 바라보았다. 열에 들떠 끙끙 앓는 일주일간 내내 그를 생각했다. 정신이 없는 그 와중에도 아론의 의도를 알 수가 없어서, 계속 그의 행동에 대한 의미를 찾으려 했다. 그러다가 잊고 있었던 인물이 생각 나버리고 말았다.

"……괜찮나요……."

"뭐가 괜찮냐는 말이지?"

"베로니카 공녀와의 관계는 괜찮나요."

계약서의 도장을 찍기 전에 그에게 베로니카 공녀에 대해 말을 해야 한다고 생각했다. 왜 베로니카 공녀를 새까맣게 잊고 있었는지, 자신이 어리석었다.

왜 그녀를 잊고 있었을까.

"여기에서 왜 베로니카 공녀에 대한 얘기가 나오지?"

베로니카 공녀에 대한 얘기를 왜 하냐는 아론의 말에 엘레나는 베로니카 공녀를 좋아하는 것 아니냐고 말하고 싶은 걸 꾹 참았다. 세상을 혼자 사는 것 같은 고고한 느낌의 아론에게도 사랑은 있었다. 그게 사랑인지는 아닌지는 칼리드를 중심으로 쓰여 있어 잘 알 순 없었지만, 책에서는 아론은 베로니카에게 성실했다고 적혀 있었다.

"저와…… 결혼을 하게 되면, 베로니카 공녀와의 관계는 괜찮냐는 말입니다."

미래의 칼리드와는 다르게 아론은 베로니카 공녀를 제외한 다른 황비들이나, 일체의 여자들이 아예 없었다. 아론은 평생 죽는 그 순간까지, 베로니카 공녀만을 보고 사는 것을 알고 있었다. 어장 관리남인 칼리드와는 전혀 달랐다.

"나와 베로니카 공녀의 관계가 무슨 관계인데?"

"……."

엘레나는 당장이라도 튀어나올 것 같은 말을 삼키기 위해서 입술을 꾹 깨물었다. 베로니카를 좋아하는 것이지 않냐고, 그녀와 좋은 관계가 아니냐고 묻고 싶었다. 아론과 베로니카의 관계는 공식적으로 정리가 되지 않았을 뿐이지, 모두 다 둘이 결혼할 것이라고 믿고 있는 그런 관계였다.

칼리드의 후작 작위 수여식에서 본 베로니카 공녀는 매우 아름다웠다. 꿀처럼 빛나는 허니 블론드의 머리와 바다를 보는 것 같은 푸르른 눈동자까지. 거기에 아론과 매우 어울리는 차가운 느낌의 미녀였다.

"두 분은…… 결혼을 약속한 사이지 않나요?"

"그게 무슨 소리지?"

아론과 베로니카가 결혼한다는 것은 누구나 알고 있는, 명백한 사실이었다. 눈앞에 미간을 찡그리며 서 있는 서늘한 외모의 아론과 차가운 느낌의 우아한 미녀인 베로니카는 무척이나 잘 어울렸다. 그런 베로니카의 자리를 자신이 억지로 빼앗는 것은 아닌가 걱정이 되었다. 뒤에서 몰래 끼어든 자신만 아니었더라면, 둘은 아무 무리 없이 결혼을 했을 것이었다. 아론은 베로니카가 아닌 다른 여자는 눈길도 주지 않았다. 어쩌면 그는 베로니카를 사랑했을 수도 있었다. 그리고 지금도 베로니카를 사랑하고 있을 수도 있다.

"베로니카 공녀를…… 좋아하고 계신 게 아니냐고 묻고 있는 겁니다."

"내가 그녀를 좋아한다면 어떻게 할 건가? 계약은 없었던 일이라도 되는 건가?"

그가 베로니카 공녀를 좋아한다면?

"그러면……."

그렇다면 자신은 어떻게 해야 할까? 칼리드와 힐다에게 복수를 하기 위해서 베로니카의 자리를 빼앗아야 하는 건가?

"그렇다면, 저희의 계약은 없었던 일로 하는 게 좋겠습니다."

굳이 둘의 관계를 억지로 끊어가면서 복수하고 싶지 않았다. 그렇게 한다면, 자신이 록사나 힐다 그 여자와 다른 점이 하나도 없었다. 복수 때문에 같은 사람이 되고 싶지는 않았다.

"나를 이용해서 복수 하고 싶다는 여자는 어디 갔지?"

"완벽한 복수는 할 수 없겠지만…… 제 나름대로 복수는 할 수 있을 거예요."

"분명, 나를 마음대로 휘둘러보도록 할 수 있게 해준다고 그대에게 말했을 텐데."

어딘가 화가 난 듯한 매서운 표정으로 차갑게 말하는 아론의 모습에 엘레나는 저도 모르게 살짝 뒷걸음쳤다. 하지만 뒷걸음친 걸음만큼 성큼 다가오는 냉기가 가득 서린 음울한 얼굴에 도망칠 곳이 없었다. 높낮이를 알 수 없는 특유의 냉담한 목소리, 고독한 느낌이 풍기는 그늘진 얼굴까지 모든 게 그를 한 마리의 외로운 야수처럼 보이게 했다.

"그대가 원하는 대로 마음껏 이 손으로 나를 휘둘러 봐."

"……."

엘레나는 자신의 손을 잡고, 날카로운 눈을 번뜩이며 말을 이어 나가는 그의 모습에 침을 꼴깍 삼켰다.

"모두 그대가 원하는 대로 휘둘려줄 테니. 베로니카와는 아무런 관계도 아니야. 과거에도 그리고 영애가 생각하고 있는 앞으로도."

원하는 대로 휘둘려줄 테니 마음껏 휘둘러보라는 아론의 말에 엘레나는 숨을 죽일 수밖에 없었다. 그 말을 하는 그의 모습이 지나 치게 매혹적이고 아름다워서 그럴 수밖에 없었다.

"내가 원하는 여자는 베로니카 공녀가 아니라, 엘레나 페이트 바 로 그대야."

이 세상의 외모가 아닌 것 같은 아름다운 얼굴로 저를 원한다는 아론의 모습에 엘레나는 제대로 차릴 수가 없었다. 설령 그 결말이 나쁜 결말이더라도, 그의 손을 잡고 말 것 같았다.

그렇게 한차례 폭풍이 지나가고 엘레나와 아론은 의자에 앉아 서, 서로의 눈치를 보고 있었다. 정확히 말하자면, 엘레나만 그의 눈치를 보고 있는 거였다. 엘레나는 언제 그가 말을 꺼낼지, 조마조 마한 마음으로 곁눈질로 아론의 얼굴만 흘끔흘끔 보고 있었다.

"그럼 우리의 계약은 재개되는 건가?"

"네."

그녀는 최대한 그의 심기를 거스르지 않기 위해, 가만히 고개를 끄덕이고 자신이 작성한 계약조항을 내밀었다. 사실 계약조항이라고 말하기에는 거추장스러울 정도로, 제가 내건 조건은 매우 간단했다. 겨우 두 가지였기 때문이다.

"제가 전하께 원하는 조건은 간단해요. 첫째는 제 능력을 마음대로 남발해서 사용하지 않도록 해주세요. 그리고 두 번째는……."

엘레나는 말을 하면서도 이 말을 해야 하나 고민이 되었다. 바로 앞에 누가 보아도 베로니카를 질투하는 듯한 말을 해놓고서, 이런 말을 한다면 그가 오해할지도 모른다는 생각이 들었다. 하지만 말해야 할 것은 말해야만 했다.

"두 번째는 전하께서 저 외의 여인을 들이지 않는 것입니다. 그리고 제가 황후가 되는 거예요. 이 조건들이 싫으시다면, 저와 계약하지 않아도 괜찮습니다."

다 말을 하고 나니까 속이 시원했다.

엘레나는 안도의 한숨을 내쉬고는, 숨을 돌렸다. 그리고는 아론과 눈을 마주치고, 그의 대답을 기다렸다. 아론이 싫다면 어쩔 수 없었다. 더는 미련이 없었다. 황후가 되고 싶은 건 아니었다. 하지만 힐다와 칼리드에게 복수를 하려면, 황후가 되는 조건도 필요불가결했다. 그들의 최종 숙원을 막기 위해서는 어쩔 수 없었다.

"두 번째 조건은……."

엘레나는 혹시라도 그가 이상한 오해를 할까 봐 두려웠다. 황후가 되고 싶어 하는 줄 아는 그런 오해 말이다. 절대로 황후의 자리에 욕심이 없었다. 어차피 자신은 언제 사라질지 모르는 사람이었다. 그런 제가 황후의 자리를 탐낼 리가 없었다.

"내 조건과 일치하는군. 내가 말하지 않았나?"

"네?"

대체 그가 무슨 말을 했었는지, 엘레나는 이해가 가질 않았다. 언제 아론이 저런 대화를 자신과 했다는 말인지 기억이 나지 않았다.

"왜 내가 그대가 아닌, 다른 여자를 들일 거라고 생각한 거지?"

"그건…… 전하께서는 황제가 되실 거 아닙니까? 황제가 되면, 수많은 여자들의 유혹을 받겠죠. 그리고 전하와 저는 계약관계로 이루어진 결혼이니까, 마음에 드는 여성이 나타난다면 당연히 그 여자에게 끌릴 거예요."

굳이 계약 결혼이 아닌 칼리드도 그랬다. 칼리드는 황제가 되자마자, 그를 위해 헌신한 엘레나를 헌신짝 버리듯이 내팽개쳤다. 사람들의 눈 때문에 엘레나를 황후의 자리에 올린 것뿐이었다. 그마저도 금방 사라질 지위였지만.

"누구에게 끌리든 상관없습니다. 그게 전하의 마음속에서만 있는 것이라면요. 하지만 절대로 그걸 제가 알게 해서는 안 됩니다. 저를 영원히 속일 수 있다면, 마음속 여인은 넘어가 드리겠습니다."

칼리드는 엘레나가 황후의 자리에 오른 뒤, 바로 다음 날에 힐다를 황비로 들였다. 그리고 그녀의 앞에서 본인의 진실한 사랑은 힐다라며 엘레나를 무너뜨렸다. 그 마음을 엘레나의 앞에서 고백하면서, 칼리드는 일말의 죄책감도 느끼질 않았다. 그게 당연하였기 때문이다. 그렇기에 그녀는 무너지고야 말았다.

"지금 전하께 마음에 둔 여인이 아무도 없지만, 앞으로 살면서도 영원히 없을 거라는 보장은 없지 않겠습니까. 그것마저 막지는 않겠습니다. 하지만 제 앞에서 티를 내거나, 그 감정을 고백하지는 마세요."

칼리드가 엘레나의 앞에서 힐다에 대한 마음을 고백할 때의 상황이 눈에 훤하게 그려졌다. 그녀가 받았던 상처도 생생했다. 칼리드는 그뿐이 아니었다. 힐다뿐 아니라, 여러 여인을 황비로 들였다. 더는 엘레나에게 상처를 줄 수 없을 것이라고 생각했는데, 칼리드는 상상을 초월하는 놈이었다. 그리고 칼리드와 힐다의 최종 목표를 엘레나가 알게 된 날, 그녀는 결국 참지 못하고 미쳐버리고 말았다.

"……."

"계약에 의한 황비도 절대 맞이하실 수 없습니다. 오로지 저 혼자서 전하의 여자가 되어야만 합니다. 하지만 전하께 사랑을 원하는 건 절대 아니에요. 그러나 제가 황후의 책임을 다하지 않겠다는 것도 아닙니다."

혹시나 다시 돌아올 엘레나를 위해서라도, 자신은 모든 것을 확실하게 해놓아야 할 필요가 있었다. 엘레나의 성품상, 그녀라면 다른 황비가 들어오는 것을 견디지 못할 것이다. 자신도 마찬가지였다. 궁중 암투라면 딱 질색이었다.

"아이는…… 원하신다면, 낳아드릴 수 있습니다. 저희의 관계가 계약 결혼일 뿐, 여느 타 부부들과 같았으면 좋겠어요."

사실은 지금도 엘레나를 아론에게 보내야 하나 고민이 되기도 했다. 하지만 이대로 칼리드의 손아귀에 놀아나, 무너질 수밖에 없다면 선택해야 한다고 결심했다. 엘레나는 사랑을 사랑하는 여인이었다. 평화로운 가정에서 태어나, 무한한 사랑을 받으며 생활했다. 그녀의 꿈은 사랑하는 사람과 행복한 결혼생활을 하는 것이었다. 그랬기에 칼리드에게 넘어간 것이었다. 칼리드는 그녀의 귓가에 달콤한 사랑의 말을 속살거렸고, 엘레나는 아무 의심 없이 그를 믿어버렸다.

"내가 저번에 영애에게 말한 것 같은데, 잊어버렸나 보군. 나는 칼리드를 혐오한다. 아버지를 혐오해. 그런 내가 아버지와 같은 짓을 할 거라고 생각하는 건가?"

"전하, 저는 그런 의도가 아니라……."

"내 조건도 그대와 동일하니, 서로 상관이 없겠군. 내 조건도 동일하다. 앞으로 그대는 다른 남자를 만날 수 없어. 내가 좋든 싫든, 나와 평생을 약속해야 해."

엘레나는 자신의 손등에 입술을 맞추는 그의 행동에 놀라서 눈이 커다래졌다. 피 한 방울 나올 것 같지 않은 차가운 아론이 제 손등에 입을 맞추다니, 눈으로 직접 보고도 믿기지 않는 상황이었다.

"나는 항상 그대를 존중하는 남편이 되도록 할 거야. 내 유일한 황후는 영애가 될 거야. 약속하지."

엘레나는 거짓이 담기지 않은 진중한 그의 보라색 눈동자에 잠시 숨을 멈추고 다시 토해내었다. 거짓으로 점철되어 있었던 칼리드의 탁한 보라색 눈동자와는 다르게, 잔잔하면서도 빠져들 것같이 깊은 그의 눈동자는 매우 달랐다. 어떻게 사람들이 둘을 같은 눈색이라고 말할 수 있는지 이해가 가지 않을 정도로 둘의 눈빛은 확연한 차이가 났다.

"이건 전하께서 구두로 약속하는 것을 믿지 못해서가 아니라, 사람의 감정은 장담할 수 없어서 계약 조건으로 말하고 싶었어요."

정말로 인간의 마음은 확실히 정의할 수 없는 거였다. 아론과 베로니카는 잘 어울리는 한 쌍이었다. 그리고 둘은 더없이 이상적인 부부였다. 아름다운 외모의 베로니카와 수려한 외모의 아론은 누구라도 고개를 끄덕일 만한 커플이었다. 지금은 서로에 대한 감정이 없더라도, 언제 생기더라도 이상하지 않았다.

"베로니카 공녀, 그녀에게는 미안하지만. 저는 전하를 누구와도 공유할 생각은 없어요."

베로니카 공녀뿐 아니라, 다른 사람들과도 아론을 나눌 생각은 전혀 없었다. 그녀에게는 미안했지만, 이번에는 제가 먼저 아론의 옆자리를 차지할 생각이었다. 그가 그녀에게 마음이 생기지 않은 시기에 접근하는 비겁한 방법을 쓰더라도 말이다.

칼리드와 힐다에 대한 복수를 하면서도, 엘레나를 사랑해줄 사람을 찾아야 했다. 사실 눈앞의 그는 전자의 조건에는 매우 들어맞지만, 후자의 조건에는 들어맞는 대상은 아니라고 생각했다. 그러나 전자의 조건에 들어맞는 사람은 오직 아론뿐이었다. 그리고 엘레나의 마지막 소원을 이뤄주기 위해서는 칼리드가 아닌, 아론을 만나야만 했다.

"나를 믿지 못하나?"

"전하를 믿지 못하는 게 아니라, 인간의 감정을 믿지 못하는 겁니다."

칼리드도 그랬다. 엘레나의 능력을 알게 된 칼리드는 그녀에게 무엇이든 해줄 것처럼 굴었고, 그녀를 최고라고 언제나 사랑한다고 속삭였다. 그런 달콤한 속삭임에 엘레나는 그만 넘어가 버리고 말았다. 스스로 눈과 귀를 막고, 속아 넘어가 버렸다. 보이는 진실도 외면해버린 채로 가시밭길을 걸었다. 피를 흘리고 아파도 애써 넘겨버렸다. 칼리드의 사랑으로 모두 보상받을 거라고 생각했기 때문이다. 하지만 적어도 자신이 엘레나인 이상은, 절대로 그녀처럼 속아 넘어갈 생각은 없었다.

그러기 위해서는 원래의 엘레나가 돌아오더라도 변하지 않을 만

반의 준비가 필요했다.

"그래서 계약서의 조건을 내건 것이고요."

절대로 엘레나가 버림받지 않을 조건. 다시는 그런 끔찍한 미래를 맞이하지 않아도 되는 조건 말이다. 비록 그녀가 원하는 충만한 사랑이 아니더라도, 아론은 엘레나에게 충실할 것이다. 최근 들어 지켜본 그는 완전히 비정한 사람은 아니었다. 오히려 칼리드보다 어떤 면에서는 더 인간적인 사람이었다. 물론 고작 일주일이라는 짧은 시간 동안 지켜본 그를 완전히 판단하는 건 문제가 있었지만.

그래서 엘레나는 확실한 조건을 내건 것이다. 그가 무슨 일이 있어도 자신을 버리질 못할 조건을…….

"내가 좀 전에도 말했지만, 내 조건도 그대와 같다고 볼 수 있어. 나와 결혼하게 된다면 절대로 이혼은 없을 거야."

엘레나는 이혼은 없을 거라고 단호하게 말하는 아론을 멍하니 바라보았다. 어찌나 단호한 표정인지 저도 모르게 고개를 끄덕일 수밖에 없었다. 곧게 뻗은 코와 그늘져 음울해 보이는 얼굴, 같은 인간이라고는 생각될 수 없는 눈이 부시는 빼어난 외모. 칼날을 담고 있는 보라색의 눈동자까지 아론은 바라보고 있는 사람으로 하여금 움직이지 못하게 하는 힘이 있었다.

"그래도 영애가 원한다면, 이 결혼을 진행하겠어. 내 유일한 조건은 이것이야. 이혼은 절대 없어. 우리는 여느 타 부부들처럼 생활하게 될 거야. 그리고 서로를 배신하는 것은 무슨 일이 있어도 안 돼.

즉, 영애는 앞으로 다른 남자들은 만날 수 없다는 말이야. 알아듣 겠어?"

빠져들 것만 같은 날카로운 보랏빛 눈동자. 엘레나는 자신의 앞 에서 말을 하고 있는 그의 모습에 제대로 정신을 차릴 수가 없었다. 그저 정신없이 아론의 얼굴만을 바라보고 있었다. 지금 그가 무슨 말을 하고 있는지 믿기지 않았기 때문이다. 이건 전혀 예상하지 못 한 전개였다.

아론이 먼저 이 조건을 제안해?

"이 조건만 지켜준다면, 나는 그대를 소중히 여기겠어. 첫 번 째 조건은 당연하지. 능력을 사용하면, 영애가 아파야만 하는 거 잖아?"

또. 사람을 홀리는 것 같은 아름다운 흉포한 야수의 낯을 하고, 세상에서 가장 빛나면서도 음울해 보이는 미소를 짓고 있는 그의 얼굴을 엘레나는 바라보고 있었었다. 하지만 아론의 마지막 말에 엘레나의 갈색 눈동자는 정처 없이 흔들렸다.

"그, 그게 무슨……."

그에게는 광범위한 능력을 사용하면 몸이 버텨내지 못한다고만 말을 했었다. 능력을 사용하면, 아파야 한다고 말한 적이 없었다는 말이다. 그의 말이 틀린 점은 없었다. 엘레나의 능력은 그녀의 몸을 갉아 먹는 능력이었다.

그리고 그걸 저는 요 일주일간의 고통 속에서 깨달았다.

"저번에 영애가 말하지 않았나? 무리한 능력은 몸이 버티지 못하고 쓰러진다고 말이야."

"⋯⋯."

여전히 무슨 일이 있어도 흔들리지 않는 아론의 저 여유로움 때문에 엘레나는 무척이나 초조했다. 느릿하고 높낮이가 없는 말투 때문에 더욱 긴장감을 느낀다는 것을 알고 있는 게 틀림없었다. 저 여유는 강한 포식자에게서 나오는 자신감과 여유로움이었다.

"일주일간의 고열, 그리고 일주일간의 페이트 영지에 내린 폭우."

"⋯⋯."

"이게 무엇을 의미하는지, 영애는 내게 알려줄 생각이 없었나?"

붙잡힌 손등과 손가락 사이를 얽매는 손길이 뜨거워지는 것을 느꼈다. 한 치의 틈도 없이 나비를 옭아매는 거미줄처럼 질척하게, 빠져나갈 구멍이 없도록 촘촘하게 둘러싸인 손가락. 무엇보다도 빠져나갈 길이 없는 일렁이는 깊은 보라색 눈동자에 엘레나는 그저 가만히 숨만 내쉴 수 있었다. 이마저도 의식하지 않는다면, 숨을 쉬는 것도 잊어버릴 것만 같은 아득한 긴장감이 흘렀다.

"언제까지 내게 숨길 생각이었지? 그냥 능력을 많이 쓰면, 몸에 좋지 않은 것이라고만 말할 생각이었나?"

"그런 게 아니라……."

"영애가 아파야만 비를 내릴 수 있는 거잖아?"

엘레나는 제 손의 두 배는 되어 보이는 기다란 그의 손가락에 얽매인 채로 그를 마주 보아야만 했다. 그에게서 시선을 돌리는 것을 용납하지 않을 것 같은 거칠게 일렁이는 보라색 눈동자에 가만히 아론을 바라볼 수밖에 없었다.

"내가 끝까지 모를 줄 알았던 건가? 그게 아니라면…… 뭐든지 내게는 다 숨기려 하는 건가?"

"전…… 저는 전하께 숨긴 게 하나도 없어요!"

정말로 아론을 속이려 했던 건 없었다. 다만 그를 완전히 믿을 수가 없어서 전부 다 털어놓을 수가 없었을 뿐이다. 제 가진 모든 패를 내보인다면, 버림받을지도 몰랐다. 게임의 마지막 승리자는 끝까지 마지막 패를 쥐고 흔드는 자였다. 아론과의 거래는 거래이면서도, 엘레나에게는 게임과도 같은 것이었다. 모든 패를 그에게 보여준다면, 제게 남은 최후의 보루는 사라지고 마는 거였다.

"영애가 그렇다면……."

"……."

"그런 거겠지."

엘레나는 영원히 자신을 놓아주지 않을 것 같던 아론의 손가락이 풀리는 것을 느꼈다. 뜨거운 올가미처럼 저를 칭칭 옭아매던 손가락이 풀리자, 그녀는 나지막이 뜨거운 숨을 토해냈다. 그러자 냉혹하지만 아름답다고 생각했었던 미소가 아니라, 지독히도 차갑고 음울해 보이는 웃음을 짓고 있었다. 주위가 꽁꽁 얼어버리고 추위에 몸이 에일 것 같은 간담이 서늘해지는 미소를 짓고 있는 그의 얼굴에 엘레나는 입술을 깨물었다.

"전하……."

분명히 제 앞에 있음에도, 손을 뻗어도 손이 닿을 것 같지 않은 거리에 아론이 서 있는 것 같았다. 사실은 저도 몰랐다. 능력을 써 본 적이 없었고, 책에서는 엘레나의 능력을 자세히 서술하지도 않았다. 그저 사용자의 몸을 갉아 먹는 능력이라고만 쓰여 있었고, 그녀는 실제로 광범위한 능력을 사용할 때만 아파했었다. 그래서 능력을 사용할 때마다 아픈 것이라고는 생각하지 못했다.

엘레나의 능력이 실은 그녀의 생명 에너지를 나눠주는 것이라는 것을 저는 하나도 몰랐다는 말이다.

"전하가 생각하는 것 같은……."

"……."

아론의 말이 맞았다. 이 능력은 사용할 때마다 사용자가 아파야만 하는 능력이었다. 그리고 자신은 그걸 고목에서, 또 요 일주일간의 고통 속에서 깨달았다. 처음에는 이상한 느낌이었다. 나무에 손을 대자마자, 온몸의 힘이 다 빠져나가는 느낌에 손을 뗄 수가 없었다. 마치 거대한 거머리처럼 제 몸에 달라붙어 온몸의 피를 다 빨아 먹고 떨어지는 것 같았다. 나무와 풀, 그리고 대지 주변의 모든 자연이 제게 말을 걸었다. 감사하다고 고맙다고, 어머니의 축복이라고 말을 하는 것을 들었다.

"맞아요…… 전하가 생각하는 것이 맞아요. 제 능력은 사용할 때마다 아플 수밖에 없어요."

일주일간 너무나도 아팠다. 도무지 열이 내려갈 기미가 보이지 않았고, 고열로 끙끙 앓는 탓에 정신이 혼미했다. 그리고 아프면서도 온몸에 힘이 빠져나가는 것을 느꼈다. 그건 마치 이상한 느낌이었다. 제가 물이 가득한 유리그릇이 된 느낌이었다.

물이 가득 찬 유리그릇은 한 방울이라도 넘쳐나면, 그릇 안에 있는 온 물이 쏟아져 내릴 것같이 아슬아슬한 상태였다. 그릇 또한 매우 불안정해서 깨질 것 같았다. 누군가 억지로 저를 묶어놓은 갑갑한 느낌이었다. 그만큼 제 상태는 금방이라도 깨질 것같이 불안한 상태라는 얘기였다.

이미 자잘 자잘한 실금이 가득 가 있는 유리그릇에 아슬아슬하게 물을 가득 부어놨으니, 온몸에 열이 오르며 아플 수밖에 없었다. 이 열기를 어딘가에 배출하지 않고서는 그대로 깨져버리고 말 것이었다.

"그래서 일주일간 비가 내린 거고, 저는 아플 수밖에 없던 거예요."

가득 고인 물을 어디론 가로 증발시켜야만 했다. 하지만, 물을 증발시키게 되면 엄청난 고통이 뒤따랐다. 한 방울도 남김없이 물이 사라지게 되면, 몸은 고통에 몸부림쳐야만 했다. 그러나 물이 사라지고 나면, 마치 가뭄 속에서 단비가 내리듯이 새로운 물이 가득 찼다. 그리고 다시 또 그 물을 소비해야만 했다. 그렇게 하지 않으면, 물을 담고 있는 그릇을 깨져버리고 말 테니까……

누군가 강제로 억압시켜놓은 탓에 그릇은 매우 불안정하고, 금방이라도 깨질 것처럼 아슬아슬했다. 여기에서 물은 자신의 생명 에너지를 의미했다.

지금도 여전히 물은 깨질 것 같은 그릇 속에서 여유롭게 찰랑거리고 있었다.

"하지만 전하가 생각하는 것만큼 불안정한 상태는 아니니까, 걱정하지 않으셔도 좋아요."

일주일간의 고통 속에서 자신은 그릇 안의 물을 조절하는 법을 배웠다. 첫날은 아무 조절도 하지 못하고 모든 물을 증발시켜버려, 고열 속에서 고통스러워했다. 둘째 날도 마찬가지였다. 셋째 날은 조금 남겨놓는 것을 성공했을 뿐, 고통 속에서 벗어나지는 못했다. 그렇게 하루하루 물을 조절하는 법을 배웠다. 신기했다. 고열로 앓는 순간에도 감사의 목소리들이 이곳저곳에서 전해져왔다. 영지민들이 기쁨의 포효를 내지르는 소리, 나무와 풀들이 춤을 추는 소리. 땅이 촉촉해지는 소리까지도 모두 들려왔다.

처음에는 자신의 생명을 가져가서 기뻐하는 게 좋지 않았다. 하지만 날이 거듭될수록 그저 그들은 괴로워하고 있었음을 알 수 있었다. 그리고 그 갈증을 저만 풀어줄 수 있다는 것 또한 깨달았다. 그리고 저도 그들을 도와야만 살 수 있다는 것도.

지금의 자신은 힘은 넘쳐나나 그걸 담을 그릇이 부족했다. 조금이라도 넘치게 된다면, 그릇이 깨져버리는 그런 불안정한 상태.

"능력을 사용할 때마다 아픈 것은 맞아요. 어떻게 사용하느냐, 얼마큼 사용하느냐에 따라 아픔이 다를뿐이에요. 하루 정도 영지에 비를 내리는 정도로 저는 아프지 않아요."

그런 불안정한 상태로 그릇을 깨지지 않게 유지하는 방법은 단 하나, 지속적인 에너지의 방출뿐이었다. 엘레나가 성인이 된 기점으로 그릇은 참지 못하고 결국은 터져버리고 만 것이다. 일주일간의 고열. 그건 능력의 각성으로 인한 성장통과 다름없었다. 그리고 지금 제가 겪은 것도 그와 같은 것이었다.

"완벽하게 능력을 조절할 수는 없지만, 전하께 피해가 가지 않을 한도 내에서는 조절할 수 있어요."

"아직 완벽하게 조절을 하지 못한다는 건, 다시 또 이렇게 아픈 일이 생길 거라는 말인가?"

솔직히 지금도 완벽하게 능력을 조절할 자신은 없었다. 일주일 내내 능력을 조절하는 것으로 스스로와 싸워야만 했다. 하지만 일주일간의 싸움 속에서도 자신은 완벽히 능력을 통제하지는 못했다. 다만 조절하는 감을 조금 익혔을 뿐이었다.

실패를 한 날은 무척이나 열이 들끓어서 주체할 수가 없어서 숨도 못 쉴 것 같은 갈증이 닥쳐왔었다. 고열에 입이 바싹 마르고 목이 타들어 갈 때마다, 누군가 차가운 손으로 자신을 진정시켜주지 않았더라면 그 감조차도 익히지 못했을 것이다. 그 차가운 손길이 있어서 일주일을 버틸 수 있었던 거였다.

아무래도 클라우스나 클로비스가 찾아와서 저를 보살펴준 것 같았다.

"그래도 이번처럼 이런 일은 벌어지지 않을 것 같아요…… 아마 조금 앓고 일어나지 않을까요?"

"……."

엘레나는 자신의 말에 한없이 일그러지는 그의 잘생긴 얼굴에 눈치를 볼 수밖에 없었다. 아론은 완벽한 것을 좋아했다. 사람들 모두가 완벽한 그만큼이나, 조금이라도 제대로 되기를 원했다. 그런데 지금 제대로 능력을 조절하지 못한다는 얘기에 기분이 상한 것이 틀림없었다.

"걱정하지 마세요. 전하께서 필요하실 때는 목숨을 걸어서라도, 비를 내릴 테니까요."

아무리 그래도 그렇지. 비를 내리면 아프다는 것을 알고 있는데도, 능력을 조절하지 못해서 싫어한다니 너무한 감이 없지 않았다. 애초에 완벽한 아론에게 저라는 존재가 끼어든 것이 그에게는 엄청난 일일 것이다. 그도 그럴 게 천대받는 빨간 머리에 주근깨를 가진 자신은 아름답고 완벽한 아론과는 어울리지 않았다. 전혀 둘 사이에는 접점이라고는 없어 보였다.

어차피 자신도 그를 칼리드에 대한 복수로 이용하기만 하면 되는 입장이었다. 그런데 왜 아론의 태도에 이렇게 서운한 마음이 드는지, 엘레나는 이해할 수가 없었다. 겨우 조금 다정한듯한 모습에 홀랑 넘어가 버리고 말다니 스스로가 한심할 정도였다. 이래서는 칼리드에게 넘어간 그녀와 다를 바가 없었다.

"혹여 전하께서 원하실 때 비를 내리지 못할까 봐 걱정이시라면, 걱정하지 않으셔도 된다는 말씀을 드리는 겁니다. 제 능력에 관해서는 걱정시켜드릴 일은 없게 하도록 할게요."

"저희의 계약에는 문제가 없을 거예요."

"영애는……."

이제까지 아무 말 없이 못마땅한 표정으로 저를 바라보고만 있었던 아론의 입이 열리자, 엘레나는 긴장으로 몸을 굳혔다. 그의 입에서 무슨 말이 나올지 긴장이 되었다.

"영애는 내가 정말 계약 때문에 그런 말을 한 거라고 생각하는 건가?"

"그런 게 아니라면…… 무슨 의도로 제게 말을 한 것인지 모르겠습니다."

계약 때문이 아니라면, 아론이 자신을 걱정할 이유가 전혀 없었다. 그는 누군가를 걱정하는 성격도 아니었으며, 그와 저는 기껏해야 만난 적이 한 손에 꼽을 정도였다. 그런데 아론이 저를 걱정한다고? 그건 말도 안 되는 일이었다.

"정말 전하께서 걱정하실 일은 일어나지 않을 거예요. 전하의 완벽한 거래 파트너가 되도록 하겠어요. 저를 믿어주세요."

적어도 그의 발목을 잡을만한 일은 하지 않을 거다. 엘레나는 자신을 믿어달라는 의미로 아론의 눈을 정면으로 응시했다. 하지만 그는 아무런 행동도 말도 하지 않았다. 그저 가만히 제 눈을 마주칠 뿐이었다.

"……파트너라…… 그래, 영애는 매우 좋은 거래 파트너가 될 것 같군."

긍정적인 말을 하는 아론의 대답에 엘레나는 그제야 해맑게 웃으면서 고개를 끄덕일 수 있었다. 드디어 그에게 좋은 거래 파트너로서 인정받는 것에 첫걸음을 내딛는 기분이었다. 그가 제 복수에 도움이 되는 만큼 자신도 아론에게 도움을 주고 싶었다. 받기만 하는 관계는 제가 가장 싫어하는 관계였다. 세상에는 대가 없는 친절은 없었다. 얄팍한 친절에 기대느니, 차라리 동등한 계약 관계로 서로의 목적을 주고받는 것이 편했다.

그게 바로 자신이 세상을 살아가는 방법이었다. 그러면 누구에게 배신당하지도, 배신감에 눈물 흘릴 일도 없었다. 언제부터였는지는 기억이 나질 않았지만, 머리가 기억하기 시작하는 시기부터 자신은 이렇게 쭉 생활해왔었다. 타인에게 무언가를 받는 것이 익숙하지 않았다. 또 누군가에게 대가 없는 무언가를 주는 것 또한 꺼려졌다. 이상하게도 친절을 베풀려 하면, 가슴속 깊은 곳에서부터 불쾌한 거부감이 피어났다. 꼭 누군가가 제게 친절을 베풀지 말라고 말리는 것처럼 말이다.

"그럼 우리의 계약에는 두 가지 조건을 제외한 별다른 조건은 더 없는 거겠지?"

"네, 아! 이건 조건보다도 전하게 드리는 개인적인 부탁에 가까운데……."

엘레나는 아론의 말에 연신 고개를 끄덕이다가, 잠시 잊고 있었던 두 사람이 생각났다. 맹목적인 애정으로 자신을 사랑해주는 두 사람의 존재를 잊고 말았다. 그와의 거래도 거래였지만, 클로비스와 클라우스를 설득시키는 것도 커다란 문제라는 것을 말이다. 만약 자신이 그와 결혼하겠다는 사실을 둘이 알게 된다면, 어떻게 행동할지 벌써부터 머리가 아찔할 정도였다.

"그러니까 백작과 영식에게 친절하게 대해줬으면 좋겠다는 말인가?"

"네…… 적어도 저희의 결혼이 사랑으로 이루어진 것처럼 보였으면 좋겠어요. 그게 안 된다면, 연기라도 부탁드리겠습니다."

엘레나는 아론에게 고개를 숙여서 정중하게 부탁을 했다. 이건 조건으로도 넣을 수 없는 자신의 욕심이었다. 아니, 원래의 엘레나 그녀의 소망이기도 했다. 그녀는 매번 클라우스와 클로비스에게 미안해야 했다. 마지막까지도 둘에게 좋지 않은 모습만 보여준 것에 대한 후회가 있었다.

칼리드는 그녀를 사랑하지 않았다. 그건 그녀를 제외하고 누구나 알 수 있는 눈에 보이는 것이었다. 하지만 그녀는 주변의 반대를 무릅쓰고 칼리드에게 떠나버렸다. 특히나 누구보다도 그녀가 홀대받는 것에 상처받은 사람은 클라우스와 클로비스였다. 그래서 적어도 클라우스와 클로비스에게 똑같은 상처를 주고 싶지 않았다. 같은 실수를 반복하고 싶지 않은 마음이었다. 그게 비록 아직 일어나지 않은 일들일지라도…….

"음…… 저희 가족이 사이가 유독 친밀해서, 둘 다 저에 대한 애정이 남달라서 분명 반대를 할 거예요."

"그러고 보니, 백작이 조금 그런 것 같더군."

조금 그런 정도가 아니었다. 모든 것에 무관심한 아론이 알아챌 정도면, 클라우스가 평소에 얼마나 팔불출 기미를 티를 내고 다녔는지 알 만했다. 엘레나는 잠시 휘청거리면서 이마를 짚어야 했다. 원래 안에서 새는 바가지는 밖에서도 새는 법이라고 했다. 집에서도 그렇게 난리를 치는 두 부자가 밖에 가서 그러지 않으리라는 보장이 없다는 걸 잊고 있었다.

"거기에 저희의 결혼이 계약에 의한 것이라는 것을 알게 된다면,

두 사람은 더더욱 반대를 할 거예요. 지금도 클로비스는 제가 떠날까 봐 불안해하는 아이인데…….”

오늘만 해도 자신과 아론을 단둘이 두지 않으려고 클로비스가 얼마나 애썼는지 떠올린다면, 결혼 사실을 알게 되고 클로비스가 어떻게 나올지 뻔했다. 제가 조금만 인상을 찡그려도 안절부절 끙끙거리는 강아지 같은 아이였다.

“아이?”

“아…… 클로비스라고 제 남동생 이름인데…….”

아론은 클라우스는 알아도 클로비스는 모를 것이기에 그에게 클로비스에 관해 설명했다. 사실 설명하면서도 반쯤 제정신이 아니었다. 왜 좀 전까지만 해도 클로비스가 저와 아론을 단둘이 있지 못하게 하려던 것도 잊고 있었는지 한심할 정도였다. 그와 만나게 되면, 이상하게 현실감각이 떨어지곤 했다. 세상에 오로지 아론밖에는 존재하지 않는 느낌이 들었다. 아무래도 현실감각을 잊게 만드는, 저 수려한 외모가 문제인 것 같았다.

“……그래, 그런 이름이었던 것 같기도 하군.”

엘레나는 지금 당장 아론이 가고 난 뒤에 클로비스에게 무어라 추궁당할까 하는 생각에 잘생긴 그의 외모도 눈에 들어오지 않는 상태였다. 그래서 그가 무슨 말을 하고 있는지, 어떤 표정을 짓고 있는지도 몰랐다.

“…….”

"울기라도 하면 큰일인데……."

클로비스의 복슬복슬한 금발 머리와 귀여운 대형견 같은 행동과 모습들에 엘레나는 클로비스에게 많이 약했다. 특히나 커다란 갈색 눈에 눈물이 가득 고여서 뚝뚝 흘릴 때마다, 어찌나 애처로워 보이는지 그때마다 가슴이 아플 정도였다.

"영애."

"네?"

"아버지와 동생 때문에 나와의 계약을 포기하기라도 할 건가?"

엘레나는 왜 갑자기 아론이 화가 나 보이는지 알 수가 없었다. 어딘가 짜증이 나 보이는 얼굴과 살짝 날이 선 말투에 영문을 몰라서, 가만히 눈을 끔뻑이기만 했다.

"그럴 리가 없잖아요? 전하만큼 제게 중요한 사람은 없는걸요?"

"……그래, 그렇군."

정확히는 자신의 복수 계획에 제일 중요한 사람은 아론이었다. 그가 없다면, 모든 게 허투루 돌아가는 계획들이었으니까 말이다. 엘레나는 제 말이 끝나고, 왜 다시 아론의 날카로운 보라색 눈동자가 풀리는지, 그의 짜증이 서렸던 표정도 다시 돌아오는지 도통 영문을 알 수가 없었다.

엘레나는 어쩐지 기분이 좋아 보이는 그가 이해가 가질 않았지만, 신경을 쓰지 않기로 했다. 지금은 눈앞의 아론보다도, 조금 뒤에 만날 클로비스가 문제였다. 그 어린 아이에게 대체 뭐라고 설명해야 할지 막막하기만 했다. 떠나지 말라고 눈물 바람으로 매달린다면, 솔직히 곧바로 단호하게 내치지 못할 것 같았다.

"하아……."

이미 머릿속에서는 클로비스를 내치는 상상으로 가득해서, 마음속 깊은 곳에서부터 한숨이 흘러나왔다. 한번 한숨을 내쉬고 고개를 드니, 아론이 저를 뚫어지라 바라보고 있는 것이 보였다.

"전하?"

"두 번째 조건 말이야."

왜 아까 얘기가 다 끝난 두 번째 조건을 다시 물 위로 끌어 올리는지 엘레나는 잠시 짜증이 났지만, 애써 참고는 가만히 그의 대답을 참을성 있게 기다렸다.

"나는 다른 남자와 그대를 공유하고 싶지 않아."

"아…… 네."

"계약서에 조금 더, 자세한 조항을 적었으면 좋겠어."

이미 다 끝난 조건을 가지고 자세한 조항을 쓰겠다는 아론이 잘 이해가 가질 않았지만, 적고 싶다고 말하니까 그냥 가만히 고개를 끄덕이기만 했다. 무엇보다도 그의 보라색 눈동자를 마주하면, 그 무엇도 거부할 수 없을 것 같은 느낌에 수긍할 수밖에 없었다.

"상관없어요."

자세한 조항을 적고 싶다는 아론의 말에 엘레나는 그가 무슨 조항을 적을지도 모르고, 그냥 열렬히 고개만 주억거렸다. 그게 앞으로 무슨 일을 벌일지도 모른 채로, 웃으면서 열심히 고개를 위아래로 움직이기만 했다. 그때는 두 번째 조건에서 조항이 붙어봤자 얼마나 붙게 될지 아무 생각이 없었기 때문이다.

"이곳 위에 손바닥을 가져다 대면, 모두 끝나는 거야."

생각보다 계약이라는 것은 편리하고 간편했다. 자신은 무슨 황실 전용 변호사라도 와서 계약서를 작성하고, 지장이라도 찍어야 하는 줄 알고 마음의 준비를 단단히 했었다. 하지만 이곳은 책 속의 세계라는 것을 잠시 잊고 있었다. 그래서 눈앞의 이 남자가 이 세계에서 얼마나 대단한 존재라는 것도 까먹고 있었다.

그저 아론이 허공에 손을 몇 번 휘두른 것뿐이었는데, 아무것도 없는 허공에 글자가 나타나기 시작하더니 쉴 새 없이 계약서가 작성되고 있었다. 엘레나는 너무나 빠른 속도로 작성되는 글자들에 놀라서, 멍하니 입을 벌리고 있었다. 직접 마법을 보는 것은 이번이 처음이었기 때문이다. 거기에 마법을 펼치는 시전자의 영향을 받는 것인지, 허공에 쓰이고 있는 필체는 그의 빼어난 외모만큼이나 무척이나 유려했다.

"와……."

계약서 위에 손을 올려야 모든 것이 끝이 나는데, 몽롱한 얼굴로 허공을 바라보기만 하는 엘레나가 답답했던지 아론이 머리를 쓸어 올렸다. 하지만 오히려 그 행동이 엘레나를 더욱 정신을 못 차리게 할 뿐 전혀 도움이 되질 않았다.

"계약서에 쓰여 있는 조항들은 그대와 내가 말한 대로, 그대의 능력을 함부로 남용하지 않겠다는 것과 서로에게 충실하겠다는 거야. 더불어 우리의 계약은 누구도 알 수 없는 비밀 계약이며, 그대의 가족들에게도 최선을 다해 맞춰주겠다는 게 쓰여 있어."

엘레나는 아론의 설명에 계약서를 들여다보려 했지만, 너무도 많은 조항에 두 번째 조건부터는 읽는 것을 포기했다. 설마 그가 자신을 속일 리가 없었다. 거기에 굳이 직접 설명까지 해주고 있는데, 부러 깐깐하게 굴 이유가 없었다. 칼리드도 아니고, 아론이 이런 일에 거짓을 조장할 리가 없었다. 사기는 칼리드의 분야이지, 아론의 분야는 절대 아니었다.

"사인은 어디에 해야 하나요?"

"이 위에 손을 올리면, 사인을 하는 것과 동일한 효과를 발휘하지."

아론이 계약서가 쓰여 있는 허공에 손바닥을 가져다 대자, 일순간 빛이 나면서 계약서에 아론의 이름과 문장이 그려지는 게 보였다. 무슨 원리인지는 모르지만, 뭔가 절대로 깨뜨릴 수 없는 계약 같다는 불길한 느낌이 들었다.

"만약…… 만약에 계약 조항을 어기게 된다면, 어떻게 되는 건가요?"

아무리 생각해도 이런 엄청난 마법에는 단점이 있을 것 같았다. 보통 계약서보다도 위험하다는 느낌이 사라지질 않았다. 허공에 마구 생겨나는 글자들에 누가 보아도 겁이 덜컥 들 수밖에 없었다.

이거 무슨 스틱스강에 걸고 하는 깨뜨릴 수 없는 약속 같은 것 아니야?

"계약 조항을 어길 일은 없잖아?"

"만약에요! 만약에 피치 못할 사정으로 어기게 될 수도 있는 거잖아요."

계약을 파기할 때에 생기는 손실도 알아보지 않고, 계약을 하는 바보는 아니었다. 물론 자신은 이 계약을 무조건 해야만 하는 처지였다. 그래야 했지만, 적어도 알고 당하는 것과 모르고 당하는 건 엄연히 달랐다.

"계약자가 동시에 계약의 파기를 원하거나, 같은 조항을 없애고 싶다면 아무 일도 일어나지 않아……."

"네."

엘레나는 사람 마음도 모르고 느릿하게 대답하는 그를 바라보며, 혀로 입술을 살짝 축이고 마른침을 꼴깍 삼켰다. 아론의 그 특유의 강자의 여유로움 때문에 자꾸만 긴장이 되고, 입술이 바짝바짝 말랐다.

"……"

지금도 입을 다물고 저를 가만히 바라보고 있는 날카로운 보라색 시선에 엘레나는 한 번 더 혀를 내밀어 입술을 적셨다. 애가 타서 발을 동동 구르는 쪽은 제 쪽이라는 걸 인정해야만 했다. 이미 이 계약의 주도권을 쥐고 있는 사람은 아론이었다. 아마 그 누구도 그를 쥐고 흔들 수는 없을 것이다. 그런데 겨우 이 능력으로 그를 홀려서 쥐고 흔들려 했던, 엘레나는 제가 바보 같았음을 깨달았다.

"전……하?"

"……하지만 일방적으로 계약 조항을 어기게 된다면…… 계약 조항을 어긴 사람은 상대방에게 영혼이 귀속되게 되지."

"영혼이 귀속된다고요?"

엘레나는 영혼이 귀속된다는 아론의 말에 놀라서, 토끼처럼 눈을 동그랗게 뜨고 그에게 되물었다. 영혼이 귀속된다니, 그건 듣도 보도 못한 말이었다. 책 속에서도 그런 말은 전혀 없었단 말이야…….

"그, 그럼 죽는단 말인가요?"

계약 조항을 어겼다는 이유로 허무하게 죽을 수는 없었다. 만약에 누군가에게 계약을 들켜서 비밀조항이라도 어기는 날에는 죽는다는 말 아닌가? 무슨 이렇게 무서운 계약이 다 있나 싶어서, 엘레나는 못 볼 것을 봤다는 표정으로 아론을 쳐다보았다. 이렇게 무서운 계약을 하자고 들이밀다니! 사채업자가 쓰라고 강제하는 신체포기각서도, 이 정도로 무섭지는 않을 것이다. 새삼스레 느껴지는 그의 무서움에 엘레나는 몸을 흠칫 떨었다.

괜스레 그의 보라색 눈동자가 무섭게 번뜩이는 것 같다는 느낌을 받으며, 엘레나는 팔목에 오소소 돋아난 소름을 한 번 쓸어내렸다. 그리고 같이 펄떡펄떡 뛰고 있는 심장을 쓸어내리면서 울상을 지었다. 복수 한 번 하자고 목숨을 내놓아야 하는 꼴이다. 제가 그와의 계약을 너무 우습게 본 것 같았다. 아론은 어쩌면 이 책 속의 가장 큰 흑막은 아닐까 하는 그런 생각이 들었다.

"그게 무슨 소리지?"

"물론 목숨을 걸어야 할 정도로 중요한 계획은 맞으나…… 하지만 정말로 목숨을 걸 필요는…….'

"상대방에게 영혼이 귀속된다는 의미를 모르나?"

엘레나는 도통 그가 하는 말을 알아들을 수가 없어서, 멀뚱멀뚱 눈만 깜박거리기만 했다. 영혼이 귀속된다는 게 죽는다는 소리가 아니었어?

"주, 죽는 거 아니에요?"

목숨까지 걸어가면서 계약을 해야 하나, 이제 와서 후회가 물밀듯이 밀려왔다. 물론 목숨을 걸어야 할 만큼 중요한 계획이기는 했다. 그러나 막상 목숨을 걸라니, 망설여질 수밖에 없었다.

"영혼이 귀속된다는 말은 죽는다는 소리가 아니라, 살아 있을 때도 그리고 죽고 난 뒤에도 상대방에게 영혼이 묶인다는 소리다."

"영혼이 묶인다는 게…….'

"영영 그 대상을 떠나지 못한다는 의미겠지."

영영 떠나지 못한다는 말을 하는 그는 어쩐지 즐거워 보였다. 엘레나는 아론이 그럴 리가 없는 것을 알고 있는데도, 그의 진한 보라색 눈동자가 번뜩이며 빛나는 것 같다는 느낌을 받았다. 그리고 자신이 사나운 야수의 입안으로 제 발로 걸어 들어가는 것 같다는 그런 이상한 생각이 들었다.

"떠나지 못해요?"

"그래, 죽어서도 떠날 수 없어."

이 계약 꼭 해야만 할까? 엘레나는 단호한 아론의 말에 고민이 되기 시작했다. 지금도 사실 조금씩 겁이 들기는 했다. 저번에도 느낀 것이었지만, 여우를 피하자고 호랑이 굴로 걸어 들어가는 꼴이었다. 칼리드라는 여우를 피하려고, 위험한 아론이라는 커다란 범에게 산채로 그의 무시무시한 입안으로 직행하는 느낌이었다. 그것도 아주 위험하고 무서운 흉포한 야수에게로 말이다.

"둘 다 해지하길 원한다면, 이 계약은 없는 것으로 돌아가니 영혼이 구속되는 것 또한 사라지지."

과연 아론을 설득시킬 수 있을까? 제가 조항을 어긴다면, 그가 너그러운 마음으로 자신을 용서해줄지 엘레나는 생각해보았다.

응, 아무리 생각해도 아니야. 아론이 웃으면서 제 실수를 넘어갈 리가 없었다. 이 계약은 무슨 수를 쓰더라도, 조항을 어기면 안 되는 그런 계약이었다.

"깨뜨릴 수 없는 약속도 아니고……."

"깨뜨릴 수 없는 계약을 알고 있나?"

엘레나는 갑자기 탁하고 자신의 팔목을 강하게 붙잡는 그의 행동에 놀라서, 파드득 몸을 떨었다. 곧 누구라도 하나 칠 것 같은 그런 형형한 눈빛으로 자신을 바라보는 아론의 눈빛에 슬며시 눈길을 다른 곳으로 돌려야만 했다. 거의 본능적인 움직임이었다.

"깨뜨릴 수 없는 계약을 알고 있냐고 물었어."

"저는 모르는데요……."

자신은 단연코 깨뜨릴 수 없는 약속은 그리스로마신화에 나오는 스틱스강에 걸고 하는 약속밖에는 모른다. 그런 계약이 있는 줄 자신이 어떻게 알겠는가. 그리고 그건 아마 칼리드도 마찬가지일 것이다. 딱 봐도 멍청한 칼리드가 그런 걸 알 리 만무했다. 그걸 알았다면, 칼리드는 번거롭게 엘레나를 꼬여내지 않고 바로 그 계약을 행했겠지. 지금 눈앞의 아론처럼…….

어떤 면에서는 그가 칼리드보다도 철저하다는 점이었다. 엘레나는 앞으로는 정신을 바짝 차려야겠다고 생각했다.

"깨뜨릴 수 없는 계약은 영혼을 걸고, 계약을 하는 것과 다름없어. 그래서 이 계약은 인생에서 단 한 번만 할 수 있는 계약이지."

이봐, 자네, 그런 중요한 기회를 겨우 저와의 계약에서 날려버릴 건가?

엘레나는 아론에게 최대한 불쌍한 척 눈빛을 보내보았다.

"그만큼…… 그대와의 계약은 내게 아주 중요하고."

거절은 절대로 없다는 눈빛으로 단호히 말을 하는 아론을 보면, 절대로 이 말을 철회할 생각이 없다는 거였다. 엘레나는 울며 겨자 먹기로 손을 들어 가져다 댈 수밖에는 없었다.

"꼭 서로가 이제는 이 계약이 필요가 없다고 생각되면, 계약을 없애야 해요."

"그건 그때 가서 결정해야 할 문제겠지."

아, 안 통한다. 절대로 아무것도 통하지 않는 단단한 철벽이었다.

"이걸로 우리의 계약은 성립되었어."

"네……."

엘레나가 손을 가져다 댐으로써 계약서에는 그녀의 이름도 서명되었다. 그리고 허공에 팔랑이면서 두 장의 흰 종이가 나타났다.

"이건 계약서야. 참고로 이 종이를 찢더라도, 이 계약의 원본은 마법이기 때문에 아무런 소용이 없다는 걸 알려주고 싶군."

심장을 얼어붙게 하는 서늘하면서도 아름다운 그의 미소에 엘레나는 아무래도 자신이 호랑이 굴에 걸어 들어간 것이 맞는 것 같다는 생각이 강하게 들었다.

황태자와의 첫 데이트

   엘레나는 손안에 들려 있는 검은색 글씨로 빽빽하게 가득 찬 종이를 들고 가만히 얼어붙어 있었다. 도저히 한눈에 들어오지 않는 글씨들의 양에 엘레나는 아무래도 자신이 사기 계약을 당한 것 같다는 느낌을 지울 수 없었다. 무엇보다도 아론의 페이스에 휩쓸려서 계약서의 조항을 꼼꼼히 읽지도 못하고 사인을 해버리고 말았다. 그것도 조항을 어기게 되면, 영혼이 구속되고 만다는 무시무시한 계약서에 말이다.

   그리고 그 증거로 제 손안에 계약서가 떡하니 들려 있었다.

   "계약서를 무효화시킬 때는 어떻게 해야 하는 건가요?"

   "계약할 때와 동일하게 원본인 마법에 파기 조항을 작성하고, 손을 가져다 대면 가능해."

   결국은 계약의 파기도 모두 아론의 결정이라는 것과 다름없었다. 제가 마법을 부릴 줄 모르니, 계약을 파기하려면 그가 마법을 발동해야 한다는 것이었다. 즉, 이 계약의 파기는 모두 그의 마음이라는 거였다.

"이, 이건 완전히 불공정 계약이에요!"

아까는 잠시 그의 수려한 외모에 홀려서 자신도 모르게 계약서에 사인했지만, 엘레나는 정신을 차리니 무언가 조금 이상하다는 것을 느꼈다. 여색에 빠지면 나라도 멸망시킨다는데, 제가 딱 그 꼴이었다. 아론의 아름다움에 홀려서 정신이 혼미해져서 제대로 된 판단을 하질 못했다.

"뭐가 불공정하다는 거지?"

"조항도 제대로 읽지 않았고…… 무엇보다도 영혼을 걸 정도로 중요한 계약인데 파기는 전하만 하실 수 있다니요!"

엘레나는 지금 눈앞의 상대가 아론이라는 것도 잊고서, 씩씩대면서 소리를 내질러버렸다. 아무리 생각해도 눈뜨고 코 베인 것 같은 느낌에 억울함이 가득했다.

"계약서의 조항들은 모두 그대가 정한 것이고, 나는 동의한 것밖에는 없다만?"

"……제대로 읽지 않았잖아요!"

"그건 영애가 직접 말한 조항이라 보여주는 거로 충분하다고 생각했어. 읽을 시간을 충분히 주지 못한 점은 미안하군."

절대로 남에게 사과를 한 적도 없을 것이고, 사과하지도 않을 것 같은 아론이 미안하다는 말을 하자 엘레나는 꿀 먹은 벙어리처럼 입을 다물었다. 하지만 불만은 불만인지라 계속해서 입술을 삐죽거렸다.

"그리고 계약의 파기는 나 혼자서는 결정할 수 없는 일이야. 그건 걱정하지 않아도 돼."

항상 느리고 여유로웠던 목소리가 조금 빨라진 것 같은 느낌이었다. 아주 미세한 차이라 그게 맞는지 아닌지 고민이 되었지만, 확실히 평소보다도 다급한 말투였다. 다른 사람이 듣는다면 알아차리지 못할 정도로 작은 차이였지만, 엘레나는 알 수 있었다. 다급해진 목소리와 함께 제게 쏟아붙여지는 날카로운 보라색의 시선을 느끼고 있었기 때문이다.

"깨뜨릴 수 없는 계약은 고대로부터 내려온, 이제는 잘 사용하지 않는 고대 마법이지. 이 계약은 시전자의 영혼을 담보로 계약하는 위험한 계약이야."

"그러면……!"

담담한 말투로 본인의 영혼을 걸고 계약을 진행했다는 그의 말에 엘레나는 눈을 커다랗게 뜨고 그를 바라보았다. 도저히 영혼을 건 사람 같지 않은 평온한 그의 표정에 지금 아론이 거짓을 말하고 있는 것은 아닌가 착각이 들 정도였다.

"거기에 계약을 어기게 된다면, 그 영혼을 상대방에게 귀속되기까지 하지."

마치 오늘의 식사 메뉴를 설명하는 것처럼 담담하고 매우 단조로운 아론의 목소리에 엘레나는 지금 자신이 듣고 있는 말이 맞는 것인지 헷갈리기 시작했다.

"그런 이유들 때문에 이 마법은 금지된 마법이 되었지."

눈빛 하나 변하지 않고 평온하게 금지된 마법이라고 말을 하는 그의 말에 엘레나는 정신이 아찔해지는 것을 느꼈다. 아무렇지 않게 금지된 위험한 마법을 펼쳤다는 것에 커다란 충격을 받았다. 그리고 그 위험한 마법으로 자신이 아론과 계약을 맺었다는 것이 가장 큰 충격이라 감당하기가 어려웠다.

"그…… 금지된 마법이라면……."

"영애는 어떤 걱정도 할 필요는 없어. 그저 계약의 조항을 지키기만 하면, 아무런 문제가 없는 계약이니까."

제 팔목을 부드럽게 쓸어내리며 세상에서 가장 아름답고 사나운 미소를 짓고 있는, 그의 눈부신 모습에 엘레나는 열렬히 고개를 끄덕였다. 눈앞에 보이는 서늘하면서도 차가운 잘생긴 얼굴과 함께, 반짝이며 빛나는 하얀 송곳니가 흉포한 짐승의 송곳니 같다는 그런 기묘한 착각이 들었기 때문이다.

"그대는 그대의 말처럼 내 최고의 파트너가 될 거야."

시퍼렇게 날이 선 보라색의 날카로운 눈동자에 엘레나는 그저 고개를 끄덕이는 것밖에는 할 수 있는 것이 없었다. 조금이라도 다른 말을 한다면, 번뜩이는 보랏빛 시선이 저를 머리부터 발끝까지 삼켜버릴 것 같았다.

"그리고 이 마법은 절대로 상대방의 동의가 없이는 혼자서 깨뜨릴 수 없는 계약이니, 무엇을 걱정하는지 알겠지만 걱정하지 않아도 돼."

엘레나는 아론의 말에 연신 고개를 끄덕이면서도, 나머지 한쪽 손으로 가슴 부근을 꾹 눌렀다. 이게 지금 심장이 무서움 때문에 맥동하는지, 그게 아니라면 몸에 해로울 정도로 잘생긴 그의 외모 때문에 그런지 알 수가 없었다. 그 정도로 아론은 모든 생명체라면 거부할 수가 없는 외모였다. 안에 들어 있는 내용물인 독약인 걸 알고 있으면서도, 입안으로 가져갈 수밖에 없는 그런 것이었다.

"어디가 안 좋나?"

"아뇨! 아니에요!"

지금도 심장이 미친 듯이 뛰고 있어서, 엘레나는 미칠 것 같았다. 맞닿은 그의 피부가 그리고 눈앞에 있는 그의 얼굴이 머리를 어지럽게 했다. 평정심을 흐트려놓는 아론 때문에 도무지 진정하기가 어려웠다. 이상하게 칼리드를 마주할 때는 평온하다 못해 화가 나서 신경질이 일기 일쑤였는데, 왜 자신은 아론의 앞에만 서면 정신을 못 차리는 것인지 이해가 가질 않았다.

그가 너무나 잘생겨서? 그가 지나치게 빛이 나게 아름다워서 그런 걸까?

"그런 것치고는 얼굴에 열이 오르고 있는……."

"괜찮아요!"

열이 오르고 있다는 말과 함께 얼굴 쪽으로 다가오고 있는 그의 손을 그만, 탁 소리가 나도록 세게 밀쳐냈다. 방 안이 울릴 정도로 큰 파열음에 엘레나는 자신이 하고서도 너무 놀라서 아무 말도 못하고 그대로 얼어붙어 버렸다.

"그러니까 저는……."

어찌나 세게 밀쳐냈는지, 그의 손등을 밀쳐낸 손바닥이 얼얼할 정도였다. 왜 자신도 모르게 아론의 손길을 거부했는지 알 수 없다. 하지만 그때만큼은 그 손을 막아야만 한다는 생각뿐이었다.

"저는……."

"이 정도는 괜찮다. 많이 놀란 것 같군."

"죄송해요. 일부러 그러려고 한 게 아니라……."

왜 이런 행동을 한 것인지, 저 자신도 이해할 수가 없어서 엘레나는 발을 동동 굴렸다. 들키고 싶지 않았다. 그에게 지금 열이 달아오른 두 뺨도, 미친 듯이 뛰고 있는 심장 소리도 들키면 안 될 것 같았다.

지금 이 상황을 어떻게 타파해나가야 할지 막막해서, 눈에 눈물이 고이기 시작할 때쯤에 뒤에서 문소리가 들려왔다.

"누님!"

"클로비스……?"

뒤에서 들려오는 익숙한 목소리에 엘레나는 그대로 뒤를 돌았다. 그때 함께 눈동자에 고인 그녀의 눈물이 허공에 흩뿌려진 것은 당연한 일이었다. 그리고 지금 엘레나는 아론에게 팔목을 붙잡힌 상황이었다. 그녀의 붙잡힌 팔목에는 세게 움켜쥐어서 구겨진 종이들이 있었다.

"누님!"

엘레나는 왜 클로비스가 방에 들어온 것인지 알 수가 없었다. 그것도 매우 애가 타고 화나는 목소리로 저를 부르고 있는지도 몰랐다. 클로비스의 얼굴은 금방이라도 터질 것 같은, 열을 가득 받은 냄비 같았다.

"클로비스, 네가 여긴 어떻게……."

"황태자가 누님께 무슨 짓을 한 겁니까?"

"그게 무슨 소리니?"

알 수 없는 말을 하는 클로비스의 질문에 엘레나는 이해가 가질 않아서, 고개를 갸웃거리기만 했다. 아론이 제게 무슨 짓을 하다니, 그게 무슨……

"그 종이 때문입니까? 누님에게서 강제로 그 종이를 빼앗으려고……."

"안 돼!"

엘레나는 종이를 가져가려는 클로비스의 행동에 놀라서, 아론의 뒤편으로 몸을 숨겼다. 클로비스가 이 종이를 읽게 된다면, 계약에 대해서 알게 될 것이다. 거기에 계약서의 조항 중에서는 비밀엄수에 대한 것도 있었다. 이렇게 허무하게 바로 계약을 어길 수는 없었다.

"누……님……?"

"저리 가! 왜 마음대로 여기에 들어온 거야!"

"누님!"

클로비스는 아론의 뒤에 숨어서 제게 화를 내는 엘레나의 행동에 허탈한 표정으로 그녀를 바라보았다. 그리고 승리자의 오만한 표정으로 저를 바라보는 아론의 눈빛에 주먹을 꽉 쥐어야만 했다.

"내가 들어오지 말라고 했잖아!"

"저는 누님이 걱정되어서……."

다른 사람도 아니고 누님이 제게 이럴 리가 없었다. 그것도 만난 지 얼마 되지도 않는 황태자의 뒤에서 숨어서 저런 말을 할 리가 없었다.

"걱정할 필요 없어!"

"그러신 분이 왜 울고 계셨던 겁니까?"

"이건……! 잠시 하품을 한 것뿐이야!"

말도 안 되는 거짓말을 해가며, 황태자를 두둔하는 엘레나의 태도가 마음에 들지 않았다. 그리고 그런 누님의 행동이 당연하다는 것처럼, 입가에 미소를 짓고 있는 황태자가 제일 마음에 안 들었다. 지금도 아무 말도 하지 않고 있는 게, 무척 재수가 없었다.

"누님, 무서워서 그러신 것이라면 걱정하지 마시고……."

"무서운 게 아니라니까? 내가 아니라면, 아니라고 믿어."

평소라면 이렇게 어르고 달래면, 웃으면서 제게 다가와 주는 누님이 단호하게 소리를 지르는 모습에 클로비스는 큰 상처를 받았다. 매섭게 올라간 눈꼬리와 단호하게 굳어 있는 입술까지, 모두 평상시 저를 혼낼 때의 모습이었다.

"황태자 전하가 옆에 있어서 그러신 것입니까?"

"클로비스. 분명히 내가 혼자 전하와 독대하겠다고 말했어. 넌 그걸 허락했고, 이렇게 마음대로 들어와서는 안 되는 거야."

엘레나는 항상 친절하고 자애로웠지만, 무언가를 어기거나 잘못을 할 때는 세상 누구보다도 단호하고 무서웠다. 마치 지금처럼 저렇게 그녀가 단호하게 나올 때는 물러나야만 했다. 그렇지 않으면, 나중에 미움을 받을 확률이 매우 높았다. 클로비스는 지금이 물러나야만 할 때라는 것을 알고 있었지만, 도저히 의기양양한 표정으로 서 있는 아론 때문에 물러나고 싶지가 않았다.

"하지만 누님……."

"클로비스."

평소였다면 제가 애처로운 눈길을 보내며 쳐다보면, 모든 게 용서되었을 테지만, 지금의 엘레나에게는 통하지 않는 얘기였다. 단호한 엘레나의 목소리에 클로비스는 속으로 한숨을 내쉬면서, 아론을 향한 분노를 눌러 삼키려고 했다.

"이런…… 연인들끼리의 다툼에 처남이 오해를 하고 만 것 같군. 처남이 생각하는 그런 상황이 절대 아니야. 우리는 결혼을 약속한 사이인데, 내가 엘레나에게 그런 짓들을 할 리가."

클로비스는 자신의 세상이 무너지는 것을 실시간으로 느꼈다. 황태자의 말이 사실이라는 듯이, 그의 등 뒤에 숨어서 허리를 붙잡고 저를 매섭게 째려보고 있는 누님의 눈빛이 그러했다.

"결혼을 약속한 사이라니……."

"말 그대로 우리 둘은 결혼을 약속한 사이지."

클로비스는 혹시나 하는 마음에 되물었지만, 여전히 아무런 부정을 하지 않는 엘레나의 모습에 좌절하고 말았다. 엘레나는 그대로 아론의 등 뒤에 그의 허리를 잡고 숨어 있었을 뿐이었다.

"그럴 리가 없지 않습니까? 아무리 황태자 전하라 하더라도, 질이 나쁜 장난은 하지 말아주십시오."

"질 나쁜 장난이라…… 어째서 우리의 결혼이 처남에게는 질 나쁜 장난이 된다는 거지?"

엘레나는 계속 그의 뒤에서 상황을 살피다가, 어떻게 반응해야 할지 몰라서 입술을 잘근잘근 깨물고 있었다. 이 계약을 들키면 안 돼서 본능적으로 아론의 뒤로 숨기는 했지만, 아론이 이런 폭탄 발언을 할 줄이라고는 전혀 생각하지 못했다. 아무리 그래도 그렇지.

저렇게 어린아이를 놀리는 태도는 좋지 못했다.

"전하께서도 장난 그만 하세요."

누가 중간에서 말리지 않고서는 도무지 끝나지 않을 것 같은 둘의 기 싸움에 엘레나는 한숨을 내쉬고, 아론의 등 뒤에서 빠져나왔다. 자신이 어쩌다가 둘의 사이에 껴서, 이런 일을 당하고 있는지 머리가 아파져 왔다. 지금도 여전히 눈빛을 풀지 않는 클로비스의 갈색 눈동자에 엘레나는 다시 한번 크게 한숨을 토해냈다.

"어디가 장난이라는 말이지? 우리가 결혼하는 것이?"

"그게 아니라……."

"제 누님이 왜 전하와 결혼을 한단 말입니까. 도무지 이해하지 못할 말을 하시니, 당황스럽기 그지없군요."

망했다. 클로비스가 단단히 삐진 것이 틀림없었다. 그러지 않고서야, 저렇게 삐딱하게 말을 할 아이는 아니었다. 왜 이렇게 갑자기 말을 해서 일을 크게 벌이는지 짜증이 나서 아론이 모르게, 그를 잠시 흘겨보았다.

"클로비스, 그런 게 아니라 지금 전하의 말은……."

"누님이 저희를 떠날 리가 없지 않습니까?"

"그게 무슨 소리지?"

엘레나는 점점 더 얼어붙어 가는 주변의 공기에 열심히 두 손발을 휘저었지만, 클로비스와 아론에게는 제가 보이지 않는 것 같았다. 저 시선 가운데에 끼게 되면, 온몸이 새까맣게 타버릴 정도로 뜨거운 시선들이었다. 허공에 맞닿은 보라색과 갈색의 눈동자에 파지직거리면서 전기가 뿜어져 나오는 것 같은 말도 안 되는 환각이 보였다.

"저희 누님이 저와 아버지를 떠나지 않을 리가 없다는 말입니다. 누님께서는 저희 곁을 떠나지 않을 거라고 약속하셨거든요."

"……훗, 그런 말이었나."

아론의 강자 특유의 오만함이 가득 담긴 비웃는 듯한 말에 클로비스는 아무런 말도 하지 못하고 억울한 듯이 입을 다물고 있었다. 엘레나가 생각하기에도 절로 진저리가 쳐지게 되는 그의 오만함에 클로비스도 어찌하지 못할 거라고 생각하고 그녀는 마음을 놓으려 했다.

"누님이 칼리드 후작도 아니고, 전하를 선택하신다고요? 그것도 저와 아버지를 속이고서요? 말이 되지 않는 소리지 않습니까."

혹한의 한파 같던 겨울이 지나고 따뜻한 봄이 오듯이, 서서히 풀리고 있던 주변의 분위기가 클로비스의 말을 끝으로 다시 차갑게 얼어붙기 시작했다.

이보다 더는 싸늘하지 않을 정도로 매섭고 차가운 분위기에 엘레나는 오소소 소름이 돋아나는 것을 느꼈다.

"누님이 좋아하는 사람은 황태자 전하가 아니라, 칼리드 후작이니까요."

칼리드를 좋아한다는 클로비스의 말을 마지막으로 침실의 공기는 더는 낮아질 수 없다고 생각될 정도로 낮아졌다. 숨소리 하나 들리지 않을 정도로 조용하고 싸늘한 분위기에 엘레나는 숨을 삼켜야만 했다. 이 사달의 원인인 클로비스를 열심히 째려봐 주었지만, 클로비스는 전혀 무엇이 잘못된 줄 모르고 있었다. 클로비스의 말은 맞는 말이기는 했다. 지금의 자신이 아니라, 원래의 엘레나였더라면 칼리드를 좋아하고 있는 것이 맞았으니까 클로비스에게는 갑자기 나타난 아론이 어이가 없을 것이다.

"이곳에서…… 내 이복동생의 얘기를 들을 줄 전혀 몰랐군."

"모르시고 계셨습니까? 그런 것도 모르시고 저희 누님과 결혼하신다는 농을 하시다니, 깜빡 속아 넘어갈 뻔했습니다."

클로비스는 아론이 무섭지도 않은지, 계속해서 말을 멈추지 않았다. 누가 보아도 아론은 화를 참고 으르렁거리고 있었고, 클로비스는 자꾸 그를 자극하고 있었다. 절대 저런 아이가 아닌데 왜 아론에게 저렇게 구는지 엘레나는 이해가 가질 않았다. 클로비스는 누군가에게 비아냥거리며, 비꼬는 아이가 아니었다. 그런데 지금 아론에게 이죽거리고 있는 모습에 당황할 수밖에 없었다.

"클로비스, 네가 잠깐 오해가 있는 게……."

"제가 알기로는 전하와 저희 누님은 만나게 된 지 얼마 되지 않은 것으로 알고 있는데…… 누님이 갑자기 칼리드 후작이 아닌 전하를 좋아할 리가 없지 않습니까?"

엘레나는 여기서 조금만 더 선을 넘으면 큰일이 날 것 같다는 것을 느꼈다. 지금도 아론의 꽉 다물린 턱 근육이 바짝 당겨져 부들거리는 것이 보였다. 이 이상 그를 자극해서는 안 될 것만 같았다. 그리고 그런 그를 마주하고 있는 클로비스도 만만치 않았다. 화를 참고 있는지, 꽉 다물린 입술과 움켜쥔 주먹이 그걸 말해주고 있었다.

"클로비스!"

이대로 둘이 내버려 두다가는 무슨 일이 일어날지 몰랐기에, 엘레나는 뛰쳐나가서 클로비스의 팔을 붙잡았다. 클로비스의 팔을 붙잡고 그를 말리려고 했다.

"클로비스, 우리 이만 나가는 게 어떻겠니?"

"칼리드를 좋아하고 있었다라…… 몰랐던 새로운 사실을 알려줘서 고맙군. 나는 그녀가 나를 좋아하는 것이라고만 생각했는데."

여기서 멈출 것이라고 생각했는데, 오히려 한술 더 떠서 말도 안 되는 소리를 하는 아론의 말에 엘레나는 놀라서 고개를 획 돌렸다. 일말의 표정 변화 하나 없이, 태연하게 거짓말을 하고 있는 그의 모습에 그녀는 눈을 동그랗게 떴다.

"전하?"

"그렇지 않나?"

"누님."

본인을 좋아한다는 말에 동조하라는 것처럼 되묻는 아론의 말에 어떻게 대답을 해야 할지 모르고 있는데, 뒤에서는 클로비스가 저를 애타게 부르고 있었다. 엘레나는 이 상황에서 어떻게 행동해야 하는지 도통 알 수가 없었다. 누구의 손을 들어줘야 하는지, 누구의 손을 들어줘야만 이 상황을 돌파할 수 있을지 알 수 없었다.

"그러니까, 나는⋯⋯."

제 대답을 기다리고만 있다는 듯이, 제가 입을 열자마자 동시에 쏠리는 뜨거운 시선들에 엘레나는 다시 입을 다물어야만 했다. 도무지 무어라 답해야 할지 모를 것 같았기 때문이다. 여기에서 누구의 편도 들어주기가 어려웠다. 아론의 편을 들자니 클로비스가 신경 쓰였고, 클로비스의 편을 들자니 그와의 계약이 걸렸다.

"누님⋯⋯."

"클로비스."

특히나 뒤에서 애절한 목소리와 표정으로 자신을 붙잡는 클로비스의 행동에 엘레나는 마구마구 흔들릴 수밖에 없었다. 또 클로비스가 풀이 죽어 울상을 짓는 모습은 보고 싶지 않았다. 거기에 이번 사건은 울상을 짓는 것만으로는 넘어가지 않을 것 같았다. 분명히 저 갈색 눈망울에서 닭똥 같은 눈물이 떨어질 거라고 장담할 수 있었다.

"저는 칼리드를 좋아하지 않아요."

일단은 이 말도 안 되는 오해부터 풀어야만 했다. 제가 칼리드를 좋아한다니! 정말로 말도 안 되는 말이었다. 칼리드가 어떤 인간인 줄 누구보다도 잘 알고 있는데, 칼리드를 좋아할 리가 없었다. 되려 그를 무척이나 싫어하는 편에 속했다. 칼리드를 좋아하는 족속들은 딱 두 가지였다. 간사한 칼리드의 연기에 속아 넘어가서 그의 친절한 모습을 좋아하는 사람들. 그것이 아니라면, 그의 추악한 내면을 알고서도 그 추악함마저도 사랑해서 같이 추악해져 버린 사람.

그리고 그 대표적인 예가 록사나 힐다였다. 하지만 모든 것을 알고 있는 자신이 미쳤다고 칼리드를 좋아할 리가 없었다.

"클로비스, 내가 저번에도 네게 칼리드를 좋아하지 않는다고 말했을 텐데. 왜 전하에게 거짓말을 한 거니."

"누님⋯⋯."

"전하도 마찬가지입니다. 어린아이의 장난에 넘어가시다니, 전하답지 않아요."

엘레나는 진정하라는 의미로 클로비스의 팔을 끌어서 고개를 숙이게 한 뒤에, 클로비스의 머리를 가만히 쓸어넘겨 주었다. 그러자, 마법처럼 화가 나서 흥분해 있던 클로비스가 진정되고 있었다. 다행히도 겨우 머리를 만져주는 것만으로 클로비스를 진정시킬 수 있어서 다행이었다.

"페이트 영식이 지금 내게 거짓말을 했다는 말인가?"

"아이가 잠시 질투가 나서 그런 말을 한 거예요. 그게 아니라면, 클로비스도 잊고 있었던 것일 수도 있지요."

클로비스가 자신이 칼리드를 좋아하지 않는다는 걸 잊고 있을 리가 없었다. 이번은 명백히 아론을 도발하기 위해서 말한 것이라는 것을 알고 있었다. 하지만 여기에서 그걸 말한다면, 겨우 진정시켜놓은 분위기가 다시 싸해질 것이 분명했다.

"아이라…… 이렇게 큰 아이도 있나 보군."

날카로운 보라색 눈동자로 클로비스를 위에서 아래로 흘겨보는 시선에 엘레나는 클로비스의 앞을 가로막았다. 아직 클로비스는 저런 무서운 눈동자를 마주하기에는 아직 많이 어렸다. 그가 나이에 상관없이 인정이 없다는 것은 알고 있었지만, 어린 클로비스에게도 날카로움을 숨기지 않는 모습에 엘레나는 화가 나서 볼을 부풀렸다.

"클로비스는 아직 17살이에요. 성인이 되려면, 1년이나 기다려야 한다고요."

"17살이면……."

"누님, 그만 하세요. 저는 괜찮은걸요. 제가 전하께 너무 무례했습니다. 죄송합니다."

아무리 생각해도 너무 가혹한 처사였다. 어린 클로비스가 저렇게 날카로운 야수의 날것 그대로의 아론의 시선을 감내했다는 게 안쓰러웠다. 엘레나는 안타까움에 더욱 클로비스를 자신의 뒤쪽으로 숨겼다. 하지만 엘레나보다는 머리가 한 개나 더 큰 그를 숨길 수는 없었다. 오히려 그녀가 클로비스에게 안기는 꼴이었다.

"오늘은 전하가 잘못하셨어요. 적어도 제 의사는 물어보고, 발표해야 한다고 생각해요."

"……"

서로 필요에 의해서 계약을 맺었고, 그 계약에 의해서 결혼을 해야 하는 것은 맞았지만, 이렇게 누군가를 상처 주면서 진행하고 싶지는 않았다. 특히나 클로비스와 클라우스에게는 두 번의 상처를 주고 싶지 않았다. 그래서 마지막 조항을 내건 것이기도 했다.

"누님, 그게 무슨 소리입니까? 의사를 물어보고 발표하셔야 한다니요……"

"내가 굳이 영식에게 거짓을 말해서 돌아오는 것이 뭐지?"

또다시 불이 붙은 둘의 신경전에 엘레나는 이마를 붙잡아야만 했다. 겨우 가라앉혀놓았다고 생각했는데, 다시금 불씨가 붙어버렸다. 클로비스도 클로비스였지만, 계속해서 클로비스를 자극하는 아론도 이해가 가질 않았다.

"누님! 정말로 황태자 전하와 결혼을 하시는 겁니까?"

"영식은 정말이지…… 내 말은 하나도 믿지 못하는군. 황태자의 말을 믿지 못하다니…… 이것도 반역에 해당하는 것을 모르고 있는 건가? 그게 아니라면, 그녀의 말처럼 어려서 그런 건가?"

이제는 반역까지 나오는 말에 엘레나는 점점 험악해져 가는 분위기에 숨을 들이켰다. 클로비스가 받을 상처가 미안했지만, 그의 편을 들지 않으면 더욱 큰일이 일어날 것 같았다.

"그래, 맞아. 황태자 전하와 결혼하기로 했어."

자신의 말이 끝나고 상반된 표정으로 변하는 두 사람의 모습에 엘레나는 한숨을 내쉬려는 찰나, 뒤에서 들려오는 날카로운 목소리에 다시 한번 숨을 멈춰야 했다.

"사랑하는 내 딸아, 이번 건 조금 설명이 필요할 것 같구나."

"아버지!"

"아, 아버지……."

이곳에 있어서는 안 될 사람이 갑자기 뒤에서 나타나자, 엘레나는 놀라서 말을 더듬었다. 클라우스는 아론과 만난 뒤에 급한 일로 황실에 간 것으로 알고 있었다. 이번에는 클라우스가 황실에 가면 오래 있을 것 같다고, 서운하다고 제게 전했다고 했는데. 그런데 이렇게 갑작스럽게 나타나자, 엘레나는 당황스러웠다.

"아, 아버지…… 분명 바쁘시다고……."

"아무리 바쁘다지만, 눈뜨고 딸을 빼앗길 것 같은데 가만히 있을 수는 없지. 그렇지 않습니까?"

눈뜨고 딸을 빼앗길 것 같다는 클라우스의 말에 엘레나는 가만히 클라우스의 눈치를 보았다. 저를 향한 다정한 녹음의 눈동자는 여전했으나, 그 안에 숨겨진 날카로움이 거세게 일렁이고 있었다.

"페이트 백작."

"황태자 전하, 이러시려고 제게 일을 그렇게 많이 주시고 우리 집에 오신 겁니까?"

"아버지!"

클라우스의 일렁이기만 하던 날카로움이 빛을 발해서 거세게 아론을 향해 쏘아붙이기 시작했다. 엘레나는 클라우스의 행동에 당황해서, 그의 팔을 붙잡고 말려보았다. 아무리 딸을 아낀다지만, 상대는 황태자인 아론이었다. 황태자인 아론에게 무례하게 굴 수는 없었다. 도대체가 이 두 부자는 항상 제 상상을 뛰어넘었다.

"하마터면 두 눈을 시퍼렇게 뜨고 딸을 빼앗길 뻔했습니다."

"아버지, 어떻게 오신 거예요!"

"제가 불렀습니다."

클라우스의 팔을 붙잡고 말리고 있는데, 옆에서 말리기는커녕 오히려 거들고 있는 클로비스를 잠시 째려봐주었다. 역시나 범인은 클로비스였다. 클로비스의 부름에 만사 제쳐두고 클라우스가 달려왔을 것일 게 뻔했다.

"이래서 그런 것이었나……."

"아버지! 지금 제방에서 뭐 하는 거예요!"

금방이라도 아론에게 달려들 것처럼 흥분해있는 클라우스를 진정시키는 방법은 단 하나였다. 조금은 비겁했지만, 화난 척 소리를 지르는 수밖에는 없었다.

"엘, 엘레나……."

"누님……."

잔뜩 당황해서 상처받은 얼굴로 자신을 바라보고 있는 클로비스와 클라우스의 모습에 엘레나는 속으로 승리의 미소를 짓고, 겉으로는 화난 척 표정을 관리했다. 어린아이를 혼내듯이 두 손을 허리 위에 올리고 마지막 말을 내뱉었다.

"지금 이게 전하 앞에서 무슨 창피예요! 둘 다 제 방에서 나가요!"

계속해서 변명하면서, 침실에서 나가지 않으려는 두 사람을 매서운 눈빛으로 쏘아보고는 뒤로 휙 몸을 돌려서 외면했다. 이 정도로 하지 않으면, 절대로 나가지 않을 두 사람을 알기 때문에 어쩔 수 없었다.

"누님! 잘못했습니다……."

"엘레나, 내가……."

절로 안쓰러운 마음이 들게 하는 애처롭고 구슬픈 목소리들에 엘레나는 속으로는 갈팡질팡했다. 이대로 몸을 다시 돌려서 용서해주고 싶은 마음이 들게 하는 애절함이었다. 하지만 지금 여기서 자신의 몸을 돌려서 둘을 용서해준다면, 상황정리가 되지 않을 것이다.

"둘 다, 나가라고 했을 텐데요."

"아니, 어떻게 너를 전하와 단둘이 내버려 두고 나간다는 말이니?"

"아버지!"

결국에는 애절함을 버려두고 본심을 내보이는 클라우스의 말에 엘레나는 애처로움에 넘어가지 않아서 다행이라는 생각이 들었다.

"나가지 않으시면, 당분간은 아버지를 볼 생각이 없어요. 그건 클로비스 너도 마찬가지야."

"누님!"

"엘레……."

쾅……

끝까지 나가지 않으려고 하는 둘을 밀어내고는 엘레나는 방문을 쾅 하고 세게 닫아 버렸다. 이렇게까지 하지 않으면, 절대로 둘은 나가지 않았을 것이다. 이제는 남은 아론에게 이 상황을 어떻게 설명해야 할지, 벌써 눈앞이 캄캄해지는 기분에 엘레나는 크게 한숨을 내쉬었다.

"……."

"……."

엘레나와 아론은 서로 아무런 말도 하지 않고, 가만히 서로를 응시하고만 있었다. 엘레나는 그에게 부끄러운 모습을 보여줘서 말을 하지 못했고, 아론은 클로비스에게 유치하게 군 것 때문에 말을 하지 못했다.

"전하."

"영애."

무어라 말이라도 꺼내야 할 것 같아서 말을 한 게, 하필이면 그와 동시에 말을 하게 돼서 엘레나는 입술을 꾹 깨물고 다시 꿀 먹은 병어리가 되었다.

"영애 먼저 말하도록 해."

"아…… 음, 저희 아버지와 동생 때문에 소란스러우셨죠?"

아론은 부정은 하지 않는지, 가만히 고개를 끄덕이기만 했다. 그럴수록 엘레나는 부끄러움에 얼굴이 터질 것처럼 붉어졌다. 도대체가 둘 다 뭐가 그렇게 유난인 것인지, 자신까지 부끄러울 정도였다. 엘레나는 잠시 클로비스와 클라우스에 대한 분노로 주먹을 쥐었다가 폈다.

"제가 세 번째 조항을 말한 이유는 조금 더 조심스럽게 저희의 결혼을 가족들에게 알리고 싶어서였어요. 그런데 이렇게 갑자기 전하께서 말을 해버리셨으니……."

즉, 이 상황을 만든 것은 당신이라는 눈길을 아론에게 보냈다. 사실 그가 결혼 발언만 하지 않았어도 이런 일은 일어나지 않았다.

"언젠가는 말을 해야 할 일이 아니었나?"

"그건 그렇지만……."

"아직 꼬맹이인 어린아이의 도발에 넘어간 건 사과하지."

엘레나는 이상하게 그가 꼬맹이인 어린아이라고 말하는 부분에 유독 힘이 들어간 것 같다고 느꼈다. 하지만 엘레나의 의심은 그리 오래가지 못한 게, 그가 잘못을 인정하고 사과를 했기 때문이다.

"어…… 저도 흥분해서 전하께 함부로 말해서 죄송해요."

"그걸 마음에 두고 있었나? 이제 그대는 내 아내가 될 거야. 영애는 유일하게 내게 어떤 말이든 할 수 있는 사람이 되는 거지. 나를 욕하고 비난해도 되는 건, 오직 그대뿐이야."

본인을 비난해도 되는 것은 오직 자신뿐이라는 말을 하면서, 눈을 맞춰오는 그의 아름다운 보라색 눈동자에 엘레나는 숨을 멈추고 고개를 끄덕거렸다. 처음으로 보는 달콤한 보랏빛의 눈에 그만 넘어가 버리고 말았던 것 같았다.

"그럼, 이제 다시 우리의 결혼에 대해 질투하고 있는 두 너구리를 설득시켜야겠지?"

"네, 네……."

엘레나는 정신을 잃을 것 같은 아름다운 그의 외모와 달콤하게 속살거리는 것 같은 목소리와 눈빛에 홀려서 그가 무슨 말을 하는 줄도 모른 채로, 그저 고개를 위아래로 끄덕거리기만 했다.

"……."

접견실의 분위기는 그 어느 때보다도 차갑고 냉랭했다. 엘레나는 클라우스가 저런 얼굴을 할 수 있는지 전혀 몰랐다. 아까의 애절함과 장난기는 거짓이었다는 듯이, 매우 딱딱하게 굳어 있는 얼굴에 아무 말도 하지 못했다. 그동안은 제게는 다정한 아버지라 몰랐었지만, 클라우스는 대귀족이었다. 충분히 오만하고, 냉정하리라는 것을 전혀 생각하지 못했다.

그도 그럴 것이 클라우스와 클로비스는 엘레나에게만큼은 항상 사랑에 빠진 바보, 그 이상 그 이하도 아니었기 때문이다.

"전하, 이게 어떻게 된 일인지 설명이 필요할 것 같습니다. 아무래도 전하께서 순진한 제 여식을 유혹한 것 같습니다만……."

엘레나는 클라우스의 말에 놀라서 눈을 동그랗게 뜨고, 마시고 있었던 찻잔을 놓칠 것 같은 걸 겨우 붙잡았다. 하지만 사레가 걸리는 것까지는 피하지 못했다.

"쿨럭…… 쿨럭!"

"누님! 괜찮으십니까?"

옆에서 클로비스가 손수건을 내밀어 입가를 닦아주고 등을 두드려주는 것이 느껴졌지만, 손을 휘저어 거절했다.

"쿨럭, 괜찮! 괜찮아……."

"또 어디가 아프신 겁니까?"

혹시나 자신이 아픈 게 아닐까, 눈꼬리가 가득 내려간 채로 걱정하고 있는 클로비스의 머리를 한번 쓰다듬어주는 것으로 괜찮다는 의사를 표현했다. 부드러운 금발에 손이 닿자마자, 더욱 뛰어드는 클로비스의 행동에 엘레나는 속절없이 뒤로 밀려날 수밖에 없었다.

"정말로 어린아이였군."

그동안 조용히 클라우스의 말에도 아무 대답도 하지 않고 있었던 아론이 입을 열어서 클로비스에게 어린아이라고 말을 했다. 그의 말에 제 품에 안겨서, 어리광을 부리고 있던 클로비스의 귓불이 붉어지는 것이 보였다.

"페이트 백작, 말을 바로 하도록 하지. 순진한 그녀를 내가 유혹한 것이 아니라, 그녀가 나를 유혹한 것이야."

"그게 무슨 소리입니까?"

아까부터 계속 예상치 못한 폭탄 발언만 하는 아론의 말에 엘레나는 놀라서, 클로비스를 보고 있던 고개를 들어 그와 눈을 마주쳤다. 허공에서 아론의 날카로운 보라색 눈동자와 엘레나의 부드러운 갈색 눈동자가 맞부딪혔다.

"그리고 나는 그녀의 매력에 빠져서, 유혹에 넘어간 것이고."

어쩜…… 말도 안 되는 소리를 표정 하나 변하지 않고, 아무렇지 않게 말하는 그의 모습에 엘레나는 경악해서 입을 벌렸다. 도무지 그의 입에서 나온 말이라고는 생각되지 않는 말이었다. 엘레나는 어쩌면 자신이 알고 있었던 아론이라는 캐릭터가 저런 캐릭터였는지 생각이 들었다.

"전하, 제가 속아 넘어갈 수 있는 거짓말을 해주시죠. 전하께서 누군가를 사랑할 수 있는 사람입니까?"

"……백작."

"제가 아는 전하는 이득이 없는 일에는 전혀 움직이지 않는 사람이시지요. 전하께서는 모든 것을 가진 사람이니까요."

엘레나는 그를 자극하는 클라우스의 말에 초조해져서, 자신도 모르게 클로비스의 몸을 꽉 붙잡았다. 사실 클라우스가 이렇게 허술한 거짓말에 넘어가지 않을 거라는 걸, 이미 알고 있었다. 클라우스는 굉장히 날카롭고 예리한 사람이었다. 아론처럼 삐죽삐죽 가시가 잔뜩 나 있는 날카로움은 아니었지만, 날카로운 가시를 숨긴 채로 유순한 척 구는 짐승이었다.

"절대적 강함을 추구하시는 전하께서도 유일하게 가지지 못한 것이 있죠. 제가 그걸 모를 거라고 생각하셨습니까?"

엘레나는 그제야 클라우스가 무얼 말하고 있는지 깨달았다. 바로 자신의 능력에 대해서 말하고 있는 거였다. 아무래도 클라우스는 아론이 자신의 능력 때문에 결혼을 강행하는 것이라고 오해하고 있는 것 같았다. 그 이유가 맞긴 맞았지만, 정확히는 능력을 이용해서 그를 유혹한 것은 엘레나였다.

"아버지!"

"백작은…… 내가 무엇이 부족해서 그녀를 유혹했다고 생각하는 거지?"

이미 방 안의 분위기는 걷잡을 수 없을 정도로 흘러가고 있었다. 이건 자신이 끼어든다고 무마될 수 있는 상황이 아니었다. 푸르른 녹음 같았던 클라우스의 눈빛은 싸늘한 냉기를 감도는 날카로운 칼로 변해 있었다. 아론 또한 마찬가지였다. 잘 벼려진 날카로운 칼이라고 생각했었던 그의 보라색 눈동자도 예리하게 빛나고 있었다.

칼과 칼의 싸움이었다. 누구 하나 부러지기 전에는 끝나지 않을 것만 같은……

"전 믿지 못하겠습니다. 제가 알기로 엘레나는 전하를 만난 게, 오늘로 두 번째인 거로 알고 있습니다."

"그건……"

"제가 말할게요! 전하와는 칼리드의 후작 작위 수여식에서 만나게 되었어요……"

엘레나는 제 말이 끝나고 상처받은 표정으로 변하는 클라우스의 모습에 자신이 무얼 잘못했나 생각했다. 하지만 아무리 생각해보아도 특별히 잘못 말한 것은 없었다.

"그…… 비겁한 상대가 바로 전하였습니까?"

"아버지……?"

"그날, 제 딸을 저녁 늦게 돌려보낸 상대방이 바로 전하이셨군요. 그리고 이번에도 비겁하게 저를 황실로 보내고, 몰래 이곳에 오셔서 엘레나를 유혹하셨군요!"

"오늘도 엘레나를……"

클라우스는 말을 하면서도 화가 나는지, 화를 주체하지 못하고 부들거리고 있었다. 엘레나는 왜 클라우스가 화가 난 것인지 이해할 수가 없었다.

"순진한 제 딸을…… 전하가 아무리 그러셔도, 결혼을 허락하지 않을 겁니다."

"백작, 무슨 오해를 하고 있는 거지?"

엘레나는 기억을 더듬어서 칼리드의 후작 작위 수여식 날을 떠올리고 있었다. 도대체 왜 클라우스가 저토록 화가 났는지 알아내기 위해서…….

"설마, 아버지!"

분명 수여식 다음 날, 클로비스는 눈물을 흘리며 제게 안겨 왔다. 그리고 이상한 오해를 만들어서 퍼뜨린 칼리드까지. 그날 그렇게 그 사건이 마무리되는 줄로만 알았는데, 아니었던 것 같았다. 그럴 수밖에 없는 게, 제가 늦게 들어온 것은 엄연한 사실이었다. 그리고 그걸 아직도 클라우스가 생각하고 있었다는 것도 무서웠다.

"전하께서도 책임감 때문에 그러신 거라면, 그러시지 않으셔도 좋습니다. 엘레나는 그런 것과 상관없이, 제 소중한 딸입니다."

엘레나는 책임감이라는 말에 클라우스가 무슨 오해를 하고 있는지, 확실하게 깨달을 수 있었다. 자꾸만 말도 안 되는 얘기를 하고 있는 클라우스의 입을 막아야만 된다고 생각했다.

"아버지!"

"무엇보다도 칼리드 후작을 좋아하고 있었던, 제 딸이 갑자기 전하를 좋아할 리가 없지 않습니까."

왜 엘레나가 칼리드에게 갈 수 있었는지, 이제야 깨달을 수 있었다. 클로비스와 클라우스는 무척이나 그녀의 마음은 존중해주고 있었다. 그렇지 않고서야 이렇게 칼리드를 좋아한다는 것을 확신할 리가 없었다. 그게 아니라면, 이렇게까지 자신을 절벽으로 떠밀 리가 없었다.

"또…… 내 이복동생의 이름이 나오는군."

엘레나는 싸해지다 못해 꽁꽁 얼어붙은 주변의 분위기에 어찌해야 할지 몰랐다. 차가운 겨울의 냉기가 흘러나오는 아론의 목소리 하며, 서늘하게 얼어붙은 그의 음울한 얼굴까지도. 모든 게 차갑다 못해 아주 꽝꽝 얼어버린 것 같았다.

"마음에 담고 있었던 상대가 있었는데, 갑자기 전하와 결혼한다니…… 이건 제 여식이 전하께 약점이 잡힌 것 말고는 다른 생각이 들지 않습니다."

클라우스가 백작치고는 강하다는 건 알고 있었다. 굳이 지위에 대한 욕심이 없어서 백작에 머무르고 있지만, 공작 위들과 견주어도 손색이 없다는 건 알고 있었다. 클라우스의 개인의 능력과 가문의 재산도 출중했지만, 20년간 지속되는 가뭄 중 유일하게 비가 내리는 영지를 소유하고 있다는 것만으로도 클라우스는 황실에 버금가는 권력을 쥐고 있었다.

"그리고 그게 그날의 일 때문이라면, 저는 전혀 신경을 쓰고 있지 않으니 소용이 없다는 말씀을 드리는 겁니다."

"백작은 내가 누구라 생각하지?"

이제까지는 장난이었다는 듯, 확연히 변하는 아론의 표정과 목소리에 엘레나는 마른침을 꿀꺽 삼켰다. 뿌리 깊은 강자의 오만함.

그의 오만함은 타고난 것이었다. 절로 두려움을 느끼게 하고, 경배하게 되는 그런 느낌이었다. 차갑고 서늘한 보라색 눈동자에 짙게 서려 있는 강자의 오만함에 고개를 숙이게 되었다.

"고작 내가…… 그런 일로 그대의 딸을 책임져야 하는 사람인가?"

"……."

"백작이 염려하는 일은 일어나지 않았어."

엘레나는 지금 이 상황에서 자신이라도 말을 해야 한다는 걸 머리로는 알고 있는데, 도무지 입이 떨어지질 않았다. 온몸을 옥죄여오는 그의 분위기에 입이 열리질 않았다. 처음 겪는 두려움에 두 팔다리가 떨리고 있는 것이 느껴졌다.

"그럼 왜 제 딸과 결혼하시겠다는 겁니까? 그것도 전하께서 말입니다."

"백작, 때로는 머리로는 이해할 수 없는 일들이 있는 법이지."

클라우스는 무섭지도 않은지, 아론과 계속해서 눈을 마주치고 얘길 하고 있는 게 보였다. 자신은 두려움에 이토록 떨고 있는데, 클라우스는 아무렇지 않아 보였다. 오히려 매우 익숙해 보이는 시선이었다.

"제 딸과의 결혼이 머리로는 이해할 수 없는 일이라는 말씀입니까?"

"그건 백작이 판단해야 할 일이겠지."

"아버지!"

엘레나는 점점 더 걷잡을 수 없을 정도로 변해가는 분위기에 둘의 사이로 뛰어들었다. 하지만 후들거리는 다리로는 제대로 중심을 잡지 못했고, 클라우스의 품에 거의 안기다시피 뛰어들 수밖에 없었다.

"엘레나."

"아버지, 아버지가 생각하는 그런 게 아니에요. 저는 칼리드를 싫어한다고요! 이 결혼을 하자고 조른 것도 전부 저란 말이에요!"

"그게 무슨 말이니?"

따뜻한 빛이 감도는 푸르른 녹음의 눈. 원래 제가 알고 있는 눈빛이었다. 엘레나는 원래 자신이 알고 있는 눈동자로 돌아온 클라우스의 모습에 긴장이 풀려서 온몸에 힘이 빠지는 것을 느꼈다. 후들거리던 팔다리에는 힘이 빠져서 간헐적으로 떨리고 있었고, 클라우스가 붙잡지 않았더라면 제대로 서 있지도 못할 것 같았다.

"엘레나, 천천히 말해도 된단다."

"아버지……."

가만히 저를 품에 안아 들고서 머리를 넘겨주는 다정한 손길과 눈빛에 엘레나는 점점 안정감을 느꼈다. 처음 보는 아론의 모습과 클라우스의 모습에 놀라지 않았다고 생각해도, 몸은 그렇지 않았던 것 같았다. 이 세상에 들어오고 나서, 제일 가깝다고 생각했던 사람들 중 하나인 둘이 처음 보는 모습을 보여주자 무서웠다.

"저는 칼리드를 좋아하지 않아요."

엘레나는 목소리에도 힘이 들어가지 않아 떨리는 것을 느꼈지만, 최대한 단호하게 힘을 주어 말을 내뱉었다. 말을 하면서도 왜 자꾸만 자신이 이런 변명을 해야 하는 것에 짜증이 났다. 이게 다 망할 칼리드 때문이었다.

"엘레나. 천천히 말해도 된단다. 겁이 나서 그런 것이라면……."

"아니요. 아버지 저는 정말로 칼리드를 좋아하지 않아요!"

도대체 왜 제가 칼리드를 좋아한다고만 생각하는지, 엘레나는 답답해서 화가 날 지경이었다. 최근에 칼리드를 만나지 않고 있는 것만 해도 그 증거라는 걸 모르는 것 같았다. 원래의 그녀였더라면, 이미 일주일간 앓는 중에도 계속해서 칼리드만 찾았을 것이다. 하지만 자신은 절대로 칼리드를 찾지 않았다. 칼리드가 눈앞에 보인다면, 오히려 더 화딱지가 나서 열이 펄펄 끓을 것이다.

"하지만 엘레나 너는 내게 칼리드와 결혼하게 해달라고 조르지 않았니?"

"네?"

클라우스의 말에 엘레나는 놀라서 클라우스의 옷자락을 잡고 있었던 손을 떨어뜨렸다. 칼리드와 결혼하게 해달라고 졸랐다니……. 자신은 전혀 모르는 이야기였다. 그런 내용은 적혀 있지 않았던 말이야. 클라우스의 말이 끝나자마자, 뒤통수에서 느껴지는 뜨거운 시선에 엘레나는 몸을 흠칫 떨었다. 굳이 뒤돌아보지 않아도, 이 뜨거운 시선이 누구인지 알 것 같았기 때문이다.

"제가 언제……."

"몇 주 전만 해도 그랬잖니."

몇 주 전이라면, 제가 엘레나가 되기 전의 일이었다. 세상에 엘레나가 벌써 칼리드와 결혼하고 싶다고 말했을 줄 제가 어찌 안단 말인가! 몇 주 전이라는 얘기를 듣고, 아론이 어떻게 생각할지 가늠도 되질 않았다. 그에게도 결혼하고 싶다고 달려든 건, 자신이었다. 그런데 몇 주 전만 해도 칼리드와 결혼하고 싶다는 얘기를 한 여자를 어떻게 생각할까…….

아마 적어도 제정신은 아니라고 생각할지도 몰랐다. 그게 아니라면, 본인을 모욕했다고 화를 낼 수도 있는 상황이었다.

"그건……! 진정한 사랑을 알기 전이었어요. 전하를 만나기 전에 착각…… 같은 거였어요."

엘레나는 제가 말하고도 말이 안 되는 말에 말을 하다가 혀를 깨물고 말았다. 거짓말을 해도 말도 안 되는 거짓말을 하니까, 몸이 받아주질 않는 것 같았다. 진정한 사랑이라니…… 그건 아론에게 어울리는 단어가 아니었다.

"정말로……! 정말로 칼리드는 좋아하지 않아요. 믿어주세요."

"그래, 알겠다. 그러니 이제 더는 말하지 않아도 된단다."

클라우스는 애원하는 것처럼 말을 토해내는 엘레나의 모습에 부드럽게 미소를 짓고는, 그녀의 붉은 머리카락을 조심스럽게 뒤로 넘겨주었다. 붉은 실사 같은 부드러운 머리는 강렬하게 빛나고 있었다.

"전하."

"왜 그러지, 백작."

"딸아이의 말이니, 일단은 믿겠습니다."

엘레나는 믿는다는 클라우스의 말에 대번 얼굴이 밝아져서 미소를 지으며 생글생글 웃어 보였다. 이제는 다 끝났다는 생각에 긴장감이 풀려가고 있었다.

"그러나, 결혼은 허락하지 않겠습니다."

하지만 클라우스의 입에서 나온 것은 허락의 말이 아니라, 거절의 말이었다. 엘레나는 클라우스의 말에 놀라서 눈을 크게 뜨고 클라우스를 바라보았지만, 그의 녹색 눈빛은 매우 단호했다.

"내가 백작의 허락을 받아야 한다고 생각하나?"

다시금 험악해지는 분위기에 엘레나는 붙잡고 있던 클라우스의 옷자락을 당겨보았지만, 클라우스는 여전히 요지부동이었다. 엘레나는 왜 자꾸만 클라우스가 아론을 자극하는지 이해할 수가 없었다.

"전하는 아니겠지만, 엘레나도 그럴까요?"

"······어쩌겠다는 말이지."

아론의 으르렁거림 같은 말에도 클라우스는 아무 말도 하지 않고, 그저 빙그레 웃고만 있었다. 엘레나는 이 숨이 막힐 것 같은 분위기에 어떻게 할지 모르고, 클라우스와 아론을 번갈아 보기만 했다.

"저는 제 딸은 믿어도, 전하는 절대로 믿을 수 없죠."

"아버지!"

엘레나는 계속해서 위험수위를 아슬아슬하게 넘어갈 것처럼 행동하는 클라우스의 발언에 말려야 된다는 생각이 들었다. 그래서 뒤를 돌아, 클로비스를 쳐다보았지만 이미 클로비스는 전혀 말릴 생각이 없어 보였다. 오히려 응원하면 응원하는 얼굴이었다.

"소중히 지켜온 제 딸을 전하께 드릴 수 없을 것 같습니다."

"그건 저도 마찬가지입니다."

"클로비스 너까지······!"

아까부터 계속해서 가만히 있었던 클로비스마저도 끼어들어 말을 하는 모습에 엘레나는 이마를 부여잡았다. 역시나 제 예상대로 클로비스가 가만히 있었던 것은 클라우스와 의견이 통해서 그런 것이었다. 도대체가 이 두 부자는 무슨 생각으로 이런 행동을 하는지, 이제는 이해할 생각도 들지 않았다.

그냥 지금 둘은 저를 아론에게 빼앗기기 싫은 거였다.

"저는 결혼할 거예요! 전하랑 결혼할 거니까, 그렇게 아세요."

"엘레나……."

"누님."

엘레나는 클라우스의 품에서 빠져나와서, 눈을 부릅뜨고 클라우스와 클로비스를 쏘아보았다. 겨우 팔불출 때문에 황태자인 아론 앞에서 위험한 말들을 하는 둘에게 비난하는 시선을 보냈다. 이제야 아까부터 왜 계속 둘이 칼리드를 언급했는지 알 것만 같았다. 일부러 아론을 자극하기 위해서 계속해서 칼리드를 언급한 것뿐이었다.

"누님…… 저희를 떠나지 않기로 하셨잖아요."

"엘레나, 이 아비를 버리는 거니?"

금발의 잘생긴 두 부자가 동시에 떠나는 거냐고 말을 했다. 둘은 서로 각기 다른 눈동자를 하고 있었지만, 둘 다 눈이 촉촉해진 상태로 제게 애원하는 모습은 같다. 엘레나는 차마 비정하게 그들을 외면할 수는 없었다. 이상하게도 왜 제가 둘에게는 이토록 약한 모습을 보이는지 저도 알 수는 없었다. 하지만 둘을 보게 되면, 둘을 배신해서는 안 될 것 같은 느낌을 강하게 받았다.

"그럼, 이렇게 하면 되겠군."

아론의 말이 끝남과 동시에 엘레나는 자신의 몸이 그에게 딸려 들어가는 걸 느꼈다. 엘레나는 정신을 차리기도 전에게 자신이 그의 품에 옴짝달싹도 못 하게 붙잡혀 있는 것을 깨달았다.

"지금 이게 무슨 짓입니까?"

"전하……?"

엘레나는 왜 아론이 저를 칭칭 휘감은 채로 안고 있는지, 이해가 가질 않았다. 앞에서는 클로비스가 화가 나서 달려들려는 걸, 클라우스가 굳은 얼굴로 막고 있었다. 눈앞의 모습을 보니, 아론이 자신을 안고 있는 것이 꿈이 아니라 사실이 맞았다.

"누님을 놔주세요!"

"전하, 저도 그게 맞다고 생각합니다."

아론을 자극하는 둘도 문제였지만, 둘의 장단에 맞추는 그도 문제였다. 아니, 오히려 한술 더 떠서 자극하는 듯한 아론이 제일 문제인 것 같았다. 지금도 이를 부득부득 가는 클로비스의 모습에 엘레나는 푹 한숨을 쉴 수밖에 없었다.

아론은 절대로 자신을 좋아하지 않는다. 그런데 그가 자신을 안은 것은 둘을 자극하려고 그런 것뿐이었다. 아무래도 그의 자존심을 계속해서 건든 것이 문제였다. 그의 자존심은 칼리드였으니까 말이다. 즉, 지금 아론이 이러는 것이 칼리드 때문이라고 생각하니 엘레나는 마음이 편해졌다. 그러지 않고서야 그가 자신을 안을 이유가 없었다.

"결혼이 싫다면…… 약혼을 하면 되지 않겠나?"

아론의 말이 끝나기도 전에 일그러지는 클라우스와 클로비스의 표정에 굳이 고개를 위로 들어 올리지 않아도, 지금 아론이 웃고 있다는 걸 알 수 있었다. 날카롭기만 했던 목소리에 미약하게나마 심술이 묻어 있는 것이 느껴졌기 때문이다.

"그게 결혼이랑 뭐가 다르다는 거죠?"

"클로비스, 진정하렴."

지금도 흥분을 가라앉히지 못하고, 아론에게 말을 하는 클로비스의 행동에 엘레나는 그를 제지했다. 엘레나는 자꾸만 한숨이 새어 나오려는 것을 입술을 꾹 깨물고 참아야만 했다.

"일단은 다들 진정하세요. 제발."

엘레나는 일단은 눈앞의 두 사람을 진정시키기 위해서라도 아론의 품에서 빠져나와야 한다고 생각했다. 지금도 이글거리는 눈빛을 숨기지 않으며, 그를 노려보고 있는 둘의 모습에 얼른 몸을 움직였다. 하지만 아무리 움직여도 풀리지 않는 단단한 두 팔에 엘레나는 아론을 올려다보았다.

"전하?"

"……놓아주면 다시 몸이 떨릴 거야."

몸이 떨릴 거라는 알 수 없는 말을 하는 아론의 말에 엘레나는 고개를 미간을 찡그리고 갸웃거렸다. 지금 누구 때문에 몸이 떨린 거였는데, 말도 안 되는 소리를 하는 그의 말에 헛웃음이 나왔다.

"이제 떨리지 않으니, 괜찮아요."

"……."

엘레나는 최대한 단호하게 말을 한 뒤에 꼼지락거리면서 그의 품을 빠져나오려 애썼다. 결국에는 아쉬운 듯이 풀어주는 그의 팔

덕분에 무사히 빠져나올 수 있었다. 그가 아쉬워하는 것 같은 건 자신의 착각이 틀림없었다. 아무렴 아론이 아쉬워할 리는 없었다.

"클로비스도 아버지도 진정하세요."

"네…… 누님."

"알겠다."

진정하라는 순간에도 아론을 향해 눈을 날카롭게 빛내는 클로비스의 행동에 엘레나는 속으로 한숨을 삼켰다. 자신도 진정해야 했다. 여기서 화를 낸다면, 전과 같아질 뿐이었다. 그리고 화를 낸다 해도 과연 자신이 클로비스를 제대로 혼낼 수 있을지 의문이기도 했다. 이상하게도 클로비스와 클라우스에 한해서는 한없이 약해지고 말았다.

"아버지도 흥분하지 마시고, 진지하게 임해주세요. 전하도 마찬가지입니다."

수긍하지는 않았지만, 가만히 있는 클라우스의 모습과 간단히 고개를 끄덕이는 아론의 모습에 엘레나는 겨우 진정시켰다는 마음에 안도의 한숨을 내쉴 수 있었다.

엘레나는 한숨을 내쉬고는 차게 식어 방치되고 있던 찻잔을 들어 한 모금 마셨다. 하지만 너무나 식은 차는 떫은맛밖에는 나지 않왔다. 절로 인상이 찡그려지는 차 맛에 엘레나는 얕게 신음을 내뱉었다.

"으……."

그러자, 다시 따뜻한 훈기가 감도는 찻잔의 온기에 엘레나는 놀라서 눈을 크게 떴다. 갑자기 차가운 차가 뜨거워질 리도 만무했으니, 이건 마법이었다. 지금 이곳에서 마법을 사용할 수 있는 사람은 저를 빼고 전부였다. 엘레나는 클로비스나 클라우스가 마법을 걸었거니 하고, 대수롭지 않게 생각했다.

"전하."

아론을 경계하던 아까와는 다르게, 진지한 백작의 얼굴을 한 클라우스의 모습에 엘레나는 속으로 놀랐다. 클라우스가 진지하게 나오길 원했지만, 이토록 빨리 진지한 태도로 나올지 몰랐기 때문이다.

"정말로 제 딸아이와 결혼하시기를 원하시는 겁니까?"

"그래, 그렇다고 말하지 않았나. 내가 왜 결혼하고 싶지도 않은 상대를 곁에 둔다고 생각하는 거지?"

귀족들 사이에 정략결혼은 흔했다. 오히려 사랑을 하겠다며, 칼리드를 택한 엘레나가 이상했던 거였다. 그렇기에 클라우스는 아론이 능력 때문에 엘레나를 택한 것이라고 생각하는 거다. 사실은 아주 틀린 답은 아니었다. 능력 덕분에 그와 계약을 할 수 있었던 것이니까……

"그녀가 아니었더라면, 애초에 이곳에 있을 이유도 없다. 그리고 백작의 무례도 참고 있을 이유도 없지."

역시나 그는 클라우스와 클로비스의 행동을 참고 있었던 거였다. 엘레나는 새삼 자신이 마지막 조항을 넣은 것이 다행이라는 생각이 들었다. 그 조항이 없었더라면, 무슨 일이 일어났을지 상상만 해도 끔찍했다.

"전하의 마음은 이제 어느 정도 알겠습니다. 하지만 저는 여전히 엘레나를 결혼시킬 수는 없습니다."

"백작, 내가 강제로 허락하게 만드는 것을 원하나?"

"그건 엘레나도 원하지 않을 것을 잘 알고 있습니다."

엘레나는 결국에는 클라우스가 끝까지 반대하는 것인가 하고, 체념하는 마음에 두 눈을 질끈 감았다. 아버지가 반대하셔도 소용 없다는 말을 내뱉으려는 찰나에 다시 클라우스의 입이 열렸다.

"그러나 약혼을 하자는 전하의 제안은 받아들이겠습니다."

"아버지."

예상치 못한 클라우스의 허락에 엘레나는 놀라서 고개를 번쩍 들었다. 절대로 허락하지 않을 것 같더니, 허락하겠다는 말이 믿기지 않았다.

"대신 조건이 있습니다. 이 조건이 좋으셔도 괜찮다면 말입니다."

클라우스가 내건 조건은 단 한 가지였다. 그건 저와 아론의 약혼 관계를 비밀에 부치는 거였다. 아론은 황태자의 신분이었다. 그와 결혼을 할지도 모른다는 이유로 유명해진 베로니카 공녀처럼, 자신과 약혼을 하게 되면 제가 위험에 노출될 수 있다는 이유였다.

"아버지! 어떻게 누님을……."

"클로비스, 조용히 하거라."

클로비스는 클라우스의 결정이 억울한지 다시 소리를 내지르려했지만, 클라우스의 단호한 말에 멈출 수밖에 없었다. 분해서 씩씩거리면서 주먹을 쥐는 클로비스의 모습에 엘레나는 마음이 약해지는 것을 느꼈다.

"저는 누님을 이대로 보낼 수는 없습니다! 아버지 이렇게 한 번에 누님을 포기하시다니, 정말 실망입니다."

"클로비스……."

곧 눈물을 흘릴 것처럼, 촉촉해진 클로비스의 갈색 눈동자에 엘레나는 울컥할 것 같은 것을 참고는 클로비스를 불렀다. 어쩐지 저를 책망하면서도 버리지 말아 달라고 애원하는 눈동자에 엘레나는 결국 참지 못하고, 클로비스를 안을 수밖에 없었다. 품에 안기는 부드러운 금발 머리와 함께 어깨가 젖어가는 축축한 느낌에, 클로비스가 울음을 참지 못하고 울고 있음을 알 수 있었다.

"누님…… 누님도 저를 어머니처럼 버리지 마세요."

"클로비스, 그런 것이 아니야. 어릴 적에 고목에 대고 했던 약속 기억하지?"

엘레나는 어떻게 자신이 클로비스와 그녀가 어릴 적에 했던 약속을 기억하고 있는지 알 수 없었지만, 머릿속에서는 어린 클로비스와 엘레나가 고아원의 고목에 대고 약속을 하고 있는 기억이 있었다. 하지만 이건 책 속 어디에도 없던 이야기였다.

"……네."

"그 약속을 기억한다면, 겁낼 것은 없다는 것도 알고 있겠지?"

"네."

어느새 눈물을 그치고 씩씩하게 대답을 하는 클로비스가 기특해서, 엘레나는 그의 머리를 쓰다듬으며 눈을 맞추고 칭찬해주었다. 자신과 같은 갈색 눈동자가 행복으로 가득 차는 모습에 엘레나는 같이 웃어주었다.

"아이가 원한다면, 결혼하고서도 곁에 머물 수 있도록 해주지."

왜 갑자기 아이에 대해 말하는 아론의 말에 엘레나는 그가 무슨 소릴 하는지 알 수가 없어서 그를 바라보기만 했다.

"누님의 곁에 있는 건 제 의지이고, 누님의 자유입니다."

"그녀가 황후가 된다면, 영식의 의지보다는 내 의지가 중요하겠지."

엘레나는 그제야 그가 말한 아이가 진짜 아이가 아니라, 클로비스를 뜻하는 것이란 걸 알았다. 계속해서 부딪히는 둘의 관계에 엘레나는 불안한 눈빛으로 둘을 쳐다보았다.

"전하, 저는 아직 완전히 결혼을 허락하지 않았습니다만."

"황태자의 약혼이 쉬워 보이나?"

"그렇기에 약혼 관계를 비밀로 숨기고, 집안끼리만 아는 약혼 관계가 조건이라는 겁니다. 언제라도 제 딸이 파혼하고 싶다면, 파혼할 수 있도록 말입니다."

클라우스라도 정신을 차리고 진지하게 대하는 줄로만 알았더니, 아니나 다를까 겉으로는 찬성하는 척하면서 끝까지 반대하고 있는 거였다.

"전 제 딸은 믿지만, 전하는 완전히 믿지 못하겠습니다. 그래도 좋으시다면, 더는 말리지 않겠습니다."

"……내가 잠시 백작을 잊고 있었군. 좋아 그렇게 하도록 하지."

엘레나는 또다시 클라우스와 아론이 부딪칠까 봐 조마조마했다. 그러나 예상외로 아론은 클라우스의 조건을 수락했다.

"그런데 나도 조건을 하나 걸어야겠어."

조건을 하나 걸어야겠다며, 웃고 있는 아론의 모습은 소름이 끼치도록 아름다웠다. 서늘한 얼굴 위에 걸린 웃음은 모든 이를 사로잡는 힘이 있었다. 그 웃음에 사로잡히면, 누구도 벗어나지 못할만한 그런 힘 말이다.

"무슨 조건 말입니까?"

"약혼 기간 내내, 적어도 일주일에 두 번 이상은 그녀와 만나게 해줄 것."

"네?"

엘레나는 가만히 아론의 미소에 홀려서, 멍하니 그만 바라보고 있다가 그의 말에 화들짝 놀라서 찻잔을 떨어뜨릴 뻔했다. 옆에서 아론이 잡아주지 않았더라면, 그대로 찻잔이 깨져서 크게 다칠 수도 있는 상황이었다.

"그대는 조심성이 부족해. 매번 다칠 것같이 아슬아슬한 모습만 보여주는군."

"아…… 감사합니다."

어디에서 손수건이 나타난 것인지, 젖은 손가락을 하나하나 닦아주는 세심한 손길에 엘레나는 고개만 끄덕거렸다. 다행히도 찻물이 많이 튀지 않았고, 그리 뜨겁지 않아서 다치지는 않았다.

"일주일에 두 번이라니, 전하께서는 바쁘지 않으십니까."

"그러니 이제 장인어른의 마음으로 백작이 나를 많이 도와줘야 하지 않겠나? 설마, 딸과 데이트를 하는 것도 허락하지 않을 셈인가?"

엘레나는 아론의 말에 놀라서 입을 떡 벌렸다. 그가 이런 오글거리는 말을 할 수 있는 사람이라고는 생각하지 않았다. 그런데 표정 하나 변하지 않고, 태연하게 말을 하는 모습에 적잖이 놀랄 수밖에 없었다.

"약혼이라는 핑계로 그녀를 내게 보여주지 않을 생각이 아니라

면, 최소 일주일에 두 번은 그녀를 만나 데이트를 하는 게 내 조건
이야."

아론이 내건 조건은 누구도 상상하지 못한 조건이었다. 엘레나
조차도 그가 그런 조건을 내걸 것이라고는 생각지 못해서 그의 말
이 끝나고 바로 입을 다물지 못할 정도였다. 그의 말이 끝나고 클라
우스는 아무런 대답도 하지 못했다.

그 조건을 허락하지 않는다면, 아론의 말대로 약혼이라는 핑계
로 엘레나를 보여주지 않으려는 게 들통 나는 것이었다. 그렇다고
허락하게 된다면, 클라우스의 계획은 어그러지고 만다. 허점을 정
확히 파고들어서 원하는 것을 얻어내는 아론의 능력은 대단했다.
결국은 클라우스의 입에서 허락의 말이 떨어졌으니까 말이다.

"왜 그러셨어요?"

"뭐가 말이지?"

엘레나는 제 앞에 가만히 앉아서, 여유롭게 차를 들이켜고 있는
아론에게 원망의 시선을 보냈다. 클라우스의 입에서 허락이 떨어
짐과 동시에 클로비스의 눈에서는 닭똥 같은 눈물이 뚝뚝 떨어졌
다. 소리도 내지 않고 서럽게 눈물만 흘리는 모습에 엘레나는 안쓰
러움에 가슴이 아팠다.

"왜 그런 말을 하셨어요. 꼭, 우리가 진짜 연인 사이인 것처럼 하
루라도 못 보면 안 되는 것처럼 말씀하셨잖아요."

"……."

"아버지와 클로비스가 오해하잖아요."

제 말에도 눈썹 하나 찌푸리지 않고, 우아하게 찻잔을 입가에 가져가는 그의 모습에 엘레나는 부루퉁해져서 볼을 부풀렸다. 우아함의 결정체인 것처럼 손짓하나 몸짓 하나에도 군더더기 없는 움직임이 전혀 없었다. 되려 넋을 놓고 바라볼 정도로 기품이 흘러넘쳤다.

"그리고 왜 접견실에서는 얘기를 나누지 않겠다고 하셔서……제 방에서 얘기를 나누시겠다고 하신 거예요?"

아론의 말에 클로비스는 그 닭똥 같은 눈물이 멈춰질 때쯤에 그의 발언에 다시 한번 이를 악물고 눈물을 삼키는 것을 보았다. 실컷 접견실에서 잘 얘기해놓고서는 단둘이는 얘기하지 않겠다는 말에 엘레나는 이해가 가질 않았다. 하지만 눈앞의 남자는 무려 아론이었다. 그가 원한다면, 원하는 대로 무엇이든 해야 하는 남자.

당연히 안 된다는 클라우스의 말에도 아론의 단 한마디의 말로 모든 것을 일축하고, 지금 제 앞에서 태연히 차를 마시고 앉아 있었다.

"누구를 잡으려는지 의도가 뻔히 보이는 곳은 불쾌해서."

"대체 뭐가 불쾌하시다는 거예요? 백작 성이 황궁만큼은 아니더라도……."

엘레나는 불쾌하다는 그의 말이 이해가 가질 않아서, 그에게 따지려는 찰나에 아론이 자리에서 일어났다.

"왜, 왜 그러세요?"

갑작스럽게 아무 말도 없이 일어난 아론의 행동에 엘레나는 당황해서 되물었지만, 동요한 그녀와는 다르게 그는 일말의 동요도 없었다.

"이제 황궁으로 다시 돌아가야 해. 내가 한가한 사람인 줄 알았나?"

"이대로 돌아가신다고요?"

"그래."

엘레나는 이대로 돌아가겠다는 그의 말에 화가 났다. 일을 이렇게 만들어놓고는 이제 와서 도망치겠다니, 비겁함에도 정도가 있지. 이건 해도 해도 너무했다!

"이대로 돌아가시면 어떻게 해요! 클로비스랑 아버지가 오해하게 만들어놓고 가시면……."

"그럼, 내가 거기서 우리가 계약이라고 했다고 말해야 했나?"

"그런 건 아니지만……."

이제까지 보아왔던 웃음이랑은 달리, 냉소적인 미소에 엘레나는 말을 흐릴 수밖에 없었다. 평소에도 아론의 웃음은 밝은 미소는 아니었지만, 이토록 냉소적인 웃음은 아니었었다. 유독 차갑고 서늘한 미소의 느낌에 팔뚝에 소름이 오소소 돋는 것 같았다.

"영애가 원하는 대로 어울려준 것뿐인데, 마음에 들지 않은 거였나? 그게 아니면, 내가 아니라 칼리드가 해주기를 원했던 건가?"

"여기서 칼리드가 왜……."

엘레나는 왜 아론이 칼리드를 언급하고 있는 건지, 그리고 그가 왜 화가 난 것 같은지 알 수가 없었다. 멀쩡하게 차를 마시고 있던 사람이 왜 갑자기 화가 난 것인지 엘레나는 짐작하지 못했다.

"나는 영애가 원하는 대로 최대한 그대의 가족들을 배려해서 장단을 맞춰준 것뿐이야. 둘의 눈을 속이려면, 우리는 최대한 서로에게 푹 빠진 척해야 하지 않겠어?"

"……꼭, 그럴 필요는……."

엘레나는 그동안 자신이 크나큰 착각을 하고 있었음을 깨달았다. 아론은 자신의 예상보다는 제게 친절했었고, 모든 일이 술술 풀리는 거라고 생각했다. 그래서 마음을 놓고 있었던 것이 문제였다.

"다음번 만남은 첫 데이트겠군."

아론은 그 말을 끝으로 그 자리에서 사라졌다. 엘레나는 그가 떠난 자리는 황망히 바라보며, 헛웃음을 지었다.

생각하면 생각할수록 아주 괘씸했다. 엘레나는 분함을 감추지 못하고 침대 위에서 매트를 쥐어뜯으며 이를 갈고 있었다.

"……분해!"

그렇게 아론이 돌아가고 난 뒤에 얼마나 클로비스와 클라우스에게 시달렸는지는 이틀 밤낮을 새워서 말해도 부족했다. 아론이 가고 난 뒤에 후폭풍을 모두 자신이 떠안았다는 얘기였다.

"자기만 홀랑 도망가 버리고 말이야!"

그가 일부러 도망간 것을 아니겠지만, 엘레나는 이상하게도 그런 느낌을 받았다. 마치 아론이 제게 한번 당해보라고 떠넘긴 듯한 기분이 들었다. 거기에다가 그 말도 안 되는 일주일에 두 번 이상 데이트를 해야 하는 조건이라니! 누가 보아도 아론이 제게 푹 빠진 듯한 조건이었다.

"하아……."

똑똑…….

밖에서 자신의 소란을 들었는지, 노크 소리가 들려왔다. 요 이틀간 아론 때문에 화가 나서 누가 깨우지 않아도 아침에 벌떡벌떡 일어났다. 가슴이 화로 들끓어서 도무지 편하게 잠을 잘 수가 없었다.

"아가씨, 일어나셨습니까?"

"소피아."

소피아의 목소리에 엘레나는 들어와도 된다는 의미로 그녀의 이름을 불렀다. 이건 항상 아침마다 시작되는 행사 같은 것이었다.

"좋은 아침입니다. 최근 일찍 깨시네요."

"그럴 만한 일이 있었어."

아주 사람을 잠도 못 자게 하다니, 어떤 의미로는 대단한 사람이었다. 엘레나는 이를 부득부득 갈며, 소피아와 실비아에게 눈인사를 건넸다.

"아가씨! 커튼을 열까요? 오늘은 햇빛이 아주 좋답니다."

실비아의 밝은 목소리에 엘레나는 조금 마음의 치유되는 듯한 느낌을 받았다. 밝은 그녀의 목소리에 기분이 좋아져서, 커튼을 열어도 된다고 고개를 끄덕였다. 햇빛이라도 받아서 기분이 조금 나아진다면 다행이었다.

"햇빛은 좋네……."

엘레나는 우중충한 제 마음과는 다르게, 쨍쨍하게 밝은 빛을 내는 햇빛에 부루퉁해져서 입술을 내밀었다.

"아가씨, 햇빛에 비친 머리색이 너무 아름다워요."

"실비아, 네 머리색이 더 아름다운걸."

실비아의 갈색 머리는 햇빛을 받아서 노을에 비친 갈대밭처럼 황금색처럼 보였다. 엘레나는 이곳에 와서, 왜 그녀가 빨간 머리를 싫어했는지 알게 되었다. 갈색은 천한 신분이나 흔한 머리카락 색이었고, 순도가 높은 황금색일수록 고위 귀족의 신분이라는 증명이었다. 물론 은발과 흑발도 흔치 않은 머리카락 색이었기에 고위 귀족의 신분이라는 증거였다.

그래서 칼리드가 은발 머리였기에 차별을 받지 않은 것이었다. 만약 그가 흔한 갈색 머리나 빨간 머리였다면, 분명 차별을 받았을 것이다. 마치 자신의 빨간 머리처럼.

빨간 머리는 불길함의 징조였다. 불길함을 타고 태어난 빨간 머리는 매우 흔치 않았다. 더욱이나 빨간 머리는 마녀라는 얘기가 돌 정도로 쉬쉬하는 머리였다. 평범한 민가에서 빨간 머리의 아이가 태어난다면, 그 자리에서 아이를 버릴 정도로 빨간 머리는 불길함의 상징이었다.

"나도 내 머리가 불길하다는 것쯤은 알고 있어."

"누가 그런 소리를 하나요! 아가씨는 저희 페이트 영지의 축복인 걸요."

그것도 엘레나가 그런 능력이 있기 때문에 축복이라는 말이 나오는 거겠지. 만일 그녀에게 이 능력마저도 없었다면, 그녀의 빨간 머리는 멸시받았을 것이다. 그나마 백작가의 영애로 태어나서 직접 나쁜 소리를 듣지 못하는 것이겠지만. 수많은 귀족들 사이에서 엘레나의 빨간 머리는 튈 수밖에 없었다. 그렇기에 더욱더 친절한 칼리드에게 매달렸던 것이었다.

"거기에 쓸데없이 자고 일어나면, 잔뜩 엉켜버려. 바람만 맞아도 산발이 되어버리고."

엘레나는 멍하니 빨간 머리카락을 움켜쥐고 불만을 토로했다. 처음에는 빨간 머리가 신비롭고 좋았다. 항상 푸석푸석한 검은 생머리를 질끈 묶고만 다녔기에, 허리까지 오는 치렁치렁한 빨간색의 머리가 새로워서 좋았다. 하지만 이 머리는 절대적으로 단점이 있었다.

그건 바로 머리카락이 너무나 얇아서, 쉽게 엉키고 끊어지는 거였다. 만약 엘레나가 귀족가의 여식이 아니었더라면, 진즉에 이 머리는 두피에서 사라졌을 것이다. 도대체가 어떻게 된 머리가 이렇게 힘이 없는지, 온갖 영양제에 약초까지 모두 쏟아부어야만 했다.

"그래도 매우 아름다운걸요."

"오늘은 하나로 땋아줘. 늘어뜨리고 싶지 않은 날이야⋯⋯."

이 기분에 머리까지 우중충하게 늘어뜨리면, 기분이 우울할 것만 같았다. 정말 불편하게도 이 머리는 매일 아침, 잠에서 일어나면 도저히 혼자서는 감당할 수 없는 산발이 되어버리고 만다. 그래서 아침마다 머리 하나에 소피아와 실비아 두 사람이 달려들어서 정리해야만 했다. 그렇게 하지 않으면, 새가 둥지를 지어도 될 정도로 손쓸 수 없이 부풀어 엉키고 말았다.

"하나로 땋으셔도 매우 예쁠 거예요. 오늘은 정원에 들꽃이 아주 예쁘게 피었답니다. 그래서 꽃을 몇 개 꺾어왔어요. 꽃으로 장식을 하면, 더욱 예쁠 거예요!"

아마 일주일간 지속된 비로 인해, 정원의 꽃들이 살아난 것 같았다. 들꽃들의 생명력은 아주 강했으니까.

"고마워."

엘레나는 눈을 감고 머리를 만져주는 손길을 느꼈다. 매일 아침마다 반복되는 일상이었지만, 이 시간이 제일 평화로웠다. 소피아와 실비아는 마치 마법처럼 마구잡이로 엉켜 있는 머리카락을 부드럽게 푸는 데에 선수였다. 그녀들의 손길이 지나가면, 사자의 갈기 같던 머리도 가지런한 머리로 바뀌곤 했다.

"아가씨, 다 끝났습니다. 오늘은 무얼 하실 건가요? 햇빛이 너무 좋은데 정원 구경이라도 가지 않으실래요?"

실비아의 애교 섞인 말에 엘레나는 거울을 보고, 고개를 이리저리 돌려 완성된 결과물을 보았다. 하나로 땋아 내린 머리카락은 장인의 솜씨라고 볼 정도로 매우 견고하고 아름답게 땋아 있었다. 옆머리부터 이어지는 두 개의 땋은 머리는 뒷머리부터 하나로 합쳐져 있었다. 군데군데 꽂힌 작은 흰 들꽃들이 자칫 식상한 머리 스타일에 생기를 불어넣어 줬다.

"그래. 클로비스를 불러줄래? 같이 정원에서 티타임을 가지자고 말해줘."

"네, 알겠습니다."

엘레나는 신이 난 걸음으로 달려나가는 실비아의 모습을 바라보면서, 클로비스에 대해서 떠올렸다. 하지만 옆에서 실비아는 나갔는데도, 굳은 표정으로 두 손을 마주 잡은 채로 나가지 않고 있는 소피아의 모습에 의문이 들었다.

"소피아? 나가지 않아도 되는 거야?"

"아가씨, 제가 끼어들지 않아야 하는 일인 걸 알고 있지만…… 황태자 전하와 약혼하신다고 들었습니다."

소피아의 말에 엘레나는 그제야 왜 그녀가 굳은 얼굴로 조심스럽게 말을 꺼냈는지 깨달았다. 아마 클라우스가 소피아와 실비아

252

에게는 약혼 사실을 전했을 것이다. 가장 최측근이 그녀들의 눈을 속이는 것은 불가능했다.

"소피아도 알고 있었구나."

"그럼…… 칼리드 후작 각하는 어떻게 되는 겁니까?"

엘레나는 소피아의 입에서 나온 칼리드라는 말에 인상을 찡그렸다. 자신도 항상 칼리드를 잊지 않고 생각하고 있었지만, 그걸 다른 사람의 입에서 듣게 되면 기분이 나빠지는 것까지는 막지 못했다.

"실은…… 어젯밤 매우 급한 모습으로 칼리드 후작 각하께서 찾아오셨습니다. 백작 각하께서는 어제저녁 급히 황궁으로 출타해 집을 비우신 상태라, 저와 집사만이 알고 있는 사실입니다."

칼리드가 어젯밤 찾아왔다는 소피아의 말에 엘레나는 몸을 멈칫했다. 그러고 보니 칼리드가 잠잠하다 싶었다. 자신이 따로 한 번도 그에게 연락한 적이 없으니, 그가 몸이 닳아서 찾아올 만한 시기였다. 후작 작위 수여식 이후로 그의 얼굴을 본 적이 없으니까 말이다.

"일단은 저와 집사가 너무 늦은 저녁이라고 돌려보냈습니다만……."

매우 조심스러운 소피아의 태도에 엘레나는 그녀가 무엇을 두려워하는지 짐작할 수 있었다. 황태자와 약혼한다는 말을 들었어도, 칼리드는 엘레나에게 소중한 존재였다. 그런 칼리드를 문전박대해서 제가 화나지는 않았을까 걱정하는 것이었다.

"잘했어, 소피아. 애초에 그런 늦은 저녁에 남의 집에 찾아오는 사람이 잘못이지. 예의가 없네."

"아가씨······."

원래의 그녀였더라면 칼리드가 어느 때에 찾아오건 반겨야 했지만, 자신은 그녀가 아니었다. 오히려 칼리드가 오는 것을 반기지 않았다. 아무리 어장 속 물고기라 편하다지만, 늦은 밤에 찾아오다니 칼리드의 밥 말아 먹은 예의에 엘레나는 얼굴을 찡그렸다.

"페이트 백작가를 뭐로 보고, 늦은 저녁에 연락 없이 찾아오다니····· 소피아, 잘 대처했어."

아마 소피아가 아론과의 약혼 사실을 알지 못했다면, 칼리드를 받아줄 수도 있었을 것이다. 그만큼 페이트 백작가에서 칼리드가 영향력이 있다는 소리였다. 칼리드는 빠른 시간 내에 엘레나를 이용해서 지위를 견고히 했다.

"아가씨, 정말 괜찮은 겁니까?"

엘레나는 제 말에도 여전히 불안한 눈빛을 하고 있는 소피아에게 고개를 힘차게 끄덕여 보였다. 다른 사람도 아니고, 겨우 칼리드 정도 문전박대한다고 페이트 백작가는 무너지지 않는다. 그리고 칼리드가 그토록 대단한 사람이 결코 아니었다. 아론이라면 모를까, 고작 칼리드 따위에게 무너질 정도로 약하지 않았다.

"괜찮아. 앞으로도 무리한 요구를 하거든, 무조건 거절해. 아무리 칼리드와 내가 절친한 친구 사이라고 해도 지킬 것은 지켜야 하지 않겠어?"

일부러 '친구 사이'라는 말에 힘을 주어 꾹꾹 눌러 담듯이 말을 했다. 자꾸만 칼리드와 자신을 엮는 일들 때문에 불쾌한 적이 한두 번이 아니었다. 얼굴도 보이지 않고, 고작 이름만으로도 사람을 불쾌하게 한다니 정말 대단한 능력이었다. 엘레나는 소피아에게 당부하듯이 말을 했고, 그녀라면 분명 제가 무슨 의도로 말을 했는지 금방 알아차릴 것이다.

"앞으로도 계속 말입니까?"

"응! 앞으로도 계속, 쭉 영원히!"

앞으로도 계속 그러냐는 소피아의 말에 엘레나는 고개를 세차게 흔들면서, 단호하면서도 필사적이었다. 가능하다면 복수의 전초를 다지기 전까지는 칼리드를 만나고 싶지 않은 게 솔직한 심정이었다.

그런데 왜 지금 자신의 앞에 뺀질뺀질한 얼굴의 칼리드가 앉아 있는 건지, 엘레나는 도무지 이해할 수가 없었다.

앞으로도 계속 영원히 싫다는 자신의 말에 소피아는 곤란한 얼굴로 죄송하다고 사과를 해왔다. 칼리드를 완전히 막을 명분이 없어서, 어젯밤 그에게 낮에 다시 와달라고 부탁했다고 한다. 그것까지는 어느 정도 이해할 수 있었다. 하지만 이미 칼리드가 접견실에서 저를 기다리고 있다는 말에 엘레나는 참지 못하고, 이마를 부여잡을 수밖에 없었다.

"엘레나!"

"칼리드."

접견실에 들어서자마자 소파에서 벌떡 일어나서 저를 반기는 모습을 보아, 칼리드는 제법 애가 닳아 보였다. 초조해 보이는 표정과 바르르 떨리는 손끝이 그러했다.

"아픈 건, 이제 괜찮아?"

굉장히 가슴이 아파 보이는 표정을 하고서는, 제 볼을 쓰다듬는 손길에 엘레나는 구역질이 치밀려는 것을 참아내고, 칼리드의 손을 두 손으로 잡아 자연스럽게 떼어냈다. 여기에서 티가 나게 그의 손길을 거부하는 건 아직은 안 되는 일이었다.

"이제 괜찮아."

"괜찮기는! 아직도 열이 있는 것 같아."

아직도 열이 있는 것 같다면서 호들갑을 떠는 칼리드의 모습을 엘레나는 차가운 시선으로 바라보고 있었다. 그러나 정작 그 시선을 받는 당사자인 칼리드는 바보 같게도 알아차리지 못했다. 아마, 본인의 연기에 매우 심취한 상태라 주변이 보이지 않는 것 같았다.

지금 자신이 열이 오른 것 같다고 착각하는 것은 모두 칼리드 때문이었다. 그가 왔다는 소리를 들었을 때부터 두통이 밀려왔다. 지금도 머리가 지끈지끈할 정도로 짜증이 나서 신경이 곤두서 있는 상태였다. 칼리드의 얼굴을 보지 않아서 살 것 같았는데, 그를 다시 봐야 한다는 사실에 짜증이 났다.

"괜찮……."

"왜 이번에는 나를 부르지 않은 거야?"

왜 본인을 부르지 않았냐는 칼리드의 알 수 없는 말에 미간을 찌푸리고, 대답하려는 찰나에 손을 덥석 잡아 오는 그의 행동에 엘레나는 주춤거렸다.

"나를 부르지 못할 정도로 아팠던 거구나."

엘레나는 자기를 부르지 못할 정도로 아팠던 거냐는 칼리드의 말에 어이가 없어서 헛웃음이 나올 지경이었다. 대체 저 알 수 없는 자신감은 어디에서부터 나오는지 궁금할 정도였다. 사람이 하도 어이가 없으면, 웃음이 나온다더니 지금 자신이 그랬다.

"허……."

미처 다물지도 못한 입술 사이로 바람 빠지는 웃음소리가 계속해서 새어 나왔다. 어떻게 하면 저렇게 단단히 착각을 할 수 있는 것인지 존경스러울 정도였다. 물론 그만큼 그녀가 얼마나 칼리드를 의지해왔는지, 다시 한번 깨닫게 되는 계기가 되었다. 그러니까 저렇게 단단히 착각을 하고 있지. 그렇지 않고서야, 이렇게 확신에 차 있을 수가 없었다.

"엘레나?"

엘레나는 확신에 차다 못해 맹신에 가까운 저 표정이 처참하게 깨부숴진다면 어떨지 상상했다. 가장 자신을 믿었을 때, 믿는 자에게 배신당하는 그 고통은 누구도 상상할 수 없다. 칼리드에게 가장 완벽하고 처절한 복수를 하고 싶었다. 그도 똑같이 아프기를, 고통 속에서 몸부림치기를 원했다. 그걸 위해서라면, 무엇이든 참을 수 있었다. 그게 설령 지금 당장 역겨움을 참는 일이라 해도…….

"아, 아니야…… 잠시 현기증이 일었나 봐."

"괜찮은 거야?"

저 표정이 무너져 내리는 것을 볼 수만 있다면, 이런 연기 정도는 몇 번이고도 어울려줄 의사가 있었다. 가장 자신을 믿고 있을 때, 가장 갖고 싶은 것을 가질 때, 그 모든 순간에 몇 번이고 저 얼굴을 무너뜨릴 계획이었다. 그리고 그 앞에서 그가 했던 것처럼, 그를 동정하고 마음껏 비웃어줄 생각이다. 마치 희망 고문처럼 계속해서 칼리드를 좌절에 빠뜨릴 것이다.

일말의 희망도 남기지 않고, 모든 것을 빼앗아가는 것은 너무나 시시했다. 칼리드가 몰락하는 것을 이 두 눈으로 끝까지 모두 지켜볼 것이다. 엘레나가 당했었던 그 모든 감정을 그대로 다시 모두 되돌려줄 생각이었다.

"괜찮아……."

엘레나는 역겨움으로 새하얘진 얼굴을 아픈 것처럼 위장해, 칼리드의 손길에 그대로 몸을 기댔다. 아직은 아니었다. 아직은, 그를 버리는 순간은 아니었다. 가장 행복할 때, 가장 자신을 믿고 있을 때 칼리드를 나락으로 떨어뜨릴 생각이었다. 도저히 올려다볼 수도 없는 절벽에서 떨어져야 했다. 하지만 조금의 희망은 남겨둔 채로 계속해서 고통받게 만들어야 했다. 그가 엘레나에게 행했던 것처럼 계속해서 그의 손을 붙잡아 구제해주고는 다시 떨어뜨리는 것을 반복해야 한다.

그리고 종국에는 칼리드 스스로 참지 못하고, 그대로 손을 놓아 버리는 것까지. 모두 엘레나가 그랬던 것처럼 돌려줄 계획이다. 시시한 복수를 하기 위해서, 아무 죄도 없는 아론을 끌어들인 것은 아니었다. 시시한 복수라면, 지금도 충분히 할 수 있었다. 이대로 칼리드를 보지 않으면 됐다.

"얼굴이 이렇게 새하얗게 질려 있는데, 괜찮다는 말로 넘어가려고 하지 않아도 돼."

"아냐, 정말 괜찮은걸."

제가 아직 그대로 본인을 좋아하는 것 같으니까, 좋아서 어찌할 줄을 모르면서 겉으로는 저를 걱정해주는 척을 하는 칼리드가 우스웠다. 꿈틀거리는 입가를 감추고 거짓말을 해야지. 저 모습이 어딜 봐서 걱정하는 얼굴로 보이겠는가, 누가 보아도 기쁨에 겨워서 주체를 못 하는 얼굴이었다.

"사실은 엘레나가 나를 찾지 않아서, 아무 연락도 하지 않아서 너무 불안했었어."

그럴 만도 하겠지. 어장 속에 확실히 가둬둔 물고기라고 생각했는데, 예상과는 다르게 행동만 하니까 칼리드가 불안해할 만도 했다. 이미 자신은 칼리드의 어장 속 물고기 중 하나라는 걸 이미 알고 있었는데도, 아프다는 말에도 그가 기뻐하는 모습에 엘레나는 씁쓸했다.

칼리드의 기쁨으로 일렁거리는 보라색 눈동자가 오늘따라 유독 입안이 쓰리도록 쓰게 느껴졌다.

"그랬, 구나……."

"엘레나가 내게 그럴 리가 없는데 말이야. 그렇지?"

그럴 리가 없다고 말하면서, 마치 대답을 강요하는 것 같은 강압적이기도 한 말투에 엘레나는 속으로 혀를 찼다. 이런 식으로 평소에도 칼리드가 그녀를 괴롭혔음을 짐작할 수 있었다. 이게 괴롭힘인지, 아니면 간절한 애원인지 알 수 없을 만한 적정선의 수위로 무의식중에 그녀를 세뇌했다.

"맞아, 내가 칼리드에게 그럴 리 없잖아. 칼리드는 내게 무척이나 소중한 사람인걸."

제게 무척이나 소중한 사람이라는 대목을 말할 때, 엘레나는 입술을 꼭 깨물어야만 했다. 그렇지 않으면, 다른 말이 나올 것 같았기 때문이다. 적어도 그를 버리는 날이 오기 전까지는 칼리드를 눈과 귀를 막아, 그를 안심시켜야 했다. 그가 의심하지 않도록, 그를 안심시켜 눈이 멀도록 만들어야 한다. 그렇기 위해서는 마음에도 없는, 달콤한 말들로 주변의 시야를 가릴 필요가 있었다.

"엘레나……."

"정원에서 티타임을 가지는 건 어때? 클로비스와 같이 티타임을 가지기로 했거든."

엘레나는 감정에 복받쳐서 자신을 안으려 드는 칼리드의 몸짓에 서둘러 그의 팔에서 자연스럽게 빠져나왔다. 절대로 일부러 피하는 듯한 모습을 보이면 안 됐다. 거짓된 행동만큼 제일 역겨운 건 없었다.

"클로비스 말이야?"

"응. 클로비스와 정원에서 티타임을 가지기로 했어. 내가 제일 좋아하는 두 사람이, 나는 친해졌으면 좋겠어!"

칼리드와 클로비스가 친해졌으면 좋겠다며, 엘레나는 밝은 목소리로 그가 거절할 수 없도록 말을 했다. 제일 좋아한다는 말은 칼리드에게 마법과도 같은 말이었다. 칼리드는 항상 제일이 되기를 원했다. 태어나면서부터 우선순위가 되지 못하고, 뒤로 밀리게 된 그에게는 첫 번째라는 말이 가장 듣기 좋은 찬사였다.

"클로비스 말이야……?"

그래서 칼리드는 아론보다 우선순위가 되고자, 황제에 자리에 오르기를 원했다. 하지만 아론은 황제가 되기 위해서 태어난 남자였다. 타고난 지배자의 면모는 누구도 바꿀 수 없는 것이었다. 칼리드에게는 없는 기품과 고고함, 그리고 오만함이 있었다. 그것들은 가지려야 가질 수 없는 것들이었다. 애초에 아론은 황제가 되기 위해서 태어난 존재 같았다. 황좌는 그가 있어야만 하는 자리 같았다.

아론에게는 황좌가 지독히도 잘 어울렸지만, 칼리드에게는 전혀 아니었다. 맞지 않은 옷을 입은 것처럼, 칼리드는 억지로 황좌에 앉게 되어서도 초조함을 숨기지 못했다. 칼리드에게는 아론처럼 여유가 없었다.

"응! 이대로 돌아갈 거야?"

"아니, 아니야. 네가 원한다면……."

속으로는 무척이나 돌아가고 싶음에도 경각심을 느낀 것인지 일그러진 눈동자를 하고, 수락의 말을 내뱉는 칼리드의 모습에 엘레나는 제법 재미있는 티타임이 될 것 같다는 생각이 들었다.

나는 변하지 않았어

제법 재미있는 티타임이 될 것 같다는 생각을 했지만, 제가 원했던 것은 이런 재미가 절대 아니었다. 자신이 원했던 재미는 초조해져서 애가 타는 칼리드의 모습을 보는 재미였다. 그게 아니면, 분에 차서 씩씩대는 모습을 가만히 지켜보는 것도 재밌을 거라고 생각했었다.

"클로비스, 오랜만이구나."

"그리 오래간만은 아닌 것 같습니다."

처음에는 둘의 기 싸움을 보는 것도 재미가 있었었다. 클로비스도 칼리드도 진정으로 싸우는 것이 아니기 때문에 가볍게 칼리드를 괴롭히는 법 중 하나였다. 칼리드는 후작 작위를 받기 전에는 그보다 지위가 높은 클로비스에게 열등감을 가지고 있었다. 후작 작위를 받게 된 지금에서야 저렇게 클로비스에게 으르렁거리는 것이지, 그전에는 엘레나의 뒤에 서서 교묘히 그녀를 조종했다.

"당연히 오랜만이 아니겠지. 엘레나가 아팠을 때, 문병하러 온 나를 보았으니."

"칼리드. 문병을 왔었어?"

엘레나는 칼리드가 문병을 왔다는 소리에 놀라서, 마시고 있던 찻잔을 떼어내고 되물었다. 열에 올라 제정신이 아니었지만, 칼리드를 보지 못했었다. 하지만 유일하게 걸리는 것이 있었다면, 열이 펄펄 끓어 정말로 죽는구나 싶을 때마다 제 이마를 어루만지던 차가운 손길이 떠올랐다.

"후작 각하께서 언제⋯⋯."

"엘레나, 네가 아픈데 당연히 달려와야지. 넌 아플 때마다, 항상 나를 찾았잖아."

이게 연기인지 아니면 진심인지 알아차릴 수 없을 정도로 따뜻한 빛이 서려 있는 눈을 하고는, 자신의 손등에 입을 맞추는 행위에 엘레나는 조용히 숨을 들이켰다.

분명히 이것 또한 모두 연기라는 것을 알고 있는데도 칼리드의 행위가 너무나 고귀해 보여서, 정말로 그가 진심으로 저를 걱정하고 있는 것 같다는 착각이 들었다. 그리고 눈치 없이 가슴은 두근거리며 시큰거리는 화한 통증이 느껴졌다.

"괜, 괜찮아."

가슴이 열렬하게 두근거리는 것은 아니었지만, 크게 쿵쿵하고 맥동하는 심장박동과 함께 찌릿한 통증이 느껴졌다. 이건 절대로 자신의 반응이 아니다. 원래 이 몸의 주인인 그녀가 반응하는 것일 것이다. 자신은 칼리드를 싫어했다. 그의 얼굴을 보면, 분노가 차오르고 화가 났다. 그런 제가 칼리드에게 두근거릴 이유도, 가슴이 아플 이유도 없었다.

엘레나는 덜컥 겁이 나서, 제 손등을 붙잡고 있는 칼리드의 손길을 빠르게 뿌리치고는 그의 얼굴을 외면했다. 애정이 담겨 있는 보라색 눈동자를 마주하기에는 너무 불편했다. 자꾸만 심장이 시큰거리며 고통이 느껴져서, 도저히 그 눈을 마주 볼 수가 없었다.

"엘레나?"

"……."

칼리드의 걱정이 담긴 목소리에 반응하는 가슴 통증에 엘레나는 인정해야만 했다. 칼리드는 엘레나 페이트를 사랑하지 않는 것이 아니었다. 그는 그녀를 이용할지언정, 그 나름대로 그녀를 사랑하고 있었음을. 그리고 그녀 또한, 칼리드를 원망하면서도 사랑하고 있다는 걸 깨달았다. 모르려야 모를 수가 없었다. 이렇게 금방 친절한 칼리드의 모습에 흔들리면서, 두근거리고 있다는 걸 인정해야만 했다.

"……"

엘레나는 아무 말도 없이 이를 꽉 깨물고 있었다. 재밌는 장면을 보기 위해서 칼리드에게 티타임을 권유한 것이지, 쓸데없이 그에게 애정이 남아 있다는 걸 확인하려고 했던 건 아니었다. 그게 비록 아주 작은 흔적과도 같은 크기라 해도, 심기가 거슬리는 것은 거슬리는 거였다.

솔직히 칼리드를 사랑했었던 흔적을 발견한 것 자체가 기분이 좋지 않았다. 차라리 아론의 잘생긴 얼굴에 생리적으로 가슴이 뛰었던 것이 나았다. 이렇게 자신은 알지도 못하는 그녀의 기억의 잔재를 마주하는 건 무척이나 불쾌하고 힘들었다. 지금 이 육체의 반응이 꼭 자신이 원래의 그녀가 아니라는 것을 상기시켜주는 것 같았기 때문이다.

"누님, 안색이 좋지 않으십니다."

"아…… 클로비스."

저를 걱정하느라, 클로비스의 갈색 눈동자에 불안이 담겨 있었다. 언제부터였을까. 언제부터 자신이 엘레나인 것을 당연하게 여기게 되었는지 떠올렸다. 신기하고 불편했던 빨간 머리는 어느새 익숙해졌고, 저를 향해 다정한 시선을 보내는 클로비스의 갈색 눈동자도 익숙해졌다. 이제는 클로비스와 클라우스가 남동생이, 아버지가 아닌 것이 상상되질 않았다.

"누님, 괜찮으세요?"

"난……."

언제부터인가 자신이 한수진인지, 엘레나 페이트인지 헷갈리기 시작했다. 점점 이 몸에 동화되어, 엘레나 페이트가 되어가는 것 같았다. 엘레나 페이트가 되어가면서, 한수진으로서의 기억이 서서히 사라지고 있는 것을 느꼈다. 이제는 원래 한수진의 부모님에 대한 기억이 흐릿해져서, 쉽게 떠올릴 수가 없었다. 그저 부모님이 있었다는 것밖에는 기억이 나질 않았다.

심지어 갈수록 사라져가는 기억을 깨닫지도 못하고 있었다. 조금 전의 일이 아니었더라면, 자신은 이대로 모든 것을 잊어버렸을 것이다.

"클로비스, 난……."

이대로 가다가는 자신은 한수진도 엘레나 페이트도 아닌 존재가 될 것 같았다. 이미 자신은 한수진으로서의 기억을 점차 잃고 있었다.

"누님!"

바보같이 이제야 깨달아버렸다. 한수진의 기억들은 이제는 책의 내용밖에 없다는 것을……

제가 몇 살이었는지도, 어떤 얼굴이었는지 기억이 나질 않았다. 기억을 떠올리려 해도, 희미하기만 했다. 그게 과연 실제로 있었던 일이었는지도 분간이 가지 않았다.

"엘레나!"

"누님! 괜찮으십니까?"

시야가 뒤흔들리더니 뒤바뀌어 있었다. 클로비스가 저를 붙잡고 소리를 치고 있었고, 그 옆에 칼리드도 소리를 지르고 있었다. 귀에 이명이 온 것처럼, 모든 게 기계음처럼 소리가 났다. 누군가가 머리를 헤집어놓은 기분이었다.

억지로 한수진으로서의 기억을 떠올리려 하니, '삐- 이이' 하는 이명 소리와 함께 온몸에 힘이 빠져나갔다. 마치 건드려서는 안 되는 금기를 건드리는 느낌이었다.

"엘레나, 아직도 몸이 다 낫지 않은 거야?"

"누님!"

"아……."

언제부터 클로비스와 칼리드가 책 속의 인물이 아니라, 실존 인물이라고 생각한 거지? 분명 처음에는 둘을 책 속의 인물로만 생각했었던 적이 있었던 것 같다. 그런데 언제부터인가 그런 생각이 전혀 들지 않았다.

"어서 침실로……."

"……아냐, 난 괜찮아. 잠깐 햇빛에 현기증이 일었던 것뿐이야."

현기증이 일어서 그랬다는 엘레나의 말도 안 되는 거짓말에 클로비스는 미간을 찌푸렸다. 지금 엘레나의 얼굴은 새하얗게 질려서, 식은땀도 흘리고 있는 상태였다. 또, 간헐적으로 떨리는 몸까지 보아 그녀가 아픈 상태라는 걸 한눈에 알 수 있었다.

"정말로 괜찮아. 걱정하지 않아도 돼."

엘레나는 인상을 찡그린 채로 풀지 못하고 있는 클로비스의 뺨을 쓸어, 괜찮다며 안심시켰다. 그래도 여전히 풀리지 않는 미간에 웃으면서 손가락을 꾹꾹 눌러 펴주었다. 어린애가 벌써부터 인상을 찡그리면 버릇이 들어 좋지 않았다.

"정말이야. 클로비스도 칼리드도 둘 다 걱정하지 않아도 돼."

책 속에 없었던 일들, 문득문득 떠오르는 기억. 사라진 한수진의 기억들, 한수진의 기억을 떠올리려 하면 몸이 거부하는 것까지. 이 모든 것들이 예삿일은 아닐 거라고 엘레나는 생각했다. 하지만 지금 당장은 눈앞의 안절부절못하는 클로비스를 달래는 것이 먼저였다. 이상하게도 클로비스를 처음 본 날부터 자신은 클로비스에게 너무나도 약했으니까.

당장 의원을 부르겠다는 클로비스를 진정시킨 뒤에야, 엘레나는 겨우 클로비스의 품에서 벗어날 수 있었다. 그마저도 정원에 계속 있는 것은 위험하다는 말에 다시 실내로 들어와야만 했다.

"정말로 괜찮다고 말했잖아."

"제가 괜찮지 않습니다."

"그래, 엘레나 내가 보기에도 그래."

엘레나는 답답함에 가슴을 콩콩 두드려 갑갑함을 호소했다. 자신의 몸은 자신이 제일 잘 알고 있었다. 아까 전 정원에서 그랬던 것은 억지로 한수진의 기억을 떠올리려 해서 그런 것이었다. 원래 금기가 걸린 것을 건드리게 되면, 저주나 고통을 당하는 것처럼 말이다.

"엘레나, 나를 보아서라도 아프지 말아줘."

"왜 제 누님이 후작 각하를 보아서 아프지 말아야 하는지, 저는 잘 이해가 가질 않는군요."

잠시 종식되었는가 싶더니, 다시금 부딪히는 둘에 엘레나는 가만히 둘을 지켜보았다. 둘의 다툼을 말릴 생각은 딱히 없었다. 클로비스가 어떻게 되든 상관없다는 마인드가 아니라, 칼리드가 만만했기 때문이었다. 절대로 칼리드가 클로비스를 건드릴 수 없다는 걸 알고 있기 때문에 엘레나는 가만히 둘을 바라보기만 했다.

"왜 이해가 가질 않는다는 거지?"

"각하께서 누님의 뭐라도 된다고 생각하십니까?"

칼리드에게 이죽거리면서 말을 하는 클로비스의 새로운 모습에 엘레나는 속으로 탄성을 자아냈다. 클로비스에게 생각보다 자신이 모르는 모습들이 많다는 건 알고 있었지만, 직접 눈으로 마주하는 건 느낌이 색달랐다. 그에 비해 칼리드는 기분이 나쁜지, 얼굴이 붉어지는 모습이 제법 고소했다. 클로비스가 아까 자신의 복수를 대신 해주고 있는 것 같아서 개운하기까지 할 정도였다.

칼리드는 클로비스에게 가지고 있던 열등감을 후작 작위를 받자마자, 클로비스에게 풀려고 했다. 이제는 지위상은 칼리드가 클로비스보다 높은 것이 맞았다. 작위를 받기 전에는 클로비스보다 지위도, 적통의 출생이 아니라는 것에 열등감을 가지고 있었지만, 작위를 수여함으로써 그것들이 사라졌다고 생각하는 것 같았다. 하지만 제가 보기에는 전혀 아니었다. 칼리드의 열등감은 아직 사라지지 않았다. 작위를 이용해서 클로비스를 내리누르려 하는 것이 그 증거였다. 그러나 칼리드의 후작 작위는 반쪽짜리 작위나 다름없었다. 오로지 황제의 사생아라는 이유만으로 받은 작위는 정당성이 없어서 아슬아슬했다.

"나는 엘레나의!"

대답을 하려다가 멈칫하고는 자신을 바라보는 칼리드의 행동에 엘레나는 그저 빙긋이 웃어주기만 했다. 혹여나 그가 말을 걸까 봐, 찻잔을 마저 올려 대화를 차단해버렸다. 여기에서 칼리드의 편을 들어줄 생각은 전혀 없었다.

"누님의 뭐라도 된단 말씀입니까?"

"난…… 엘레나의…….."

의기양양한 얼굴의 클로비스와 짜게 식어가며 말을 흐리는 클로비스의 모습에 엘레나는 속으로 웃음을 지었다. 며칠 동안 우울한 얼굴의 클로비스만 보다가, 이렇게 다시 살아난 모습을 보게 되니

좋았다. 칼리드는 분한 듯 보였지만, 아무 말도 하지 못하고 주먹만 쥐고 있었다. 클로비스의 말이 틀린 점이 하나도 없었기 때문이다.

실제로 저와 칼리드는 아무런 관계도 아니었다. 한쪽이 원하지 않기만 한다면, 바로 깨져버리고 마는 아무것도 아닌 관계였다. 그래서 분한데도 어떤 대답도 하지 못하고 있는 거였다. 그렇다고 그냥 친구라고 말하기에는 칼리드의 자존심이 허락하지 않을 것이다. 지위로 찍어 누르기에는 클로비스는 정당한 페이트 백작가의 후계자였다. 황실도 어쩌지 못하는 페이트 백작가를 겨우 칼리드가 어찌할 수 있을 수는 없었다.

"후작 각하께서는 누구처럼 누님의 약혼자도 아니지 않습니까."

가만히 고개를 숙여 찻잔을 바라보며, 미소를 짓고만 있었던 엘레나는 클로비스의 말에 화들짝 놀라서 고개를 들었다.

엘레나는 지금 클로비스가 누구에 대해서 말하고 있는지 깨달았다. 클로비스는 지금 아론에 대해서 말하고 있었다. 칼리드가 그걸 알 수는 없었지만, 여기서 조금 더 얘기하다 보면 실수를 할 수도 있었다.

"약혼자라니 그게……."

"친구! 나와 칼리드는 절친한 친구 관계잖아!"

클로비스가 다른 말을 하기 전에 엘레나는 친구 관계라고 다급하게 외쳤다. 다급하게 외치면서, 클로비스에게는 눈동자로 제발 여기에서 그만하라는 신호를 보냈다. 클로비스가 제 신호를 알아채길 기도하면서 칼리드의 정신을 흩트려놓았다.

"당연히 절친한 친구 관계니까, 걱정되어서 그럴 수도 있는 거지. 그렇지?"

엘레나는 충격을 받아, 아무런 말도 하지 않고 있는 칼리드에게 열심히 동조를 구했다. 자신의 처절한 외침에 클로비스도 잘못한 것을 알았는지, 표정이 굳어 있는 상태였다. 클로비스는 다 좋으나, 저런 점이 문제였다. 저에 관련된 일이라면 흥분을 해서 가끔은 이성을 잃을 때가 있었다.

"……친구, 절친한 친구."

"죄송합니다. 후작 각하, 제가 잠시 흥분해서 말도 안 되는 말을 한 것 같습니다."

말도 안 되는 말을 한 것 같다며 사과를 하는 클로비스의 행동에도 칼리드는 아무 반응을 하지 않았다. 친구라는 말을 하면, 칼리드가 충격을 받을 것을 알고 있어서 일부러 한 말이었다. 그의 정신을 빼놓기 위해서는 어쩔 수 없는 일이었다. 물론 그렇지 않더라도, 마지막에는 클로비스의 편을 들어주기 위해 친구 사이라고 말할 생각이었다.

다만, 이렇게까지 단호하게 친구라고 몇 번이나 못 박을 생각은 아니었다.

"칼리드?"

여전히 생각에 잠겨서 아무 말도 하지 않고 있는 칼리드의 모습에 엘레나는 그의 이름을 불렀다. 무슨 생각에 빠진 것인지, 대답도 하지 않는 게 무척이나 불안했다. 칼리드의 머릿속에서 나온 계획 치고 좋은 것들이 하나도 없었다. 엘레나는 혹시나 그가 클로비스의 말을 꼬리를 잡고 늘어지는 것은 아닌가 하는 불안감이 들었다.

"맞아, 우리는 약혼한 사이도 아니지. 그저 친구 사이일 뿐이야."

그저 친구 사이일 뿐이라며 낮게 중얼거리는 칼리드의 행동이 불안했지만, 엘레나는 최대한 밝게 웃으면서 그의 말에 동의했다.

"내 친구는 칼리드밖에 없는걸."

실제로 엘레나에게는 친구가 칼리드밖에는 없었다. 불길한 빨간 머리의 여자애에게 다가올 귀족은 아무도 없었다. 그런 엘레나에게 다가온 유일한 사람이 칼리드였다. 물론 칼리드는 별생각 없는 호의였겠지만, 그 호의 한 번으로 칼리드는 황제의 자리까지 오를 수 있는 조력자를 얻은 것이었다.

그때, 정말로 칼리드는 순수한 호의로 그녀에게 다가간 것인지 의문이 들었다. 그게 아니라면 정말로 순수한 호의로, 동병상련의 감정으로 건넨 손길이었던 것인지 의심스러웠다.

"나도 엘레나밖에는 없어."

저밖에 없다면서 웃고 있는 칼리드의 모습이 가증스러웠지만, 엘레나는 그냥 웃어 보였다. 거짓에는 거짓으로 대하면 되는 거였다.

클로비스와의 다툼도 마무리되었겠다. 얼굴도 보았으니, 칼리드가 이제는 떠날 줄로만 알았다. 그런데 돌아가지 않고, 식사까지 하겠다는 말에 엘레나는 겉으로는 웃으면서 입가를 바르르 떨었다.

　"칼리드가 식사까지 하고 간다면, 나야 너무 좋지."

　절대 밥까지 같이 먹고 싶지 않았다. 아마 칼리드와 밥까지 같이 먹는다며 필시 체할 것이 분명했다. 밥맛까지 떨어질 것 같았다. 보기만 해도 짜증이 나는 사람과 같이 밥을 먹는 것은 매우 끔찍한 일이었다.

　"후작 각하께서는 영지를 돌보시지 않으셔도 괜찮습니까?"

　그 마음은 클로비스도 마찬가지였는지, 칼리드에게 돌려서 이제는 돌아가야 하지 않겠냐고 말을 하는 클로비스의 말에 엘레나는 응원했다. 잘한다, 잘한다.

　"다행히 황제 폐하께서 주신 영지는 내가 신경을 쓸 만한 일이 별로 없어. 계속되는 가뭄 말고는 전혀 문제가 없는 곳이지."

　하지만 애석하게도 칼리드는 눈치라고 밥에 말아 먹은 사람이었다. 아니면, 고도의 눈치로 일부러 눈치가 없는 척을 하는 거거나. 해맑게 할 일이 없다고 말하는 모습에 엘레나는 속으로 한숨을 내쉴 수밖에 없었다.

　바보는 상대하는 것이 아니었다. 바보를 상대하면 오히려 지치는 것은 상대방이었다.

"황제폐하께서 좋은 영지를 하사해주셨나 봐."

엘레나는 그냥 대충 칼리드를 추켜 세워주기 위해서, 부러운 척 얘기를 했다. 사실은 하나도 부럽지 않았다. 그깟 영지 기껏해야 아론의 눈치를 보면서 준 곳일 텐데, 좋은 곳일 리가 없었다.

"그래, 맞아. 페이트 영지에 비하면 좋은 곳은 아니지만, 매우 좋은 곳이야. 엘레나가 다음번에는 칼리드 후작가에 와주었으면 좋겠어."

"가지 못할 건 없지."

뻔뻔스럽게 영지에 초대하는 칼리드의 행동에 엘레나는 신물이 났다. 그곳에 누가 숨어 있다는 것을 이미 알고 있는데, 태연하게 자신을 초대하는 칼리드의 말에 조소가 흘러나왔다. 과연 록사나 힐다, 그녀도 이 초대를 반길 것인지 궁금했다.

칼리드 후작가의 성, 그의 옆방을 차지한 그 여자가 생각났다.

"칼리드가 초대해준다면 나는 언제든 환영이야."

칼리드는 똑똑하지는 않았지만, 생각보다 확실한 사람이었다. 무엇이 그에게 이득이 될지 안 될지를 알아보는 데에서는 탁월한 능력을 갖추고 있었다. 엘레나는 그게 칼리드의 추악한 본능이자, 감이라고 생각했다. 실제로 칼리드는 황제의 자리에 오르기 전까지 록사나 힐다의 존재를 철저히 숨겨왔다. 그리고 마침내 모든 것을 이루게 되자, 본색을 드러내면서 록사나 힐다의 존재가 수면 위로 떠올랐다.

"누님, 계단입니다. 조심하세요."

"고마워, 클로비스."

옆에서 조용히 제 곁을 지키다가, 계단이 나타나자 에스코트를 하면서 조심하라고 당부하는 클로비스가 기특했다. 지금도 칼리드가 무척이나 싫은데, 자신 때문에 참고 있다는 것을 알고 있었다. 엘레나는 뒤늦게 허둥지둥하며 손을 내밀려 하는 칼리드의 모습을 보았지만, 클로비스의 손을 잡고 계단을 내려갔다.

달그락…… 달그락……

조용한 식탁에는 그릇에 스푼이 부딪히는 소리만 났다. 클로비스는 아까 말실수를 한 것 때문에 다시 실수할까 봐, 아무 말을 하지 않고 있는 것 같았다. 엘레나는 굳이 칼리드와 대화까지는 나누고 싶지 않아서 입을 다물고 있었다. 그와 식사를 하는 것만으로도 충분히 큰 인내심이 있어야 하는 일이었다.

"아가씨, 디저트를 가져다드릴까요? 언제나처럼 차 한 잔이면 될까요?"

"아니, 오늘은 케이크도 같이 주도록 해."

평소라면 입가심으로 깔끔하게 차를 먹고 끝났을 식사였지만, 오늘은 아니었다. 도저히 속이 쓰리고 입안이 씁쓸해서 단것으로라도 기분을 달래야 했다. 아무래도 칼리드와의 식사라서 그런 것 같았다.

"실비아."

"네! 아가씨."

"무척 단 거로 부탁해."

웬만한 단것으로는 지금 기분이 풀리지 않을 것 같았다. 입에 설탕 덩어리를 한가득 부어야만 어느 정도 놀란 속을 달랠 수 있을 것 같았다. 지금도 괜스레 속이 메슥거리는 기분에 엘레나는 살며시 미간을 찌푸리고 있었다.

누구 하나 말하지 않는 조용한 식사시간에 칼리드만이 유일하게 계속 말을 걸려고 눈치를 보고 있었다. 상대를 탐색하는 것처럼 진득하게 달라붙는 탁한 보라색 시선에 엘레나는 기분이 나빠졌다. 음습하고 진득거리는 것들이 몸에 달라 붙어오는 기분이었기 때문이다.

"칼리드, 내게 할 말이 있어?"

"응? 아니, 아니야……."

할 말이 없기는 누가 보아도 할 말이 있어서 눈치를 보는 얼굴이었다. 또 무슨 말을 하려고 저렇게 고민하고 있는 것인지 엘레나는 걱정이 되었다. 칼리드가 뒤에서 무언가를 꾸몄던 것치고는 제대로 된 것이 하나도 없었다. 분명 이번에도 제게 좋지 않은 일들이 분명할 것이었다.

"엘레나는…… 약혼에 대해서 어떻게 생각해?"

갑자기 약혼에 대해서 말을 꺼내는 칼리드의 말에 엘레나는 놀라서 포크질을 하다가 멈칫했다. 아까 클로비스가 약혼 얘길 한 것을 지금 꺼내는 것 같았다. 아무리 칼리드가 눈치가 없는 바보라 해도 아까의 일은 누가 들어도 수상했다.

"약혼?"

"응, 약혼.

엘레나는 최대한 태연한 얼굴과 목소리로 아무것도 모르는 척 칼리드에게 되물었다. 이대로 넘어가는 줄로만 알았는데, 잊지 않고 아까부터 계속 제 눈치를 보면서 생각했던 거라는 것에 소름이 돋았다. 칼리드가 이런 기회를 놓칠 리가 없었다.

"약혼은 서로 필요에 의해서 하는, 계약 관계 같은 것 아니야? 나는 약혼을 싫어해. 우리 부모님도 약혼으로 결혼하신 게 아니니까."

이번에 아론과의 약혼 기회로 클라우스가 약혼으로 결혼한 것이 아니라는 것을 알게 되었다. 약혼을 반대하는 클라우스의 격렬한 반대 이유 중 하나가 사랑이 없는 약혼과 결혼을 싫어한다는 것이었다. 그 때문에 클라우스가 자신의 예상대로 역시나 사랑꾼이었다는 것을 확인받게 된 계기였다. 사랑 없는 결혼인데, 그렇게 가정에 헌신할 수 있을 리가 없었다.

"계약…… 관계라……."

"계약 관계라고 생각해."

엘레나는 애써 아무렇지 않게 말을 하면서, 포크로 케이크를 거의 짓이기다시피 하고 있었다. 조금이라도 이상한 모습을 보인다면, 칼리드가 금방 의심할지도 모른다는 생각에 긴장이 되었다. 칼리드는 가끔 이상한 면에서 촉이 좋은 편이었다.

엘레나는 아무래도 그게 추악한 본능적인 감이라고 생각했다.

"사랑이 없는 관계는 싫어."

엘레나는 일부러 칼리드의 얼굴을 보고, 사랑이 없는 관계는 싫다며 한 자 한 자 강조하면서 말했다. 이건 칼리드에게 하는 말도 말이었지만, 옆에 있는 클로비스를 보아서 하는 말이기도 했다. 클로비스와 클라우스는 아직도 자신과 아론의 약혼을 믿지 않았다.

"저기, 엘레나 있잖아……."

"응?"

오늘따라 뭘 잘못 먹은 사람처럼 계속해서 머뭇거리면서 말을 하지 못하는 칼리드의 모습에 엘레나는 짜증이 났지만, 최대한 화를 누르고 웃으면서 대답을 하려고 노력했다. 그때 칼리드의 뒤편에서 소피아가 초조한 얼굴로 발을 동동 구르고 있는 모습이 보였다.

"엘레나 있지, 나는 너만 싫지 않다면…… 그게 말이야."

"소피아? 무슨 일이 있는 거야?"

소피아는 페이트 백작가에서 가장 오래된 하녀 중 하나였다. 소피아가 초조해하거나, 놀라는 일이 거의 없다는 말이었다. 실제로도 엘레나는 소피아가 초조한 모습을 보았을 때는 단 한 번이었다. 그건 백작가에 아론이 찾아왔을 때뿐이었다.

"아가씨……."

"소피아, 괜찮아. 말해봐."

왜 오늘따라 자꾸만 사람들이 말을 하지 않고, 머뭇거리는 것인지 엘레나는 답답해 죽을 것만 같았다.

"그게…… 황태자 전하께서 오셨습니다."

소피아는 최대한 칼리드의 눈치를 보더니, 제게만 들릴 수 있는 목소리로 조심스럽게 귓가에 속삭였다.

엘레나는 아론이 왔다는 소피아의 말에 놀라서 그만, 앞에 칼리드가 있다는 것도 잊어버리고 포크를 떨어뜨리고 말았다.

쨍그랑-

정신을 차린 엘레나가 다급히 상황을 수습하려 했지만, 이미 그릇과 포크가 부딪치는 파열음이 식탁 전체를 울렸다. 눈앞에는 놀란 눈의 칼리드와 클로비스가 저를 뚫어져라 응시하고 있었다.

"엘레나!"

"누님? 무슨 일이 있으십니까?"

당연히 클로비스와 칼리드는 갑자기 일어난 일에 당황해서 호들갑을 떨었다. 엘레나는 서둘러 포크를 제자리에 놓은 뒤에, 아무 일도 아니라는 듯이 둘에게 살짝 웃어주었다.

"실수야, 실수."

"하지만 분명 소피아가 말을 전한 뒤에 놀라서 포크를 떨어뜨린 것 아닙니까?"

클로비스의 날카로운 말에 엘레나는 속으로 혀를 찼다. 역시 클로비스가 이런 어설픈 거짓말에 속아 넘어갈 것이라고는 생각하지 않았다. 칼리드라면 몰라도, 클로비스는 제게 관심이 많은 아이였다.

"아냐…… 그냥 잠깐 손이 미끄러졌을 뿐이야."

"……."

"정말이야."

손이 미끄러져서 실수로 떨어뜨렸다는 제 말에도 여전히 의심의 눈초리를 풀지 않는 클로비스에게 엘레나는 정말이라는 듯이 두 손을 펼쳐보았다. 그나저나 지금 클로비스가 문제가 아니었다.

문제는 지금 눈앞에 바보처럼 얼이 빠져 있는 칼리드가 문제였다. 칼리드에게도 아론에게도 서로가 이곳에 있다는 것을 알게 하면 안 됐다. 둘이 마주치게 된다면…… 생각만 해도 끔찍한 일이었다.

"칼리드, 내게 할 말이 있는 거 아니었어?"

"어…… 그게……."

엘레나는 빨리 이 짜증 나는 식사를 끝내고, 그에게 가고 싶었으나 앞에서 계속 뭉그적대는 태도의 칼리드 때문에 짜증이 났다. 지금 이 시각에도 아론은 저를 기다리고 있을 것이다.

"급한 게 아니라면, 나중에 들었으면 좋겠는데……."

왜 그가 오늘 찾아왔는지 알 것 같았다. 아무래도 약속했었던 데이트를 하려고 찾아온 것이겠지. 무려 계약의 첫 이행인 첫 번째 데이트 날, 칼리드와 같이 있었다는 사실을 아론에게 들켜서 좋을 일이 하나도 없었다.

실컷 칼리드를 좋아하지 않는다고 몇 번이나 말해놓고서, 칼리드를 만나고 있다는 걸 알게 되면 말이 맞질 않았다. 거기에 아론과 칼리드는 서로를 증오하다시피 싫어했다. 둘을 같은 공간에 둔다는 자체가 미친 짓이나 다름없었다.

"엘레나!…… 내가 하고 싶은 말은……."

"칼리드. 미안, 선약이 있어서 더는 같이 식사하지 못할 것 같아."

끝까지 계속 머뭇거리는 칼리드의 태도에 엘레나는 더는 참지 못하고 자리에서 일어났다. 이렇게 한가롭게 칼리드의 사정을 봐줄 만큼 여유롭지 않았다. 보나 마나 또 시답잖은 소리를 할 것이 분명했다.

"엘레나?"

"소피아. 후작 각하를 성문까지 배웅해드려."

이건 명백한 축객령이었다. 왜 하필 아론이 오는 날에 찾아온 칼리드의 타이밍에 짜증이 날 정도였다. 어떻게 된 사람이 이렇게 운이 좋지? 조금만 방심했더라면, 칼리드에게 아론의 존재를 들킬 수도 있던 상황이었다.

"정말 미안해."

"아니, 나는…… 괜찮아."

"다음번에는 내가 먼저 칼리드에게 연락할게."

요컨대 먼저 이런 식으로 갑자기 찾아오지 말라는 말이었다. 물론 당연히 멍청한 칼리드가 이 말을 알아들을 것이라곤 생각하지 않았다. 하지만 이렇게라도 말하지 않으면, 화딱지가 나서 죽을 것 같았다. 지금도 실망하고 있는 칼리드에게 최대한 자애로운 미소를 보여주기 위해서, 입꼬리를 억지로 당기고 있느라 얼굴에 경련이 일어날 것 같았다.

"아가씨, 제가 잘 모셔다드리도록 하겠습니다."

제가 하는 말의 의미를 아는 소피아가 서둘러 칼리드를 모셨고, 엘레나는 뒤편에 있는 실비아에게 눈짓했다. 어서 아론이 있는 곳으로 안내하라는 의도였다.

"실비아."

"네, 알겠습니다."

엘레나는 칼리드의 뒷모습이 보이지 않게 되자, 실비아를 불렀다. 조금의 실수도 일어나서는 안 됐다. 아직 칼리드가 완벽하게 페이트 백작가를 빠져나가지 않았다. 칼리드와 아론 둘 다 서로의 존재를 몰라야만 했다.

"그는 어디에 있죠?"

"아가씨의……."

"황태자 전하가 오셨군요."

엘레나는 칼리드가 돌아갈 때까지 아무 말도 하지 않고 조용히 있다가, 아론이 왔냐는 질문을 하는 클로비스를 바라보았다. 클로비스는 여느 때처럼 빙그레 웃으며 저를 바라보고 있었다.

"클로비스."

"요즘 누님이 칼리드, 그자를 좋아하지 않는 것 같다고 느꼈지만. 이렇게 그를 급하게 쫓아내실 분은 아니지요. 누님은 언제나 모두에게 상냥하신 분이니까요."

언제나처럼 제게 빙그레 웃고 있었지만, 클로비스의 목소리에는 평소의 다정함이 사라진 상태였다. 마치 남에게 말하듯이, 딱딱한 목소리에 엘레나는 몸을 굳히고 클로비스의 갈색 눈동자를 마주보았다.

"그런데 그런 누님이 이토록 급하게 그자를 내쫓다니…… 정말로 황태자 전하를 좋아하시는군요. 그것도 아주 많이."

"클로비스, 나는……."

엘레나는 클로비스에게 그런 게 아니라고 말하고 싶었지만, 그럴 수가 없었다. 그도 그럴 것이 클로비스는 저와 아론이 서로 좋아하는 사이라고 알고 있었다. 물론 조금 전까지는 전혀 믿지 않았을지도 모르지만, 지금의 클로비스는 믿고 있는 것 같았다.

보기만 해도 가슴이 쓰려지는 쓰라린 웃음을 짓고 있는 클로비스의 모습에 엘레나는 가슴이 콕콕 아파지는 걸 느꼈다. 그런 게 아니라고, 사실이 아니라고 말하고 싶었다. 그러니 제발 그런 슬픈 미소는 짓지 말라고…….

"누님, 어서 가세요. 전하께서 기다리고 계시겠어요."

애써 아무렇지 않은 얼굴로 저를 보내려는 클로비스의 모습에 엘레나는 도무지 발길이 떨어지질 않았다. 마치 그 모습이 버림받지 않기 위해서, 거짓말을 하는 어린아이의 모습 같았기 때문이다.

"영애?"

"……."

"페이트 영애."

엘레나는 저를 부르는 낮은 목소리에 화들짝 놀라, 퍼뜩 고개를 들어 올렸다. 눈앞에 어딘가 뚱해 보이는 표정으로 자신을 보고 있는 아론이 앉아 있었다. 탐탁지 않아 보이는 보라색의 눈동자에 엘레나는 정신을 차리려고 애썼다.

"무슨 일이 있는 거지?"

"아뇨……."

차마 그에게 클로비스가 신경이 쓰인다고 말을 할 수가 없어서 고개를 내저었다. 자꾸만 머릿속에 떠다니는 클로비스의 부서질 것 같은, 쓰디쓴 웃음에 마음이 좋지 않았다. 오죽하면 지금 눈앞의 대단한 이 남자가 보이지 않을 정도였다.

아론은 여전히 찬란하고 아름답게 빛이 나고 있었다. 그의 흑발

286

은 칠흑처럼 반짝였고, 서늘하게 가라앉은 보라색의 눈동자는 매혹적이었다. 그런데 이상하게도 잘생긴 그를 보아도, 계속 클로비스의 미소가 생각이 났다.

"그런 게 아니라면, 아까부터 계속 대화에 집중하지 못하고 있는 건 뭐지?"

"그냥…… 조금 생각해야 할 게 있어서……."

신경이 쓰였다. 어딘가에서 이미 그 미소를 한번 보았던 것 같은 느낌이었다. 가슴 한구석이 시큰하고 아린 이 느낌이 생소하지 않았다. 정말로 이상한 기분이었다.

"아무래도 영애는 내가 오는 게 달갑지 않은 것 같군."

엘레나는 그 말을 끝으로 자리에서 일어나는 아론의 모습에 놀라, 서둘러 일어나 그의 옷자락을 붙잡았다. 그렇지 않으면 그는 마법을 이용해 금방 사라져버렸을 거다.

"아니에요! 그런 게 아니라!"

"……."

엘레나는 막상 떠나려는 그를 붙잡았지만, 그에게 무어라 설명을 해야 할지 몰라서 발을 동동 굴렀다. 클로비스가 웃는 모습이 신경 쓰인다고? 이건 너무 이상했다.

"그런 게 아니라?"

"그니까…… 제가 이러는 이유는……."

이런 마음을 그가 이해할 리가 없었다. 엘레나는 차가운 그의 표정에 차마 그를 놓지도, 꽉 붙잡지도 못하고 계속 꼼지락거렸다. 초조함에 입술을 깨물어 봐도 마땅히 좋은 핑곗거리가 생각나지 않았다.

이대로라면 아론이 오해를 한 채로 떠나게 된다. 그를 떠나게 할 수는 없었다. 무슨 일이 있어도 그를 붙잡아야만 했다.

하지만 어떻게?

"그렇게 전전긍긍하지 않아도 떠나지 않을 것이니, 그만 입술을 깨무는 게 어떤가?"

"네?"

떠나지 않을 거라고 말하며 꾹 깨물고 있는 입술을 빼내는, 그의 행동에 엘레나는 당황해서 바보처럼 멍하니 대답했다. 입술에 와닿는 거친 손가락의 감촉은 전에 느꼈었던 그대로였다. 심장이 금방이라도 밖으로 튀어 나갈 것처럼 미친 듯이 요동치고 있었다.

쿵, 쿵-

살짝 눈을 내리깔아 속눈썹에 그늘진 눈가는 그를 한층 더 음울하게 보이게 했다. 하지만 그사이에 자리하고 있는 정결한 보라색 눈동자는 현혹당할 것 같은 분위기를 가득 풍기고 있었다. 무엇보다도 제일 정신을 차릴 수 없었던 건, 거친 손가락의 감촉과는 다르게 무척이나 부드러운 손길이었다.

그가 손을 대고 있는 입술이 터질 것처럼 뜨거워지는 것을 느꼈다. 이대로 불타도 이상하지 않을 정도로 화끈거렸다.

"어찌나 세게 입술을 깨무는지, 새하얗게 질려 있더군."

"웃……!"

엘레나는 새하얗게 질려 있었다며, 입술을 살짝 쓸어내리는 그의 손길에 부르르 몸을 떨었다. 온몸에 소름이 돋고, 찌릿찌릿 전기가 지나가는 것 같은 느낌이 들었다.

"그래. 첫 데이트 날 약혼자도 내팽개치고, 다른 생각에 빠진 이유는 뭐지?"

붉은 머리카락만큼이나, 붉게 달아오른 양 뺨은 오늘따라 시무룩하게 가라앉은 상태였다. 연신 정신을 차리지 못하고 멍한 그녀의 모습에 아론은 기분이 나빠졌다. 저를 눈앞에 두고서도, 아무런 신경을 쓰지 않는 행동에 애먼 심술이 들었다.

이대로 자신이 떠나게 돼도 영영 저를 쳐다보지 않을 것인가 하는 생각에서 이뤄진 일이었다. 다행히도 엘레나는 저를 곧바로 붙잡았다.

만약 그녀가 자신을 붙잡지 않았다면, 아론은 어떻게 되었을지 몰랐다. 그냥 그녀가 저를 붙잡아야만 한다고 생각했다.

"내가 정말로 모를 거라고 생각했나?"

"네?"

아론은 정말 모를 거라고 생각했냐는 제 말에 눈을 커다랗게 뜨고, 고개를 갸웃거리는 엘레나의 모습이 꼭 귀를 쫑긋거리는 작은 동물 같다는 생각이 들었다. 고개를 갸웃거릴 때마다, 휘날리는 붉은 머리카락이 눈앞을 어지럽혔다.

"무슨 말씀이세요?"

"……."

"전하?"

하나로 땋아 죽 늘어뜨린 머리카락에는 곳곳에 하얀 들꽃들이 곳곳에 꽂혀 있었다. 화려한 보석으로 치장하는 다른 여자들과는 달리, 풋풋하고 싱그러운 꽃향기가 새로웠다.

엘레나 페이트라는 여자는 이상했다. 자꾸만 흥미를 자극하는 게 기분이 좋으면서도, 기분을 나쁘게 했다.

"전하를 앞에 두고 다른 생각을 해서 죄송해요."

"……그 다른 생각이, 다른 사람의 생각이었나?"

정곡을 찔렸는지 순식간에 커다래지는 엘레나의 갈색 눈동자에 아론은 기분이 더러워지는 것을 느꼈다. 이건 다른 이유가 있는 것이 아니라, 감히 자신을 앞에 두고 다른 사람을 생각했다는 것에 대한 분노였다.

"급하게 백작가를 빠져나가는 마차. 내가 진짜로 모를 거라고 생각했던 건 아니지?"

"저, 전하……!"

엘레나는 아론의 말이 끝남과 동시에 경악하며, 숨을 들이켜야만 했다. 다른 사람의 생각을 한 거냐는 그의 말은 무척이나 싸늘하고, 살벌한 목소리였다. 숨을 들이킬 수도 내쉴 수도 없는 살얼음판과도 같은 분위기였다.

엘레나는 조금 전과는 다른 느낌으로 정신을 차릴 수가 없었다. 눈앞이 핑글핑글 도는 것만 같은 착각까지 들 정도였다.

"영애와 내가 내건 조건, '서로에게 충실한다.' 벌써 잊어버렸나?"

주변을 다 얼려버릴 것만 같은 차갑고 서늘한 그의 목소리와 눈빛에 엘레나는 마른침을 꿀꺽 삼켰다. 아론의 목소리는 높낮이가 느껴지지 않는 무감한 목소리였으나, 자신은 그가 얼마나 분노하고 있는지 알 수 있었다.

그건 사나운 야수의 포효 같은 것이었다. 분노와 흥분을 참지 못하고, 거칠게 으르렁거리는 짐승의 울음소리 같았다.

"누구였지?"

"……저는……."

"칼리드였나?"

칼리드였냐는 아론의 물음에 엘레나는 숨을 멈출 수밖에 없었다. 숨기려 해도 그에게 결국에는 들켜버리고야 말았다. 첫 데이트를 하러 온 지금 이 상황에 칼리드가 있었다는 사실은 매우 좋지 않았다.

"어젯밤……."

엘레나는 말을 이어나가다가도 왜 자신이 이런 변명을 하고 있어야 하는지 짜증이 났다. 이게 다 모두 망할 칼리드 때문이었다. 갑작스럽게 찾아와서는 자신을 곤란하게 만드는 칼리드의 민폐에 온갖 분노가 치밀었다.

그리고 칼리드가 온 것은 맞았지만, 괜한 쓸데없는 오해를 하고 있는 아론도 짜증이 났다. 그냥 두 형제가 모두 짜증이 났다. 정말로 이 두 형제는 전혀 닮지 않았으면서, 단 하나 닮은 것이 있었다.

그건 바로 둘 다 지나치게 속이 좁다는 거였다!

둘 다 다른 의미로 속이 좁았지만, 둘 다 짜증이 나는 것은 짜증이 나는 거였다.

"어젯밤 칼리드가 마음대로 백작가까지 찾아왔을 뿐이라고요! 당연히 저는 그가 온 줄도 몰랐고, 아무것도 모르는 실비아가 그를 다음날 찾아오라고 말한 거였어요!"

엘레나는 지금 이 분노를 풀 곳이 필요했다. 있는 힘껏 단전까지 모두 힘을 줘서 소리를 내지른 뒤에야, 씩씩대면서 남은 화를 삭이고 있었다.

아무리 생각해도 지금 이 상황을 초래한 칼리드가 괘씸해서, 화가 풀리지 않았다. 엘레나는 열이 오르는 얼굴에 연신 손부채질을 하며, 숨을 몰아쉬고 있었다.

"당연히 전하가 왔다는 소리에 그를 돌려보낸 것뿐이었어요."

"……."

엘레나는 자신의 말에도 여전히 아무 말도 하지 않고 있는 그의 모습에 변명하듯이 말을 늘어놓았다. 사람이 이 정도까지 말했으면, 받아주는 것이 예의였다.

"전하, 저는 정말로……!"

"그럼…… 누굴 생각한 거지?"

누굴 생각한 거냐는 그의 말에 엘레나는 잠시 멈칫하고 그를 바라봤다. 아론의 얼굴은 무척이나 진지해 보였다. 그것도 아주 많이. 엘레나는 그제야 그가 무슨 오해를 했는지 깨달았다.

아론은 질투를 하고 있는 거였다. 그가 질투를 한다는 게 믿기지 않았지만, 본인과 있을 때 칼리드를 떠올렸다는 게 마음에 들지 않는 것 같았다. 그가 저를 좋아할 리는 없었으니, 아마 칼리드에 대한 혐오감에서 일어난 질투 같았다.

"전 칼리드를 생각한 적 없는데요?"

"칼리드가 아니라 누굴 생각했다는……."

"제가 계속 생각했던 사람은 칼리드가 아니라, 클로비스였단 말이에요!"

"클로비스?"

"네."

제가 미쳤다고 칼리드를 생각하느라, 아론을 보지 않을 리가 없었다. 애초에 아론을 보게 되면 아무도 떠올릴 수 없었다. 그의 수려한 외모에 넋이 나가 정신을 차릴 수가 없는데, 누굴 생각할 수 있을 리가.

이번에 클로비스 같은 경우는 특이한 경우였다. 클로비스의 그 쓸쓸한 미소를 보지 않았더라면, 아론을 앞에 두고 클로비스를 생각하지도 못했을 것이다. 그만큼 아론의 외모는 불가항력적인 아름다움이었다.

"제 남동생 말입니다."

"아…… 남동생, 클로비스가 그대의 남동생 이름이라는 걸 잊고 있었군."

클로비스의 이름을 잊고 있었다는 그의 얘기에 엘레나는 잠시 어이가 없었다. 며칠 전만 해도 클로비스를 직접 만나놓고서, 잊어버렸다고? 그가 무심한 성격이라는 건 책으로도 읽었고, 아론과 직접 대면해보고 느꼈던 사실이었다. 하지만 이렇게까지 무심하리라고는 상상하지 못했다.

"저희 아버지 이름은 아시죠?"

"그걸 내가 왜 모르지?"

모를 것 같아서요.

아론은 지독히도 타인에게 무심한 남자였다. 앞으로 이런 남자와 진짜 그녀가 돌아오지 않는다면, 살을 부대끼고 살아야 한다는 생각에 조금 걱정이 되었다. 이러다가 자신의 이름도 곧 잊어버릴지도 몰랐다.

"전하를 만나기 전에 클로비스와 조금 그럴만한 일이 있어서…… 절대 전하를 앞에 두고 다른 생각을 할 생각은 없었어요."

다른 건 몰라도 사람을 앞에 두고 다른 생각을 한 건, 명백히 자신의 잘못이었다. 그것도 계약을 처음으로 이행하기 위해서 데이트를 하러 온 사람에게는 더더욱 해서는 안 될 일이었다.

엘레나는 그에게 사과의 말을 전하고, 차마 아론을 쳐다볼 용기가 없어서 고개를 숙이고 그의 대답만을 기다리고 있었다. 그에게 화를 들어도 할 말이 없었다.

"……상관없다."

다른 사람이 듣기에는 무심한 말투라고 생각할지 몰라도, 엘레나는 그가 조금 쑥스러워하고 있는 것을 느꼈다. 만약 저도 그를 자주 보지 않았더라면, 아론이 지금 제법 쑥스러워하고 있다는 걸 알지 못했을 것이다.

차가운 목소리였지만, 그 안에 담긴 조금의 머뭇거림과 누그러진 온도에 엘레나는 속으로 살짝 웃음을 지었다. 조금 전 느꼈던 사나운 야수의 포효 같았던 목소리는 이제 한층 누그러져, 여유롭게 관망하는 야수 같았다. 누그러지더라도 아론은 아론이었다.

"죄송해요."

"왜…… 왜 동생을 생각했던 거지?"

"네?"

엘레나는 어서 이 상황을 마무리 짓기 위해서 그에게 마지막으로 사과를 하고 끝내려 했는데, 돌연 갑자기 왜 클로비스를 생각했냐는 아론의 질문은 의외였다. 그의 질문에 놀라서 고개를 들었지만, 아론의 표정은 평소와 같은 서늘하고 차가운 얼굴 그대로였다.

도저히 인간의 외모라고는 믿어질 것 같지 않은 잘생김과 온기라고는 하나도 느껴지지 않는 차갑고 싸늘한 표정.

"왜 동생을 생각했냐고 물었어."

그러나 그 눈동자에 왜 저를 향한 이글거리는 불꽃이 보이는 것인지, 엘레나는 아무리 생각해도 이해가 가질 않았다. 잘못 본 거라고 생각해서 눈을 깜빡여보아도, 그의 보라색 눈동자 깊은 곳에서 일렁이고 있는 뜨거움은 사라지지 않았다. 엘레나는 왜 아론이 제게 이런 행동을 보이는지 당혹스러웠다.

"그거야…… 당연히 전하가 오기 전에 클로비스와 싸움 비슷한 걸 해서."

엘레나는 말을 하면서도 왜 자신이 아론에게 이런 걸 일일이 설명해야 하는지 알 수 없었다. 누나가 동생을 생각하는 게 이상한 건가? 보통 가족이 좋지 않은 표정을 하면, 신경이 쓰이는 것은 당연한 일이었다.

"싸움? 그 아직은 아이라는 동생이 영애에게 이를 드러내기라도 했나?"

이를 드러냈냐는 부분에서 보이는 아론의 날카로운 이와 목소리에 엘레나는 그 대상이 제가 아님에도 두려움을 느꼈다. 온몸이 흠칫할 정도로 무서웠지만, 그와 동시에 매혹당할 것 같은 아름다움이었다. 포식자는 피식자를 꼬여내기 위해서 누구보다도 아름다운 외모를 가지고 있다고 했다.

아론을 보기 전까지는, 아름다움에 홀려서 목숨을 잃는 길인지도 모르는 곳에 뛰어드는 피식자들을 이해하지 못했지만, 지금은 알 수 있었다.

"클로비스는 절대로 그럴 아이가 아니에요."

하지만 그에게 홀리는 건 홀리는 거였지만, 클로비스에 대해 오해를 하고 있는 건 풀어야만 했다. 클로비스가 제게 이를 드러내다니. 엘레나는 말도 안 되는 얘기에 코웃음 쳤다. 차라리 칼리드가 마음을 고쳐먹고 새사람이 되었다고 하는 게 더 믿기는 일일 것이다.

엘레나는 맹세코 자신의 인생에서 클로비스같이 착한아이를 본 적이 없었다. 그리고 이건 아론이 클로비스가 누나를 얼마나 좋아하는지 모르고 하는 말이었다. 페이트 백작가에서 엘레나의 존재는 신이나 다름없었다.

"그걸 어떻게 장담하지?"

"클로비스는 제게 절대로 그럴 애가 아니니까요. 다른 사람이라면 몰라도, 클로비스는 저를 배신할 아이가 아니에요."

클로비스는 절대로 저를 배신할 아이가 아니었다. 오히려 그 반대라면 모를까. 엘레나는 조금 전 보았던 미소와 어린 날 고목나무 밑에서 클로비스와 약속했던 기억이 머릿속에 밀려왔다. 과거의 클로비스와 엘레나는 행복하게 웃고 있었다.

두통과 함께 밀려오는 기억에 엘레나는 눈가를 찡그렸다. 온전한 기억은 아니었지만, 그들이 무슨 말을 하고 있는지는 대충 알 수 있었다. 지지직거리듯이 드문드문 끊기는 기억에 머리가 아팠다.

"영애?"

"잠시, 잠시만요."

엘레나는 물밀 듯이 밀려오는 기억들에. 머리에 두 손을 짚고 비틀거렸다. 꼭 전파를 방해받는 것처럼 뚝뚝 끊기는 기억들과 지직거리는 목소리에 머리가 깨질 것처럼 아팠다. 조금 전 신경 쓰였다고 생각했었던 클로비스의 모습은 처음 보는 것이 아니었다. 기억 속에서도 저를 향해, 흐린 미소를 짓고 있는 클로비스가 보였다.

"영애?"

"아……."

기억 속의 클로비스는 울고 있었다. 금방이라도 부서질 것 같은 흐린 미소를 지으며, 울고 있는 클로비스의 모습은 처량했다. 엘레나는 말도 안 되는 기억에 혼란스러웠다. 이건 제가 처음 보는 기억이어야만 했다. 그러나 너무도 익숙했다. 너무 익숙해서, 저도 모르게 눈물이 흐를 정도였다.

"영애!"

"아, 안 돼……."

기억 속의 클로비스에게 울지 말라고 말하고 싶었다. 그의 눈물을 닦아주고 싶었다. 하지만 제 손길은 클로비스에게 닿지 않았다. 기억은 휙휙 넘어가더니, 다시 고목나무 앞으로 돌아갔다.

어린 클로비스와 엘레나는 웃으면서, 손에 손을 걸고 약속을 하고 있었다. 그날의 클로비스는 눈이 부시도록 환하게 웃고 있었다.

"엘레나!"

아까부터 머리가 아픈 듯 머리를 짚고 있더니, 몸을 비틀거리는 엘레나의 모습에 아론은 불안했다. 쓰러질 것처럼 휘청거리는 그녀의 몸은 애처로울 정도였다. 괴로운지 눈가를 찡그리고 있는 모습도 마찬가지였다. 동생의 얘길 하다가, 갑자기 괴로워하는 그녀의 반응에 어떻게 해야 할지 몰랐다.

비틀거리는 그녀의 모습에도 차마 그녀를 부축할 수도 없었다. 이마를 부여잡고 저를 피하려고 뒷걸음질하는 그녀의 반응에 아론은 주먹을 꽉 쥐고 참아낼 수밖에 없었다. 하지만 그녀가 눈물을 흘리기 시작하자, 참지 못하고 엘레나의 어깨를 붙잡았다.

"갑자기 왜 그러는 거지?"

"……."

아론은 아무 말도 없이 눈물만 주룩주룩 흘리는 엘레나의 모습에 속이 탔다. 울음소리도 내지 못하고 눈물만 흘리는 그녀의 모습은 애틋했다. 아론은 이제까지 이렇게 서럽게 우는 사람을 본 적이 없었다. 울음소리도 토해내지 못하고, 가련하게 눈물만 흘리고 있는 엘레나는 곧 쓰러질 것처럼 위태로워 보였다.

"클로비스가…… 클로비스가 울고 있었어요."

클로비스가 울고 있었다는 말을 하며, 눈물을 흘리는 그녀의 반응에 아론은 무슨 대답을 해야 할지 알 수 없었다. 정말로 엘레나는 서러운 듯이 눈물을 토해내고 있었고, 그녀의 말을 이해할 수 없는 자신은 가만히 그녀의 설움이 잦아들 때까지 기다려야 했다.

"클로비스가……."

"엘레나 진정해. 그대가 찾는 클로비스는 지금 이곳에 없다."

그러나 엘레나의 눈물은 잦아들 기미가 보이지 않았다. 계속해서 남동생의 이름을 되뇌며 울고 있는 그녀의 모습에 아론은 어쩐지 기분이 나빠지는 것을 느꼈다. 지금 이 자리에도 없는 남동생을 생각하며, 눈물을 흘리고 있는 그녀의 행동은 마음에 들지 않았다.

아론은 애타게 다른 남자의 이름을 부르는 그녀의 모습에 오래전 잊고 있었던, 좋지 않은 기억이 떠올랐다. 그 사람도 이렇게 애타게 목 놓아 남자의 이름을 불렀지만, 그 외침은 닿질 않았다.

아니, 닿을 수가 없었다. 닿기도 전에 이미 싸늘한 주검으로 변해 버리고 말았기 때문이다. 제 어머니가 얼마나 애타게 아버지를 불렀는지 지금도 생생했다. 죽어가는 그 순간까지도 아버지를 불렀지만, 아버지는 오지 않으셨다. 적절한 순간에 외숙부가 나타나지 않았더라면, 자신도 죽을 수 있었던 상황이었다.

"그렇게 애타게 불러도 이곳에 없는 사람은 절대로 오지 않아."

어머니는 어린 자신을 끌어안고 끊임없이, 곧 아버지가 오실 거라는 말을 하며 달래고 또 달랬다. 그 모자의 칼에 맞는 순간까지도 저를 끌어안고 아버지의 이름을 되뇌는 어머니의 마지막은 비참했다. 조금만 더 버텼더라면, 차라리 도망갔더라면 목숨이라도 구걸할 수 있었다. 죽어가는 때까지 귀족의 고고함을 지키는 어머니는 어리석어 보였다. 그 모습을 보면서 강한 자만이 자존심도 긍지도 지킬 수 있다는 것을 깨달았다.

"페이트 영애."

"클로……."

"영애."

아론은 지금 썩 좋은 기분이 아니었다. 자꾸만 엘레나의 위에 투영되는 어머니의 마지막 모습을 이를 악물고 외면해야 했다. 솔직히 전혀 고고하지 않았다. 두려움에 가득 차서 몸을 떨면서도, 절대로 오지 않을 대상을 믿는 꼴이라니 우스웠다. 다른 사람이라면 몰라도, 자신의 어머니만큼은 그럴 것이라고 생각하지 못했다.

언제나 귀족의 우아함을 강조하며, 흥분이라고는 한 번도 하지 않아 큰소리도 낸 적 없으신 분이었다. 두려움에 벌게진 눈으로 초점을 잃고, 계속해서 오지 않을 아버지를 되뇌는 어머니의 모습에도 자신은 아무것도 할 수 없었다.

아론은 왜 마지막 순간에 어머니가 본인을 사랑하지도 않는 아버지를 믿었는지 아직도 이해할 수 없었다. 눈앞에는 아버지가 사랑하는 여인이 있었음에도, 그 앞에서 계속해서 아버지의 이름을 쉴 새 없이 되뇌는 어머니의 모습은 무척이나 보잘것없었다.

"영애!"

"……전하?"

엘레나는 자신을 붙잡고 뒤흔드는 그의 행동에 겨우 상념에서 빠져나올 수 있었다. 눈앞에서 가라앉다 못해 차갑게 식어버린 아론의 보라색 눈동자에 제가 무슨 짓을 했는지 깨달았다.

"전하! 이 상황은……."

싸늘하게 가라앉은 그의 눈에 엘레나는 손을 휘저으며 변명하기 시작했다. 다른 생각을 한 거로도 모자라서, 그의 앞에서 우는 추태까지 보여주고 말았다. 그것도 이 자리에도 없는 클로비스를 불러가면서 말이다.

"저번에도 느낀 거였지만, 그대와 남동생 보통의 남매 사이가 아닌 건가?"

"네?"

"말 그대로 보통의 남매 사이가 아니라, 서로 이성으로 느끼는 연인 사이냐는 말이야."

엘레나는 아론의 말도 안 되는 발언에 너무 놀라서 아무 말도 하지 못하고, 입을 뻐끔거리기만 했다. 지금 저와 클로비스를 연인 사이로 오해하는 그의 말에 어이가 없었다. 사촌 간의 결혼이 성행하기도 했지만, 남매끼리의 결혼은 엄연히 근친이었다.

그런데 자신과 클로비스가 연인 사이라니! 이건 모욕과도 다름없는 발언이었다. 어떻게 남매지간을 연인 사이로 보냐는 말인가!

"아니에요! 절대로 아니에요!"

아무리 제가 클로비스를 생각하며 눈물을 흘리긴 했지만, 절대로 클로비스와는 연인 사이가 아니었다. 클로비스도 저를 누나로만 대하지 여자로 대하는 것도 아니었다. 그저 다른 집안과는 다르게, 유독 사이가 좋은 것 그뿐이었다.

그리고 어떻게 그 어린아이를…… 말도 안 되는 말이었다.

엘레나는 불쾌함에 세차게 고개를 내저으면서, 그에게 강하게 부정했다. 어떻게 오해를 해도…… 이런 오해를 할 수가!

"저희는 그저 일찍 어머니를 여의고, 서로 의지하느라 남들보다는 조금 더 각별한 남매사이일 뿐이에요."

"그렇다면, 왜 이 자리에 없는 동생을 애타게 부르면서 눈물을 흘린 거지?"

엘레나는 그의 질문에 말문이 탁 막혀버렸다. 그건 저도 알 수 없는 일이었기 때문이다. 머릿속에 클로비스가 무너질 것 같은 미소를 지으며 울고 있는 것이 떠올랐고, 그걸 보는 순간 저도 모르게 눈물이 쏟아져 내리고 말았다.

그게 사실이 아니라는 것도 알고 있었음에도, 도저히 조절할 수가 없었다. 너무나도 현실적인 기억에 눈물이 터져버렸다. 왜 그런 기억을 제가 알고 있는지도 몰랐다. 원래라면 자신은 진짜 그녀가 아니니까, 알고 있어서는 안 되는 일이었다.

"저도 모르게 나왔어요. 갑자기 클로비스가 구슬프게 울고 있는 게 떠오르더니…… 정신을 차릴 수가 없었어요."

눈물 자국이 가득한 볼과 눈물로 젖은 그녀의 눈망울에 아론은 한숨을 내쉬고 고개를 끄덕여야만 했다. 여기에서 더 그녀를 몰아붙이면, 엘레나는 다시 눈물을 흘릴 것 같았다. 그녀 자체도 지금 혼란스러움에 어찌할 바를 모르고 있는 상태였다.

"……그래. 오늘은 아무래도 이만 돌아가 봐야겠군."

아론은 오늘은 돌아가야 한다고 생각했다. 엘레나의 상태도 좋지 않았고, 계속해서 생기는 오해들은 서로에 좋지 않을 것 같았다.

"가지 말아요."

하지만 제 옷자락을 부여잡고, 간절하게 말하는 엘레나의 목소리에 그녀의 손길을 뿌리치고 떠날 수가 없었다.

"이렇게…… 가지 마세요."

엘레나는 다시 떠나려고 하는 그의 옷자락을 꽉 부여잡았다. 이 옷을 놓치면 아론이 떠날 거라는 생각에 주먹이 하얘질 정도로 강하게 붙잡고 있었다. 이대로 서로 오해가 있는 상태로 그와 헤어지게 된다면, 돌이킬 수 없는 관계가 될 것 같았다.

"영애?"

"전하가 여기까지 찾아왔는데도 다른 생각을 한 건 제 잘못이에요. 하지만 조금 전 일은 정말로 제가 의도한 게 아니라…… 저도 모르겠어요."

강제로 밀려들어 오는 기억에 엘레나는 아무것도 할 수 없었다. 머리는 깨질 것처럼 아팠고, 기억 속의 클로비스는 완전히 무너져 내려 버렸다. 제가 할 수 있는 것이라고는 두통이 온 머리를 부여잡고, 눈물을 흘리는 것밖에는 할 수 있는 게 없었다. 왜 이런 기억들이 제게 밀려들어 오는지도 몰랐다.

원래의 그녀가 아닌, 한수진은 알아서는 안 되는 기억이었다. 지금도 혼란스럽고 불안했지만, 눈앞의 아론을 놓칠 순 없었다.

"가지 않겠어."

가지 않겠다는 그의 말에 엘레나는 안도의 한숨을 뱉어내고, 부들거리는 손길로 그의 옷자락을 살며시 놓았다. 온몸에 힘이 풀리면서 의자에 풀썩 주저앉았다.

"오늘은 제가 정말 정신이 없어서……."

갑자기 찾아온 칼리드와 아론 때문에도 정신이 없었지만, 클로비스에 대한 기억들도 저를 혼란스럽게 하는 건 마찬가지였다. 엘레나는 떨리는 손길로 찻잔을 들어 차를 입안으로 넘겼다. 이상하게도 다 식었어야 할 차의 온도는 방금 내온 것처럼 후끈거렸다.

"후우……"

"몸이 좋지 않다면, 쉬는 게 어떻겠나?"

따뜻한 것이 입안으로 넘어가자 그제야 온몸에 훈기가 돌면서, 제대로 정신을 차릴 수 있었다. 엘레나는 정신을 차리자, 제가 아론에게 무슨 추태를 부렸는지 자각이 되기 시작했다.

무려 그를 눈앞에 두고 눈물을 펑펑 흘리기까지 해버렸다. 미친 여자라고 생각하지 않은 게 천만다행이었다.

"잠깐 놀라서 그런 걸 빼면, 진짜 괜찮아요!"

"하지만 그대는 자주 아프지 않나?"

엘레나는 아론이 무슨 얘기를 하고 있는지 알았다. 능력 때문에 자주 아픈 것을 그는 제가 원래 몸이 약한 거로 알고 있는 거였다. 그러나 애석하게도 이 몸은 매우 튼튼한 편에 속했다. 직접 시험해 보지는 않았지만, 아마 백 미터 전력 질주를 해도 조금 숨을 고르는 것으로 끝날 정도일 것이다.

오랜 고시 생활로 계단만 올라도 헉헉대는 한수진 시절에 비하면, 지금 이 몸은 무척 건강하고 튼튼한 체력을 가지고 있었다.

"그건 능력을 사용할 때만 그런 거예요. 그게 아니라면, 보시는 것처럼 매우 건강하답니다."

306

엘레나는 살짝 미소 지으면서, 아론에게 당당히 말을 했다. 주황 빛이 도는 빨간 머리와 콧잔등에 가득한 주근깨는 그녀를 건강하게 보이게 했다. 그뿐 아니라, 올라간 입꼬리와 눈꼬리도 엘레나를 더욱 활기차 보이도록 도와주었다.

문제가 있다면 이 찻잔처럼 작은 공간에 가득 찬 넘치는 능력이 문제였다. 제가 찻물이라고 생각하는 그 능력은 언제나 아슬아슬하게 찰랑거리며 저를 괴롭혔다. 그러나 그 능력마저도 지금은 아주 안정적인 상태였다. 며칠 전 능력을 과도하게 사용해서 그런 것인지, 아직 여유가 있었다.

"우리의 첫 데이트를 망쳐서 미안해요……."

물론 모든 첫 번째 데이트는 항상 중요했지만, 저와 아론의 첫 데이트는 좀 더 중요했다. 계약을 이행하는 첫 번째 단계였다. 그런 중요한 걸 제가 망쳐버리고 말았다. 무려 황태자인 아론이 이곳까지 직접 찾아와주었는데도 말이다.

"영애가 미안해할 것은 없어."

"그래도……."

아론이 괜찮다고 말을 해도, 이쪽이 전혀 괜찮지가 않았다. 엘레나는 미안함과 민망함에 차마 그를 마주 보지도 못하고, 괜스레 손가락만을 꼼지락거리고 있었다. 그는 저와는 달리, 지금 이 상황이 불편하지도 않은지 태연하게 차를 마시고 있었다. 그 행동이 어찌나 우아하고 흠잡을 데가 없이 훌륭했는지 침이 꼴깍 넘어갈 정도였다.

"지금이라도 늦지 않았다면, 전하와 같이 데이트를 가도 될까요?"

"그래, 영애가 안내하도록."

엘레나는 아론의 말에 고개를 끄덕거리다가, 뚝 행동을 멈추고 그를 바라보았다. 분명 아론은 방금 제게 안내하라는 말을 했었다.

"제가 안내하라고요?"

"그래."

저보고 안내하라는 말에 엘레나는 멀뚱멀뚱 그를 바라보기만 했다. 아론은 정말로 고개를 끄덕이며, 뭐가 문제냐는 듯 저를 바라보고 있었다. 엘레나는 그가 아무런 계획 없이 백작가에 찾아왔다는 것이 믿기지 않았다.

뭐든지 계획 없이 이뤄지는 것을 싫어하는 것처럼 굴었으면서, 어떤 계획도 없이 무작정 이곳에 찾아왔다고?

"저는 전하가…… 계획이 있는 줄로만……."

"애석하게도 나는 데이트라는 것을 해본 적이 없어서 말이야."

그의 목소리는 서늘하고 단호했지만, 그 안에 거짓이라고는 하나도 담겨있지 않았다. 무엇보다 데이트라는 것을 해보지 않았다는 아론의 말은 묘하게 수긍이 가는 말이었다. 황태자 정도 되는 그가 굳이 번거롭게 데이트 같은 것을 할 리가 없지 않은가.

"오늘은 영애가 원하는 대로 움직여주지."

엘레나는 오늘은 제가 원하는 대로 움직여주겠다며, 거만하게 말하고 있는 아론의 모습에 할 말을 잃었다. 그토록 계획에 철저한 사람이 아무런 계획 없이 백작가까지 찾아왔다는 게 믿기지 않았다.

"제가 원하는 대로 움직이신다고요?"

"그래."

자신이 무엇을 말할 줄 알고, 너무도 당당히 대답하는 아론의 말에 엘레나는 잠시 입을 벌리고 멍하니 멈추어야만 했다. 어디 할 테면 해보라는 듯이, 아론의 표정은 무척이나 오만했다. 보석처럼 빛나는 보라색 눈동자에도 숨길 수 없는 자신감이 드러나 있었다.

엘레나는 이상하게도 그 모습에 장난기가 이는 것을 느꼈다. 저 오만하고 자신감에 차 있는 보라색 눈동자가 당황해서 어쩔 줄 모르는 모습을 보고 싶은 생각이 들었다.

"제가 무엇을 해도요?"

"어떤 것을 해도 상관없어."

어떤 것을 해도 상관없다는 그의 말에 엘레나는 장난기 서린 웃음을 숨기기 위해 필사적으로 노력해야 했다. 이건 조금 전 오해에 대한 약간의 투정이었다.

"혹시라도 내 눈동자 때문에 그러는 것이라면, 마법으로 환각을 걸 수 있으니 신경 쓰지 않아도 돼."

친절하게도 눈동자 색까지 바꿔주신다는데 이 기회를 놓치면 바보였다. 엘레나는 언제 울었냐는 듯, 환하게 웃으면서 그를 마주 보았다. 이제 곧 저 냉혹한 얼굴이 어쩔 줄을 모르며, 무너질 생각을 하니까 약간 고소했다.

"이건 전하가 급하게 오셔서 그런 거니까, 저한테 뭐라고 하시면 안 돼요."

"전혀 상관없다고 말하는데도."

과연 저 얼음처럼 차갑고 냉정한 얼굴이 어떻게 변하게 될지, 엘레나는 무척이나 궁금했다. 왜냐하면, 지금 갈 곳은 아론과는 전혀 어울리지 않는 곳이었다. 그곳에서 아론의 모습이 어떨지 궁금해서 미칠 것만 같았다.

"좋아요. 오늘은 제가 안내할게요."

"어딜 가는 거길래 그렇게 환하게 웃는 거지?"

"음…… 제가 자주 가는 곳이에요! 전하도 좋아하셨으면 좋겠어요!"

엘레나는 벌써 기대감에 온몸이 근질거리는 것만 같았다. 불안감이 서린 아론의 눈동자에 엘레나는 싱긋 웃어주는 거로 대신했다. 그곳에 가려면 특별한 준비가 필요했기 때문에 서둘러야만 했다.

"영애."

"네?"

엘레나는 아론의 부름에 아무것도 모른다는 눈빛으로 그를 마주 보았다. 하지만 속으로는 웃음을 참기 위해서 미친 듯이 노력하고 있었다. 단전에 힘을 주고, 최대한 웃음이 삐져나오지 않기 위해서 주먹을 꽉 쥐고 참았다.

"영애가 생각하는 데이트란 이런 것인가?"

아론의 진지한 말에 엘레나는 웃음이 터지지 않기 위해, 입술을 꾹 다물어야만 했다. 그렇게 매사에 철저하고 냉정한 그가 얼떨떨한 표정을 짓는 모습은 무척 웃겼다. 너무 웃겨서 입안의 살을 꽉 깨물어야만 할 정도였다.

보라색 눈동자 위로 떠오른 허망함이란 어떻게 말로 표현할 수가 없었다. 어이없어하는 것 같기도 하고, 허탈해하는 것 같기도 한 아론의 표정에 엘레나는 그동안 서러웠던 것들이 풀리는 것을 느꼈다.

"저는 클로비스랑 주로 이곳에 온답니다."

물론 데이트가 아니라, 피크닉을 오는 거였지만 말이다. 그래도 그것도 엄연한 데이트라고 할 수도 있었다. 당연히 아론이 생각하는 데이트는 의상실에 가거나, 수도의 거리를 구경하는 데이트일 것이다. 거기에 연극, 축제, 대회 같은 것들을 보는 것이 전부였다. 하지만 아무런 예약도 없이 가기에는 약간의 무리가 따랐다.

물론 아론의 신분이라면 예약 없이도 곧바로 입장할 수 있겠지만, 아론도 저도 신분을 들켜서는 안 되는 상황이었다. 클라우스가 내건 조건은 아론과 자신의 약혼이 세상에 드러내지 않는 것이었으니까.

　"영애에게는 데이트가 영지 사찰인가?"

　엘레나는 결국 아론의 떨떠름한 표정에 참지 못하고, 바람 빠지는 소리가 피이이- 하고 새어 나와서 급하게 고개를 옆으로 돌렸다. 절대로 그럴 것 같지 않은 사람이 저런 표정을 지으니까, 도무지 웃음을 참을 수가 없었다.

　"큼……! 그럼 갑자기 어딜 가나요……."

　"……웃긴가?"

　"아, 아뇨!"

　슬픈 생각, 세상에서 제일 슬픈 생각.

　엘레나는 입 안쪽 살을 꼭 물고 최대한 흐린 눈으로 그를 보지 않기 위해서 노력해야만 했다. 그의 눈동자라도 마주치는 날에는 커다란 웃음이 터질 것 같았다. 이러다가 마차 안에서 사고가 날지도 몰랐다. 화가 난 아론이 마법이라도 사용하면 큰일이었다.

　"아까부터 계속 영지만 돌고 있군. 그것도 창문을 열고 손을 흔들면서 말이야."

　"아버지가 막으셔서 이번에는 영지 사찰을 하지 못했거든요."

　열흘간의 비가 내리고 난 뒤의 페이트 영지는 푸르른 작물들로 싱그러웠다. 영지민들도 기뻐하는 모습에 엘레나는 작게 미소 지었다. 누가 이 광경을 보고, 가뭄에 시달린다고 말할 수 있을까.

"영지민들이 영애를 굉장히 좋아하는군."

제가 손만 살짝 흔들어도 웃으면서 화답해주는 영지민들의 반응에 엘레나는 살짝 어색했다. 자신도 실제로 이렇게 직접 영지민들을 만나는 건 처음이었다. 저번에 고아원에 갔을 때는 클로비스 때문에 창문을 열지 않고 갔었다.

"아버지가 다른 귀족들처럼, 그들을 외면하지 않아서겠죠."

"……그런 것 같군."

엘레나는 열심히 손을 흔들다가 고아원에 거의 도착하자, 그를 향해 살포시 미소 지어줬다. 영지민들을 만나는 것이 애피타이저였다면, 고아원에 가는 것은 메인 디시였다.

아이들에 둘러싸인 아론이라니 상상만 해도 절로 어색해졌다. 과연 아이들의 앞에서 그는 어떤 얼굴을 할지 궁금했다. 혹시라도 그가 인상을 찡그리는 것은 아닌가, 살짝 걱정되기도 했다.

"전하."

"왜 그러지?"

이곳의 아이들은 대부분이 가뭄으로 인해, 부모를 잃은 아이들이었다. 아무리 제국 유일하게 비가 내리는 곳인 페이트 영지라 해도, 굶주리고 병에 드는 자들은 생겨났다. 그리고 작은 몸으로 페이트 영지에 대한 소식을 듣고, 먼 거리를 걸어온 아이들도 있었다.

모두 상처받고 경계가 많은 아이들이었다. 그런 아이들에게 처음 보는 얼굴인 아론의 존재는 공포의 대상일 것이다. 저와 클로비스는 수시로, 고아원을 방문해서 아이들과 친해질 수 있었던 거였다. 애정에 굶주린 아이들은 사람의 정을 그리워했다.

"이곳에서 누구에게든 친절히 대해주시겠다고, 제게 약속해주실 수 있나요?"

아론을 믿지 않는 것은 아니었지만, 아이들이 상처받는 걸 두고 볼 수 없었다. 그는 약자를 괴롭히는 자는 아니다. 그저 약함을 이해하지 못할 뿐이었다. 칼리드처럼 본인이 위로 올라가기 위해서, 약자를 밟고 일어서는 사람은 아니었다. 그러나 아이들이 상처를 받을 만한 일은 만들지 않는 것이 좋았다.

"전하의 말대로 오늘은 제가 제안하는 데이트니까 부탁드리겠습니다."

엘레나는 왜 저도 그를 이곳에 데려온 것인지 이해할 수 없었다. 칼리드와 그렇게 수도 없이 만났음에도 불구하고, 칼리드와는 페이트 백작성을 벗어나서 만난 적이 없었다. 칼리드는 영지민들을 보는 것을 싫어했다. 칼리드는 언제나 특별한 사람이기를 원했다.

그래서 칼리드의 요구에 맞춰서 집안의 수하들도 그를 깍듯이 모시게 명했다. 칼리드는 누구보다 약함을 알고 있기에, 그걸 외면하고 본인이 올라서기 위해 짓밟는 쪽을 선택했다.

"좋아, 약속하지."

"감사합니다."

엘레나는 약속하겠다는 아론의 말에 걱정을 덜어내고 환히 웃음을 지었다. 적어도 그는 입에 내뱉은 말은 지키는 사람이었다. 그가 약속한다면, 정말로 그는 무슨 일이 있어도 약속을 지킬 것이다.

"전…… 하."

아론은 지금 아이들에 둘러싸여, 괴롭힘당하고 있는 상태였다. 아이들에게 둘러싸여 난감한 모습을 보고 싶다는 장난스러운 생각을 했었지만, 결코 이렇게 아슬아슬한 상황을 원한 것은 아니었다.

"공주님! 오늘은 왜 왕자님이랑 오지 않은 거야?"

"애들아……."

아이들이 낯선 사람인 그를 경계할 것이라고 예상했었으나, 아론을 이토록 적대하리라고는 생각하지 못했다. 언제나처럼 아이들이 먹을 것을 가지고 고아원에 방문했다. 쏟아지듯 다가오는 아이들에게 웃으며 인사를 했지만, 아이들은 오늘따라 유독 적대감이 치솟은 상태였다.

"오늘 클로비스는 많이 바빠서……."

"저 어둡고 무서운 아저씨 말고, 왕자님이 보고 싶어."

엘레나는 어둡고 무서운 아저씨라는 아이의 말에 놀라, 숨을 들이켜고 멈춰야만 했다. 무려 아론에게 아저씨라는 말을 한 아이에게 연신 눈짓했으나 아이는 가감이 없었다. 엘레나는 그제야 아론의 외모가 아주 아름답지만, 한편으로는 서늘하고 음울한 게 무섭기도 하다는 것을 떠올렸다. 아이들의 눈에는 아론은 무서워 보였다.

"레나, 이분은 무척 좋은 분이란다. 절대로 무서운 아저씨가 아니야."

"하지만…… 클로비스 왕자님은 머리가 반짝반짝 빛나는걸?"

한 가지 더. 클로비스의 머리는 아이들이 좋아하는 환한 금발이었지만, 아론의 머리는 어둡고 새까만 흑발이었다. 물론 그의 흑발은 흑단같이 까맣고 빛나는 게 멋있었다. 그러나 아이들의 눈에는 반짝반짝 빛나는 금발이 더 좋아 보이는 것 같았다.

"아…… 얘들아. 오늘은 놀아주지 못할 것 같은데, 음식을 먹고 있을래?"

"네!"

엘레나는 그에게 적대감을 잔뜩 드러내고 있는 아이들의 시선을 다른 데로 돌렸다. 아이들은 아론에게 이를 드러내고 으르렁거리기 일쑤였다. 그나마 그가 참아주고 있어서 다행이었다. 만약 미리 약속하지 않았더라면…….

"아! 공주님, 오늘도 거기에 가는 건가요?"

"그렇단다."

"오늘은 꽃이 아주 많이 폈어요!"

다른 아이들과는 다르게 레나는 그를 경계하기는 했지만, 그에게 달라붙어서 그를 괴롭히지는 않았다.

"왕자님보다는 아니지만…… 아저씨도 제법 잘생긴 것 같아요!"

"……"

엘레나는 파격적인 발언을 하고 떠난 레나의 뒷모습을 바라보며, 곁눈질로 그의 눈치를 살폈다. 다행히도 아론은 화가 난 것 같지는 않았다. 하지만 적절한 때에 말리지 않았더라면, 무슨 일이 벌어졌을지 알 수 없었다. 아이들에게 괴롭힘당하고 있는 그의 모습을 지켜보기에는 제가 더 불안했다.

"영애는 특이하군. 첫 번째 데이트 장소가 고아원이라니 말이야."

"하, 하! 보여드리고 싶은 곳이 있어요."

엘레나는 아론의 뼈있는 말을 애써 모른 척하고는 말을 돌렸다. 그의 말대로 이곳은 데이트 장소라기에는 부적합한 장소였다. 그것도 특히 아론을 데리고 오는 건 더욱 어울리지 않았다. 그는 이질적인 존재처럼 고아원과 어울리지 않았다.

"어딜 가는 거지?"

"고아원 뒤요. 그곳에는 커다란 고목이 있거든요. 페이트 영지 내에서 가장 큰 고목이에요. 아마, 제국 어디를 가도 그렇게 큰 나무는 보지 못할 거예요."

정말로 고목나무는 매우 거대한 크기였다. 이런 가뭄에 그렇게 커다란 나무가 살아 있다는 것은 기적에 가까운 일이었다.

"……정말 크군."

엘레나는 아무 말 없이 나무를 보고 있는 아론의 모습에 왜 자신이 그를 이곳에 데려온 것인지 깨달았다.

"여기는…… 아주 어릴 때부터 저와 클로비스가 놀던 곳이에요. 고아원이 생기기 전부터 클로비스와 저는 이곳에서 매일 즐겁게 놀았어요."

그에게도 보여주고 싶었던 거였다. 미래를 맡길 그에게 제 과거와 현재를 보여주고 싶었다. 어린 시절 클로비스와 뛰어놀던 고목나무를 보여줌으로써, 아론에게 제 모든 걸 알려주는 거였다. 이곳은 저와 클로비스만 즐기는 비밀공간이었다. 이곳에 있을 때만큼은 하녀들조차도 오지 않았다. 그만큼 누구에게도 공유하고 싶지 않은, 비밀스러운 장소였다.

칼리드에게도 보여주지 않은, 유일한 마지막 비밀.

그 비밀을 이상하게 그에게는 알려주어도 괜찮을 것 같다는 생각이 들었다. 적어도 그는 소중한 추억을 짓밟을 사람은 아닌 것 같았다. 칼리드가 황위에 오르고 가장 먼저 한 일은 페이트 백작가에 대한 공격이었다.

칼리드는 본인의 능력으로 황위에 오른 것이 아니었다. 그녀의 특별한 능력을 이용했기에 그 자리까지 오를 수 있었던 거였다. 칼리드 혼자의 힘으로는 아론과 베로니카 공녀를 밀어낼 수 없었다. 순전히 엘레나의 힘으로 황좌에 앉게 되었으면서, 칼리드가 황위에 오르자마자 한 일은 그녀를 고립시키는 거였다.

"여긴…… 소중한 추억이 담긴 곳이라서 전하에게도 보여주고 싶었어요."

그녀를 고립시키는 이유는 단 하나. 엘레나를 향한 제국민들의 지지가 두려웠던 거였다. 혹시나 그녀가 본인을 밀어내고 황좌를 차지할까 봐. 그래서 그녀의 힘을 차단해버렸다. 허울뿐인 황후의 자리를 내어주고, 페이트 백작가를 처단했다.

하루아침에 폐허가 된 페이트 영지에 대한 소식을 들은 그녀는 울부짖었다. 클라우스와 클로비스의 생사조차도 알 수 없었다. 아버지와 남동생의 행방조차도 알아낼 수 없을 정도로, 황궁 내에서 그녀의 지위는 있으나 마나 한 것이었다. 화려한 황후궁 안에서 엘레나는 그렇게 죽어가고 있었다.

만약 그때, 그가 오지 않았더라면, 아론 클로드가 오지 않았다면, 엘레나의 마지막은 더없이 비참했을 것이다.

"저는 앞으로도 이곳이 영원히 행복했으면 좋겠어요. 아이들도, 이 거대한 고목도……"

엘레나에게 아론의 존재는 구원과 동시에 회한이었다. 마지막 순간에 그에게 구원받을 수 있었지만, 이미 모든 걸 되돌릴 수는 없었다. 자신의 선택을 후회하고 또 후회한 그녀가 마지막으로 선택한 것은 결국 죽음이었다.

자신 때문에 모든 것을 잃어버린 아버지와 남동생을 지켜보는 것도, 바보같이 칼리드에게 속아버린 것도 모두 받아들일 수 없었다. 되돌아왔다고 한들 이미 모든 것은 변해버린 뒤였다. 남아 있는 것은 하나도 없었다. 변하지 않고 남아있는 것이라고는 질긴 그녀의 목숨 하나였다.

"이 일상이 영영 깨지지 않았으면 좋겠어요."

바람을 타고 들려오는 아이들의 웃음소리, 싱그러운 꽃향기까지. 모든 게 따스하고 생생했다. 이곳이 언젠가 폐허로 변할 것이라고는 믿기지 않을 만큼…….

"깨지지 않을 거다. 내가 약속하지."

엘레나는 그의 무뚝뚝하면서도 단조로운 말투에 미소를 지었다. 누군가를 속이기 위해서 달콤함을 치장하지도, 거짓을 포장해 연기하는 목소리도 아니었다. 그냥 담백하고 단단한 목소리였다. 누구를 속여야 할 이유도, 연기할 이유도 없었다.

"전하의 말은 다 믿어요."

"그거 고맙군."

"아…… 그러니까 제 말은……!"

아론의 말을 믿는다는 뜻이 아니라, 그가 약속하는 것들을 믿는다는 뜻이었다. 그러나 의도와는 다르게 전해진 말에 엘레나는 당황해서 말을 더듬었다. 꼭 그에게 충성하겠다는 말 같았다. 물론 아론을 믿지 않는 것은 아니었지만, 그를 전적으로 믿는 것과는 조금 달랐다.

"영애가 무슨 의도로 말했는지 알고 있어."

"아…… 네."

엘레나는 순식간에 머쓱해진 분위기에 바닥에 발을 구르면서, 그의 반응을 살피고 있었다. 아론은 가만히 고목을 응시하고 있었다. 고목을 바라보고 있는 그의 옆모습이 너무나 아름다워서 숨이 멎을 것만 같았다. 반듯한 그의 옆얼굴은 너무나 우아해서 감탄을 절로 일으켰다.

현실이라고는 믿기지 않는 아론의 수려한 외모와 거대한 고목나무의 조화는 신비로웠다. 차갑고 서늘한 사람이라고만 생각했었다. 하지만 아론을 만나면 만날수록, 의외로 그는 차갑지만은 않은 사람이라는 걸 알게 됐다.

말도 안 되는 자신의 제안을 받아준 것부터가 그랬다. 그는 저의 제안을 장난으로 치부하지 않고, 진지하게 들어주었다. 귀찮을 것 같은 조건들조차도, 아무 말 없이 전부 들어주었다.

"다행이에요."

"뭐가 말이지?"

지금이 아니라면, 영영 그에게 전하지 못할 것 같았다. 저도 모르게 튀어나온 말이었다.

"다른 사람이 아니라, 전하를 계약 상대로……."

"누님!"

엘레나는 그에게 다른 사람이 아니라, 그가 계약 상대라서 다행이라는 말을 하고 싶었다. 더불어 감사의 인사도 함께 건네려고 했다. 하지만 뒤에서 너무도 익숙한 외침이 말을 가로막았다.

"클로비스?"

"누님!"

저 멀리서부터 눈에 불을 켜고 달려오는 클로비스의 모습에 엘레나는 적잖이 당황한 상태였다. 왜 이곳에 클로비스와 클라우스가 있는지 이해가 가질 않았다. 분명 클라우스는 어제부터 수도로 나가 있는 상태였다. 클로비스 또한 아론을 만난다는 얘기에 자리를 피해 주기까지 했었다.

"왜 클로비스와 아버지가 여기에……."

아론을 만난다는 사실에 보는 것만으로도 가슴이 미어지는 미소를 지으며, 저를 보내주었던 것이 바로 조금 전이었다.

그런데 왜 클로비스가 이곳에 있는 거지? 그것도 황궁에 있어야 할 클라우스와 함께 말이다.

"누님, 어떻게 저와의 비밀 장소를 황태자 전하께 알려주실 수 있습니까?"

"클로비스…… 이건……."

"아버지도 소피아와 실비아도, 심지어 칼리드 그자와도 공유하지 않던 저희 둘만의 추억이 담긴 장소이지 않습니까?"

엘레나는 울분을 토해내듯, 서럽게 소리치는 클로비스의 아우성에 아무 말도 할 수 없었다. 클로비스의 말대로 이곳은 클로비스와만 단둘이 오는 장소였다. 그건 굳이 약속하지 않았지만, 공공연하게 이뤄지던 일이었다. 클라우스조차도 클로비스가 저와 함께 피크닉을 간다고 얘기하면 따라오지 못했다.

"처음에는 누님이 고아원 쪽으로 가는 게 믿을 수 없었지만……."

"클로비스. 너 설마 우릴 뒤따라온 거니?"

"누님이라면 절대로 그럴 리 없다고 생각했는데…… 어떻게 제게 이러실 수 있죠?"

클로비스의 처절하기까지 한 물음에 엘레나는 난감해서 무어라 대답을 할 수가 없었다. 이곳은 클로비스와 저만의 비밀 장소였다. 둘만의 비밀이 묻힌, 그런 특별한 장소였다는 얘기다. 어떻게 그녀가 아닌 제가 둘의 비밀을 알고 있는지는 모르겠지만, 이곳은 두 남매의 비밀스럽고 특별한 아지트 같은 곳이었다는 말이다.

"그녀의 말대로, 금방이라도 울 것 같은 표정이군."

"전하!"

엘레나는 불난 집에 부채질을 하는 것도 아니고, 되려 클로비스를 자극하는 아론의 말에 그를 만류하려 했다.

"왜 영애가 어린 남동생을 걱정하는지 알겠어. 정말이지 어린아이와도 같군."

아론의 말에 이번에는 다른 의미로 눈을 빛내는 클로비스의 모습에 엘레나는 발을 동동 굴렀다. 좀 전에는 서러움에 촉촉했던 눈망울이 어느새 날카롭게 빛을 내며 적대감을 띠고 있었다. 엘레나는 점점 험악해지는 분위기에 뒤편에 있는, 클라우스에게 눈길을 돌렸으나 클라우스 또한 마찬가지였다.

"전하, 제발……."

다른 것은 몰랐지만, 지금 이 상황이 좋지 않다는 것만은 알 수 있었다. 클로비스는 지금 본인과만 공유하던 장소를 빼앗겨서 화가 난 상태였다. 그런데 그런 클로비스에게 아론은 화를 더 부추기고 있었다.

사실 이곳에 온 것은 아론에게 이 장소를 보여주고 싶은 것도 있었지만, 아까 떠오른 기억 때문에 한 번 더 확인하고 싶은 마음에 온 것이었다. 갑자기 불현듯 떠오른 제가 아닌, 그녀의 기억에 무슨 일인지 자세히 확인하고 싶었다.

"그런 어린아이의 장소를 빼앗으시다니, 전하야말로 어른답지 못하시군요."

"클로비스! 전하는 아무것도 모르는 상태로 이곳에 온 거야."

엘레나는 일부러 말을 비꼬면서 그에게 이죽거리는 클로비스의 행동에 초조함을 감출 수가 없었다. 아무리 그와 약속을 했지만,

클로비스의 이런 행동은 매우 위험했다.

왜 둘 다 쓸데없이 서로를 자극하는지 이해할 수가 없었다. 지금도 서로를 자극하지 않았더라면, 일어나지 않았을 일이었다.

"어른의 마음으로 양보했어야 했나? 내가 가지지 못할 것은 이제국 어디에도 없다."

"……."

클로비스는 아론의 말이 분한지, 주먹을 꽉 쥐고 부들거리고 있었다. 엘레나는 이 상황을 어찌할지 몰라서 클라우스를 바라봤지만, 클라우스는 그저 가만히 관망하고만 있었다. 마치 때를 기다리는 사자처럼 조용히 둘을 바라보며 가늠하고 있을 뿐이었다.

"클로비스, 네가 기분 나빠할 것이라고는 생각하지 못했어. 전하와 이곳에 온 건…… 그저 전하에게 이 고아원을 보여드리고 싶어서였어."

"……누님."

"절대로 너와의 소중한 장소를 함부로 하려는 의도는 아니었어."

엘레나는 힘을 주어서 부들거리고 있는 클로비스의 주먹을 두 손으로 붙잡고, 클로비스에게 부드럽게 속삭였다. 이곳이 어린 날의 클로비스에게 얼마나 중요하고 소중했던 곳인지 알고 있었다. 왜 클로비스가 그녀를 어머니처럼 따르게 됐는지도 전부 알게 되었다.

클로비스에게 이 고목나무 앞은 무척 특별한 장소였다. 그런 장소를 제가 아론과 공유했다는 사실에 슬퍼하고 있는 거였다.

"여전히 그날의 약속은 유효할 거야."

아론과 결혼하겠다는 갑작스러운 발언과 약혼 사실까지 모두 다 클로비스가 불안할 만한 일들이었다. 클로비스는 제가 떠나는 것을 언제나 무서워했었다. 거기에 이곳까지 그와 같이 오게 되었으니, 클로비스가 느낄 배신감과 충격이 어떨지 이해가 갔다.

"클로비스, 나는 너를 떠나지 않아."

"누님……."

모두가 슬퍼할 그런 미래는 절대 자신이 일어나게 하지 않을 거다. 클로비스가 무너져 내리는 모습을 현실이 되지 않도록 노력할 것이다. 그녀와 클로비스, 둘의 소중한 추억을 제가 지킬 생각이었다.

"딸아. 남매간에 우애가 좋은 것은 좋지만, 이 아비도 봐주지 않으련?"

클라우스의 말에 엘레나는 그제야 지금이 어떤 상황인지 알아차릴 수 있었다. 잠시 실의에 빠진 클로비스를 달래느라, 아론과 데이트를 하러 나왔다는 것을 잊어버렸다.

"아버지! 분명 어제 황궁으로 가신 게 아니었나요?"

"전하께서 오셨다는 얘기에 급히 돌아왔단다."

다정하게 웃으면서, 저와 클로비스를 떨어뜨려 놓는 클라우스의 행위에 엘레나는 혀를 내둘렀다. 어찌나 자연스러운지 클로비스가 매번 당할 정도였다. 이번에도 아론이 왔다는 사실에 급하게 백작 저로 돌아온 것 같았다.

"폐하께서 시키신 일은 해결하고 온 거겠지?"

"전하. 제가 어찌 일을 할 수 있겠습니까? 전하께서 저희 영지에 방문하셨다는데, 당연히 제가 맞아드려야죠."

"말은 잘하는군. 내가 그대를 보러온 게 아니라는 걸, 알고 있을 텐데."

클로비스가 잦아들자, 클라우스와 으르렁거리는 아론의 모습에 엘레나는 머리가 아파져 오는 것 같았다. 날카롭게 부딪히는 둘의 싸움에 끼어들 틈도 없었다.

"전하 이쯤에서 진실을 말씀해주시죠."

"무엇을 말이지?"

"제가 무엇을 말하고 있는지, 전부 아시고 계시지 않습니까?"

살얼음판을 걷는 듯, 싸늘해지는 분위기에 침을 삼키는 소리도 들릴 것만 같았다. 오직 바람 소리만이 조용하게 주변을 에워싸고 있었다.

"글쎄…… 사실은 백작이 이미 우리가 백작성에서 출발할 때부터, 미행하고 있었다는 걸 말하고 있는 건가?"

"미행이요?"

클로비스와 클라우스가 미행을 했다는 그의 말에 엘레나는 놀라서 눈을 크게 떴다. 미행을 했다는 게 거짓이 아닌지, 자신의 눈을 피하는 클라우스의 행동에 이게 사실이라는 걸 알았다.

"아버지, 어떻게 미행을 하실 수가……."

"엘레나, 이건 네가 생각하는 그런 미행이 아니란다."

클로비스도 마찬가지였다. 미행을 했다는 것을 들키자마자, 제 시선을 피하고 있었다. 둘이 뒤를 따라오고 있을 것이라고는 생각도 못 한 일이었다. 당연히 클라우스는 백작저에 없었고, 클로비스 또한 그렇게 말을 하고 떠났기에 뒤를 따라오고 있을 거라곤 생각지 못했다.

"제가 만약 백작저를 벗어나, 다른 곳이라도 갔으면 어쩌려고 그러셨어요?"

"……."

아무 대답도 없는 클라우스의 반응에 엘레나는 다른 곳에 갔더라도, 그곳까지도 따라왔으리라는 것을 느꼈다. 어쩐지 순순히 약혼을 허락한다고 생각했어야 했다. 당연히 딸바보인 클라우스가 두고 볼 리가 없었다. 순진하게도 클라우스의 허락에 모든 게 해결된 줄로만 알고 있었다. 약혼 허락은 열 보 전진을 위한, 일보 후퇴였다.

"끝까지 따라오실 생각이었더군요."

"아, 아니다! 우리가 그럴 리가 없잖니……."

아니기는 누가 보아도 이 반응은 당연히 그곳까지 따라올 예정이었다고 생각할 것이다. 엘레나는 지나치게 부정하는 클라우스의 반응을 의심의 눈초리로 바라보았다. 심증은 있었으나, 물증이 없었다.

"누님! 저는 분명히 아버지를 말렸습니다."

"클로비스, 네가 먼저……."

"그만!"

이제는 서로를 물고 늘어지는 둘의 행동에 엘레나는 그만하라고 소리를 내질렀다. 도중에 말리지 않으면, 진흙탕 싸움이 될 거라는 걸 알고 있었기 때문이다. 만약 이곳이 저희끼리만 있는 자리였다면 상관없었지만, 지금 옆에는 무려 아론이 있었다. 그에게 이런 모습까지 보여주기에는 너무나 창피했다.

"그만, 그만 해요. 둘 다 이곳까지 몰래 따라온 것은 잘못이니까."

"누님……."

"엘레나……."

제가 조금이라도 화를 내려고 하면, 곧바로 태세를 전환해 불쌍한 척을 하는 둘의 모습에 더는 화를 낼 수가 없었다. 지금도 눈꼬리를 한껏 내리고 애처로운 목소리로 저를 부르는 말에 화를 멈추었다.

"다시는 그러지 마세요."

"엘레나, 다음에는 절대로 이럴 일 없을 거란다."

"네, 맞아요."

다음부터는 다시는 그러지 않겠다고 고개를 끄덕이는 둘의 모습

에 엘레나는 크게 한숨을 내쉬었다. 반성을 하고 뉘우치는 상황에
더는 뭐라고 말을 할 수가 없었다. 사실 다음에도 이러지 않으리라
는 보장이 없었다. 왜냐하면, 클라우스와 클로비스는 매번 다시는
그러지 않겠다고 말한 뒤에도 다음에 또 그랬기 때문이다.

"매번 이렇게 잘못을 넘겨왔군."

"전하?"

엘레나는 차가운 그의 말에 놀라, 아론을 바라보았다. 아론은 예
의 무표정한 얼굴로 클라우스를 냉담하게 응시하고 있었다. 클라
우스와 클로비스가 매번 이렇게 잘못을 넘겨왔다는 걸 모르는 사
람은 백작가에서 아무도 없었다. 하지만 그 누구도 그 문제에 대해
제기할 생각을 하지 않았다. 심지어 당사자인 엘레나조차도 넘겨
왔던 일이었다.

"페이트 백작. 그대는 원래 한 입으로 두말하는 사람이었나?"

"그게 무슨 말씀입니까, 황태자 전하."

"그렇지 않으면 그대가 직접 허락한 일을 왜 방해하는 거지?"

"……."

"백작이 내건 조건은 분명히 약혼 관계를 비밀로 숨기는 거였지.
그에 내가 걸은 조건은 일주일에 두 번 그녀와 데이트를 하는 것이

었고."

아론의 목소리는 무척이나 단조롭고 서늘했다. 듣기만 해도 한기가 느껴질 정도로 차가운 말투는 절로 사람을 긴장되게 만들었다.

"그런데 이렇게 첫 번째 데이트부터 미행이라니…… 매우 불쾌하군."

"그건……."

"나를 믿지 못하는 건가? 아니면 그대의 딸을 믿지 못하는 건가? 아, 저번에 딸은 믿지만 나는 믿지 못한다고 말했었던 것을 잠시 잊었군."

차라리 화를 내주었으면 좋겠다고 생각될 정도로 평이하고 낮은 톤의 말투는 오히려 더욱 무서웠다. 그 안에 담긴 분노가 얼마만큼인지 쉽게 가늠할 수 없었기 때문이다. 그의 보라색 눈동자는 그 어느 때보다도 날카롭게 빛나고 있었다. 사나운 야수가 커다란 입을 벌리고 포효하고 있는 것만 같았다.

"……전하를 미행한 것은 죄송하게 생각합니다."

"백작의 말대로 또 그러지 않으면 되는 것 아닌가? 이제 곧 장인 어른이 될 텐데 그렇게 딱딱하게 굴지 않아도 되네."

"알겠습니다."

아론은 소리 한 번 지르지 않고, 원하는 것을 쟁취해냈다. 그가 이렇게 말한 이상 클라우스도 더는 뒤를 밟지 못할 것이다. 만약 또

다시 미행을 한다면, 스스로 내뱉은 말을 지키지 못하는 꼴이 될 테 니까.

"아, 설마 데이트 때마다 오늘처럼 달려와서 감시할 생각은 아니 겠지?"

"그것도⋯⋯ 하지 않겠습니다."

엘레나는 클라우스가 겉으로는 웃으면서, 이를 부득부득 갈고 있는 것을 발견했다. 물론 아론도 그걸 모르는 것은 아니나, 전혀 신경 쓰지 않고 있었다. 이건 클라우스의 완벽한 패배였다. 앞으로 클라우스는 아론과 저의 데이트에 일절 관여를 할 수 없게 됐다.

그의 놀라운 수완에 엘레나는 감탄해야만 했다. 한 번도 클라우 스를 이렇게 만드는 사람을 처음 보았다. 클라우스도 아론 못지않 게, 매우 날카롭고 상대하기 힘든 사람이었다. 그런 클라우스에게 서 손쉽게 원하는 것을 얻어내는 아론의 능력이 놀라웠다.

"고맙네, 백작."

엘레나는 고맙다며 말을 하는 아론의 입가가 묘하게 즐거워 보 이는 것 같다고 느꼈다. 더불어 살짝 보이는 하얀 이가 날카롭게 빛 나는 것 같았다. 그 모습이 아름다우면서도 한편으로는 소름 끼치 게 섬뜩했다.

그는 그렇게 거대한 폭탄을 떨어뜨려 놓고서는 다음에 다시 오 겠다며, 휙 떠나버리고 말았다. 백작저에서 황궁까지 바로 워프를 할 수 있는 사람은 제국 내에서 아론이 유일했다. 그렇게 장거리의 워프는 아무나 할 수 있는 것이 아니었다. 클라우스조차도 급한 일에는 나라에서 만들어놓은 워프 정류장을 이용했다.

"아……."

페이트 백작 가문을 잔뜩 헤집어놓고는 무책임하게 떠나가 버린, 아론의 마지막 모습을 엘레나는 멍하니 바라보고만 있었다.

남은 자신은 어떻게 하라고 이렇게 갑자기 떠나가 버리다니!

"누님……."

"클로비스."

엘레나는 클로비스의 구슬픈 목소리에 난감했다. 이상하게도 클로비스와 클라우스에게 유난히도 약했다. 그들에게 싫은 소리를 할 수가 없었다. 꼭, 트라우마가 있는 것처럼 클로비스와 클라우스가 애처로운 표정을 지으면 거부하질 못했다.

"저는 누님이 이곳을 전하께 보여드리리라고는 생각하지 못했습니다."

"클로비스 내가 이곳을 전하께 보여준 이유는……."

"믿고 싶지 않지만…… 정말 칼리드 후작이 아니라, 전하를 좋아하시고 계시는 거군요."

클로비스가 생각하기에는 당연히 그럴 만한 상황이었다. 칼리드에게도 보여주지 않은 장소를 아론과 그것도 첫 번째 데이트부터 데려왔으니…… 그런 이유가 아니라, 이곳을 지키고 싶어서 그에게 보여준 것이라고 클로비스에게 말할 수 없었다.

왜냐하면, 이곳이 흔적도 없이 사라지는 미래는 자신만이 알고 있는 것이었으니까. 그 미래는 아직 일어나지 않은 일이었다. 그리고 제가 있는 한 일어나서는 안 될 일이기도 했다.

"기분 나빴다면 미안해. 그리고 칼리드는 저번부터 계속 말했듯이, 그는 그냥 나와 친구 사이야."

당연히 클로비스와 클라우스가 제 말을 바로 믿지 않으리라는 것도 알고 있었다. 제가 엘레나가 되기 전까지만 하더라도, 그녀는 칼리드와 결혼시켜달라고 클라우스에게 간청했었으니까. 그걸 클로비스도 모를 리 없었다. 그런데 이렇게 며칠 사이에 손바닥 뒤집듯이, 아론과 결혼하겠다고 말하니 당연히 자신의 말을 순순히 믿을 리가 없었다.

"황가의 핏줄인 보라색 눈동자에 누님을 홀리는 무언가가 있나 봅니다."

거의 투정에 가까운 툴툴거리는 클로비스의 말에 엘레나는 웃음을 터뜨렸다. 한껏 부푼 볼이 너무 귀여워서 클로비스의 환한 금발 머리를 마구 흩트렸다.

"그럼, 내 빨간 머리는 우리 집 금발 머리들을 홀리는 게 있는 거야?"

"누님의 머리는 무척 아름다워요."

"엘레나, 너의 머리카락은 누구보다도 아름답단다."

빨간 머리에 대한 말이 나오자마자, 우르르 제게 아름답다는 말을 하는 둘의 반응에 엘레나는 미소를 지을 수밖에 없었다. 혹시라도 제가 상처받을까 봐 전전긍긍하는 두 남자의 표정에 자신은 앞으로도 여간해서는 둘을 이기지 못할 거라는 걸 깨달았다.

클로비스의 말대로 제가 보라색 눈동자에 홀리는 것이 아니라, 그 반대로 보라색 눈동자가 자신에게 홀리는 것일지도 모른다는 생각이 들었다.

"안녕, 엘레나."

뻔뻔스럽게도 접견실 한가운데에 앉아, 제게 손을 흔들고 있는 칼리드의 모습에 엘레나는 기가 질렸다. 친한 척, 친절한 척 구는 칼리드의 행동이 다소 어이가 없었다. 무엇보다 뭐가 좋다고 뺀질뺀질 웃고 있는 얼굴이 제일 짜증을 일으켰다.

"칼리드. 여긴 어떻게 온 거야?"

엘레나는 자신이 일어나자마자 봐야 하는 얼굴이 칼리드라는 것에 짜증이 났다. 어제 급하게 돌아가면서 제가 분명히 먼저 연락하겠다고 말을 했는데도, 눈치도 없는지 다시 또 찾아온 거였다. 칼리드가 찾아왔다는 소피아의 말에 어찌나 황당했는지, 급하게 단장을 마치고 접견실로 바로 온 것이었다.

"그것도…… 이렇게 아침부터 말이야."

이 정도 말했으면, 아무리 눈치가 없는 사람이라도 알아들을 것이다. 엘레나는 지금 칼리드 때문에 아침 식사도 하지 못해서 굉장히 예민한 상태였다. 일어나자마자 보는 게 칼리드라니! 입맛이 떨어져도 단단히 떨어져 버렸다.

"혹시 어제 하지 못했던 얘기 때문에 온 거야?"

이른 시간부터 찾아와놓고서는 처음에 인사를 한 것을 빼면, 아무 말도 하지 않고 가만히 웃고만 있는 칼리드 때문에 엘레나는 답답해서 죽을 것 같았다. 웃는 것도 순수하게 웃는 것이 아니라, 의뭉스럽게 웃고 있어서 꺼림칙했다.

저건 무언가를 꾸미고 있는 눈빛이었다. 아론보다는 탁한 보라색 눈동자가 흥분으로 넘실거리고 있는 것이 여간 불안한 게 아니었다. 저런 눈빛을 하고 있는 칼리드는 피하는 게 좋았다.

"엘레나."

"응."

대체 무슨 얘기를 하고 싶어서 이리도 질질 끄는지 짜증이 날 정도였다. 하지만 최대한 칼리드에는 티를 내지 않으려고, 억지로 입꼬리를 올리고 있는 게 고욕이었다. 제가 조금이라도 인상을 찌푸린다 싶으면, 불안해서 덜덜 떨며 이상한 짓거리를 하곤 했기 때문이다.

차라리 조금 힘들지라도 웃어주는 것이 속이 편했다.

"무슨 일이길래 어제부터 계속 망설이는 거야?"

"엘레나, 너는 내가 후작 작위를 받은 것에 대해서 어떻게 생각해?"

이제껏 그렇게나 망설였던 게, 고작 본인의 작위 자랑이었다는 사실에 엘레나는 맥이 빠졌다. 그러나 이런 모습이 더 칼리드답다고 생각했다. 칼리드는 무척 단순하고 본인밖에 모르는 편협한 인간이었다.

"칼리드가 후작 작위를 받아서 다행이라고 생각해."

덕분에 아론과 수여식에서 손쉽게 만날 수 있었으니까, 그거 하나만은 감사하고 있었다.

"엘레나를 후작성에 초대하고 싶어."

"나를 후작성에 초대하고 싶다고?"

"응, 엘레나에게는 전부 다 보여주고 싶어."

"이렇게 갑자기?"

어제 그렇게 망설이던 말이 고작 이런 것이라는 사실에 엘레나는 어이가 없었지만, 최대한 입꼬리를 끌어당겨 웃음을 잃지 않았다. 자신은 칼리드에게 붙잡힌 물고기였다. 어장을 급하게 빠져나가려 하면 계획된 일들을 그르치게 된다.

"내가 처음으로 가지게 된 것이니까…… 엘레나에게는 꼭 보여주고 싶어서 그래."

요컨대 요약하자면, 처음으로 가진 물건을 자랑하는 어린아이 같은 행동이었다. 다른 이가 했다면 순수했다고 좋아할지도 모르는 일이었지만, 칼리드가 하니까 그저 기분이 더러웠다. 이제 와서 저를 초대하는 이유는 뻔했다.

요즘 본인에게 소홀한 것 같은 제게 본인이 가지고 있는 가장 좋은 것을 보여주면서, 마음을 붙잡으려는 방안이었다. 칼리드는 아직도 엘레나를 알지 못했다. 과연 그녀가 속물적인 인간이었을까? 그녀가 원했던 것은 오직 단 한 가지, 칼리드의 사랑이었다.

"내가 처음으로 보는 거야?"

"아…… 그럼 당연하지."

어색하게 웃으면서 고개를 끄덕이는 칼리드의 모습에 엘레나는 속으로 비웃음을 감출 수 없었다. 칼리드의 거짓말은 너무나 티가 났다. 과연 그녀는 어떻게 이런 칼리드에게 속았는지 알 수 없을 정도로 칼리드는 투명했다. 아마도 그전에는 칼리드를 향한, 사랑 때문에 추악한 진실들을 알지 못했던 것 같았다.

때로는 숨겨져 있는 진실을 마주 보는 게 겁이 나기도 했다. 어쩌면 그녀도 모든 걸 알고 있음에도, 애써 무시하며 넘겨왔을 것이다.

거짓말. 후작 작위를 받고, 처음으로 후작성을 구경한 사람은 록사나 힐다였다. 엘레나는 혀끝에서 맴도는 말을 겨우 삼키고는 다시 한번 웃어 보였다.

"영광이야."

칼리드 후작성 그의 옆방을 차지하고 있는 힐다를 자신은 알고 있었다. 과연 그녀도 제 방문을 반길 것인지 궁금했다. 칼리드가 후작 저에 초대한 사람은 저뿐만이 아니었다. 칼리드는 후작 작위를 받은 뒤에 수많은 여자를 후작성으로 초대했다.

하지만 그 수많은 초대명단에는 엘레나는 없었다. 굳이 그녀에게 환심을 살 필요가 없었기 때문이다. 그러지 않아도 그녀는 칼리드에게 모든 걸 내어줄 것처럼 굴었으니까.

"엘레나 너만 괜찮다면…… 오늘 너와 함께 후작성으로 가고 싶어."

지금이라도 당장 후작성으로 가고 싶어 하는 기대감에 가득 찬 칼리드의 보라색 눈동자에 엘레나는 차오르는 분노를 억눌러야만 했다. 예고도 없이 이른 시간부터 찾아와서는 본인과 당장 떠나는 게 당연한 것처럼 구는 칼리드가 기가 막혀서 웃음도 나오질 않았다.

저를 후작성으로 데려가려는 이유는 뻔했다. 다시 자신을 어장속 완벽한 물고기로 만들기 위해서였다. 도망칠 생각도 하지 못하도록, 단단히 홀려 꾀어낼 생각이었다. 그렇지 않고서야 예정에도 없던 초대를 갑자기 할 리가 없었다. 칼리드는 무척 단순했다. 본인이 권력을 탐하는 열망이 커서 그런 것인지, 모두가 권력만을 탐할 것이라고 생각했다.

그래서 그렇게 커다란 황후궁에 그녀를 버려둔 것이다. 본인이 생각하는 가장 큰 권력을 그녀에게 주었으니까. 가장 좋은 것을 주었으니, 죄책감 따위는 없었다.

"좋아."

군이 굴러들어온 기회를 발로 찰 생각은 없었다.

"칼리드 후작저로 떠나시겠다고요?"

"그래."

엘레나는 태연히 차를 마시면서 클로비스의 말을 받아치고 있었다. 칼리드와 함께 후작성으로 가겠다는 것을 당연히 클로비스가 반대할 줄 알았다. 다행히도 어제 급하게 황궁에서 떠나온 클라우스는 다시 황궁으로 돌아간 상태였다.

"하지만 누님……."

"친구의 초대를 받고, 그 초대에 응한 것뿐이야."

"클로비스, 걱정하지 말렴."

아침부터 급하게 찾아온 칼리드 때문에 곧바로 후작저로 떠나는 것은 무리였다. 후작저는 수도와 가까운 곳에 있었다. 아론처럼 한 번에 워프로 다닐 수 없는 칼리드는 당연히 워프 정류소를 이용해야 했다. 아무리 워프 정류소라 하더라도, 제법 시간이 걸렸다. 물론 마차로 이동하는 것보다는 훨씬 적은 시간이었지만, 아침도 먹지 않고 이동하기에는 힘들었다.

어쩔 수 없이 오늘도 칼리드와 식사를 해야만 했다. 일어나자마자 칼리드의 얼굴을 보는 것으로 시작해서 그와 아침까지 먹어야 한다는 사실이 불쾌했다. 하지만 엘레나는 최대한 얼굴의 표정을 관리하고, 태연하게 식사를 하는 척했다.

"누님, 아버지도 자리를 비우셨는데……."

자신을 필사적으로 말리려는 클로비스의 행동에 엘레나는 살짝 미소 지었다. 칼리드 때문에 미소 한 자락 나오지 않았었는데, 그나마 클로비스 덕분에 웃음이 나왔다.

도대체 무슨 생각을 하는 것인지 돌연 클로비스에게 어른인 척 인자하게 구는 칼리드의 모습이 웃겼다. 저런 되지도 않는 수작까지 부릴 정도로 칼리드가 궁지에 몰려 있다는 증거였다.

"아버지께는…… 연락을 드리면 되는 일이야. 그저 친구의 영지에 방문하는 것인데 안 될 게 뭐가 있니?"

엘레나는 일부러 친구라는 단어에 힘을 주어 말했다. 제발, 칼리드가 자신의 마음을 알아채기를 바라면서 말이다. 하지만 칼리드는 여전히 아무것도 알아듣지 못하고, 헤실거리면서 웃고만 있었다.

엘레나는 새삼 그녀가 대단하다는 생각이 들었다.

아무런 관계도 아닌, 칼리드를 자신의 몸을 해쳐가면서 전적으로 그를 도왔다. 어떤 지위도 어떤 보상도 바라지 않은 순수한 호의였다. 그녀는 자신이 사랑하는 칼리드가 원하는 것을 이루기만을 원했다. 그저 바라는 것이라고는 자신의 사랑에 대한 답례였다. 그녀가 원하는 건 오직 단 하나 칼리드의 사랑이었다.

"그러면 저와 같이……!"

"클로비스. 혹시 모를 일을 대비해서, 너라도 백작가를 지켜야지."

클로비스에게는 군이 보여주고 싶지 않았다. 혹시라도 있을지 모를 록사나 힐다의 존재를 알게 하고 싶지 않았다. 물론 이런 점에서는 철두철미한 칼리드가 힐다를 노출하지 않겠지만, 그녀의 흔적이라도 찾아내는 날에는 난감한 상황이 펼쳐질 수도 있었다.

클로비스는 제 일에 있어서는 무척이나 감정적인 아이였다. 록사나 힐다의 존재를 알게 된 클로비스가 가만히 있을 리 만무했다. 불안의 씨앗은 차단하는 게 좋았다.

"그건 맞지만……."

"클로비스, 오는 길에 네가 좋아하는 책을 한 권 사 온다고 약속할게."

클로비스는 또래의 소년들과는 다르게, 감수성이 풍부한 문학 소년이었다. 클로비스가 좋아하는 것은 연무장에서 체력을 단련하는 것보다는 저와 함께 차를 마시며 책을 읽는 것이었다. 최소한의 수련은 하는 것 같았지만, 보통 남는 시간은 항상 저와 독서를 하곤 했다.

"저는 책보다는 누님과 같이 있는 것이 좋아요."

오늘따라 자꾸 투정을 부리는 클로비스의 어리광에 엘레나는 웃으면서, 그의 머리를 쓱쓱 쓰다듬어주었다. 후작저에 가는 것이 아니라면, 당연히 칼리드가 아니라 클로비스의 손을 잡았을 것이다. 하지만 그곳에는 록사나 힐다가 있었다. 자신은 가야만 했다.

"다녀올게."

사실은 칼리드와 단둘이 후작저까지 가야 한다니, 정말이지 끔찍했다. 그러나 그곳에 클로비스를 데려가기에는 위험했다. 엘레나는 눈물을 머금고 클로비스에게 거절의 말을 내뱉었다.

제 말에 한껏 찡그려지는 표정이 안쓰러웠지만, 어쩔 수 없는 일이었다.

"클로비스, 다음번에는 엘레나와 같이 와도 좋아."

"누님, 조심해서 다녀오세요."

오늘의 컨셉은 남동생에게도 친절한 남자친구였는지, 자꾸만 클로비스에게 친근한 척 구는 칼리드가 우스웠다. 언제부터 본인이 클로비스에게 친절했다고, 친절한 척 웃고 있는 모습에 헛웃음이 나올 것 같았다. 칼리드는 절대 친절하지 않은 사람이었다. 본인의 야망을 위해서라면 몰라도, 칼리드는 원래 타인에게 친절하지 않았다.

그가 친절하게 구는 상대들은 아직 포섭되지 않은 사람들이거나, 본인보다 높다고 생각하는 사람들이었다. 당연히 엘레나를 완벽히 손안의 물고기로 만들었다고 생각한 칼리드는 페이트 백작가에서 친절히 굴지 않았다. 패악만 부리지 않았을 뿐이지, 무례하고 몰상식했다. 제게 들킨 거짓말만 해도 벌써 몇 개였는지 몰랐다.

쪽. 아련한 눈빛으로 제 볼에 살짝 입 맞추는 클로비스의 행동에 엘레나는 자신보다 몇 뼘이나 큰 클로비스의 머리를 매만져주었다.

클로비스의 결 좋은 금발 머리는 항상 찬란히 빛났다. 금가루를 뿌려놓은 듯, 반짝이는 금색의 머리는 최고급 금사 같았다.

"무슨 일이 있으면, 꼭 비상용 수정구슬을 깨뜨려야 합니다."

어쩔 수 없이 허락했다는 티를 팍팍 내며, 혹시라도 무슨 일이 있을지 몰라서 안절부절못하는 클로비스의 모습은 매우 귀여웠다.

커다란 골든레트리버가 낑낑대는 것만 같아.

엘레나는 클로비스의 예상치 못한 귀여움에 자꾸만 클로비스의 시무룩한 눈망울이 눈에 밟히는 것 같았다. 보기만 해도 짜증이 나는 칼리드를 따라가지 않고, 클로비스와 편하게 독서를 하고 싶었다. 하지만 칼리드의 초대를 거절할 수 없었다. 그가 무슨 꿍꿍이를 벌이고 있는지 직접 확인해야만 했다.

눈앞에서 칼리드가 불안해하고 있었지만, 엘레나는 믿고 있는 것이 있었다. 아론과의 약혼이 결정되는 날, 클라우스는 저를 조용히 불러서 건네준 클라우스가 제게 준 비상용 수정구슬이었다.

"응, 알겠어. 걱정하지 마."

그 사실을 알고 있는 클로비스가 제게 조용히 속삭였다. 클라우스가 준 것은 비상용 워프 수정구슬이었다. 위험한 상황에 수정구슬을 깨뜨리면, 수정구슬에 설정된 상대가 소환되는 것이었다.

무슨 원리인지는 자세히 몰랐지만, 아마 클라우스는 나름대로 방범용 물건을 준 것이었다. 그것도 아론과의 약혼이 결정되자마자 주는 것으로 보아, 사전에 준비해놓고 있었다는 소리였다.

"클로비스? 이제는 가야 하는데."

옆에서 못마땅한 표정을 숨기지 못한 채, 입가를 씰룩거리는 칼리드의 말에 엘레나는 나지막이 한숨을 쉬고는 마지막으로 클로비스를 껴안아 주었다. 칼리드는 클로비스가 얼마나 제가 사라지면 불안해하는지를 이해하지 못했다.

물론 저조차도 그 기억이 떠오르기 전까지는 모르고 있었던 일이었다. 하지만 그 기억이 떠오른 이후로는 클로비스의 과한 집착과 애정을 조금 이해하게 되었다.

"잊지 마세요, 누님."

끝까지 제게 신신당부하는 클로비스의 모습에 엘레나는 피식 웃으면서, 살랑살랑 손을 흔들어주었다. 아마 클로비스가 생각하는 그런 일은 절대로 일어나지 않을 거다. 칼리드는 무척 담이 약한 사람이었다.

그가 저를 해한다고? 만약 해할 것이었다면, 이렇게 자신을 초대하지도 않았을 것이다. 칼리드에게는 소중한 것을 보여주고, 환심을 사고 싶어 하는 어린아이 같은 심보가 있었다.

지금 제게 후작성을 보여주려는 이유도 제게 무언가 환심을 사고 싶은 꿍꿍이가 있는 거였다. 그 환심이 무엇인지, 피하지 않고 정면으로 마주 볼 예정이었다.

"칼리드, 이제 출발하자."

너의 그 음침한 계획도, 록사나 힐다 그녀가 기다리고 있을 후작성으로.

호기롭게 말한 것치고는 후작성으로 향하는 여정은 생각보다 고역이었다. 거리가 멀어서 힘들다는 것은 아니었다. 마차에 같이 탄 상대 때문에 고역이라는 얘기였다.

칼리드는 후작성으로 향하는 내내, 끊임없이 본인의 권력을 과시하고 싶어 했다. 처음으로 얻은 권력을 제게 뽐내고 싶어 했다는 쪽이 좀 더 맞을 것이다.

"이것밖에 못 하나?"

"죄송합니다, 후작 각하."

칼리드는 워프 정류소의 관리자에게 윽박지르며, 화를 내고 있었다. 워프 정류소는 귀족만 이용하는 곳은 아니었다. 누구나 돈만 지불할 수 있다면, 신분과 관계없이 이용할 수 있는 곳이었다. 물론 잘나신 귀족 나리들이 평민과 똑같은 대우를 받는 것을 용납하지 않았다.

그래서 워프에도 종류가 있었다. 최고급, 고급, 중급, 하급. 총 4
가지의 워프가 있었다. 평민이 아무리 돈을 많이 지불한다 하더라
도 최대로 이용할 수 있는 워프는 중급이 한계였다. 그것도 어마어
마한 돈을 내야만 이용할 수 있어, 보통 평민이라면 하급을 이용하
는 것이 일반적이었다. 극심한 가뭄은 모두를 병들게 하고, 가난하
게 만들었다. 워프를 이용하는 평민들의 수는 거의 없다고 보는 것
이 맞았다.

　"왜 최고급을 탈 수 없다고 말하는 거지?"

　"하지만…… 그건……."

　엘레나는 진상 짓을 하며 행패를 부리고 있는, 칼리드를 가만히
뒤에서 지켜보고만 있었다. 칼리드는 뒷모습마저도 정이 가질 않
았다. 거기에 화를 내며 억지를 부리고 있는 꼴을 지켜보자니, 여간
고역이 아니었다.

　칼리드가 지금 억지를 부리고 있는 것은 최고급 워프를 이용하
겠다고 떼를 쓰고 있는 것이었다. 평민에게도 아무리 돈이 많아도
중급이 한계인 것처럼, 귀족에게도 한계는 있었다. 보통의 귀족들
은 대부분 중급을 사용했다. 그러나 고위귀족들은 많은 돈을 내서
라도 고급을 사용하곤 했다. 하지만 그 어떤 고위귀족도 최고급 워
프를 사용할 수는 없었다.

　"내가 왜 최고급을 탈 수 없는지, 자네가 말해보게."

　"후, 후작 각하……."

칼리드가 지금 행하고 있는 건, 말도 안 되는 억지였다. 고위귀족마저도 탈 수 없는 최고급 워프는 오로지 황족만이 이용하는 워프였기 때문이다. 이 제국에 남은 황족이라고는 황제와 아론 단 둘뿐이었다. 아론은 워프 정류소를 이용하지 않아도 됐기에, 그는 워프 정류소를 이용하지 않았다. 또, 병상에 있는 황제가 워프 정류소를 이용할 리도 만무했다.

즉, 현재 최고급 워프를 사용할 수 있는 사람은 한 명도 없다는 거였다. 그런데 칼리드는 지금 최고급 워프를 사용하겠다고 우기고 있었다.

"최, 최고급 워프는…… 본래 황실의 인원만을 위해, 존재하는 것으로……."

"그대는 지금 내가 황실의 인원이 아니란 말을 하는 건가?"

엘레나는 벌벌 떨고 있는 관리자가 안쓰러웠다. 하지만 그를 구해줄 이유는 없었다. 칼리드의 성격상 여기서 지금 제가 칼리드를 말린다면, 본인이 제게 무시를 당했다고 생각하며 앙심을 품을 것이기 때문이었다.

칼리드는 무시를 당하는 것을 제일 싫어했다. 어디에서나 주인공이 되고 싶어 하는 칼리드는 발버둥 쳤다. 이것도 하나의 발버둥이라는 것을 엘레나는 알고 있었다.

"그것이 아니라……."

"말해보게. 내가 황실의 인원이 아니라고 여기는 건가?"

엘레나는 뒤에서 칼리드와 관리자를 관망하면서, 속으로는 지금 상황을 일어나게 한 칼리드를 욕하고 있었다. 칼리드는 본인이 황실의 인원이라고 생각하는 것 같았다. 그의 끝도 없는 자신감에 엘레나는 코웃음을 칠 수밖에 없었다.

그래, 황제의 핏줄이기는 했다. 그렇지 않고서야 황실의 인원만 가질 수 있다는 보라색 눈동자를 가질 수 없었을 테니까. 칼리드 자작 가의 영애는 현황제의 애첩으로 유명했다고 한다. 그런 그녀가 낳은 아이. 게다가 황실의 핏줄만 타고난다는 보라색 눈동자까지, 칼리드는 암암리에 황제의 아들이라고 인정받고 있었다.

그러나 그건 어디까지나 암암리였다. 공식적인 인정은 절대 아니었다는 말이다. 칼리드는 후작이었지, 황자가 아니었다. 그는 공식적으로는 최고급 워프를 이용할 수 없는 신분이었다.

혹시라도 현 황제가 따로 명령을 내리지 않으면 모를까. 칼리드는 최고급 워프를 사용할 자격이 없었다. 안 된다는 것에 계속해서 억지를 부리는 칼리드의 모습에 엘레나는 슬슬 짜증이 나기 시작했다.

"각하…… 제발, 죽을죄를 지었습니다."

"이게 죽을죄라고 생각한다면, 자네는 지금 당장 최고급 워프 게이트의 문을 열어야 할 거야."

"칼리드."

고작 몇 마디 나누었을 뿐인데, 칼리드에게 죽을죄를 지었다고 말하는 관리자의 행동에 칼리드가 평소에 어떻게 행동했는지 알 것 같았다. 칼리드는 매우 무례하고, 품위가 없는 자였다. 그런 그에게 후작이라는 이름의 권력을 주었으니, 어떤 일을 벌어졌는지 불 보듯 뻔했다.

엘레나는 도저히 안 되겠다는 생각이 들어서 그를 불러 세웠다. 이대로 계속 지켜보다가는 시간이 많이 흐를 것 같았다. 칼리드는 물러날 생각이 없었고, 관리자도 문을 열 생각을 하지 않았다. 워프 게이트 이용 내역은 지울 수 없다. 만약 칼리드가 최고급 워프 게이트를 이용한다면, 그의 이용 내역이 황실에 보고될 것이다.

"엘레나?"

"꼭 최고급을 타야만 하는 거야?"

"그런 것은 아니지만······."

그런 것이 아니라면 이쯤 돼서 그만 포기하고, 얼른 출발해주었으면 좋겠다는 생각이 들었다. 그러나 칼리드는 말과는 다르게, 그의 보라색 눈동자에는 분노와 아집이 얼룩져 번들거리고 있었다. 그는 지금 제게 최고급 워프를 이용하는 것을 보여줘, 환심을 사고 싶어 한다는 것을 눈치챘다.

하지만 그러기에는 관리자의 태도가 묘하게 익숙했다. 아마 전에도 이랬던 적이 몇 번 있었던 것 같았다. 칼리드의 성격에 최고급을 이용하려고 한 게 오늘이 처음은 아닐 것이다.

"조금 피곤한 것 같아서······ 얼른 출발했으면 좋겠어."

엘레나는 겨우 최고급 워프 게이트를 이용하는 것에 집착하는 칼리드가 한심하고 짜증이 치밀었다. 정당한 주인인 아론은 전혀 이런 것에 연연하지도, 욕심내지도 않았다. 그런데 이용할 수 있는 자격도 없으면서, 최고급 워프를 사용하겠다고 운운하는 칼리드가 짜증 났다.

오히려 아론은 워프 게이트를 사용하질 않았다. 이런 게이트보다도 그 자체의 능력이 더욱 뛰어나니, 사용할 필요성을 몰랐기 때문이다. 이용할 자격이 없다면, 능력이라도 키워서 그를 뛰어넘던가. 이런 식으로 비겁하게 죄 없는 관리자들을 괴롭히는 그의 행동에 질려버리고 말았다.

"어서 고, 고급 워프를 준비시키도록 하겠습니다!"

기회가 생기자마자 꽁지가 빠지도록 도망치는 관리자의 뒷모습을 보며, 엘레나는 안쓰러움을 느꼈다. 만약 자신이 여기서 말리지 않았더라면, 칼리드가 관리자에게 무슨 짓을 했을지 몰랐다. 제가 있는 곳에서 망신을 당했다는 생각에 아마 더욱더 호된 벌을 주었을 것이다. 칼리드는 그런 남자였다.

주위의 시선을 무척이나 신경 쓰는 유형이었다. 그리고 곧 죽어도 무시당하는 것을 싫어했다. 가뜩이나 제게 환심을 사려고 안달이 나 있는 상태에서 본인을 망신까지 주었으니, 분명 참지 않고 엄한 처벌을 했을 것이다.

"엘레나, 나는 너에게 최고급을 이용하게 해주고 싶어서 그랬어."

계획을 바꿀 생각인지, 돌연 제게 다정한 척 굴며 저 때문에 그랬다는 칼리드의 말에 엘레나는 실소가 터져 나오려는 것을 참아야만 했다. 저는 한 번도 칼리드에게 최고급 워프를 이용하고 싶다는 말을 하지 않았다.

상황이 이렇게 되자, 돌변하는 칼리드의 태도가 가증스러웠다. 그의 보라색 눈동자에 떠오른 거짓에 엘레나는 조소를 금치 못했다. 손바닥 뒤집듯이 휙 뒤집는 그의 행동에 무어라 말을 할 수가 없었다. 제게 책임 전가를 하는 것과 다름없었다.

"고급 워프도 충분히 좋은걸."

엘레나는 마음 같아서는 제가 언제 그런 말을 했냐고 따지고 싶었지만, 억지로 입꼬리를 올려 해사하게 웃어 보였다. 혀끝에서 자꾸만 튀어나오려는 말 때문에 혀까지 깨물어야만 했다.

"하지만…… 나는 언젠가 엘레나를 최고급 워프를 태워주고 말 거야."

"고, 고마워."

굳이 네가 아니더라도 충분히 탈 수 있다고, 혀끝에서 맴도는 말 때문에 엘레나는 다시 한번 혀를 깨물었다. 이대로 모든 것이 제 계획대로 이루어진다면, 자신은 황후의 자리에 오르게 될 것이다. 황후 또한 황실의 일원이었으니, 최고급 워프를 사용하는 것이 가능했다.

"엘레나에게는 언제나 최고의 것만 주고 싶으니까."

최고의 것을 주고 싶다며, 욕망을 숨기지 않는 칼리드의 모습에 엘레나는 몸을 흠칫거렸다. 그의 보라색 눈동자에 떠오른 비열한 욕망의 빛이 질척하게 번들거리고 있었다.

칼리드가 황제의 자리에 욕심을 가진 것이 이때부터였나?

언제부터였는지 모를 추악한 욕심에 엘레나는 온몸에 소름이 돋는 것 같았다. 책으로 보는 것과는 달랐다. 직접 마주하는 칼리드의 추악한 욕망은 너무나도 탁해서 몸이 덜덜 떨려왔다.

"나, 나는……."

"어서 가자. 너는 내가 가진 가장 최고의 것이야."

엘레나는 제 귓가에 작게 속삭이는 칼리드의 목소리에 아무것도 할 수 없었다. 그 흔한 고개조차도 끄덕일 수 없었다. 그저 칼리드의 손에 이끌려 워프 게이트로 향하는 것 말고는 할 수 있는 게 없었다.

"그럼 좋은 여행이 되길 바랍니다."

"그래, 고맙네."

착각이었다. 이건 자신의 착각이었다. 칼리드가 능력도 없는, 바보라고만 생각했었다. 능력도 없이, 헤실거리는 외모만으로 모든 것을 가졌다고 생각했다. 그럴 수밖에 없는 것이 칼리드가 가진 것이라고는 제법 봐줄 만한 외모와 황실의 피를 타고났다는 증거인 보라색 눈동자밖에는 없었다.

그저 운이 좋아서, 엘레나의 능력을 이용해서 황제의 자리까지 올라간 것이라고 생각했었다. 하지만 본인이 가진 가장 최고의 것이라며, 작게 속삭이는 칼리드의 목소리는 섬뜩했다. 온몸에 벌레가 기어 다닌 것 같은 음습하고 낮은 목소리. 전신을 휘감는 두려움에 아무것도 하지 못하고 떨 수밖에 없었다.

"……."

아론과는 또 다른 두려움.

잊고 있었다. 그도 황제의 핏줄을 타고난 존재라는 것을…….

"엘레나?"

어디서부터 잘못된 것일까?

엘레나는 언제부터 그가 이런 마음을 먹었는지 가늠할 수가 없었다. 칼리드가 아론을 밀어내고 황제가 되기로 처음 결심했던 때는, 현 황제가 서거한 뒤였다. 그것도 그녀의 능력을 알게 되어 결심할 수 있었던 거였다.

칼리드 혼자는 황제가 될 수 있는 능력이 없다고 알고 있었다. 그래서 갖은 편법을 사용하여, 운 좋게 황제의 자리에 오른 거라고 생각했다.

"마차 안이 추운 거야? 왜 그렇게 떨고 있어."

"아…… 칼리드."

어쩌면 그가 잘생긴 외모를 이용하여, 여자들을 홀린 것도 전부 계획은 아니었을까? 이 모든 것들이 황제가 되기 위해서 철저하게 의도된 것들이라면?

"도착했어. 나의 성에 온 걸 환영해."

다 도착했다는 칼리드의 말에 창을 내다보자, 어느새 마차는 후작성에 도착해 있었다. 아마 제가 떨고 있는 사이에 또 한 번의 워프 게이트를 통과한 것 같았다.

"어서 와, 엘레나."

칼리드는 먼저 내려 제게 손을 내밀고 있었다. 엘레나는 그의 손을 붙잡고 내리고 싶지 않았지만, 어쩔 수 없이 손을 잡아야만 했다.

"아……."

엘레나는 눈앞에 보이는 광경에 그만 발을 헛디뎌 넘어질 뻔했다. 칼리드의 손을 붙잡고 있지 않았더라면, 중심을 잃고 바닥에 구르고 있었을 것이다. 눈앞에 보이는 화려한 성의 모습에 엘레나는 입을 다물 수가 없었다.

후작성은 화려했다. 화려하다고 말만 하기에는 부족할 정도로, 무척 웅장하고 빛이 났다. 마치 황궁을 그대로 옮겨놓은 것처럼이나 현란했다. 눈이 부실 정도로 호화로운 모습에 압도되는 것만 같았다.

"황제 폐하, 아니 아버지께서 내게 주신 곳이야."

"칼리드 이건……."

"황궁 같지?"

황궁 같냐는 칼리드의 말에 엘레나는 고개를 끄덕일 수밖에 없었다. 후작성은 황궁 그 자체였다. 외관부터가 황궁에 흡사할 정도로 화려하고 웅장했다. 그 어떤 귀족도 이런 성을 갖고 있지 않았다.

황궁과 흡사한 성이라니. 그건 황실 모독죄였다. 개국 공신이라는 베로니카 공작가도 이런 성을 가질 수 없었다. 그런데 고작 후작위인 칼리드가 이런 성을 가질 수 있었다는 것은 황제의 우호가 엄청 높다는 거였다.

"엘레나에게 보여주고 싶은 것들이 아주 많아."

제 손을 이끌고 걸어 나가는 칼리드의 행동에도 엘레나는 저지할 수가 없었다. 화려한 후작성의 광경에 압도되어 정신을 차릴 수가 없었기 때문이다.

"각하, 이제 오십니까?"

"그래, 집사. 나는 엘레나와 성 바깥을 구경하다가 들어갈 테니, 손님 맞을 준비를 확실히 해두도록."

성문 앞에 사용인들을 일렬로 세워놓고 인사를 하게 하는 모습에 엘레나는 칼리드의 허영심을 엿볼 수 있었다. 이런 것들은 불필요했다. 주인이 왔다고 전 사용인이 몰려나와 마중이라니…….

"네, 알겠습니다."

머리가 거의 바닥에 닿을 듯이 허리를 숙여 인사를 하는 노집사의 모습에 엘레나는 조금 안쓰러움을 느꼈다. 그러나 칼리드는 그게 당연하다는 듯이 시선조차도 주지 않고 있었다.

이제 보니 모든 사용인들의 얼굴이 긴장을 한 채로 딱딱하게 굳어 있었다. 엘레나는 그 모습에 칼리드가 어떤 주인인지 알아차렸다. 칼리드는 굉장히 고압적이고 안하무인인 주인이었다. 페이트 백작가와는 전혀 달랐다. 백작가는 사용인들도 모두 존중을 받았다. 모두가 즐겁게 일하고, 화목함이 넘쳐흘렀다. 하지만 이곳은 살벌한 긴장감과 공포감만이 존재하고 있었다.

"그래, 물러가도록."

칼리드의 말이 떨어지기 전까지는 아무도 허리를 들 수도, 이 자리를 떠나지도 못했다. 칼리드가 말을 하자마자, 부리나케 서둘러서 움직이는 사용인들의 모습에 엘레나는 그가 얼마나 포악하게 행동해왔을지 눈에 그려졌다.

조금 전 워프 정류소의 관리자에게 했던 행동들보다도 더 심하게 행동했으리라…… 사용인들의 얼굴에는 생기가 없었다. 그저 공포감과 긴장감에 숨죽이며 떨고 있었다.

"엘레나. 우린 갈까?"

"아…… 응."

분명 사용인들에게 가차 없는 것을 보았는데도, 친절한 척 구는 칼리드의 뻔뻔하고도 뻔뻔한 연기에 엘레나는 어색하게 고개를 끄덕일 수밖에 없었다.

"와······."

"어때?"

엘레나는 칼리드가 왜 자신만만했는지 알 수 있었다. 지금 눈 앞에 펼쳐진 경관에 감탄을 금치 못했다.

20년간 지속되어온 가뭄이라고는 믿기지 않을 정도로, 눈앞의 정원은 푸르고 청량했다. 마법이 걸린 분수인 건지, 계속해서 물이 샘솟는 분수도 굉장히 화려하고 아름다웠다. 가뭄으로 땅이 쩍쩍 갈라지고 모든 작물이 말라비틀어졌지만, 이곳만큼은 활기차고 푸르렀다.

"어떻게 이런······."

심지어 유일하게 비가 내리는 영지인 페이트 백작가조차도 이러질 못했다. 한 달에 한 번씩 내리는 비로는 이렇게 화려하고 사치스러운 정원을 유지한다는 건 말이 안 되는 일이었다.

이 정도의 정원을 유지하려면 못해도 엄청난 양의 물이 필요할 것이다. 그것도 아주 많이 말이다.

페이트 백작가도 마음만 먹으면 충분히 정원을 유지할 수 있었다. 제가 능력을 사용하거나, 클로비스와 클라우스가 마법을 이용해 물을 만들어내면 되었다. 그러나 백작가는 그럴 마법으로 영지민들의 식수를 먼저 공급했다. 이런 사치를 부릴 여유가 없었다는 거다.

"아버지께서 굉장히 능력이 좋은 마법사를 소개해주셨거든."

"마법사?"

"응, 그녀의 능력은 아주 특별하거든."

록사나 힐다, 그녀였다. 엘레나는 떠올랐다. 왜 칼리드가 힐다를 버리지 않았었는지, 왜 그녀가 어린 시절부터 계속 칼리드의 곁에 남아있을 수 있었는지…….

힐다와 칼리드는 흔히들 말하는 소꿉친구였다. 힐다의 아버지는 고위 귀족의 기사였다고만 나와 있었다. 하녀와 기사의 하룻밤 불장난, 그리고 그 사이에서 태어난 아이. 흔하디흔한 그저 그런 삼류 가십거리였다.

그러나 그녀의 어머니가 칼리드 어머니와 절친한 하녀였다는 것과 마침 비슷한 시기에 태어난 칼리드를 힐다의 어머니가 유모처럼 길렀다는 점만 빼면 말이다. 황제의 총애 받는 애첩이었던 칼리드의 어머니는 칼리드를 기르질 않았다. 그럴 시간에 황제에게 아양을 한 번 더 부리는 것이 이득이었기 때문이다.

"그녀?"

그런 힐다와 칼리드가 친해지는 것은 어쩌면 매우 당연한 일이었다. 둘은 같은 유년 시절을 보냈다. 거기에 동시에 아버지에게 버림받은 사생아라는 공통점까지도 있었다. 칼리드와 힐다는 둘도 없는 사이로 발전했다. 서로의 미래를 약속했고, 복수를 다짐했다. 둘 다 높은 곳에 올라가고 싶어 하는 야망까지 같았다.

"그녀는 지금 후작가의 가신으로 일하고 있어."

아마 칼리드가 말하고 있는 마법사인 그녀는 힐다일 것이다. 칼리드 주변에 이만한 능력의 마법을 부릴 사람은 단 한 명이었다.

"황제 폐하께서 직접 소개해주신 마법사라니…… 내게도 그녀를 소개해줄 수 있어?"

"아…… 그건…….'

칼리드는 차마 제가 소개해달라는 말을 할지 몰랐는지, 눈에 띄게 당황한 모습이었다. 엘레나는 최대한 아무것도 모르겠다는 표정으로 환하게 웃으면서 그를 바라보았다. 최대한 호기심 가득한 눈을 하고서는 말이다.

"이건 클로비스와 아버지보다도 더욱 대단한 것 같아."

"아니, 아니야! 마법에 출중하다는 페이트 백작보다 뛰어날 리가 없잖아."

후작위를 받기 전에는 백작 각하라고 꼬박꼬박 예의를 차릴 때는 언제고, 어느새 페이트 백작이라며 하대를 하고 있는 칼리드의 말에 엘레나는 입술을 지그시 깨물었다.

후작위를 받은 지 얼마나 되었다고, 하대를 하는 칼리드의 행동에 다시 한번 그의 본성을 깨달을 수 있었다.

"엘레나에게 보여주고 싶은 게 아주 많아."

제게 보여주고 싶은 것이 많다며, 화제를 돌리려는 칼리드의 말에 엘레나는 그의 행동에 동참해주기로 했다. 그리고 자신에게 손을 내미는 칼리드의 어색한 표정에도 기꺼이 그의 손을 붙잡았다.

어디선가 이 모습을 보고 있을 힐다를 생각하면, 아무리 칼리드의 손을 잡는 것이 싫어도 참을 수 있었다. 힐다는 무척이나 질투가 많은 여자였다. 그녀의 인생은 처음부터 끝까지 모두 칼리드뿐이었다. 그러나 칼리드는 아니었다.

"좋아."

칼리드의 인생은 힐다만 있는 것이 아니었다. 힐다를 훨씬 뛰어넘는 사람들이 칼리드의 곁으로 다가왔다. 칼리드를 잃을까 초조해진 그녀는 결국 자신의 비밀을 칼리드에게 공개한다. 실은 본인이 엄청난 마법 능력을 가지고 있다는 것을…….

계속되는 가뭄으로 비를 대체할 수 있는 물을 만드는 능력을 가진 마법사들의 위상은 높아만 갔다. 마법적 능력이 있다는 것이 확인되면, 곧바로 황궁에서 출셋길이 열린다는 말이 생길 정도였다. 힐다 또한 그녀의 능력이라면, 높은 자리까지 올라갈 수 있었다. 하지만 그녀는 그러지 않았다.

"너무 아름다운 정원이야."

"엘레나, 네게 보여주고 싶어서 신경을 썼어."

제게 보여주고 싶어서 신경을 썼다는 칼리드의 말에 엘레나는 쓰게 웃었다. 과연 이 말을 힐다가 듣고도, 어떤 표정을 지을지 예상이 갔기 때문이다. 힐다는 마법 능력이 있는 것을 숨겼다. 그녀의 어머니가 돈이 없어, 병으로 죽어가는 그 순간까지도 능력을 밝히지 않았다.

만약 그녀가 능력을 밝히고 황궁으로 들어갔다면, 그녀의 어머니는 살아날 수도 있었다. 그러나 힐다는 그러지 않았다. 황궁으로 간다면, 칼리드의 곁을 떠나야 했기 때문이다.

사랑하는 칼리드의 곁을 떠나고 싶지 않았던 그녀는 끝까지 능력을 숨겼다. 하지만 그런 힐다도 끝까지 능력을 숨기고 칼리드의 곁에 머물 수는 없었다.

"정말 아름답네. 이 정원을 유지하는 사람이 어떤 마음으로 관리하고 있는지 느껴질 정도야."

고위 귀족의 기사인 아버지에게 겨우 힐다라는 성을 물려받기는 했지만, 아무런 권력도 지위도 없는 힐다는 금방 칼리드에게 버려질 위기에 처했다. 황제의 암묵적인 인정 후에 칼리드의 곁으로 몰려드는 권력의 달콤함은 칼리드를 바꿔놓았다.

더 이상 칼리드에게 힐다가 전부가 아니게 되었던 것이었다. 그 대표적인 예로 칼리드는 엘레나를 포섭하게 되었다. 위기의식을 느낀 힐다가 택한 것은, 바로 칼리드에게 절대로 버릴 수 없는 패가 되어야 한다고 생각했다.

하지만 그녀의 갖은 노력에도 백작가의 장녀인 엘레나를 이길

순 없었다. 이미 칼리드는 권력의 맛에 심취해버린 뒤였다. 더는 어릴 적 추억의 소꿉친구에게 매력을 느끼지 못했다.

"그녀는 아주 좋은 마법사야. 록사나는 내 자랑이지."

마치 사람을 물건을 대하는 것처럼, 평가하듯이 말하는 칼리드의 행동에 절로 입안이 쓰게 느껴졌다. 원래부터 저런 인간이라는 것은 알고 있었지만, 직접 듣는 것은 달랐다. 결국에는 저도 힐다도 칼리드에게는 하나의 체스 말에 불과했다.

궁지에 몰린 그녀가 택한 것은 칼리드에게 능력을 밝히는 거였다. 그 결과는 아주 성공적이었다. 더는 그녀에게 다른 매력을 느끼지 못했던, 칼리드로부터 두터운 사랑을 얻을 수 있었다. 거기에 어릴 적 추억과 같은 사생아 출신이라는 점은 엄청난 이점으로 작용했다.

물론, 둘 다 권력을 탐하는 욕망이 잘 맞았던 것도 있었다. 힐다의 도박은 성공했다.

그녀는 마침내 칼리드의 첫 번째가 될 수 있었다. 절대로 버릴 수 없는 패, 칼리드의 진정한 사랑.

"하지만 정원뿐 아니라, 성의 외관도 무척 화려한 것 같아."

정말 기가 질리도록 화려하고 눈이 부시는 성이었다. 겉에서 보는 것이 이 정도인데, 안은 어떨지 상상도 되질 않았다.

"내부도 무척이나 화려하고 좋아. 어서 네게……"

그가 좋아할 만한 말을 해주자, 신이 나서 떠들고 있는 칼리드를 무시했다. 과시하는 것을 좋아하는 칼리드가 좋아할 만한 화젯거리였으니, 적어도 저 얘기로 몇 분간을 얘기할 것을 알았기 때문이다. 차라리 칼리드가 좋아할 만한 얘기를 해주고, 다른 생각을 하는 게 편했다.

"엘레나, 우리…… 록사나?"

한참을 너스레를 떨던 칼리드가 멈칫하더니, 놀란 목소리로 누군가를 불렀다. 엘레나는 그의 반응에 칼리드의 시선이 향한 곳을 바라봤다.

그곳에는 록사나 힐다가 서 있었다.

갈색 머리에 녹색 눈, 특출난 곳이 없는 평범한 외모. 흔하디흔한 갈색 머리는 그녀의 이미지를 밋밋하게 만들었다.

"……록사나."

힐다가 있는 곳을 바라보며, 그녀의 이름을 부르는 칼리드의 표정은 당황한 것처럼 보였다. 아무래도 제가 있을 때 힐다가 나타나지 않기로 되어 있었던 것 같았다.

엘레나는 왜 그녀가 참지 못하고 이곳에 나타났는지, 조금은 예상할 수 있었다. 왜냐하면, 힐다의 시선이 뚫어져라 한곳만을 바라보고 있었기 때문이다.

바로 저와 칼리드가 맞잡고 있는 손이었다.

"후작 각하."

칼리드는 그녀가 어디를 보고 있는지 충분히 눈치챘을 만도 한데, 제 손을 잡고 있는 손을 풀지 않았다. 지극히 칼리드다운 행동이었다.

이런 칼리드의 태도에 애가 타는 것은 오히려 힐다였다. 힐다의 독점욕은 엄청나게 무시무시했다. 그도 그럴 게 힐다에게 칼리드는 전부였다.

"페이트 백작 영애를 뵙습니다. 칼리드 후작가에서 일하고 있는 마법사 록사나 힐다라고 합니다."

"네, 그렇군요."

분노를 숨기고 밝게 웃으며 얘기하는 힐다의 인사에 시큰둥하게 반응했다. 힐다의 인사에 살갑게 반응해줄 이유가 없었기 때문이다. 자신은 그녀의 본모습을 알고 있었다. 힐다가 얼마나 엘레나를 못살게 굴었는지 전부 알고 있었다.

그녀의 악행들에 엘레나가 벌벌 떨며 괴로워했던 것들도, 모든 걸 모른 척 눈 감고 있었던 칼리드의 행각들도 기억했다. 둘의 추악한 행동들을 자신은 모두 잊지 않고 있었다.

"아름다운 정원을 만들어줘서 고마워요. 덕분에 칼리드와 좋은 추억을 만들 수 있었어요."

엘레나는 일부러 칼리드와 잡은 손을 그녀가 볼 수 있도록 살짝 흔들어 보였다. 아니나 다를까 눈에 띄게 일그러지는 그녀의 표정에 웃음을 참을 수가 없었다. 그렇게까지 칼리드가 좋은 것인지, 한편으로는 그녀가 안쓰럽기도 했다.

그러나 그건 모두 속으로 생각하고, 아무것도 모른다는 듯 방실방실 웃어 보였다. 지금은 아무것도 모르는 철없는 귀족 영애를 연기하는 편이 좋았다.

"칼리드, 내게 아름다운 정원을 선물해줘서 고마워."

"엘레나, 네가 마음에 들어 한다니 기뻐."

엄밀히 말하자면 정원을 직접 선물 받은 것은 아니었지만, 은유적인 표현으로 제게 이런 정원을 보여줘서 고맙다는 얘기였다. 원래 말이란 '아' 다르고 '어' 다른 것이었다. 이 발언은 충분히 힐다를 분노케 할 만한 수위였다. 아마도 힐다는 오직 칼리드만을 위해서, 이 정원을 관리했을 것이다.

그러나 칼리드는 이 정원을 이용해서 사람들의 환심을 샀을 것이다. 오늘 제게 환심을 사려고 했던 것처럼 말이다. 다른 사람이라면 몰라도, 힐다는 엘레나에게 엄청난 시샘을 하고 있었다. 힐다에게 엘레나는 칼리드를 처음으로 빼앗아간 상대였다.

"분명 내부도 마음에 들어 할 거야."

"좋아."

자부심에 가득 차서 저를 이끄는 칼리드의 행동에 엘레나는 순순히 그의 손길에 몸을 맡겼다.

뒤편에서 이를 드러내고 자신을 한껏 노려보고 있는 힐다의 모습은 신경 쓰지 않았다.

"어때?"

"화려하네."

엘레나는 기대감으로 빛나고 있는 칼리드의 보라색 눈동자에 화답하기 위해서라도, 웃으면서 그에게 화려하다는 칭찬을 해주었다.

성안의 내부는 화려했다. 화려하다는 단어만으로는 부족할 정도로 화려함의 극치였다. 그러나 과유불급이라 했던가. 눈이 아플 정도로 화려한 내부는 되려 조잡함까지 느껴졌다.

좋은 것들이라면 전부 다 이곳에 가져다 놓은 것만 같았다. 이렇게 주제가 없는 인테리어는 처음이었다. 기품이라고는 하나도 느껴지지 않는 내부에 엘레나는 할 말을 잃었다.

차라리 성의 외관만 보는 것이 나을 정도였다. 외관으로 한껏 기대감을 올려놓았다가, 이런 조잡한 내부를 보게 되자 실망감이 더욱 컸다.

"엘레나에게 이곳저곳을 구경시켜주고 싶어."

자신감에 찬 칼리드의 말에 엘레나는 굳이 그러지 않아도 된다고 고개를 젓고 싶었지만, 어색하게 웃으면서 고개를 끄덕일 수밖에 없었다.

현란한 인테리어에 바라보기만 해도 눈이 아파, 절로 인상이 찡그려졌다. 한눈에 보아도 비싸 보이는 것들로 이렇게 조잡하게 보이게 하는 것도 능력이라면 능력이었다. 기품이 흐르기는커녕, 오히려 조악함까지 느껴지는 내부에 엘레나는 피곤해지기까지 했다.

하지만 칼리드는 무엇이 그리 자신감에 차 있는 것인지, 그의 보라색 눈동자는 자부심으로 빛나고 있었다.

"칼리드, 이 정도면 충분히 된 것 같은데……."

칼리드는 자신을 끌고 다니며 이곳저곳을 구경시켜주었다. 구경이 아니라, 뽐내고 싶어 했다는 게 맞는 것 같았다. 칼리드는 본인의 성을 과시하며 으스대는 것을 참지 못했다. 그의 얼굴 위로 떠오른 과시욕에 엘레나는 마음에도 없는 칭찬을 몇 번이나 해야 했는지 몰랐다. 정말 이런 칼리드의 모습과 기품이라고는 찾을 수 없는 성에 넘어간 사람들이 있다는 게 대단했다.

만약 저라면 환심을 가지려다가도 내부에 들어오는 순간, 품고 있었던 기대감이 와장창 무너질 것 같았다.

"아직 엘레나에게 보여주지 못한 곳이 많은데?"

"아냐, 괜찮아!"

도중에 말리지 않으면 끝도 없이 계속 저를 괴롭힐 칼리드를 알았기에 엘레나는 그를 제지해야 했다. 칼리드는 제게 온 집안을 다 구경시켜줄 생각이었는지, 갖은 곳에 저를 끌고 다녔다. 그것도 구경할 만한 인테리어라면 몰라도, 어떻게 된 성이 하나부터 열까지 너무나 지나쳤다.

돈 낭비도 이런 돈 낭비가 없었다. 그게 아니라면, 칼리드가 일부러 저를 화려한 곳만 데려간 것일 수도 있었다.

"하지만 아직……."

"정말로 괜찮아! 그리고 너무 돌아다녔더니, 배가 고픈 것 같아."

"그래? 그러면 어서 식사를 준비하라고 말할게."

사실 엘레나가 보고 싶었던 건 정원도 성안의 내부도 아니었다. 제가 진짜 보고 싶은 곳은 바로 칼리드의 옆방. 록사나 힐다가 사용하고 있을 그 방이었다. 보통 집안의 안주인은 주인의 옆방을 사용했다. 아무리 총애받는 애첩이라 해도, 주인의 옆방을 차지할 수는 없었다.

하지만 칼리드는 아니었다. 정식으로 힐다와 결혼을 한 것도 아니었지만, 당당히 그녀에게 본인의 옆방을 내주었다. 힐다는 그때부터 칼리드의 본처인 척 굴었다. 그런데 갑자기 나타난 엘레나 페이트라는 존재에 분개할 수밖에 없었다.

"아…… 조금 전, 그 마법사와 같이 먹고 싶은데 가능할까? 그녀와 좀 더 얘기를 나누고 싶어."

"그건……."

"부탁할게."

엘레나는 정말 힐다가 칼리드의 옆방을 차지하고 있는지 궁금했다. 정말로 그녀는 칼리드의 이 모든 것을 묵인하면서도 그의 옆에 있는 것인지 확인하고 싶었다. 둘은 서로의 어머니가 정실부인이 아니어서 그런지, 정식 부인 즉 본처에 집착했다. 그래서 칼리드가 원래의 엘레나에게 황후의 자리를 줌으로써 전혀 죄책감을 느끼지 못했던 것이었다.

그가 생각하기에는 가장 좋은 것을 엘레나에게 주었으니, 그 자리를 주지 못한 힐다에게 더욱 사랑을 주었다. 칼리드는 그게 당연하다고 생각했다.

"……."

넓디넓은 식탁에는 저와 칼리드 힐다, 단 세 명만이 자리해 있었다. 제 부탁을 단번에 들어줄 것으로 생각하지 않았는데, 의외로 칼리드는 더는 묻지 않고 힐다를 데려왔다.

힐다도 이런 일이 익숙한 것인지 태연한 얼굴로 식사를 하고 있었다. 아마 칼리드가 데려온 여자와 같이 식사를 하는 것이 처음은 아닌 것 같았다. 마법사는 귀한 존재였다. 조금만 능력이 있는 것 같으면, 황궁으로 잡혀 들어가다시피 했기에 주변에서 찾아볼 수 없었다.

"후작가의 모든 물 조달은 힐다가 하는 건가요?"

귀족이 마법사라면 클라우스처럼 황궁에 자주 불려갔고, 평민이 마법사라면 갖은 보상을 내리면서 강제로 잡아두었다. 그런 마법사를 본다는 건 충분히 매력적인 일이었다. 저 말고도 다른 방문자들도 힐다를 만나고 싶어 했던 것 같았다.

"네, 그렇습니다."

그녀의 반응은 무척 자연스럽고 익숙했다. 옆에서 칼리드는 그런 힐다를 자부심이 넘치는 표정으로 바라보고 있었다. 힐다도 그 반응을 싫어하질 않았다. 오히려 그녀의 입가에는 잔잔한 미소가 걸려 있기까지 했다.

사랑에 빠진 표정. 사랑에 빠진 여자의 표정이었다. 붉게 달아오른 양 뺨과 입꼬리를 주체 못 하고 얼굴 전체에 걸린 웃음까지 모두 다 행복하다고 쓰여 있었다.

"엘레나. 사실 오늘 너를 후작가에 초대한 이유가 있어."

"그게 뭔데?"

하지만 칼리드의 표정은 거기에서 끝이었다. 자부심이 넘치는 표정으로 그녀를 바라봤지만, 힐다처럼 사랑에 빠진 남자의 표정은 아니었다. 그건 사랑에 빠진 남자의 표정이라기보다는 귀한 물건을 우쭐대며 자랑하는 표정이었다.

칼리드의 관심이 제게로 향하자, 행복해 보였던 힐다의 표정에 실금이 가기 시작했다. 금방이라도 저를 불태워버릴 것처럼 분노에 차오른 것 같았지만, 애써 이를 악물고 참고 있는 것이 보였다. 힐다의 질투는 상상을 초월할 정도라는 건 이미 알고 있었다.

"그건……."

제게 말을 하고 싶어 하면서도 은연중에 힐다의 흘깃 쳐다보는 칼리드의 모습에 그가 할 말이 적어도 힐다에게는 좋지 않은 일이라는 걸 알 수 있었다.

칼리드는 힐다에게 황후의 자리를 약속했었다. 정확히는 황후의 자리라기보다는 그의 정실부인의 자리를 약속했다. 그러나 칼리드가 황제의 자리에 오르게 되는 데 가장 큰 도움을 준 건 엘레나였다. 엘레나를 무시하기에는 그녀를 지지하는 제국민들이 많았다. 그녀를 향한 지지는 황제가 된 칼리드까지도 위협할 정도였다.

그래서 칼리드가 선택한 것은 엘레나에게 황후의 자리를 주는 것이었다. 엘레나에게 황후의 자리를 주면 제국민들의 원성도 사그라들 테고, 본인의 황제 자리도 지킬 수 있었다.

"혹시 저번에 말하지 못했던 걸 말하려는 거야?"

"맞아. 엘레나, 나는 너를 좋아해."

엘레나는 자신을 좋아한다는 칼리드의 말에 멈칫할 수밖에 없었다. 이 자리에는 저와 칼리드만 있는 게 아니었다. 무려 힐다가 옆에 버젓이 앉아 있었다. 그런데 그녀를 옆에 두고 제게 좋아한다고 말하는 칼리드의 저의를 알 수가 없었다.

"칼리드, 나는……."

칼리드가 제게 좋아한다는 말을 함과 동시에 더는 구겨질 수 없을 정도로 구겨진 힐다의 표정에 엘레나는 기분이 이상했다. 분명 기분이 좋아야 하는데, 이상하게도 그렇게 기분이 좋질 않았다.

칼리드는 힐다에게 황후의 자리를 주지 못했다. 그렇다고 그가 힐다를 포기한 것은 아니었다. 누구도 진실하게 사랑한 적은 없었지만, 적어도 그런 칼리드에게도 힐다의 존재는 특별했다. 힐다와의 약속을 지키기 위해서 그가 선택한 건, 힐다를 곧바로 황비의 자리로 올리는 것이었다.

그러나 힐다를 황비로 올리는 것에 대한 반대는 심했다. 황후를 맞은 지 얼마 되지도 않아서, 황비를 들이다니 이건 엘레나에 대한 무시였다. 하지만 칼리드는 그런 반대에도 아랑곳하지 않고 끝끝내 힐다를 황비의 자리에 올렸다.

그 정도로 힐다를 향한 칼리드의 사랑만은 진짜였다는 거다.

"난 엘레나만 좋다면, 엘레나와 약혼을 하고 싶어."

"……."

느닷없는 칼리드의 약혼 발언에 식탁은 쥐 죽은 듯이 고요해졌다. 엘레나는 그의 고백에는 어떻게 대답을 할 수 있었지만, 약혼 신청에는 어떤 대답도 할 수 없었다. 힐다 쪽을 바라보니, 힐다는 고개를 숙이고 두 주먹을 꽉 쥔 채로 부들부들 떨고 있었다.

힐다의 반응으로 미루어보아, 그녀조차도 이런 일이 벌어질 것이라고는 알지 못했던 것 같았다. 그만큼 칼리드의 발언은 폭탄 발언이었다.

"뭐라…… 고?"

"엘레나, 너와 약혼하고 싶다고 말했어."

제가 잘못 들은 게 아니라는 듯이, 칼리드는 다시 한번 말해주었다. 엘레나는 지금 이 상황이 믿기지 않아서, 뭐라고 대답해야 할지 몰랐다. 원래라면 칼리드는 제게 약혼을 신청하면 안 됐다. 약혼하고 싶어서 애가 닳는 쪽은 엘레나였지, 칼리드가 아니었다. 오히려 그는 엘레나의 약혼 요구를 쏙쏙 피해 다니는 쪽이었다.

즉, 지금 칼리드의 약혼 요구는 일어나면 안 되는 일이었다. 힐다조차도 예상치 못 한 일에 얼굴이 새하얘진 채로 떨고 있었다. 오직 칼리드만이 무엇이 문제냐는 듯, 생글생글 웃고 있을 뿐이었다.

"그게, 그게 무슨 말이야. 우리가 약혼을 한다니……."

"엘레나는 사랑 없는 허울뿐인 약혼 관계는 싫다고 했잖아."

오늘따라 칼리드 답지 않게 말을 질질 끄는 모습에 엘레나는 답답해서 죽을 것 같았다. 또한, 그뿐이 아니었다. 칼리드는 묘하게 여유로워 보였다. 마치 제가 절대로 본인의 제안을 거절할 리 없다고 생각하는 것 같았다.

"나도 마찬가지야. 나도 사랑 없는 결혼은 싫거든."

툭-

사랑 없는 결혼이 싫다는 칼리드의 말에 힐다의 포크에 걸려 있던 음식이 접시 위로 떨어졌다. 눈에 띄게 동요한 모습의 힐다는 바들바들 손을 떨고 있었다. 엘레나는 그 모습에 그녀에게 연민을 느꼈다.

그녀는 정말로 칼리드를 사랑하고 있었다. 하지만 칼리드는 그걸 알고 있으면서도, 힐다의 앞에서 제게 약혼을 하자고 말하고 있었다.

칼리드는 잔인했다. 힐다의 감정을 전혀 염두에 두고 있지 않은 태도였다. 그가 이렇게 행동해도 힐다가 절대로 칼리드를 떠나지 않을 것을 알고 있기에 나올 수 있는 말이었다.

"나는 엘레나를 좋아하고 있어. 엘레나는?"

"칼리드."

저를 좋아하고 있다며 제 마음을 묻는 칼리드의 모습은 절대로 불안하고 초조해 보이지 않았다. 당연히 제가 그를 좋아하고 있다고 말할 것을 알고 있는 것 같았다. 확신에 찬 얼굴에 엘레나는 속으로 조소가 흘러나왔다.

엄청난 자신감이었다. 만약 제가 아니라, 원래의 그녀였더라면 당연히 이 제안을 기쁘게 받아들였을 것이다. 그뿐인가. 그녀가 먼저 칼리드에게 약혼을 하자고 매달렸을 것이다.

하지만 자신은 아니었다. 객관적으로 칼리드는 잘생겼다. 보석처럼 빛나는 신비한 보라색 눈동자, 은색의 실사 같은 결 좋은 은발 머리. 생글생글 잘 웃는 모습까지 그를 부드러운 느낌의 미남으로 보이게 했다.

"나는 칼리드와 약혼할 생각이 없어."

하지만 자신은 그 미소에 담긴 추악함을 알고 있었다. 부드러운 미소 속에 담긴 간사한 속내도, 신비로운 보라색 눈동자에 숨겨진

탁함도 모두 알고 있다.

"나와…… 약혼하지 않겠다고? 왜?"

제 말이 믿기지 않는 듯, 되묻는 칼리드의 모습은 바보 같아 보였다. 커다래진 눈동자와 끝도 없이 벌려진 입에 엘레나는 그가 정말 굳게 제가 수락할 것이라 믿고 있었음을 깨달았다.

아쉽지만 자신은 절대로 칼리드와 약혼도 결혼도 할 일이 없었다. 그러니 당연히 이 제안은 거절하는 게 맞았다.

"응. 난 칼리드를 사랑하지 않으니까."

'칼리드를 사랑하지 않으니까.'

칼리드를 사랑하지 않는다는 제 말에 식탁은 더없이 고요했다. 칼리드는 믿을 수 없다는 얼굴로 저를 바라보고 있었고, 힐다는 명한 얼굴로 저를 바라봤다. 두 사람 다 멍청한 얼굴로 저만을 바라보고 있는 모습이 우스워서 웃음이 나왔다.

"난 칼리드를 이성으로서 좋아하지 않아. 나는 칼리드를 소중한 친구로서 좋아하고 있는 거야."

엘레나는 그를 좋아하고 있다는 거짓말을 하면서도, 마음에도 없는 말을 하려니 그만 혀를 깨물 뻔했다. 제 대답에 정처 없이 흔들리고 있는 칼리드의 보라색 눈동자에 웃음이 나오려는 걸 꾹 참았다.

그는 꿈에서도 제가 절대로 거절할 것이라고는 생각지 못한 것 같았다. 엘레나는 그런 칼리드에게 한 방 먹인 것 같아서 짜릿하기까지 했다.

"그리고 난……."

엘레나는 일부러 그를 애태우기 위해, 살짝 미소를 짓고 말끝을 흐렸다. 혹시나 하는 기대감에 빛나고 있는 칼리드가 보였기 때문이다.

안타깝게도 그 기대감에 부응할 생각은 손톱만큼도 없었다. 기대감을 무너뜨렸으면 무너뜨렸지, 칼리드의 기대감을 이뤄주다니 말도 안 되는 소리였다.

"누군가와 약혼할 계획은 없어."

당연히 이미 아론과 약혼을 했으니, 다른 사람과 약혼할 계획은 없었다.

영혼이 귀속된다는 무시무시한 계약을 했는데 미치지 않고서야 다른 이와 약혼을 할 리가…….

계약 조항을 어기는 순간, 저의 영혼은 아론에게 귀속당해 그의 곁을 영영 떠날 수 없었다. 죽어서도 그의 곁을 머물러야 한다니! 절대로 그런 일이 일어나서는 안 됐다. 아론에게 제대로 물어보지 않았지만, 뭔가 그라면 영혼의 모습마저도 볼 수 있을 것 같았다.

"하지만 엘레나는 사랑이 없는 약혼은 싫다고 말했잖아?"

"사랑이 없는 약혼이 싫다고 말했지."

믿기지 않는다는 얼굴로 제게 되묻는 칼리드의 모습에 엘레나는 속으로 그를 비웃었다. 사랑 없는 약혼이 싫다고 말했지. 칼리드와 약혼하고 싶다고는 단 한마디도 하지 않았다.

본인 혼자 지레짐작해놓고서는 따지는 꼴이 우스웠지만, 애써 아무렇지 않은 척 미소를 건넸다. 사랑 없는 약혼을 하더라도, 적어도 그 상대는 칼리드가 아니었다.

"나는 칼리드를 사랑하지 않는걸?"

칼리드를 사랑하지 않는다는 자신의 말에 기대감에 서린 눈빛을 숨기지 못하는 힐다의 모습에 엘레나는 묘한 기분이 들었다. 그녀의 녹색 눈동자에는 기대감의 이채가 서려 있었다.

엘레나는 칼리드가 그렇게 좋은 것인지 이해할 수가 없었다. 칼리드는 힐다를 황비로 올리기는 했다. 그러나 그건 온전히 힐다를 사랑해서만은 아니었다. 물론 그녀를 사랑하는 마음도 없지 않아 있었을 것이다. 하지만 칼리드는 특별한 이유가 없었다면, 힐다를 계속해서 애첩으로만 두었을 것이다.

바로 본인의 아버지인 현 황제처럼 말이다. 칼리드는 황제의 피를 이은 것이 맞았다. 그는 본인의 아버지와 똑같은 짓을 저지르는 것도 서슴지 않았다. 그 상처의 산물이 바로 본인이었는데도 개의치 않았다.

"어째서? 분명 전에는 내게 약혼해달라고 말했었잖아."

인정할 수가 없는지, 부르짖음에 가까운 칼리드의 외침에 엘레나는 살포시 인상을 찡그렸다. 아니기를 바랐었는데 역시 원래의 그녀는 그에게 약혼하자고 얘길 했던 것 같다. 그리고 칼리드는 그 제의를 거절한 것 같았고.

무엇이 그리 분한지 씩씩거리며 숨을 내쉬는 칼리드의 모습에 엘레나는 속으로 한숨을 삼켜야만 했다. 아무래도 그의 제안을 제가 거절했다는 자체가 자존심이 상한 것 같았다.

"그건 칼리드를 잃고 싶지 않았기 때문이야."

엘레나는 제가 말을 하면서도 무슨 말을 하는지 이해할 수 없었다. 일단은 되는대로 아무 말이나 뱉어서라도 지금 이 상황을 벗어나야 한다고 생각했다. 그렇지 않으면 옴짝달싹하지 못하게 될 것 같았다.

"그게 무슨 말이야?"

"칼리드는 내가 처음 사귄 친구니까…… 그래서 칼리드를 잃고 싶지 않아!"

머릿속에 돌아다니는 말을 조합해서 겨우 뱉어낸 뒤에야, 엘레나는 거친 숨을 몰아쉬었다. 어떻게 일단 말을 하기는 했다. 이제 이 변명을 칼리드가 믿어줄지에 달려 있었다. 당연히 이런 어설픈 거짓말에 넘어갈 리가 없다는 걸 알고 있었다.

엘레나는 곧 닥칠 상황에 눈을 질끈 감았다. 이것 말고는 그럴싸한 변명거리가 없었다.

"날 잃고 싶지 않아?"

"칼리드를 잃고 싶지 않은 마음에 한 말이었어. 하지만 아무리 소중한 친구라 하더라도, 좋아하지 않는 사람과는 약혼할 수 없어."

엘레나는 말을 하면서도 말도 안 되는 발언에 몇 번이나 혀를 깨물어야만 했다. 페이트 백작가가 특이한 거였다. 보통의 귀족들은 당연히 정략결혼을 한다. 이건 엘레나의 억지에 가까웠다. 세상 물정 모르는 철없는 귀족 아가씨의 투정이라고 생각하게 만들어야 했다.

"미안해."

제 마지막 말에 칼리드는 믿을 수 없다는 얼굴로 아무 말도 하지 못했고, 힐다는 웃음을 참지 못하고 미소 짓고 있었다. 언제 동요했냐는 듯, 행복해하는 그녀의 얼굴에는 웃음꽃이 만개해 있었다. 엘레나는 왜 저런 남자를 사랑하는 것인지 이해가 가질 않았다.

칼리드는 힐다뿐만 아니라, 다른 여자들도 황비로 들였다. 황비로 들이지 못하는 사람들은 애첩으로라도 만들었다. 말로는 황권의 안정을 위해서라고 했지만, 실상은 그냥 모든 여자를 다 갖고 싶었던 거였다.

힐다는 그런 칼리드의 만행을 싫어했다. 그러나 그녀에게는 칼리드를 막을 힘이 없었다.

힐다는 절대로 환대받는 황비는 아니었기 때문이다.

"최근 들어 엘레나, 네가 변한 것 같다고는 생각했어."

"······."

당연히 그럴 수밖에 없었다. 자신은 진짜 엘레나가 아니라, 대한민국의 평범한 고시생인 한수진이었으니까.

"하지만 네가…… 나와의 약혼을 거절할 거라곤 생각하지 못했어."

아마 칼리드에게 거절이란 익숙하지 않은 단어일지도 몰랐다. 엘레나는 그를 너무나 사랑했다. 그에게는 모든 걸 다 해줄 것처럼 굴었고, 실제로도 그에게 모든 것을 주었다.

그를 거절하는 건 그녀의 존재 자체를 부정하는 것과 마찬가지였다. 칼리드의 존재는 엘레나에게는 종교 같았다. 그녀의 안에 칼리드는 신격화되어 있었다. 그의 사랑을 받기 위해서 발버둥 치며, 조건 없는 믿음과 사랑을 퍼부었다.

"칼리드."

제 부름에 바보처럼 얼빠진 표정을 짓는 칼리드의 모습에 엘레나는 비소를 감추지 못했다. 그만큼 지금 칼리드의 상태는 정상이 아니라는 얘기였다.

얼빠진 얼굴, 갈피를 잃은 보라색 두 눈동자. 초조한 것인지 연신 입술을 달싹이는 모습까지 모두 칼리드가 충격에 빠져 있다는 걸 보여주고 있었다.

자신이 엘레나가 된 지 벌써 몇 주째인데, 이제야 제가 변한 것 같다는 말을 하는 칼리드의 무심함에 화가 날 법도 한데 그러지 않왔다. 오히려 지금 그를 마주하고 있는 게 엘레나가 아니라, 자신이라서 다행이라는 생각이 들었다.

"나는 변하지 않았어. 변한 건 내가 아니라, 바로 너야."

_ 1권에서 계속

어장을 나온 물고기 1

초판 1쇄 인쇄 2019년 7월 12일 초판 1쇄 발행 2019년 7월 19일

지은이 신새미
펴낸이 연준혁

웹소설사업분사 이사 정은선
책임편집 오가진 디자인 함지현

펴낸곳 (주)위즈덤하우스미디어그룹 출판등록 2000년 5월 23일 제13-1071호
주소 경기도 고양시 일산동구 정발산로 43-20 센트럴프라자 6층
전화 031-936-4000 팩스 031-903-3893
홈페이지 www.wisdomhouse.co.kr

값 12,800원
ISBN 979-11-90182-41-6 04810
      979-11-90182-40-9 (세트)